本书研究获国家科技基础性工作重点专项
"中国儿童青少年心理发育特征调查"项目支持

中国儿童青少年心理发育特征调查系列

中国6~15岁儿童青少年
心理发育关键指标与测评

主编　董　奇　林崇德

北京师范大学认知神经科学与学习国家重点实验室
中国儿童青少年心理发育特征调查项目组

科学出版社
北　京

内 容 简 介

　　建构科学评估儿童青少年心理发育的指标体系、研制科学测评工具，是全面系统地揭示我国儿童青少年心理发育特点和规律的重要前提。本书旨在向心理学和相关学科研究者介绍当前儿童青少年心理发育指标与测评的国内外研究进展，并着重阐述我国首套儿童青少年心理发育指标体系与测评工具的研制背景、方法、程序与主要成果。

　　本书可为研究者开展相关研究提供参考，也可为教育和临床医学工作者、有关政策制定者提供认识和评估儿童青少年心理发育的重要信息。

图书在版编目（CIP）数据

中国 6～15 岁儿童青少年心理发育关键指标与测评／董奇，林崇德主编．
—北京：科学出版社，2011

（中国儿童青少年心理发育特征调查系列）

ISBN 978-7-03-030147-5

Ⅰ.①中…　Ⅱ.①董…　②林…　Ⅲ.①儿童－心理发育－卫生指标－中国②青少年－心理发育－卫生指标－中国③儿童－心理发育－评估－中国④青少年－心理发育－评估－中国　Ⅳ.①R339.31

中国版本图书馆 CIP 数据核字（2011）第 016727 号

丛书策划：林　剑

责任编辑：林　剑／责任校对：张怡君

责任印制：钱玉芬／封面设计：耕者工作室

科 学 出 版 社 出版

北京东黄城根北街 16 号
邮政编码：100717
http://www.sciencep.com

双 青 印 刷 厂 印刷

科学出版社发行　各地新华书店经销

*

2011 年 4 月第　一　版　　开本：787×1092　1/16
2011 年 4 月第一次印刷　　印张：21 3/4　插页：2
印数：1—3 500　　　　　字数：490 000

定价：66.00 元

（如有印装质量问题，我社负责调换）

中国儿童青少年心理发育特征调查

全国协作组

主持单位　北京师范大学认知神经科学与学习国家重点实验室

参与单位　（按首字笔画排序）

上海师范大学	山东师范大学	山西师范大学	广西师范大学
中央教育科学研究所	中国人民大学	中南大学湘雅三医院	云南师范大学
内蒙古师范大学	天津师范大学	东北师范大学	北京大学
北京师范大学	四川大学华西医院	四川师范大学	四川教育学院
宁波大学	宁夏大学	辽宁师范大学	华中师范大学
华东师范大学	华南师范大学	吉林大学	安徽师范大学
江西师范大学	江苏常州市第一人民医院	西北师范大学	西南大学
西藏大学	苏州大学	河北大学	河北师范大学
河南大学	河南师范大学	郑州大学	陕西师范大学
青海师范大学	首都师范大学	首都医科大学附属北京安定医院	南京师范大学
哈尔滨师范大学	贵州师范大学	徐州师范大学	浙江大学
浙江师范大学	海南师范大学	盐城师范学院	清华大学
湖北教育学院	湖南师范大学	鲁东大学	福建师范大学

项目专家委员会

李朝义　中国科学院神经科学研究所

沈德立　天津师范大学

黄希庭　西南大学

朱　滢　北京大学

吴希如　北京大学第一医院

王玉凤　北京大学医学部

张　力　教育部教育发展研究中心

朱小蔓　中央教育科学研究所

项目首席专家

董 奇　北京师范大学认知神经科学与学习国家重点实验室

林崇德　北京师范大学认知神经科学与学习国家重点实验室

项目办公室

（*代表负责人）

陶 沙* 李燕芳* 罗 良* 张云运　李佑发　任 萍　赵 晖

温红博　李 添　乔斯冰　李红菊　刘方琳　张国礼　刘争光

尹 伊　赵媛媛　王 麒

指标设计与工具编制工作团队

（*代表负责人）

认知能力领域

徐 芬* 董 奇* 万明钢　王洪礼　邓赐平　石文典　白学军

刘 嘉　阴国恩　李小融　李伟健　李 红　李宏翰　李其维

李燕芳　杨伊生　陈中永　陈英和　罗桑平措　周仁来　周晓林

胡卫平　胡竹菁　钱秀莹　陶 云　陶 沙　舒 华　鲁忠义

游旭群　谭顶良

学业成就领域

辛 涛* 边玉芳* 马云鹏　马 复　王嘉毅　史绍典　伍新春

杨 涛　宋乃庆　张庆林　张秋玲　周宗奎　周新林　郑国民

赵 晖　莫 雷　梁 威

社会适应领域

王 耘* 申继亮* 金盛华* 方晓义　王 沛　卢家楣　刘华山

刘艳虹　苏彦捷　李 虹　杨丽珠　连 榕　张大均　张文新

张向葵　张 奇　范春林　罗跃嘉　孟万金　赵国祥　俞国良

骆 方　唐日新　桑 标　彭运石　葛明贵　葛鲁嘉　韩世辉

雷 雳

成长环境领域

邹　泓* 万明钢　白学军　刘华山　杨丽珠　张文新　张向葵

孟万金　金盛华　俞国良　钱秀莹　雷　雳

取样与数据处理工作团队

(*代表负责人)

金勇进* 刘红云* 骆　方　边玉芳　辛　涛　佘嘉元　吕　萍

周　骏　谢佳斌　艾小青　孙　欣　刘　文　马文超　王　玥

郭聪颖

数据收集工作团队

(*代表负责人)

全国数据

北　京	边玉芳*	乔树平*	王　耘	申继亮	刘方琳	李佑发	李凌艳
	李燕芳	杨　涛	邹　泓	辛　涛	张云运	张国礼	金盛华
	赵　晖	徐　芬	陶　沙	董　奇			
天　津	白学军*	王　芹	魏　玲				
河　北	鲁忠义*	赵笑梅	王桂平	贾　宁	石国兴	王德强	陈洪震
	郑新红	刘　丹					
	宋耀武*	李宏利*	张　曦	任　磊	秦　忱	郭艳梅	荣太原
山　西	胡卫平*	武宝军	巩彦斌	张士传			
内蒙古	杨伊生*	陈中永*	七十三	白乙拉	李　杰	侯　友	左　雪
	钟建军	尹　慧	刘彦泽	李星明	王凤梅	孙　冰	
辽　宁	杨丽珠*	张　奇*	刘　文	胡金生	沈　悦	王静鑫	张　黎
吉　林	马云鹏*	姜英杰*	解　书*	王亚玲	张　雷	赵　彬	
黑龙江	张守臣*	陈健芷	王佳宁	张修竹	黄　华	徐清刚	马子媛
	申庆良						
浙　江	钱秀莹*	夏　琼	管梅娟	黄泽军			
	李伟健*	徐长江	孙炳海	康春花	周大根	邓弘钦	姚静静
	李锋盈	李新宇	黄小忠	潘　维			
	原献学*	陈　虹	翟昶明				
福　建	连　榕*	彭新波	张锦坤	廖友国	郑美娟	何冬锦	黄碧卿

江 苏	谭顶良*	葛海虹	周 琰				
	戴斌荣*	李德勇	陈晓红	杨小晶	伏 干	柴 江	李 萍
	杜晓梅	陶亚萍	孟明燕	王晓玲	郁晓鋆	姜 丽	冯 晨
	牛 莎	张志娟					
	刘电芝*	丁 芳*	邱晓婷	白新荣			
	段作章*	贾林祥*	张新立	胡平正	范 琪		
安 徽	姚本先*	葛明贵*	桑青松*	桂守才*	方双虎*	胡荣华	李小平
	韩建涛	邢 宽	张 沛	张廷建			
上 海	桑 标*	李其维*	邓赐平*	蔡 丹	陆 洋	肖 颖	
	李 丹*	李 鹃					
江 西	唐日新*	张 璟	徐淑媛	李 洁	宁雪华	甘 霖	王 琤
	李 妮	高 愈	罗洁琴	郭 琼	李静瑶	王细燕	朱晓宇
湖 北	周宗奎*	刘华山*	范翠英	孙晓军	田 媛	陈雪莲	潘清泉
	李 涛	刘 峰	宋淑娟	韩 磊	平 凡	王 溪	李西玉
山 东	张文新*	纪林芹	徐夫真	常淑敏	田录梅	杨先顺	董会芹
	王姝琼	陈光辉	周利娜	陈 亮			
	王惠萍*	杨永宁	滕洪昌	焦丽妃	迟欣阳		
河 南	赵俊峰*	蒋艳菊	范丽恒	王 可	务 凯	陈永鑫	苏月东
	马红灿	张 雷	李 琰	黄 静	高 博		
	李西营*	安 蕾	李德俊	魏俊彪	姚雪梅	王淑敏	高 莉
	李佩云	刘俊清	王 杰	李妍妍	李 玉	周 炎	
	葛 操*	申景玉	罗琳伟	张童童	石翌彤		
湖 南	彭运石*	肖丽辉	莫 文	刘邦春	冯永辉	周海波	孟 娟
广 东	莫 雷*	郑海燕	范 方	刘志雅	胡 诚	马丽娜	李翔宇
	郭艳彪	代维祝	郭乃蕊	范 梦	曹国旺		
广 西	李宏翰*	杨晓玲	谢履羽	林芳芳	宋庆兰	龙 艳	
海 南	肖少北*	陈丽兰	袁晓琳	刘丽琼	刘海燕	刘 宁	肖 洒
	陈 园						
重 庆	张大均*	陈 旭*	江 琦	刘衍玲	王 钢	陈 良	龚 务
	王 磊	瞿 斌	易雯静	赵 欣	安晓鹏		
四 川	李小融*	卢 雄	杨 柯	刘延金	高启明	张建国	江巧林

	范春林*	高 艳	万 娟	郑 旭	易 思		
贵 州	王洪礼*	赵守盈*	吴 红	封周奇	季开瑞	庞超波	周绮蔺
	谢其利	张鸿翼	徐 波	吕红云	龙 女	刘苏姣	臧运洪
	杨向宏	薛 雯					
云 南	陶 云*	佟 华	马禄娟	冯慧聪	张晓霞	刘 玲	陈 红
	朱 红	马 谐					
西 藏	罗桑平措*	马海林	孙国健	陈俞廷			
陕 西	游旭群*	王振宏	关 荐	吕庆艳	王克静	王昱文	胡贝妮
甘 肃	万明钢*	周爱保*	李建升*	李 玲*	刘海健*	马书采	赵国军
	高立娜	毛 瑞	谢远俊	赵 鑫	钟玉芳		
青 海	李美华*	赵慧莉*	谢 金	罗成山	刘 蓬		
宁 夏	石文典*	杨丽恒	茹学萍	聂 昕	吴晓庆		
新 疆	贾德梅*	王晓峰	姜耀祥	夏 贫	李 喜	吕 乐	孙 涛
	孟凡丽	闻素霞	贾 苑	刘红茹	卢雪娇	赛发青	张晓莉
	张征宇	杨 荣	孙立红	高立新	高 玲	李建生	黄巧丽
	刘 娟	牛 艳	贾海涛	王 蜀	余 玲	陈 炜	邹 洁
	茹 昕						

临床数据

北 京	郑 毅*	崔永华*	刘 靖	梁月竹	贾军朴	贾美香	孙 黎
	黄环环	戚艳杰	闫秀萍	何 凡	陈 旭	陈 敏	周玉明
	张之霞						
湖 南	袁 洪*	邓云龙*	黄志军	杨婷婷	管冰清	章晨晨	舒二利
	伍 妍	周甄会	张玉桃	鲁超群	谭素芬	姚 瑞	张 卓
	魏吉槐	郭 锋	何浩宇	芦 茜	杜 霞	翁春艳	
江 苏	董 选*	王苏弘	王瑞文	杨书悦	任艳玲	王永清	蔡 婧
	邵 莲	吴雅琪	蒋春芬	华 青	糜泽民	张毅力	曹 健
	杨志龙	马 岭	李洪建	舒京平	王 舟	芮 筠	
四 川	张 伟*	邱昌建*	孟雅婧	朱鸿儒	武瑞芝	田美蓉	宋文洁
	罗宇鹏	吴 嘉	冯 毅	黄明金	蔡留芸	巢 雨	杨凯旋
	何亚荣	黄美贞	李淑婧				

项目咨询专家团队

车宏生'冯伯麟 刘衍红 许 燕 陈会昌 陈传升 胡平平
谢小庆 韩 宁 臧铁军

全国共有来自 52 所高校和研究机构的 1698 名博士研究生、硕士研究生参与了项目的指标与工具设计、数据收集、数据库建设、数据分析与报告撰写等工作，具体名单请见项目数据信息平台（网址：www.cddata-china.org；中国儿童青少年心理发育数据信息平台.com）。

总　　序

　　人口素质是一个国家、民族最重要的资源。未来几十年国家的人口素质在相当大程度上系于今天儿童青少年的发育状况。我国正处在经济社会迅速发展变革的时期，儿童青少年的心理健康与综合素质发展面临诸多挑战。为客观认识全国数以亿计儿童青少年的心理发育状况，摸清各种心理行为问题的数量与分布特征等情况，把握未来最重要的国情，必须获得准确、客观、全面、系统的科学数据。

　　北京师范大学认知神经科学与学习国家重点实验室董奇、林崇德教授主持完成的国家科技基础性工作重点专项"中国儿童青少年心理发育特征调查"是我国第一项关于全国儿童青少年心理发育特点的大型研究。这项研究汇集了代表全国心理学、特别是发展心理学最高水平的专家队伍，基于国内外相关研究的最新进展，按照严谨规范的程序开展研究，实施严格的质量控制，高质量地完成了研究工作，第一次获取了全国31个省（自治区、直辖市）近10万名6~15岁儿童青少年的心理发育特征数据，为摸清全国儿童青少年心理发育的状况、支撑相关学科研究创新和国家政策制定作出了重要贡献。

　　这项研究除积累了重要科学数据，还在儿童青少年心理发育的指标体系、标准化工具、全国代表性常模、数据共享方面取得了一系列重要成果，填补了我国在儿童青少年心理发育指标体系构建、具有自主知识产权的心理发育测量工具方面的多项空白，第一次提供了6~15岁儿童青少年心理发育的科学标准，并首次实现了我国在心理学数据上的全面、深度共享。

这些成果不仅得到了国内外同行的高度认可，而且已经在国家和地方基础教育质量监测中得到大面积应用，为《国家中长期教育改革和发展规划纲要（2010—2020）》等重要政策的制定等提供了咨询，充分体现了科学研究满足国家重大需求的价值。

希望这些成果能够在科学研究、教育和医学临床实践、政策咨询等领域发挥更大作用，满足落实《国家中长期教育改革和发展规划纲要（2010—2020）》、提高人口素质、推进人才强国战略的迫切需要。也希望北京师范大学"认知神经科学与学习"国家重点实验室和全国专家继续努力，大力推进已有成果的转化应用，拓展研究领域，开展对其他年龄段儿童青少年心理发育的系统研究，为我国亿万儿童青少年的健康发展、为国家人口的素质提高持续提供科学理论、数据和关键技术的支撑。

中国科学院院士

徐冠华

2010 年 10 月

序

儿童青少年综合素质的高低直接关系到一个国家未来的人口素质、综合国力和国际竞争力。关注儿童青少年的健康发展，不仅要关注他们的身体健康，更要重视其心理健康。在国际上，自20世纪七八十年代开始，美国、英国、加拿大、澳大利亚等发达国家就从国家竞争的战略需要出发，采取政府投入、设置专门机构、整合多学科力量等多种措施，相继开展了多项针对儿童青少年心理发展的全国性、持续追踪的大型基础研究，建立了一系列关于自己国家儿童青少年心理发育特征的国家级数据库，并将这些数据用于促进本国儿童综合发展、各种生理心理障碍诊断、教育质量评估、国家政策制定等重要工作中。与此形成鲜明对比的是，我国尽管拥有世界上数量最多的儿童青少年，但目前还没有针对全国儿童青少年心理发育状况的代表性研究，尚未建立儿童青少年心理发育的国家基础数据库，这严重阻碍了对我国儿童青少年心理发育状况的全面认识，对各种心理行为障碍的预防和诊断，难以为教育发展、临床实践、国家政策制定等提供支持和参考。

进入21世纪以来，我国政府从建设人力资源强国的高度出发，加大了对儿童青少年心理发育研究的重视。在此背景下，2006年，科学技术部部署了由北京师范大学"认知神经科学与学习"国家重点实验室牵头，全国52所高校和临床研究机构参加的国家科技基础性工作重点专项"中国儿童青少年心理发育特征调查"项目。这是我国迄今为止第一项全国性的儿童青少年心理发育调查研究。

为了保证项目设计实施的科学性、权威性和全国代表性，我们组建了代表我国当前儿童青少年心理研究最高水平的跨学科研究团队和国内外咨询团队，精心选择认知能力、学业成就、社会适应、成长环境等儿童青少年阶段的重要发展领域，在我国首次实施全国代表性取样，收集了全国31个省（自治区、直辖市）100 个区县的 95 765 名 6 ~ 15 岁儿童青少年及其抚养人的系统、全面的数据，并收集了 1080 名临床样本的数据，并遵循国际大型数据库建设标准和规范，对全国数据进行了高质量的清理、合成，以及多层面的总结、分析和数据挖掘。

经过 4 年的时间，在全国近 300 位专家、1600 多名研究生的共同努力下，项目取得了以下重要成果：

第一，建立了我国第一套反映我国儿童青少年心理发育关键特征的多级指标体系，研制完成了具有自主知识产权、信效度良好、适合我国国情的成套系列标准化测查工具。这些指标体系和工具将为相关领域开展研究、教育质量评估、相关政策制定等提供框架和方法。

第二，基于全国数据，建立了我国第一套具有全国代表性的 6 ~ 15 岁儿童青少年各项心理发育特征常模，并具体构建了年龄/年级常模、性别常模、地区常模、城乡常模等亚型。该套常模涉及丰富的儿童发展变量，所采用的建构程序和方法充分体现了国内外常模研究领域的最新进展，并通过多种分数类型和表现方式呈现，能够适应不同领域、不同层面人员的需求。作为我国第一套全国代表性常模，将为理解儿童青少年心理发育的总体趋势、群体差异，为进行全国性、区域性儿童青少年认知、学业和社会适应发展水平的评估提供科学标准。

第三，建成了我国第一套具有全国、区域和城乡代表性的儿童青少年心理发展的大型基础数据库，并搭建了我国首个儿童青少年心理发育数据的共享平台，实现了数据的充分共享，为使用者提供高质量的使用指导和反馈服务。数据库和共享平台的建成和开放使用，弥补了我国在儿童青少年心理发育领域尚无公益共享基础数据库的空白，可为相关领域研究者开展研究提供科学、系统、权威的数据，为政府相关部门制定重要决策提供科学实证依据。

项目形成的以上成果已经用于相关学科研究、地区教育质量监测以及政府政策咨询中，得到了国内外专家学者的高度关注和认可。

为充分反映上述成果，并促使有关成果得到更大范围的了解和使用，我们特编撰出版了本系列著作，对"中国儿童青少年心理发育特征调查"项目的设计思路、实施路线、主要成果、研究发现等进行全面总结。整个系列共包括以下 5 部著作。

《当代中国儿童青少年心理发育特征——中国儿童青少年心理发育特征调查项目总报告》，从总体上描述项目的研究目标、研究内容、实施步骤与质量控制、主要成果以及各领域的主要研究发现等。

《中国 6～15 岁儿童青少年心理发育关键指标与测评》，本书结合国内外关于儿童青少年心理发育指标和测评的最新研究进展，系统总结了项目构建的我国第一套 6～15 岁儿童青少年心理发育多级指标体系和系列工具的选择依据和论证过程。

《中国儿童青少年心理发育特征调查项目技术报告》，从项目测查工具的设计与开发、抽样设计及实施、抽样权重和误差、数据收集及其质量控制、编码评分及录入、数据清理等多方面系统、翔实地描述了项目各项工作的研究方法、技术指标和质量控制，这也是我国出版的第一本基于大型调查研究的技术报告。

《中国 6～15 岁儿童青少年心理发育数据库手册》，详细描述了项目系列基础数据库的建设过程、数据库的内容和使用方法，这是我国第一部公开发行的大型基础数据库使用手册。

《中国儿童青少年心理发育标准化测验简介》，介绍了项目研发或修订的各标准化测查工具的内容、适用范围、特点、技术指标、计分和结果解释等重要信息。

除上述公开出版发行的著作外，本项目还有《中国儿童青少年心理发育系列标准化测验》和《中国儿童青少年心理发育常模》，可通过一定申请程序获得使用。儿童青少年心理发育系列测验包括《中国儿童青少年认知能力测验》、《中国儿童青少年语文学业成就测验》、《中国儿童青少年数学学业成就测验》、《儿童青少年社会适应量表》和《儿童青少年成长环境量表》五个工具包，每个测验单独成册，以方便各领域研究者了解和使用。心理发育特征常模包括《中国儿童青少年认知能力发展常模》、《中国儿童青少年学业成就常模》和《中国儿童青少年社会适应常模》。

本套系列著作是集体智慧的结晶。每一本著作的选题、撰写、修改和审读过程都是在全国各领域专家的亲自执笔、循环审读、反复讨论和修改下完成的。我们希望该系列著作能为心理学、教育学、认知神经科学、社会学、儿科医学等各学科研究者开展儿童青少年心理发育方面的相关研究，为教育和临床医学实践工作，为国家相关部门政策制定等提供重要信息和参考。

值此系列著作出版之际，我们也想借此机会向为整个项目提供大力支持的科学技术部、教育部以及各级各类教育行政部门表示感谢！还要特别向参与本项目的全国31个省（自治区、直辖市）的52所高校、研究机构和医院给予的大力支持，以及这些机构的近300位专家、1600多名研究生付出的心血和汗水表示衷心的感谢！还要感谢全国将近10万名参与调查的儿童青少年及其抚养人，他们的支持、参与和付出是我们获取高质量数据的重要基础！

由于整套系列著作涉及的内容非常广、参加人员也较多，限于编者的水平，系列著作中难免存在不足之处，敬请各位读者、各领域专家批评和指正。衷心希望本套系列著作的出版能为我国心理学、教育学、认知神经科学、儿科医学等多学科的发展，以及我国亿万儿童青少年的健康成长起到重要的促进作用！

董　奇　林崇德

2010 年 10 月

前　　言

　　儿童青少年的心理发育是发展心理学研究的重要命题。确立中国儿童青少年心理发育指标体系，并采用科学的方法予以测评，对进一步深化我国儿童青少年心理发育的系统研究，描述当代我国儿童青少年心理发育的概貌，揭示不同年龄、性别，不同家庭、学校、社会环境的儿童青少年的心理特点和发展规律，促进我国儿童青少年的健康成长等都具有重要意义。

　　中国儿童青少年心理发育特征调查项目首先旨在确立中国 6～15 岁儿童青少年心理发育的指标体系和科学测评手段。基于对国内外几十项儿童青少年心理发育大型研究的分析和当前我国社会发展对儿童青少年素质的要求，全国专家经过反复研讨，达成共识，认为指标体系的确立既要依据国内外心理学、教育学、医学、社会学等领域的最新进展，又要能够反映我国儿童青少年的心理发育特点和发展规律；既要能反映儿童青少年心理发育的文化普适性，又要能体现我国文化背景下儿童青少年心理发育的特殊性；既要能揭示我国儿童青少年心理发展的总体特征，又要能反映我国儿童青少年心智发育的区域差异。全国 240 余名专家共同努力开展指标设计和工具研发工作，经过千余次的讨论，征集了国际知名大型调查专家、临床医生、教育管理部门领导、儿童健康教育专家、德育研究和实践专家、优秀班主任和学科教师等不同背景专家和实践者的建议，并实施了 4 轮次不同规模近 2 万余人次的预试，最终完成了指标体系和工具的研制。中国儿童青少年心理发育指标体系涵盖了认知能力、社会适应、学业成就和成长环境等四个领域，测评工具包括具有自主知识产权的认知能力测验、语文学业成就测验、数学学业成就测验和多项情绪、行为、自我、价值观等社会适应领域的量表，以及涵盖了家庭环境、学校环境和社会环境的成长环境的评估工具。

　　中国儿童青少年心理发育指标体系及测评工具已经被运用于国家基础教育质量监测和多个省市的学生综合发展评估工作中，服务 5 万余人次，产生了良好的社会效益；并已有教育、体育、儿童精神病学等领域的多位研究者采用项目的测评工具开展研究。本书旨在向心理学和相关学科研究者介绍关于儿童青少年心理发育指标和测评的国内外进展，并阐释中国儿童青少年心理发育调查项目指标与测评工具的研究过程和成果。希望本书的出版能够帮助更多相关学科研究者、教育实践者、政策制定者了解我国儿童青少年心理发育的关键指标和评估手段，为我国开展基础教育质量评估提供参考框架和工具，为相关学科研究提供方法手段，也期望能够对我国亿万儿童青少年及其家长、社会大众、政府决策部门等提供借鉴和启示。

目　　录

第一编 认知能力发展的关键指标与测评

认知能力 (cognitive ability) 的发展是儿童心理发展中一个非常重要的内容与主题,儿童早期认知能力的发展是儿童正常学习、生活以及后继发展的基础。大量的研究已经表明,认知能力的发展对于个体的学业成就、工作成就、心理健康、生活质量等具有重要意义 (Batty et al., 2005; Gale et al., 2008; Gale et al., 2009; Hatch et al., 2007; Lubinski, 2004; Lynn et al., 2009; van Os et al., 1997)。目前,国际上正在进行的一些大型项目都涉及对儿童认知能力发展的研究或调查。例如,美国的 Comprehensive Child Development Program (CCDP)、National Survey of Child and Adolescent Well-being (NSCAW),英国儿童追踪研究中心的 British Cohort Study (BCS)、National Child Development Study (NCDS) 等。与国际上丰富的儿童认知能力发展数据相比,中国关于 6~15 岁儿童青少年认知能力发展的基本数据还是空白;对于6~15 岁儿童青少年在认知能力上整体的发展状况还没有全面的了解。基于此,"中国儿童青少年心理发育特征调查"项目将儿童青少年认知能力发展调查作为其中一个重要的组成部分。

认知能力涉及信息加工过程中感知觉、注意、记忆、表象、推理等方面的能力 (Carroll, 1993; 林崇德等, 2003)。这些认知能力的发展规律及内在机制是认知发展心理学研究的重要课题。注意、记忆及视知觉 – 空间能力是人类在儿童早期就开始迅速发展的基本认知能力,是高级认知能力发展的基础,在儿童发展青少年认知能力中占有重要地位;推理能力则是儿童青少年思维发展与问题解决能力发展的核心。这些能力在 6~15 岁持续地发展,显著地影响着儿童青少年的学习与生活,并且对于其各个方面的发展具有重要意义。因此,这四个指标不仅能够较好地代表认知能力领域所涵盖的内容,而且对于儿童青少年各个方面的发展具有重要的意义。查阅国际上一些大型的研究项目,可以发现大部分的项目都将对注意、感知觉、记忆和推理等认知能力的考察作为儿童青少年心理发展的重要测查维度。例如，美国的 CCDP 包括对感知觉、空间、记忆及推理能力的测查；英国儿童追踪研究中心的 NCDS 调查项目包含了感知觉、空间、注意、记忆与推理五个部分。

由于测验时间和测查方式上的限制，在大型调查中通常只能选择一些认知发展中基本的或重要的认知能力作为关键指标。在"中国儿童青少年心理发育特征调查"项目中，为了确保认知能力发展测查的关键指标选取既有代表性又有科学性，同时又能满足本项大型调查（涉及 100 个样本区县、分布于 600 所学校的 3.6 万中小学生）的需求，我们在认知能力测验关键指标的选择过程中，以对现有研究与标准化测验的大量调研为先导，集合全国发展心理学、认知心理学、心理测量学等领域专家的智慧与经验，结合本次调查的特点，对现有研究与测验进行反复细致地分析。具体的实施模式为：在关键指标选择的过程中，在全国范围内建立课题组，由对认知基础研究、发展研究以及测验编制有丰富经验的专家牵头，通过文献综述与研讨的方式，对认知能力各级关键指标进行反复与深入的分析与论证。与此同时，本项目针对认知能力领域调查中各级指标的建立与测评制定了四条基本原则：①关键指标不仅能体现 6~15 岁儿童青少年的发展性，而且要具备典型性与代表性；②关键指标能够较好的体现年龄内的个体差异；③选择的关键指标不仅在认知能力领域具有代表性，而且对于儿童青少年其他领域，如学业成就、知识或技能的获得、学习困难等的发展有重要的意义；④关键指标应能满足纸笔施测和团体施测的要求。

经过广泛的国内外调研与专家研讨，我们选取注意能力、记忆能力、视知觉–空间能力、推理能力作为认知能力调查的一级测查指标，并在各个一级指标下建立各自的二级测查指标。

对于关键指标的测评主要是针对所选取的关键指标而编制的测量工具。在测量工具的选择与编制过程中，我们遵循了与指标体系选择相同的指导思想、实施模式与基本原则；在工具编制过程中，为了确保文化公平性，我们增加了另一条基本原则，就是"所选择的测验任务尽量采用图形、数字形式，不采用言语或文字的形式"。

为了使所编制的工具能够满足本次调查的需要以及符合测量学的基本指标，认知能力的测量工具以多次预试的方式进行测评。测评的基本标准就是要使测量工具易于团体测验，如指导语、实际操作的可行性与可理解性，在题目难度、信度与效度等方面满足测量学的要求，同时测量工具能够体现同年龄中个体的个别差异以及不同年龄间的发展性差异。另外，由于认知能力的发展是儿童青少年其他领域发展的基础，因此认知能力测验也要体现与学生学业的密切关系。根据此标准，在测验工具的预试与修改中，从项目的难度与区分度分析、发展（或区域）差异分析、测验内部一致性分析以及测验与语文或数学成绩的相关分析等角度对所编制的测验进行了反复修改，经专家组研讨后，最终确定了认知能力发展的关键指标以及相应的测量工具（相关测验）。

本编以下的部分将就注意能力、记忆能力、视知觉 – 空间能力和推理能力二级指标建立与测评的依据、过程与结果进行详细的介绍。

第1章 注意能力发展的关键指标与测评

1.1 注意能力发展的关键指标及其重要价值

注意（attention）是心理活动对一定事物的指向和集中（罗跃嘉等，2003），它是完成信息处理过程的重要心理条件，保证了对事物更清晰的认识、更准确的反应和更可控有序的行为（彭聃龄，2004）。指向性和集中性是注意的两个基本特征，其中指向性是一种选择，它通过大脑对信息的选择或过滤功能实现，是个体有意识地只对某种信息进行加工而阻止无用信息进入意识加工的能力；集中性是注意的保持能力，是保证意识加工不被中断的能力（罗跃嘉等，2003）。从信息加工的角度，集中性意味着个体处于警觉状态，并可持续一段时间（Das et al.，1994），因此，注意的集中性可视为注意的持续性或稳定性。基于上述观点，注意的选择性（指向）和稳定性（集中）是注意的两个基本维度，可命名为选择性注意和稳定性注意。

注意的核心就是对信息的选择分析（朱滢，2000）。周围环境给人们提供了大量的刺激信息，这些信息有的对信息的加工至关重要，有的则毫无意义，甚至会干扰当前正在进行的活动。因此，人们要正常地工作与学习，就必须选择重要的信息，排除无关刺激的干扰。选择性注意和稳定性注意都是其他认知活动的基础。研究表明，选择性注意对进入工作记忆的内容进行过滤，从而保证工作记忆的编码、存储不受分心物干扰（金志成等，2003）；而稳定性注意对工作记忆有显著的预测作用，是与智力最密切相关的注意类型（Schweizer et al.，2004；Stankov et al.，1994）。

从注意能力的现有测量工具来看，其具体的测查指标也主要集中在注意的选择性和稳定性两个维度上。例如，Manly 等（1998）编制的儿童日常注意力测验（test of everyday attention for children，TEA-Ch）将注意分为选择性注意、稳定性注意和注意转移三个维度；Ruff 等（1996）编制的数字划消测验（ruff 2 and 7 selective attention test）以及 Brickenkamp（1998）编制的 d2 注意能力测验（d2 test of attention）都是对选择性注意进行测查。而广为使用的持续操作测验（continuous performance test，CPT）（Conners，1999，2000）和持续性注意测验（the sustained attention test）（Silverstein et al.，1998）则是用来测查儿童青少年的持续性注意能力或稳定性注意能力；中国台湾的地区《多向度注意力测验》（周台杰等，1993）分别以选择性注意力、分离性注意力和稳定性注意力等为指标测查儿童青少年的注意发展。因此，大部分注意能力测验会涉及注意的选择性与稳定性两大方面。至于少数测验所涉及的注意分配或转移，根据 Das 等（1994）的观点，它们是选择性注意的组成部分。

综上所述，注意能力发展的关键指标为选择性注意与稳定性注意。

1.2 国内外注意能力发展关键指标与测评的研究进展

1.2.1 国内外有关选择性注意能力发展与测评的研究

1.2.1.1 选择性注意的界定及测评

选择性注意是个体在同时呈现的两种或两种以上的刺激中选择一种进行注意而忽略或抑制无关刺激的能力。该能力体现在两个重要方面：相关信息的选择和无关信息的抑制（Shiffrin et al.，1977）。选择性注意作为信息加工的过滤器，通过对相关信息的选择和对干扰刺激的排除，决定哪些信息进入到当前的信息加工范围（Cowan et al.，2006）。因此，选择性注意对同时进入人脑待处理的信息起到选择性的限制作用，从而使心理活动指向那些最紧迫的目标刺激。

在选择性注意的研究中所使用的测评任务很多，在这些任务中，基本的原理或设计是一致的，即通常给被试呈现两类刺激（如听觉刺激和视觉刺激、颜色刺激和形状刺激），要求被试只对其中一类刺激做出反应，而抑制或忽略另一类刺激。目前常用的选择性注意测查任务有划消、视觉搜索和线索提示三种。

其中，划消任务是目前运用最为广泛的测验任务，视觉搜索与划消非常相似，甚至有研究者认为两者是同一种任务（Casco et al.，1998）。线索提示任务也是测查选择性注意的经典任务之一（Berger et al.，2000；Posner，1980），下面对划消任务和线索提示任务做详细介绍。

（1）划消任务

划消任务是心理测量领域广泛使用的选择性注意测查任务，该任务要求被试在一系列刺激中对既定的目标刺激做出反应（Baron，2001；Bates et al.，2004；Brickenkamp et al.，1998；Manly et al.，1998；Messinis et al.，2007）。个体要准确捕捉到目标刺激，不仅需要有效地对干扰刺激进行抑制，而且需要不断地从一个目标转移到下一个目标。因此，划消任务能够有效地体现出选择性注意的两个基本特征：对干扰刺激的抑制和对目标刺激的选择（Brodeur et al.，2001；D'Angiulli et al.，2008）。

划消任务通常以纸笔测试的形式进行，在对被试的答题时间限定的情况下，记录其反应的正确数、错误数或反应时。当前，国际上广泛使用的选择性注意测验，如 d2 和 TEA-Ch，采用的即是划消任务。d2 测验是对划消任务的标准化改进，适用年龄为 9~60 岁。该测验测量了个体对视觉上相似的刺激进行辨别时的操作成绩，测验材料是由字母 d、p 和短线搭配而成的组合刺激，这样既保证了各个年龄段的被试对材料的熟悉性相同，又可以有效地设置测验的难度变化。TEA-Ch 的 sky search 和 map mission 分测验采用了对儿童来说熟悉且形象的刺激材料（如飞行器、汤匙等），尤其适合 10 岁以下的儿童，而且通过设置干扰刺激可以有效地体现出测验的难度变化。

（2）线索提示任务

线索提示任务是研究选择性注意的计算机化任务（Enns et al.，1989；Yantis et al.，1990）。该任务的基本程序为：先呈现一个简单刺激作为线索，延迟一定时间后呈现靶刺激，靶刺激既可能出现于线索化位置（有效线索化），又可能出现在非线索化位置（无效线索化），最后记录被试对靶刺激的反应时和正确率。该任务主要考查个体在选择性注意过程中不断进行任务转换的能力（Posner，1980）。

1.2.1.2 选择性注意能力发展的研究

目前国内外研究均表明，选择性注意在个体学龄期表现出较大的发展趋势（Brickenkamp et al.，1998；Brodeur，2004；Comalli et al.，1962；Hommel et al.，2004；Manly et al.，2001；Miller et al.，1994；Pasto et al.，1997；Plude et al.，1994；Trick et al.，1998；施建农等，2004；王文忠等，1992；张学民等，2008）。例如，施建农等（2004）对7~12岁儿童视觉搜索能力的研究发现，年龄是影响视觉搜索反应时、正确率的主要原因，视觉搜索反应时随年龄的增长而缩短，正确率也随着年龄增长呈整体上升的趋势；Pasto等（1997）采用双耳分听任务方法调查了平均年龄为4岁、5岁、7岁、9岁、25岁的被试，发现被试对无关刺激的过滤能力随着年龄的增长而提高，在25岁左右趋于成熟；通过线索提示任务，研究者得到了相似的结果，即随着年龄的增长，被试更容易把注意力从无效的线索位置转移到目标刺激的位置（Enns et al.，1989）。Hommel等（2004）运用视觉搜索任务研究生命全程（6~88岁）中选择性注意发展趋势的变化，结果发现选择性注意能力呈现倒"U"型的发展曲线，即在儿童期快速发展，成年早期趋于稳定，而后随着年龄增长又出现缓慢下降的趋势。

除了实验研究外，运用标准化测验对选择性注意的研究得到了类似的结果（Brickenkamp et al.，1998；Manly et al.，2001；Wassenberg et al.，2008）。例如，在TEA-Ch测验中，对选择性注意（sky search和map mission分测验）的结果分析表明，6~16岁儿童在这两个划消任务上均表现出了明显的发展趋势（Manly et al.，2001）。从d2划消测验的常模数据库来看（Brickenkamp et al.，1998），正确数（正确划掉的目标刺激）在9~20岁一直处于上升状态，20岁之后开始缓慢下降，错误数（包括虚报数和漏报数）在9~15岁逐渐下降，15~20岁趋于平缓状态，20岁之后又开始缓慢上升。这表明选择性注意在9~15岁这个年龄段上的发展趋势比较明显。

选择性注意在个体的各种学习活动中起着非常重要的作用。对儿童青少年来说，良好的选择性注意能力是实现高效率学习的前提（周详等，2006），其与儿童阅读速度、阅读效率均为正相关（张学民等，2006）。已有研究显示，有学习障碍的儿童存在选择性注意的缺陷，即他们不能像一般儿童那样忽略无关刺激，而将注意力集中在目标刺激上（Hallahan et al.，2005）；有学习障碍的儿童在选择性注意任务上，对目标刺激的反应易受分心物干扰，其抑制分心物干扰的能力较弱（金志成等，2003）；对注意缺陷多动症（attention-deficit-hyper-activity disorder，ADHD）儿童的研究结果也显示，与正常儿童相比，ADHD 儿童在对于刺激的选择性反应时，抑制和忽略无关的干扰刺激表现较差（Brodeur et al.，2001）。

1.2.2 国内外有关稳定性注意能力发展与测评的研究

1.2.2.1 稳定性注意的界定及测评

彭聃龄（2004）在《普通心理学》中对稳定性注意或持续性注意（sus-tained attention）进行了定义，指出"持续性注意是注意在一定时间内保持在某个客体或活动上，也就是注意的稳定性"。在此，我们将"稳定性注意"和"持续性注意"作为同一概念处理。

稳定性注意任务一般要求被试把注意力集中在某个对象或活动上，并能够持续一段时间。因此，稳定性注意能力的标志"是在一段时间内保持注意力高度集中"（林崇德等，2003）于当前所从事的活动。在稳定性注意的研究或标准化测验中所采用的测评任务可能各不相同，但基本的原理是一致的，即要求被试在忽视或抑制无关对象或活动的同时，把注意力集中在某个特定的对象或活动上，并能够持续一段时间。通过考察个体在任务或活动上的表现水平对其稳定性注意能力进行评估。常用的稳定性注意任务有视觉追踪任务和持续性操作任务。

（1）视觉追踪任务

视觉追踪多用纸笔测试的形式来考查稳定性注意。该任务要求被试用眼睛从左至右追踪一条曲线，并将曲线起始序号写到右侧曲线结束的方格内。个体在追踪一条曲线时，必须保持高度的注意力，并将注意力维持一段时间，直到将这条曲线追踪结束。因此，视觉追踪任务能很好地体现出稳定性注意的基本含义。

视觉追踪任务中的材料是线条，也是儿童非常熟悉的材料，线条本身既是目标刺激又是干扰刺激，通过改变线条的数量与密度可以有效地实现难度控制。国内殷恒婵编制的《青少年注意力测验》中采用了视觉追踪任务来测查个体的稳定性注意（殷恒婵，2003）。该分测验的施测时间为3分钟，表明在较短的时间内测查稳定性注意是可行的。

（2）持续性操作任务

持续性操作任务（CPT）也是考查稳定性注意的经典任务（Conners，1999，2000）。该任务在电脑上呈现刺激材料（图形、数字或声音），要求被试对目标刺激和干扰刺激分别做出指定的反应，整个任务持续时间一般在10分钟以上，以此测查被试在持续性任务上的稳定性注意能力。目前广泛使用的Conners CPT测验、视听整合持续测验（IVA-CPT）都采用了这种任务模式。

1.2.2.2 稳定性注意能力发展的研究

已有研究表明稳定性注意能力在儿童青少年阶段是逐步发展成熟的（Krakow et al.，1983；Levy，1980；Lin et al.，1999；Miller et al.，1981；Rebok et al.，1997）。Miller等（1981）的研究表明，随着年龄的增长，儿童将注意持续地集中于目标任务上的能力增强，抗干扰能力也越来越好。Rebok等（1997）运用持续性操作任务（CPT）发现，8~10岁儿童稳定性注意发展最快，10~13岁发展相对缓慢；Lin等（1999）同样运用CPT任务对341名6~15岁儿童进行了研究，结果发现，这一年龄段被试在CPT测试中的击中率随着年龄增长有明显提高，虚报率则随着年龄的增长而下降，表现出显著的年龄差异。国内的研究也发现了相似的结果（李洪曾等，1987；刘景全等，1993；马志国，1989；张灵聪，1996）。例如，李洪曾等（1987）采用校对改错法任务的研究发现，小学三年级至初中三年级的被试，随着年龄的增长，其稳定性注意能力逐渐提高，个体差异逐渐缩小；马志国（1989）运用视觉追踪任务对小学2~6年级的儿童的稳定性注意能力进行测查，发现随着年级的增长，被试在该任务上的得分不断增加，这一结果也表明运用视觉追踪任务能较好地反映稳定性注意能力的发展性。

稳定性注意在儿童学习过程中有重要意义。目前已有不少研究表明稳定性注意与儿童青少年的学习有密切关系（Swanson，1981；马志国，1989；张曼华等，1999；张曼华等，2004）。在运用 CPT 任务的相关研究中，国外相关研究发现，学习成绩差的儿童在该任务上的成绩要低于一般儿童（Swanson，1981）。国内也有研究表明小学优差生注意品质有明显的趋势性差异，总趋势是学习成绩差的学生的稳定性远不如学习成绩优的学生（马志国，1989）；儿童在稳定性注意上的得分与其语文和数学成绩有明显的正相关，学习困难儿童在稳定性注意上与学习正常儿童存在显著性差异（张曼华等，1999；张曼华等，2004）。此外，ADHD 儿童在稳定性注意上存在明显的缺陷（Aman et al.，1986；Börger et al.，1999；Barkley，1997；Corkum et al.，1993；Heaton et al.，2001；Oades，2000）。例如，已有研究发现，与学习正常儿童相比，ADHD 儿童在完成 CPT 任务时出现较多的漏报和虚报（Corkum et al.，1993；Oades，2000）。

1.3 "中国儿童青少年心理发育特征调查"注意能力关键指标与测量工具的研究

在文献综述的基础上，经过专家的多次反复研讨，结合该项目施测过程中的实际条件（如纸笔、团体测试），初步将选择性注意与稳定性注意作为本次调查的注意能力二级关键指标。并以此为基础编制注意能力测量的工具，经过四次不同规模的预试，最终确定了注意能力关键指标及其测评的工具。

1.3.1 注意能力测量工具的编制

1.3.1.1 选择性注意能力测量工具的编制

根据文献综述，我们发现划消任务与线索提示任务是最为常用且具代表性的选择性注意能力测验任务，其不仅用于实验研究中，也用于大部分的标准化注意能力测验中。但考虑到线索提示任务需要在计算机上进行个体施测，不适宜大规模的团体测查，因此本项目不考虑用线索提示任务作为选择性注意测量的工具，只选用了划消任务。划消任务中的目标刺激通常为复合刺激（两个或两个以上特征），这要求个体从两个或多个方面对目标刺激进行综合判断，所以划消任务的完成通常要求个体有较高的注意控制能力（Burns et al.，2009）。此外，一些研究者认为，个体对目标刺激能否正确选择不仅能体现个体选择性注意能力的高低，也能反映其注意集中程度（Sturm et al.，2000）。因此本研究采用划消任务来测查个体的选择性注意能力。

划消任务编制中的最关键之处就是要体现出选择性注意能力的两个基本特征，即对目标刺激的选择与干扰刺激的抑制。因此，典型的划消任务就是要求被试在一系列刺激中对既定的目标刺激做出尽快的反应（Bates et al.，2004；Manly et al.，1998；Ruff et al.，1996）。由于 d2 既是经典的划消任务，又是测查注意能力的代表性测验之一（Schweizer et al.，2005），因此在编制过程中，主要以 d2 测验作为参照。

在测验的编制过程中，我们考虑了测验材料、测验难度、时间控制与题量等因素。测验材料的选择着重于目标刺激与干扰刺激的选择上。考虑到文化的公平性与年龄跨度较大这两个重要的特点，该项目使用数字作为主要刺激材料。另外，在任务编制过程中还通过在数字的上、下加上短线以改变干扰刺激与目标刺激之间的相似性程度，以此来增加视觉搜索任务的难度。任务难度主要反映在不同的题目上。最终确定的选择性注意能力分测验共有四道题，从第一题到第四题，题目的难度不断增加。

1.3.1.2　稳定性注意测量工具的编制

视觉追踪任务和持续性操作任务（CPT）为实验与测验中最为常用的两个测量稳定性注意能力的工具。视觉追踪任务是一种典型的纸笔测试任务，但CPT 任务主要为计算机任务，要求被试搜索目标刺激，测试时间一般要持续 10分钟以上。考虑到本次调查的实际条件（团体纸笔测试）和测试时间的限制，经专家讨论后决定，本项目不考虑采用 CPT 任务作为稳定性注意的测量工具。同时通过对目前研究中或注意测验中所使用的稳定性注意测量任务的分析，专家认为，与选择性注意相比，稳定性或持续性操作任务的一个重要特征在于完成任务时需持续相对较长的一段时间。此外，在实验心理学中，稳定性注意通常采用警戒作业来测量，这种作业要求被试在一段时间内，持续地完成某项工作，并以工作绩效的变化作为稳定性注意的指标（彭聃龄，2004）。基于上述考虑，我们选用了视觉追踪任务以及机械重复简单加法运算任务，即连续加法运算作业作为稳定性注意的测量工具。

（1）视觉追踪任务

该任务的关键之处在于要求被试用眼睛从左到右追踪几条曲线中某条特定的曲线，并将作业持续一定的时间。该任务的编制参考了《青少年注意力测验》中的视觉追踪任务（殷恒婵，2003），要求被试用眼睛从左至右追踪一条曲线，并将曲线起始序号写到右侧曲线结束的方格内。个体在追踪一条曲线时，必须保持高度的注意力，并将注意力维持一段时间，直到将这条曲线追踪结束。因此，视觉追踪任务能很好地体现出稳定性注意的基本含义。

在视觉追踪任务中，我们以线条为刺激材料，因为线条本身既是目标刺激又是干扰刺激。在任务的编制过程中，我们从曲线之间的密度、曲线的长度与数量以及背景噪声等角度来设置任务的难度，并从易到难地在不同题目上体现出来，题目的数量为 7 道，持续时间为 2 分钟。

（2）机械重复加法任务

该任务要求被试完成 3 部分简单的加法计算题，3 个部分分开穿插在整个测试的过程中。从第一部分开始到第三部分结束，中间的时间间隔约为 14 分钟。每一部分的答题时间为 90 秒，完成后接着完成其他的认知测验任务。由于各个测验过程没有间断，被试需要把注意力稳定地集中在一些特定的任务中，因此可以通过比较加法任务各部分的反应正确率或答题数的变化（即工作绩效的变化）来衡量被试的稳定性注意力水平。我们假设，如果被试的注意力能够在一段时间内维持较高的水平，其三部分答题数或正确率的变化不大，反之，其在各部分上的得分差异会比较大。机械重复加法任务的每个部分由 100 道题组成，三部分难度保持恒定（1~3 年级：10 以内的加法；4~6 年级：15 以内的加法；7~9 年级：20 以内的加法）。

1.3.2 注意能力测量工具的预试与修订

针对编制的三个注意分测验，我们进行了四轮预试来评估测量工具的可行性、可靠性与有效性，以测评的标准为依据对每次预试的结果进行了分析，并以此为参照对分测验或项目进行了修改。同时，儿童对测验任务或指导语的理解和测试过程中的实际问题也是注意能力测量工具修改的重要依据。下面对四次预试的结果及测验的修改进行详细的介绍。

第一次预试的被试为北京地区 1 年级、3 年级、5 年级、8 年级的学生，有效被试为 318 名。从第一次预试结果来看，机械重复加法任务的结果不理想，即被试在三个部分测验上没有体现出明显的差异性。可能是由于该任务过于容易，也可能是由于测试的方式（即穿插在不同认知任务中间）不适合反映稳定性注意，该任务显然没有达到测量稳定性注意的目的，因而首先删除了机械重复加法任务。划消测验在年龄间的发展性、内部一致性信度以及与学业成绩的相关都较好，但从项目分析来看，该分测验四道题目中有两道题目的区分度较低（总体区分度低于 0.35），另两道题的区分度较好（总体区分度分别为 0.57和 0.51）。因此，保留了该分测验中区分度较好的两道题目，同时取消了原来的分年龄段设计题目的思路，所有年龄段的题目相同，这样不同年龄儿童的得分可以直接进行比较。对于视觉追踪分测验，除第一题的总体区分度小于 0.20之外，其他题目的发展性、内部一致性信度、与学业的相关都较好。因此，删掉了该分测验中的第一道题目，保留其他 7 道题，所有年龄段均使用同一套题目。

第二次预试分别抽取了天津市、浙江金华市、内蒙古呼和浩特市、甘肃兰州市和西藏拉萨市 1 年级、3 年级、5 年级、8 年级的学生，有效被试分别为 1565 名（划消测验）和 1380 名（视觉追踪测验）。该次预试的目的在于考察认知测验对于全国儿童青少年的适用性以及根据结果对注意分测验进行进一步调整。预试结果表明，无论是划消测验还是视觉追踪任务，都达到了理想的效果。例如，划消任务中两个项目的总体难度分别为 0.64 和 0.66，视觉追踪测验 6 个项目的难度在 0.05～0.92，且都具有较好的区分度。划消与视觉追踪两个测验的内部一致性系数分别为 0.84 和 0.75，与语文和数学的学业成绩也有显著的相关。

然而，在测试过程中，我们发现部分被试在完成视觉追踪测验时，习惯用手或笔追踪线条，这可明显提高测验成绩，影响其真实水平的表现。但在大规模的团体施测过程中，这一现象又很难控制。此外，划消测验与视觉追踪测验共需要约 15 分钟的时间，而且两个测验的时间主要花费在指导语上。考虑到整个认知能力测验在时间上的有限性，以及视觉追踪测验操作与控制上的难度，同时考虑到两个测验间的相关达到 0.53，因此，经专家研讨，删除视觉追踪分测验，只保留划消测验。但划消测验的题目数从 2 道题增加到 4 道题，并适当增加了题目的整体难度。由此被试持续做题的时间可达到 4 分钟，而且题目难度的提高也对被试的注意集中能力提出了更高的要求，这在一定程度上也反映了稳定性注意的特点。实际上，国外也有研究者把 d2 测验用来测查稳定性注意（Buehner et al.，2006；Krumm et al.，2008；Schmidt-Atzert et al.，2006），而且我们的测验与 d2 测验在测查时间与测查方式上也较为接近。因此，可以认为经过修改后的划消测验不仅测查了选择性注意，而且一定程度上也体现了稳定性注意。

针对全国预试的结果及对测验的进一步修改，项目组进行了第三次预试，选取了北京地区 2 年级、5 年级、8 年级的学生，有效被试为 230 名。从测试过程看，该测验操作简单，而且低年级被试也能较好地理解指导语；从预试结果看，各年龄间的发展性、划消测验与学业成绩的相关性、测验的内部一致性信度等都比较理想。但四道题的难度变化未符合预期要求（预期为难度递增），因此对四道题的难度重新做了调整。

第四次预试仍选取了北京地区 2 年级、5 年级、8 年级的学生，有效被试 118 名。预试结果显示，各年级被试在测验得分上的发展趋势明显（$\eta^2 = 0.63$），测验难度适合各个年龄段的儿童，各个题目的区分度良好。衡量测验内部一致性信度的克龙巴赫系数为 0.94；再测信度（时间间隔为 1 个月）为 0.90。效标效度上，与 d2 测验的相关达到 0.87，与韦克斯勒儿童智力测验第四版（WISC-Ⅳ）中划消任务之间的相关达 0.72，与韦氏儿童智力测验的全量表的相关为 0.43，且都达到了显著性水平。

1.3.3 小结：注意能力关键指标与测评工具的确定

根据注意能力关键指标的测评结果以及专家对测评结果的研讨，最后确定的注意能力关键指标为选择性注意，测量工具为划消测验。划消测验由四道难度不同的题目组成，每道题目有 200 个刺激，其中 44 个为目标刺激，每道题目答题时间为 60 秒。加上指导语时间（6 分钟），注意能力测验总时间为 10 分钟。在参考研究者对类似的 d2 测验的研究中（Buehner et al.，2006；Krumm et al.，2008；Schmidt-Atzert et al.，2006），划消测验也能够在一定程度上反映稳定性注意的特点。

第 2 章 记忆能力发展的关键指标与测评

2.1 记忆能力发展中涉及的关键指标及其重要价值

记忆（memory）是一个含义丰富的概念。从信息加工的角度看，记忆是指人脑对外界信息进行编码、存储和提取的加工系统（Atkinson et al.，1968；Tulving，2000；彭聃龄，2001；朱滢，2000）。按照不同的角度或标准，记忆可以分成不同的类型。按照信息加工阶段、信息保持时间长短等因素，可以将记忆分为感觉记忆（即瞬时记忆）、短时记忆和长时记忆（Atkinson et al.，1968）。感觉记忆（sensory memory）是记忆的第一个阶段。对感觉记忆的研究主要集中在视觉形象存储（iconic store）和听觉回声存储（echoic store）方面（朱滢，2000）。Schneider 等（1998）在综述以往大量研究的基础上指出，虽然儿童在将感觉记忆转化为短时记忆的能力方面存在显著的年龄效应，但不同年龄儿童的感觉记忆能力本身差异却很小。短时记忆（short-term memory）是信息从感觉记忆到长时记忆的一个过渡阶段，是记忆过程的重要环节。"信息首先进入感觉记忆，那些引起个体注意的感觉信息才会进入短时记忆，在短时记忆中存储的信息经过加工再存储到长时记忆中，而这些保存在长时记忆中的信息在需要时又会被提取到短时记忆中"（彭聃龄，2001）。长时记忆（long-term memory）则是对信息的永久性储存，它存储着我们过去的所有经验、知识或习得的技能，为所有心理活动提供了必要的知识基础。除短时记忆与长时记忆外，近年来，工作记忆（working memory）渐渐成为记忆领域研究的热点。工作记忆是Baddeley 等（1974）在短时记忆基础上提出来的一种记忆类型，其保留了短时记忆的存储能力，同时还强调对信息的操作以及对该操作的控制，是一种动态的存储系统。研究者对工作记忆进行了广泛而深入的研究，日益发现其在记忆系统乃至整个认知过程中起着重要的作用。

记忆对于个体发展的重要意义不言而喻，它是人类其他认知能力的基础。在个体发展过程中，通过对信息的编码与存储，个体不断地积累知识、经验或技能，成为认知发展必备的知识基础。无论是短时记忆、长时记忆还是工作记忆能力都会直接影响儿童知识和技能的学习与掌握（Cheung，1996；Cooke et al.，2002；Gathercole，1999；Jarrold et al.，2009；Kleiman，1975；Morra et al.，2009；Passolunghi et al.，2008；Swanson，1992）。同时，短时记忆、长时记忆和工作记忆还对智力有一定的预测作用，是一般智力的基础之一（Colom et al.，2005；Conway et al.，2002；Engle et al.，1999；Kyllonen et al.，1990；Swanson，2008；张清芳等，2000）。

从现有的记忆能力测量来看，短时记忆、长时记忆以及工作记忆也是众多记忆量表的主要测查内容。例如，在周世杰等（2003）编制的龚氏记忆成套测验儿童本（Memory Assessment Battery for Children，MABC）、Wechsler（1997）编制的韦氏记忆量表第三版（Wechsler memory scale-third edition，WMS-Ⅲ）（Strauss et al.，2006）以及 Cohen（1997）编制的儿童记忆量表（children's memory scale，CMS）（Strauss et al.，2006）等测验中，均将短时记忆、长时记忆以及工作记忆作为考查记忆能力的重要指标；程灶火等（2002）编制的多维记忆评估量表（multiple memory assessment scale，MMAS）将短时记忆和长时记忆作为主要考查内容。周世杰等（2005）编制的工作记忆成套测验（working memory battery，WMB）则是专门针对工作记忆的测查。另外，一些权威的认知测验中对记忆的考查也主要通过对短时记忆、长时记忆或者工作记忆的测量来进行，如 Woodcock Johnson 认知能力测试第三版（Woodcock-Johnson III tests of cognitive abilities，WJ III Cog）（Strauss et al.，2006）有短时记忆和长时记忆的分测验，韦氏儿童智力量表第四版（Wechsler intelligence scale for children-fourth edition，WISC-IV）（Wechsler，2003）中则增加了工作记忆的分测验。

基于以上原因，我们最后选取短时记忆、长时记忆以及工作记忆作为评估儿童青少年记忆能力的关键指标。

2.2 国内外记忆能力发展关键指标与测评的研究进展

2.2.1 国内外有关短时记忆和长时记忆能力发展与测评的研究

2.2.1.1 短时记忆和长时记忆的界定及测评

按照现代信息加工的观点，记忆是一个结构性的信息加工系统，短时记忆是其中一个子系统，一般认为它对信息的保持时间约在几秒到几十秒之间（Atkinson et al.，1968），其容量有限，约为 7 ± 2 个单位（Miller，1956）。短时记忆最突出的特点是其信息容量的有限性和相对固定性（杨治良等，1999），因此人们对短时记忆的考察主要集中在记忆容量方面，即信息一次呈现后，被试能记住的最大数量（Case et al.，1982；Cheung，1996）。长时记忆是指信息经过充分的和有一定深度的加工后，在头脑中长时间保留下来的一种永久性的储存。一般认为，长时记忆是指存储时间在一分钟以上的记忆（彭聃龄，2001）。长时记忆与短时记忆的区分是相对的，主要差异反映在其对信息的存储时间上，我们也采用信息保持时间长短作为短时和长时两种记忆的区分依据。

记忆能力的测评基本上围绕在项目或刺激呈现形式、呈现时间、保持时间以及提取方式这几个方面。最普遍使用的记忆任务主要是项目再认或回忆任务和配对联想学习任务。在长时记忆的研究中，也常使用日常生活记忆测量来考察事件记忆和自传式记忆的发展，以了解信息在长时记忆中的存储时间、遗忘的发生规律以及发展性差异等（Baker-Ward et al.，1993；Hamond et al.，1991；Nelson et al.，2004；Usher et al.，1993）。但这类研究一般都是回忆或追溯性研究，通常采用个体施测的形式。考虑到团体施测的可行性，以下我们将主要介绍项目再认／回忆以及配对联想学习这两类任务。

（1）项目再认／回忆任务

项目再认／回忆是考察短时记忆和长时记忆能力的经典范式，项目可以是数字、图片、单词等（Carey et al.，1980；Dempster，1981；Newcombe et al.，1977；杨治良等，1981；程灶火等，2001）。该任务一般分为两个阶段：识记阶段和测试阶段。识记阶段一般向被试呈现（可以是视觉或者听觉通道呈现）某一类（如数字、图片、单词等）目标项，要求被试识记，然后在测试阶段要求被试把学过的项目回忆出来，或者将这些学习过的目标项与未学习过的干扰项混在一起，要求被试从中选择出那些学习过的项目（即再认）。例如，识记阶段向被试视觉呈现数字 34、数字 8653，在测试阶段要求被试报告这两个数字（项目回忆），或者向被试同时呈现学习过的目标项数字 34、数字 8653 和没有学习过的干扰项数字 43、数字 8563，要求被试选择学过的数字（即项目再认）。

项目再认/回忆任务多以纸笔形式进行测试，一般对学习阶段的时间有严格限制（如每个刺激呈现 5 秒）（Carey et al.，1980）。回忆任务一般以正确回忆的项目个数作为衡量记忆广度的指标（Dempster，1981），而在再认任务中则同时关注正确再认和错误再认的项目个数，以这两个值的加权组合来描述记忆广度或容量（杨治良等，1981）。项目再认/回忆任务是国内外记忆发展研究或成套的标准化记忆测验的常用任务，在很多经典的记忆测验中都有此类任务，如韦氏记忆量表中国修订版（Wechsler memory scale-revised in China，WMS-RC）（龚耀先等，1989）、龚氏记忆成套测验儿童本（MABC）、多维记忆评估量表（MMAS）等。

（2）配对联想学习任务

配对联想学习（paired associate learning）最早是由 Calkins（1894）提出的。在配对联想学习的任务中，先向被试呈现一系列两两配对的项目，之后单独呈现刺激项目让被试回忆与之相对应的项目，以检验其学习和记忆的效果。配对联想学习分为学习与记忆测试两个阶段。在学习阶段，先让被试学习配对的两个刺激（如一对词语，"日历"和"鞋子"），随后进入记忆测试阶段，给被试提供其中一个刺激（如"日历"），让其回忆或再认与该刺激配对的那个刺激（"鞋子"）。具体刺激可以是言语方面的，如词汇或者数字，也可以是视觉空间方面的，如图符或者空间位置。根据不同的实验目的，可以选择不同刺激材料和配对形式，如词汇 – 词汇、词汇 – 图符、图符 – 空间位置（Jansen-Osmann et al.，2007；Rohwer et al.，1971；程灶火等，2001）等。

配对联想学习任务也是考察儿童记忆能力发展的常用范式。与项目记忆测验相比，配对联想学习是在刺激之间建立联系，更接近于日常学习与记忆过程。

以儿童阅读学习的早期阶段为例，儿童需要先学习字母的视觉特征，以及每个字母的发音，然后将字母和发音建立联系。同样，之后的词汇学习就是要把单词和发音建立联系，并进行长期的存储（Hulme et al.，2007）。以上任何一个过程出现了问题，都有可能导致阅读学习失败。

配对联想学习任务既可以通过计算机呈现的方式进行测量（Jansen-Osmann et al.，2007），也可以用纸笔的方式进行（Mallory，1972）测量。与项目再认/回忆任务一样，配对联想任务在学习阶段的时间也有严格限制。很多标准化的记忆测验都包含有配对联想学习测验，如韦氏记忆量表中国修订版（WMS-RC）、龚氏记忆成套测验儿童本（MABC）、多维记忆评估量表（MMAS）等。

2.2.1.2 短时记忆和长时记忆能力发展的研究

（1）短时记忆能力发展的研究

许多研究发现，从儿童到青少年时期，个体的短时记忆能力迅速提高（Dempster，1981；Gathercole et al.，1989；Hulme et al.，1984；Kemps et al.，2000；陈国鹏等，2005；程灶火等，2001）。Dempster（1981）采用项目回忆任务，考察了儿童与成年人的听觉短时记忆能力，发现被试回忆的项目数随着年龄增长显著上升，直至成年期；程灶火等（2001）采用项目回忆、项目再认以及配对联想等任务考察了 6~18 岁儿童青少年短时记忆发展情况，结果发现被试短时记忆能力在 12 岁之前不断增长，但具体到不同的任务和记忆材料，被试表现出来的发展模式略有不同。例如，汉词（汉语双字词）回忆和图画回忆成绩在 7~12 岁快速增长，13 岁左右达到峰值，而图形再生则在 6~8 岁快速发展，9 岁后速度放缓，在 10 岁时达到峰值；汉词配对和图符配对的短时记忆成绩在 6~12 岁匀速发展，而人名配对在 7~10 岁有一个加速期，速度超过了汉词配对和图符配对的同期发展；在 13~14 岁左右，三者的成绩均达到峰值，以后发展趋于缓和。

短时记忆能力是其他认知能力的基础（Colom et al.，2005；Cooke et al.，2002；Hulme et al.，2007；Jarrold et al.，2009；Kleiman，1975；Windfuhr et al.，2001）。例如，Cooke 等（2002）使用句子再认任务，发现短时记忆在个体言语理解中起着重要的作用；Jarrold 等（2009）使用项目回忆和项目再认任务，

发现拥有能够准确表征语音信息的短时记忆对儿童学习新单词来说是必不可少的；Windfuhr 等（2001）也发现，在控制年龄、IQ 和语音意识后，假词－抽象图片配对联想学习即时成绩对于阅读能力具有独特的预测作用。短时记忆能力还与儿童的学业成绩密切相关（Gathercole et al.，2008；Kulp et al. 2002；Passolunghi et al.，2008；程灶火等，1992）。Kulp 等（2002）发现，2～4 年级学生的短时记忆成绩与阅读理解、数学成绩及综合学业成就呈正相关。Passolunghi 等（2008）使用项目回忆的任务发现，对于一年级儿童来说，其短时记忆能力对智力在数学技能的影响上起着中介作用。此外，短时记忆能力的缺陷可能是造成学习障碍的重要原因，大量研究发现有学习障碍的儿童的短时记忆能力比无学习障碍儿童差（Siegler et al.，1984；Stanford et al.，2000；Torgesen et al.，1990；陈洪波等，2001；程灶火等，1998a）。陈洪波等（2001）利用龚耀先修订的韦氏记忆量表（WMS-RC）对阅读障碍儿童和无阅读障碍儿童的记忆进行了比较，并且将其分为障碍组和正常组两组，发现障碍组在记图、联想学习等多个短时记忆分测验上的成绩明显低于正常组。除了学习障碍，一些研究也发现患有 ADHD、威廉姆斯综合征（Williams syndrome）或者唐氏综合征（Down syndrome）的儿童的短时记忆能力也低于正常儿童（French et al.，2001；Grant et al.，1997；Kibby et al.，2008；Laws，1998；Stevens et al.，2002）。

（2）长时记忆能力发展的研究

与短时记忆一样，随着年龄的增长，儿童的长时记忆能力也不断地提高（Baker-Ward et al.，1993；Beardsworth et al.，1994；Brainerd et al.，1993；Jansen-Osmann et al.，2007；Quas et al.，1999；Roodenrys et al.，1993）。Schneider 等（1998）在一篇综述里指出，人类记忆的存储和提取过程的系统化发展主要发生在从幼儿园到成年早期这段时间中。Brainerd 等（1993）采用项目回忆的方法对不同年龄的两组儿童的长时记忆能力进行研究，结果发现不论是在提取容易还是提取困难的项目上，年龄较大组儿童的记忆成绩均显著高于低年龄组儿童的记忆成绩。Jansen-Osmann 等（2007）采用图片－单词（verbal condition）和图片－位置（spatial condition）两种配对任务考察二年级、六年级儿童及成人的长时记忆能力。研究发现，配对联想的长时记忆能力随着年龄增长而逐步发展，并且个体在图片－单词配对联想任务上的表现要好于图片－位置配对任务。国内的研究者也得到比较一致的结果：洪厚得（1991）发现 7~14 岁中国儿童的汉字长时回忆成绩随着年龄增长显著上升。周世杰等（2004）研究了 7~15 岁儿童图片记忆能力的发展，结果发现，儿童对于图片材料的延迟回忆能力在 7~11 岁发展较快，之后趋于平缓；而在图形的延迟再认测验上的成绩在 7~l5 岁均有一定程度的上升。

长时记忆同样会影响到个体其他认知能力的发展。多项实证研究表明，长时记忆在工作记忆的构成成分中起着支持作用（Baddeley et al.，2000；Gathercole，1995；Hulme et al.，1991；Poirier et al.，1995）。例如，Baddeley 等（2000）发现，工作记忆中视觉空间模板所产生和保持的视觉形象的鲜明性受到长时记忆的影响，其暗示工作记忆子系统的功能可能受长时记忆中的知识影响。

长时记忆在儿童青少年的学习过程中也发挥着重要作用（Ford et al.，1981；Jones et al.，2007；Masoura et al.，2005；Swanson et al.，2001）。研究表明儿童能否顺利从长时记忆中提取信息对其语言学习和计算能力有重要影响。Ford 等（1981）研究发现，儿童从长时记忆中提取的有效性信息与其言语能力高度相关；而儿童的算术成绩也受长时记忆的影响，计算成功与否依赖于能否从长时记忆中提取适当信息（Siegler et al.，1984）。另外，长时记忆还对工作记忆起到支持作用，工作记忆对儿童学习的影响受到长时记忆的调节（Swanson et al.，2001）。

大量研究发现无学习障碍儿童和学习障碍儿童在长时记忆能力上有显著差异（Fletcher，1985；Swanson，1999a；程灶火等，1998b；程灶火等，1992）。Fletcher（1985）使用项目回忆任务发现，学习障碍儿童的言语和非言语长时记忆能力均比无学习障碍儿童差。程灶火等（1998b）发现不同类型学习障碍儿童的长时记忆功能存在不同程度的缺陷，混合型障碍儿童各项长时记忆分数（除符号－图画学习外）均低于对照组，语文障碍组的多数长时记忆成绩（除词听觉辨认和符号－图画学习外）也低于对照组，数学障碍组在语义归类回忆和图画视觉再认的分数上低于对照组。此外，还有一些研究证实患有威廉综合征、唐氏综合征、癫痫症、I 型糖尿病（type I diabetes）等疾病的儿童在长时记忆某些方面也存在缺陷（Borden et al.，2006；Cronel-Ohayon，et al.，2006；Hershey et al.，1998；Hershey et al.，2004；Jarrold et al.，2007；Vicari et al.，2005）。

2.2.2 国内外有关工作记忆能力发展与测评的研究

2.2.2.1 工作记忆的界定及测评

工作记忆是 Baddeley 等（1974）在短时记忆的基础上提出的一种记忆类型，用于描述对信息进行短暂存储和操作的结构和过程。在人们进行学习、记忆、思维及问题解决等高级认知活动中，工作记忆充当着一个暂时信息存储与加工的角色。其不仅包括一些基本的记忆存储单元，还对信息进行操作，负责注意力在不同任务间的切换，保持储存单元中的信息处于激活状态，以备进一步加工之用（Baddeley，1998；Baddeley et al.，1974）。

根据 Baddeley 的观点，工作记忆包括三个功能子系统，一个是中央执行（central executive）系统：负责工作记忆中的注意控制，指挥从属子系统的活动；两个从属的子系统，即负责言语材料暂时存储和处理的语音环路（phonological loop）和负责视觉空间信息暂时存储和处理的视觉空间模板（visuospatial sketchpad）。其中，中央执行系统与工作记忆容量是工作记忆研究的重点（Unsworth et al.，2007），特别为儿童发展研究所关注。对工作记忆的测评也集中在这两个方面。

对工作记忆的测评主要采用复杂广度任务和执行功能相关任务，前者用于测量言语工作记忆容量和视觉空间工作记忆容量，后者主要测评中央执行系统的功能。此外还有倒背任务或按照某种规则背诵材料的任务，测验材料包括数字、字母、单词等。由于本项目采用团体、纸笔施测的形式，不能采用背诵材料的任务，因此以下将重点介绍复杂广度任务和执行功能相关任务。

（1）复杂广度任务

复杂广度任务是测量工作记忆容量的常用任务（Gilinsky et al.，1994；Logie et al.，1997；Swanson，1999a，1999b；Unsworth et al.，2007）。在复杂广度任务中，要求被试在进行某种形式的即时加工的同时，记忆这个加工的某个部分，即让被试同时进行加工和存储两种心理活动，由此进行对工作记忆的测量。例如，目前使用最广泛的阅读广度任务要求被试大声读句子或者判断句子是否正确（加工要求），同时记住每个句子的最后一个单词或其他的靶子词（存储要求）。其他的广度任务，如计数广度、计算广度和视觉空间广度等任务都与之类似，即要求被试在进行某种认知加工如简单计数、计算或心理旋转的同时，进行靶子项目，如单词、数字或空间位置的存储。

在这些复杂广度任务中，视觉空间工作记忆任务测量的记忆容量较小，因为需要更多注意资源的参与，视觉空间工作记忆比言语工作记忆对中央执行系统的依赖更大（Miyake et al.，2001），所以采用视觉空间广度范式，其不仅能够考察工作记忆的容量，还可以更好地测量工作记忆的核心成分（中央执行系统）。视觉矩阵（visual matrix）是一种常见的视觉空间广度任务，该任务的具体步骤是：在识记阶段，向被试视觉呈现一个矩阵（如 2 × 2 的矩阵），矩阵的 4 个方格里面有的有点，有的没有，给被试 5 秒钟时间对此进行识记；在测试阶段，让被试在空白矩阵中再现刚才看到的矩阵中各点的分布情况，以被试正确再现的矩阵数为工作记忆的容量。刺激的呈现既可以使用卡片形式呈现（个体施测，如 Swanson，1992）也可以通过投影仪呈现（集体施测，如 Swanson，2008）。

（2）执行功能相关任务

广义上的执行功能（executive function，EF）是指在完成复杂认知任务时，个体对认知过程进行协调和优化，以确保认知系统产生有序、具有目的性行为的监控机制（周晓林，2004）。具体到工作记忆中，执行功能主要体现在信息更新、优势反应的抑制以及任务转换三个方面（Miyake et al.，2000），其中最受研究者关注的是抑制功能方面。研究抑制功能的任务有很多，包括 Stroop 任务、停止信号任务、Go-Nogo 任务、Flanker 任务、Simon 任务、Luria 手游戏、返回抑制任务、负启动范式等。其中，Stroop 任务是研究执行功能的经典范式之一，其主要测量执行功能的抑制成分，指的是个体对认知过程或内容的压抑过程（Stroop，1935）。

最经典的 Stroop 任务是要求被试命名色词的印刷颜色。当词的印刷颜色与词的意义相冲突时，被试的反应要慢于两者一致的条件。Stroop 任务有多种变式，如用于年幼儿童抑制能力发展研究中的"日与夜"Stroop，数字 Stroop 等。数字 Stroop 任务是给被试呈现两个数字，其物理大小与数字大小可能一致也可能不一致，被试的任务是判断数字的物理大小或者数值大小（Tzelgov et al.，

1992）。Stroop 任务多为计算机化任务（Bull et al.，2001；Williams et al.，2007），一般采用一致条件和不一致条件下反应时的差异来表示 Stroop 效应，以衡量个体抑制能力的大小。近年来，也出现了纸笔化的 Stroop 任务，如周世杰等（2005）在其编制的工作记忆成套测验（WMB）及后来所进行的一系列研究中（周世杰等，2006；周世杰等，2006a，2006b；周世杰等，2007），都使用了个体纸笔施测的 Stroop 任务，并且使用正确数、错误数和遗漏数三个指标按照一定的加权合成 Stroop 效应分数。

2.2.2.2 工作记忆能力发展的研究

大量研究表明，工作记忆容量在人的一生中不断变化（Gilinsky et al.，1994；Logie et al.，1997；Swanson，1999b；李德明等，2003）。Swanson（1999b）采用阅读广度、视觉空间广度等任务，考察了778名6～76岁被试的视觉空间工作记忆和言语工作记忆能力，发现视觉工作记忆和言语工作记忆在6～15岁表现出明显的发展趋势，在35～45岁达到顶峰。也有研究表明，视觉空间工作记忆的子成分的发展是不平衡的。例如，儿童的视觉工作记忆（如形状、颜色等信息，跟视觉表征系统联系更紧密）明显优于空间工作记忆（如运动、空间顺序、位置等动态信息，与执行系统联系更紧密），而且这种优势随着年龄的增加而增大（Logie et al.，1997）。李德明等（2003）采用计算广度作为评价工作记忆能力的指标，发现在10～90岁工作记忆都在发展变化中，其中16～19岁组的工作记忆成绩最高。同样，工作记忆中的抑制功能（中央执行系统的功能之一）在人的一生中也不断发展变化（Brocki et al.，2004；Christ et al.，2001；Comalli et al.，1962；Williams et al.，1999；Williams et al.，2007；文萍等，2007）。有研究者采用 Stroop 任务，发现抑制功能的毕生发展类似于一条倒 U 型曲线（Comalli et al.，1962；William et al.，1999）。Brocki 等（2004）使用 Stroop 等任务对92名6～13岁儿童的抑制功能进行了考察，发现个体抑制功能的成熟期在10岁左右。国内的一项研究也表明，Stroop 任务所测量的抑制功能主要发展期出现在6～7岁，以后随着年龄的升高呈上升趋势，10岁以后发展趋于平缓（文萍等，2007）。

工作记忆与注意、推理、思维、决策等多种认知过程有密切联系

（Ackerman et al.，2005；Cowan et al.，1999；Demetriou et al.，2002；Downing，2000；Engle et al.，1999；Faw，2003；Kyllonen et al.，1990；Salthouse，1994；Swanson，2008；张明等，2007；张清芳等，2000）。例如，Ackerman 等（2005）对工作记忆与智力关系的 86 项研究进行了元分析，结果发现工作记忆与一般智力和推理能力之间共享 25% 的变异；Oberauer 等（2005）对 Ackerman 等报告的数据进行再分析，发现工作记忆与推理能力之间的相关系数达到 0.85，并认为工作记忆是预测推理能力强有力的指标。最近，Swanson（2008）报告了对 205 名 6~9 岁的儿童工作记忆和智力的研究结果，认为工作记忆的发展是儿童智力随年龄发展的基础。另外，有研究表明，ADHD 被试的工作记忆不仅能够通过训练得到提升，而且这种训练持续一定时间后，还能在一定程度上提高被试的认知能力及智力测试的分数（Klingberg et al.，2005；Klingberg et al.，2002）。

工作记忆也与学生学习能力有一定程度的关系（Brosnan et al.，2002；Bull et al.，2001；Gathercole et al.，2001；Passolunghi et al.，2008；李美华等，2008；刘翔平等，2004；王淑珍等，2006）。Gathercole 等（2001）使用数字倒背、计数广度等多种任务对 57 位学龄儿童（6~7 岁）的工作记忆进行了测量，发现工作记忆的优劣是区分 6 岁和 7 岁儿童是否需要特殊教育的有效指标；王淑珍等（2006）发现抑制功能的 Stroop 效应及信息刷新功能的任务效应对学业成就具有负向预测作用，两者共同解释学业成就变异的 15.1%。另一项采用 Stroop 任务的研究发现，学习双差生（语文、数学成绩均差）的抑制能力显著低于双优生（语文、数学成绩均好）（李美华等，2008）。国外也有研究表明，工作记忆在儿童言语理解和算术作业中都起着重要的作用（Adams et al.，1997；Leather et al.，1994；Logie et al.，1994），数学能力与 Stroop 效应量有显著的负相关（Bull et al.，2001）。

2.3 "中国儿童青少年心理发育特征调查" 记忆能力关键指标与测量工具的研究

在文献综述的基础上，经过专家的多次反复研讨，认为短时记忆、长时记忆以及工作记忆能够有代表性地反映 6～15 岁儿童青少年记忆能力的发展，因此初步设定短时记忆、长时记忆以及工作记忆作为本次调查中记忆能力的二级关键指标。以此为基础，编制了记忆能力测量的工具，经过三次预试，最终确定了记忆能力的关键指标与测量的工具。

2.3.1 记忆能力测量工具的编制

2.3.1.1 短时记忆与长时记忆测量工具的编制

通过对现有短时记忆与长时记忆研究以及国内外著名记忆测验的分析，结合本次全国调查规模以及团体纸笔测试的要求，经专家多次研讨，决定采用项目再认任务与配对联想学习任务作为短时与长时记忆的测量工具。在测量上短时记忆与长时记忆的主要差异将反映在信息储存或保持时间的长短方面。短时记忆的测量将在项目呈现或学习后立即进行测试，因此也称之为即时记忆；而长时记忆将在项目呈现或学习后延迟一段时间再进行测试，因此也称之为延时记忆。本测验设置的延迟时间为 30 分钟。

在提取的方式上，考虑回忆的方式不适合于团体的纸笔测试，因此考虑了再认的方式。再认方式的测量快速，可重复性强（Holdnack et al.，2004），任务要求清晰易懂，并可以通过改变刺激的呈现时间等因素调整再认任务的难度，较适用于 6～15 岁这个年龄跨度较大群体，特别是适用于团体纸笔测试。因此选用再认方式作为了本次记忆能力测验被试的反应方式。

项目再认任务采用听觉与视觉两种输入方式，即由听觉再认与视觉再认两个任务组成。主要参照韦氏记忆量表中国修订版（WMS-RC）和多维记忆评估量表（MMAS）等标准化测验进行再认任务的编制，刺激材料的选择是编制再认任务的关键。

听觉再认测验的材料为汉语双字词，为了体现对所有年龄段儿童的公平性，我们以现有研究成果为依据（Hao et al.，2008），选择了 5 岁左右儿童都非常熟悉的口语词汇中的双字词，如"小草"、"火车"等测验材料。词汇包括具体词和抽象词两种，以体现任务难度。本任务采用播放录音的方式呈现刺激，目标刺激为 16 个双字词，同时还有 16 个双字词作为干扰刺激。首先给被试听觉呈现目标词汇，呈现时词汇间的间隔时间为 1 秒，总的呈现时间为 32 秒，要求被试记住这些词汇；测试时将 16 个目标词和 16 个干扰词随机呈现，时间为 64 秒，要求被试选择那些目标词。

视觉再认测验采用了数字材料。为了反映学习任务的难度，材料选用 2~4 位数的数字，一些数字是有规律或容易记忆的，如数字"34"，而另一些是不容易识记的，如数字"8653"。本任务中目标刺激和干扰刺激均为 12 个，目标刺激一次性呈现，呈现时间为 24 秒。测试时目标刺激和干扰刺激随机排列并一次性呈现，时间为 24 秒，要求被试选择那些目标数字。

配对联想学习任务的编制主要参考了韦氏记忆量表中国修订版（WMS-RC）、多维记忆评估量表（MMAS）和龚氏记忆成套测验儿童本（MABC）等标准化测验中的配对联想学习分测验。任务的关键是被试要学习把两个完全不同的目标刺激联系起来。

由于项目再认任务已经选用了数字与词汇作为刺激材料，为了避免信息加工过程中记忆任务之间的相互影响，配对联想学习任务的刺激材料选用了实物图片与几何图形。实物图片材料采用 Snodgrass 等（1980）编制的实物简笔画。这是一套标准化的黑白图片，共 441 张。我们根据张清芳等（2003）和 Liu（2006）对于实物简笔画图片熟悉度的评定结果，取其中对儿童来说非常熟悉的 15 张图片。几何图形材料也是选取了最常见的简单几何图形，如圆形、正方形、三角形等。在第一次预试时，由于是计算机幻灯片呈现，因此几何图形由不同的颜色来区分，如红色和蓝色。从第二次预试开始，由于是纸笔测试，因此将几何图形的不同颜色改由实心和阴影来代替。

该任务在施测时分为学习和测试两个阶段。在学习阶段，需要学习与记忆的刺激是成对呈现。一对刺激包括 1 张实物图片和 1 个几何图形，学习阶段把它们成对呈现给被试，要求被试记住这两个图形的配对；每张图片呈现时间为 6 秒，总的学习时间为 90 秒。测试阶段，每次随机呈现一个刺激（实物图片）和相应的四个备选答案（几何图形），让被试从备选答案中选择和目标图片配对的那个几何图形，完成任务的时间为 120 秒。

2.3.1.2　工作记忆测量工具的编制

以国内外研究综述为基础，我们选择了测量工作记忆容量的视觉空间广度任务以及反映抑制能力的数字 Stroop 任务，以适应大规模的团体测试。

（1）视觉空间广度任务

该任务的编制主要参考了 Baddeley 等（1974）的工作记忆模型以及常用的视觉矩阵任务（Logie et al.，1997；Swanson，1999b），主要材料均为自编。在尽量减少儿童作答过程中书写量的前提下，我们将任务设置为被试先观看两个结构、大小一致但填充物不完全一致的先后呈现的视觉矩阵，然后在答题纸上会有一个与前两个矩阵结构、大小一致但是没有任何填充物的矩阵，被试只需要在答题纸上的矩阵里勾出那两个矩阵中填充物一致的位置即可。矩阵的大小分为 1×2 到 4×2 共四类，从易到难；填充物也有两种类型，即简单的几何图形（如三角形）和符号（如@）。难度的控制上主要考虑了矩阵数量多少、填充物种类、目标数量这三个因素。简单的任务一般采用 1×2 和 2×2 的矩阵，填充物中只涉及几何图形，随着任务难度的增长，矩阵增大，并加入符号类填充物。第一次预试中利用计算机幻灯片放映的方式呈现需要识记的刺激：每道题目有两张幻灯片，每张幻灯片呈现时间为 5 秒，两张幻灯片之间的间隔也为 5 秒。随后被试有 10 秒的时间进行回答。共有 17 道题目，呈现顺序从易到难。

（2）数字 Stroop 任务

该任务主要参考周世杰等（2005）编制的工作记忆成套测试（WMB）和 Tzelgov 等（1992）的实验范式，分别设计了两个数字 Stroop 任务。

第一个是数字个数 Stroop 任务。刺激为一串数字，数字个数在 1~9 变化，以此调节任务难度。任务分为数字个数与数字大小一致（如 55555）与不一致（如 888）两种条件，要求被试快速而准确地写下每个刺激所呈现数字的个数，在规定的时间（60 秒）内正确完成的题目越多越好。

第二个是数字大小 Stroop 任务，此任务为经典的数字 Stroop 任务。刺激为两个数字，这两个数字在数量和物理大小上均不一样。任务分为数字物理大小与数值大小一致与不一致两种条件，如

$$2\ 8\qquad\qquad 8\ 3$$

一致条件　　　　　不一致条件

要求被试选择物理上较大的数字，并在这个数字上打勾，在规定时间（1

分钟）内正确完成的题目越多越好。任务难度的控制上主要考虑了数字的物理大小对比这个因素，分为低对比（1:1.2）和高对比两种情况（1:1.5）。

这两个任务各有 144 题，一致与不一致条件各一半。

2.3.2　记忆能力测量工具的预试与修订

我们针对所编制的记忆能力测验，一共进行了三次预试；针对预试过程和结果，从可行性、可靠性和有效性等测评标准出发对工具进行了细致的分析与讨论，并根据分析结果修改测验任务。下面对预试结果和测验修订情况做简要的说明。

第一次预试选取了北京地区 1 年级、3 年级、5 年级、8 年级的学生，除配对联想学习任务有效被试为 285 人之外，其他记忆测验任务的有效被试为 317 名。从现场及学生作答情况来看，儿童对记忆测验的题意都有较好的理解。本次预试中视觉空间广度任务预计采用计算机幻灯片放映的形式，但经调研教育部门的相关人员以及项目组专家研究讨论后，发现在全国大范围施测时采用计算机幻灯片呈现不具现实性；也曾考虑过用纸板呈现的形式，但由于对主试的要求很高，操作上难度较大，所以尽管所编制的测验从测量学的角度较为理想，但出于现实性的考虑，只能将其删除。另外，预试结果的分析发现，数字个数 Stroop 和数字大小 Stroop 两个任务均未达到测量抑制功能的目的，即一致条件下与不一致条件下的得分没有差异，在某些年龄上甚至是不一致条件下的得分更高。综合考虑两个任务的可修改性、难度区分度等因素后，我们将数字个数 Stroop 任务删除，而选择更为经典的数字大小 Stroop 任务，由判断物理大小改为判断数值大小，并加入一定数量的中性条件的题目。

预试结果也发现视觉数字再认和配对联想学习测验任务的难度偏高，即被试的得分较低，因此对这两个任务进行了一些修改：视觉数字再认任务增加了刺激呈现的时间，即增加被试的识记时间；配对联想学习任务调整了某些项目的选项以符合测验预期的难度估计，增加了一些容易题目，删除了相关的难题，并将学习时间从 90 秒增加到 120 秒。由于听觉词汇测验任务在难度与区分度上较为合适，因此没有进行大的修改。

第二次预试为全国性的预试，分别选取了天津市、浙江金华市、内蒙古呼和浩特市、甘肃兰州市和西藏拉萨市1年级、3年级、5年级、8年级的学生，有效被试分别为1569名（视觉数字和听觉词汇再认）、1582名（配对联想学习）和1565名（数字大小Stroop）。结果发现：①尽管我们对数字大小Stroop任务进行了较大的修改，但该任务仍没有表现出典型的Stroop效应，不能达到测试的目的，故决定删除该任务。②视觉数字再认任务能较好反映出年龄差异，任务得分与语文及数学成绩的相关都达到显著水平。但总体上难度仍然偏高，即时和延时任务平均通过率系数分别为0.41和0.34，因此将继续增加识记时间。③配对联想学习测验任务各项目的平均难度系数为0.32~0.74，所有项目的区分度都在系数0.39以上，任务的设计较为理想；整个任务反映出较好的年龄差异，任务得分与语文和数学成绩的相关都达到显著的水平。因此该测验任务在此次预试后没有进行修改。④听觉词汇再认任务总体难度合适，且能较好地反映年龄差异，与语文和数学学业成绩也有显著的相关。但在全国预试过程中，由于听觉词汇再认任务需要播放录音，在施测方面有诸多不便，如播放设备、电源等，而视觉数字再认任务则不存在这一问题；另外，相对于词汇任务，数字任务更少受教育或文化差异的影响。综合考虑上述因素，结合认知测验时间上的限制，最终我们将听觉词汇再认任务删除，保留了视觉数字再认任务。

第三次预试选取了北京地区2年级、5年级、8年级的学生。此时记忆能力测验包括视觉数字即时再认与延时再认、配对联想学习即时再认与延时再认四个任务。其中，视觉数字再认任务有效被试为226名，配对联想学习再认任务有效被试为227名。从预试结果看，记忆能力测验中各测验任务的难度、区分度指标均较为理想，配对联想学习测验中的两个任务（即时再认与延时再认）的内部一致性系数在0.74以上。各个测验任务与学业相关显著，且各测验任务均能较好地反映不同年龄组之间的发展差异（η^2在0.21~0.39）。故在第三次预试后，不再对记忆能力测验进行修改，只是根据预试对指导语做了进一步的修正，使其更加简洁易懂、连贯紧凑。

三次预试结束后，我们对记忆测验的再测信度与效度进行了考察。被试为2年级、5年级、8年级的学生，其中再测信度有效被试119名，效标效度有效被试110名。测试结果发现，记忆各测验任务与总测验的再测信度系数在

0.53~0.77；在测验总分上，与韦氏视觉再认测验的相关系数为 0.36，与韦氏联想学习测验的相关系数为 0.43，与 WISC-Ⅳ测验中工作记忆合成分数的相关系数为 0.61；与 WISC-Ⅳ全量表的相关系数为 0.36；上述相关都达到显著性水平。

2.3.3　小结：记忆能力关键指标及测评工具的确定

根据记忆能力关键指标的测评结果以及专家对测评结果的研讨，最终确定短时记忆与长时记忆为本次调查记忆能力的关键指标。测量工具为视觉数字再认与配对联想学习两个测验，每个测验又包括即时再认与延时再认两个任务，分别代表记忆能力中的短时记忆与长时记忆这两个关键指标。视觉数字再认测验为一道题，包括 12 个目标刺激和 12 个干扰刺激，识记时间为 40 秒，即时再认和延时再认任务时间分别为 90 秒；配对联想学习测验有 15 道题目，学习时间为 120 秒，即时再认任务和延时再认任务的再认时间分别为 120 秒。加上每个任务的指导语时间（共 8 分钟），记忆能力测验总时间约为 18 分钟。

第3章 视知觉－空间能力
发展的关键指标与测评

3.1 视知觉－空间能力发展的关键指标及其重要价值

视知觉是指从周围的光线中提取信息，获得关于环境中物体和事件的知识的过程（Palmer，1999）。Koppitz 指出视知觉是一种高度复杂的综合性活动（Hudgins，1977），是包含了一系列子技能的综合性能力（Ritter et al.，1976）。空间能力是视知觉领域中极其重要的一部分，是一种涉及表征（representing）、转换（transfoming）、生成（generating）和提取（recalling）符号、非言语信息的技能（Linn et al.，1985）。空间能力或空间知觉是视知觉领域的一项重要的研究主题，事实上许多视知觉的研究往往是在"空间能力"这一标题下进行的（Carroll，1993）。许多视知觉能力是与人类如何处理存在于三维空间中的物质相关联的，或者是与人类在空间中如何改变自身方位相关联的。因此，本章不再对视知觉能力与空间能力进行严格的区分，将其统称为视知觉－空间能力（visual-spatial ability）。

目前，对于视知觉－空间能力的结构还没有一个统一的理论观点。French（1951）认为有九个相互独立的因素隶属于视知觉领域：表征（visualization）、空间（space）、空间定向（spatial orientation）、完形知觉（gestalt perception）、完形流畅性（gestalt flexibility）、知觉速度（perceptual speed）、长度估计（length estimation）、知觉交替（perceptual alternations）和图形错觉（figure illusions）。Chalfant 等（1969）将视知觉过程界定为五个成分：空间关系知觉（spatial relations）、视觉辨别（visual discrimination）、图形－背景知觉（figure-ground）、视觉完形（visual closure）和视觉记忆（visual memory）。Lohman

（1979）针对视知觉或空间能力研究的元分析结果表明，空间能力包含三种基本因素或称主要因素：空间关系知觉、空间定向和表征。而完形速度（closure speed）、知觉速度和视觉记忆等则是空间能力的亚因素。Linn 等（1985）则认为空间能力由三种因素组成，即空间知觉（spatial perception）、心理旋转（mental rotation）和空间表征（spatial visualization）。Halpern（1992）在此基础上增加了一个因素：瞬时空间判断（spatiotemporal judgment）。Carroll（1993）在对大量关于空间能力的因素分析研究进行元分析后，将空间能力划分为五个主要因素：表征、空间关系知觉、完形速度、完形流畅性和知觉速度。

从现有的视知觉－空间测量工具来看，其具体的测查指标也主要集中在上述几个方面。Ekstrom 等（1976）编制的 kit of factor-referenced cognitive test 测查了表征、完形流畅性、完形速度、空间定向等能力。Benton 等（1983）编制的 Benton visual form discrimination test 专门测查了视觉辨别能力。Hammill 等（1993）编制的 developmental test of visual perception, second edition（DTVP-2）以空间定位（position in space）、图形－背景知觉、视觉完形、形状恒常性（form constancy）等作为测查指标。Colarusso 等（2003）编制的 motor-free visual perception test, third edition（MVPT-3）将空间关系知觉、视觉辨别、图形－背景知觉、视觉完形等作为测查内容。Martin（2006）编制的 test of visual perceptual skills, third edition（TVPS-3）选择了视觉辨别、图形－背景、视知觉－空间关系知觉、形状恒常性、视觉完形等作为测查指标。

综合考虑各种观点，我们发现大部分实证或理论研究者认同视知觉－空间能力包含表征（或称空间表征）和空间关系知觉。从现有的标准化测验来看，涉及较多的测查指标或能力为视觉辨别、空间关系知觉或空间定向、图形－背景知觉、视觉完形等。一些标准化测验在不同的测查指标下使用了相同的任务，或者说有些只是在任务的命名上不同而已。例如，隐蔽图形任务在一些测验（如 developmental test of visual perception-2）中被用来测查图形－背景知觉能力，实际上在完成这一任务时往往还需要对表象进行较复杂的操作，即涉及更为高级的表征能力，因此在因素分析研究中，这一任务常常负荷在表征因素上（Lohman, 1979; Carroll, 1993）。又如，developmental test of visual perception-2 中的空间定位测验，要求儿童从多个选项中选择一个与所给图形完全一样的选项，实际上就是一种匹配任务，而此任务在另一些测验中被用来测量视觉辨别能力（如 Test of Visual Perceptual Skills-3）。

视觉辨别是指辨别不同客体的主要特征的能力，是形成清晰表象的基础。图形－背景知觉是指从背景或环境中分离出某一客体的能力，是识别客体的第一步。这两者都是视知觉－空间领域中较为基本的能力，是视觉表征形成的基础。表征被许多研究者视为视知觉－空间能力结构中的重要组成部分，也是处理较为复杂的空间问题的重要基础；表征涉及对空间形状的理解、编码和心理操作等加工过程（Carroll，1993）。空间关系知觉与处理简单的空间方向问题有关，它又被形象地称为"迅速的旋转或映像"（Lohman et al.，1987）。视知觉－空间领域的所有因素都会以不同的形式与空间关系知觉相关联（Carroll，1993）。由于初级的视知觉能力在儿童早期甚至婴儿时期已经有了较好的发展，如形状恒常性在婴儿出生2个月左右就已经获得（Bower，1966），大小恒常性在婴儿出生3~5个月时开始具备，并在出生后一年里稳定发展，儿童早期时已基本成熟（Shaffer et al.，2009）；视觉完形在婴儿8个月时已发展良好（Craton，1996）。由于本次调查被试的年龄范围是6~15岁，因此这两个因素将不被纳入本次测查范围。此外，虽然研究已经表明视觉辨别能力在婴儿时期已初步具备（Barrera et al.，1981；Cohen et al.，1979；Hershenson，1964；Siegler et al.，2004），在7岁时几乎发展完善（Asso et al.，1970），但是考虑到视觉辨别能力是视知觉或空间能力形成与发展的基础，又是影响表征形成的重要因素，某些研究也发现其在儿童早期的发展性（Del Giudice et al.，2000），因此我们依然将这种能力纳入测查范围之内，并作为表征能力这一关键指标的重要内容。由此，我们选择了表征能力与空间关系知觉能力作为视知觉－空间能力发展的关键指标。

3.2 国内外视知觉－空间能力发展关键指标与测评的研究进展

3.2.1 国内外有关视知觉－空间表征能力发展与测评的研究

3.2.1.1 视知觉－空间表征能力的界定及测评

视知觉－空间表征能力（visualization）是指对空间模式（spatial patterns）

的表象进行操作或变换，使之形成其他视觉形象（visual arrangements）的能力（French et al.，1963）。它涉及对空间形状的理解、编码和心理操作等加工过程（Carroll，1993）。因此，视知觉–空间表征能力考察的是操作视觉图像的能力，被试所能操控的视觉刺激材料的难度和复杂性水平代表了能力的高低（Carroll，1993）。

在实验研究和经典的视知觉–空间能力测验中，测查视知觉–空间表征能力常用的任务为图形匹配（identical pictures）、隐蔽图形（hidden pictures）、图形组合（form board）、图形折叠（surface development）和图形展开（paper folding）等。

（1）图形匹配

图形匹配任务主要用于测查视觉辨别能力，其为表征形成的基础。该任务一般要求儿童从多个选项中选择一个与目标图形完全相同的图形。例如，Del Giudice 等（2000）所采用的形状辨别任务如图 3-1 所示，要求被试判断四个选项中哪一个图形与所给图形是一样的。

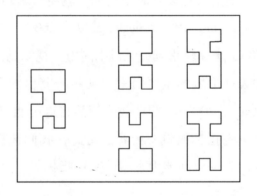

图 3-1　图形匹配任务举例（Del Giudice et al，2000）

图形匹配任务通常以纸笔测试的形式进行，在对被试的答题时间限定的情况下，记录其作答的正确数，通过变化图形增加难度。图形匹配任务被广泛应用于各种标准化的视知觉–空间能力测验，如 Benton visual form discrimination test、motor-free visual perception test-3 和 test of visual-perceptual skills-3 中的视觉辨别测验，developmental test of visual perception-2 中的空间定位测验等。

（2）图形组合和隐蔽图形

图形组合和隐蔽图形任务主要用于测查表征能力中在二维空间上的心理操

作能力。图形组合任务要求被试对题目中的图形进行心理拆分或重组。例如，纪桂萍等（1996）所采用的图形组合任务，要求被试从几个备选图形中找出能够拼成某种图形的各个部分如图 3-2 所示。隐蔽图形任务要求被试从复杂的背景和环境中抽取出目标图形。在某些标准化测验（如 test of visual-perceptual skills-3）中隐蔽图形任务还用来测查图形–背景知觉能力。例如，Del Giudice 等（2000）所采用的隐蔽图形任务，要求被试从一个复杂图形中找出几个简单图形如图 3-3 所示。

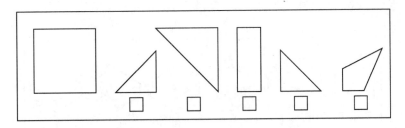

图 3-2　图形组合任务举例（纪桂萍等，1996）

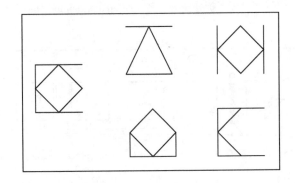

图 3-3　隐蔽图形任务举例（Del Giudice et al.，2000）

　　图形组合和隐蔽图形任务通常以纸笔测试的形式进行。图形组合任务在一些测试和研究中要求在限定时间内完成，但在另一些测试中为不限时测验。无论限时与否，都以被试作答的正确数计分。隐蔽图形任务是在对被试的答题时间限定的情况下，记录其作答的正确数。这两种任务均被广泛应用于各种标准化的视知觉–空间能力测验，如 kit of factor-referenced cognitive test 中的图形组合测验，motor-free visual perception test-3、test of visual-perceptual skills-3 和 developmental test of visual perception-2 中的图形–背景知觉测验等。

　　（3）图形折叠和图形展开

　　图形折叠和图形展开任务主要用于测查表征能力中在二维图像和三维图像

之间转换的心理操作能力。这两种任务的核心思想是一致的，都要求被试根据平面的二维图形想象经过一定操作后得到可能的平面或立体图形。图形折叠任务要求被试根据已有的二维平面图形想象经过折叠后得到的立体图形。例如，differential aptitude test 中的图形折叠任务，要求被试判断四个选项中哪一个是由二维展开图形经过折叠得来的图形如图 3-4 所示。图形展开任务要求被试想象经过处理（如折叠、打孔）的平面图形再次展开后的样子。例如，kit of factor-referenced cognitive test 中的图形展开任务，要求被试判断五个选项中哪一个是由给定图形经过折叠和打孔后展开得来的图形如图 3-5 所示。

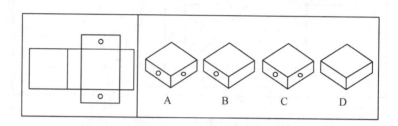

图 3-4　图形折叠任务举例（differential aptitude test）

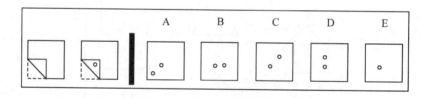

图 3-5　图形展开任务举例（kit of factor-referenced cognitive test）

图形折叠和图形展开任务通常以纸笔测试的形式进行，在一些测试和研究中要求被试在限定时间内完成，但在另一些测试中为不限时测验。无论限时与否，都以被试作答的正确数计分。这两种任务均被广泛应用于各种标准化的视知觉 – 空间能力测验，如 kit of factor-referenced cognitive test 中的图形折叠和图形展开测验，differential aptitude test 中的图形折叠测验等。

3.2.1.2　视知觉 – 空间表征能力发展的研究

大量研究表明，儿童青少年的视知觉 – 空间表征能力在 6～15 岁表现出了较好的发展性（Amador-Campos et al.，1997；Del Giudice，et al.，2000；Robert et al.，2004；施建农等，1997；郑丽华，2005；周珍，2000）。Del Giudice 等

（2000）采用图形匹配任务对 3 ~ 5 岁和 8 ~ 9 岁儿童进行研究，结果表明儿童的视觉辨别能力从 3 岁就已经出现，且在儿童早期一直呈现出上升趋势。通过隐蔽图形测验（the children's embedded figures test）或运用隐蔽图形任务，研究者发现随着年级的增长，6 ~ 11 岁儿童在测验上的分数显著上升（Amador-Campos et al.，1997）；9 岁、12 岁、15 岁儿童完成隐蔽图形测验的总反应时随年龄上升而逐渐降低（Robert et al.，2004）。施建农等（1997）采用追踪和横断相结合的设计，用图形折叠任务考察 5 年级、7 年级学生表征能力的发展，结果发现该能力随年级（年龄）的上升而提高。郑丽华（2005）的研究也发现 7 ~ 11 年级学生在图形组合及图形折叠测验中的成绩随年龄逐步提高。周珍（2000）采用自编的图形展开和折叠任务考察初一到高二学生的表征能力，发现学生在这两项任务上的成绩从初一到高一不断提高。

视知觉－空间表征能力的发展对于儿童青少年的学习与生活有重要的作用。研究表明，表征能力与学业成就尤其是数学成绩密切相关（Fennema et al.，1977；Sherman，1978；纪桂萍等，1996；徐凡等，1992；周珍等，2005b），与智力也存在显著的正相关（施建农等，1997；周珍等，2005b）。从数学解题的角度出发，表征就是建构心理和外在图像，并利用这些图像主动去解决问题的能力（Zimmerman et al.，1991）。纪桂萍等（1996）采用图形组合与图形折叠对 5 年级学生的表征能力进行考察，研究结果表明，数学问题解决能力与表征能力有密切的关系，数学测验成绩得分高的儿童表征测验的得分也高。周珍等（2005b）采用隐蔽图形和图形展开测验对初一至高二年级学生的表征能力进行考察，结果显示，在隐蔽图形测验上，数学成绩好的学生在该任务上的成绩随年级增长而不断提高，而数学成绩差的学生在初一至初二年级测验成绩有明显下降，随后又开始逐步提升；在图形展开测验上，数学成绩好的学生在初一至初二阶段发展迅速，而数学成绩差的学生则在初三至高一阶段出现快速发展，随后又有小幅下降。徐凡等（1992）对 4 年级、5 年级儿童的表征能力及几何成绩的相关性进行研究，结果发现几何成绩最好的学生其表征成绩也最好，而表征成绩最差的学生其几何成绩也最差。Fennema 等（1977）发现，如果去除掉男女生之间表征能力上的差异以及与视知觉－空间相关课程的数量差异，则学生在数学成绩上的性别差异将消失。

3.2.2　国内外有关空间关系知觉能力发展与测评的研究

3.2.2.1　空间关系知觉能力的界定及测评

有关空间关系知觉能力（spatial relations）的定义有很多，总体上，空间关系知觉能力是指感知空间模式或维持客体空间方向的能力（French et al.，1963），代表着迅速解决简单旋转问题的能力（Lohman et al.，1987），人类在空间内确认自己的方位并觉察某一客体相对于自己以及相对于其他客体的位置的能力（Chalfant et al.，1969）。对空间关系知觉能力的测量主要通过心理旋转任务来实现，因为心理旋转是空间关系知觉因素中最常见的成分，因此大多数的标准化测验在测量空间关系知觉时都采用了心理旋转任务（如 primary mental abilities test 中的空间关系知觉测验）。但空间关系知觉因素并不代表心理旋转的速度，而是代表迅速解决此类任务的能力（Lohman，1979）。

心理旋转是指人在头脑中将某个图形的表象做平面或立体转动的心理操作过程，它以信息的内部表征的产生为前提，但涉及比表象更为复杂的认知过程（Richardson，1969）。关于心理旋转最早的实验研究是由 Shepard 等（1971）开始的。Shepard 等将心理旋转看做是一个类比的过程，就是说心理旋转也是要经历一些中间阶段，与客体的物理旋转是类似的。Corballis（1997）认为心理旋转是一个在认知发展中水平相对较高的能力；与语言能力不同的是，心理旋转是一个没有标记的、不用计算的、连续的、类比的过程。

基本的心理旋转任务涉及旗帜旋转（flags）、卡片旋转（cards）和图形旋转（figures）等。这些任务要求被试去比较两个刺激，判断其中一个刺激是否是由另一个刺激旋转得来的，或者是否由镜像得来的。例如，Bethell-Fox 等（1988）所采用的二维心理旋转任务，要求被试判断右侧的刺激是否是由左侧的刺激经过旋转得来的，如图 3-6 所示。

心理旋转任务可以通过计算机呈现，也可以通过纸笔方式进行。计算机方式呈现时通常要求被试判断两个图形是否一致，而纸笔方式呈现时通常采用四选一的选择题方式。心理旋转任务被广泛应用于各种标准化的视知觉 - 空间能力测验，如 space relation test，primary mental abilities test 和 motor-free visual per-

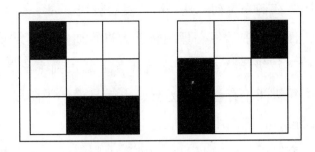

图 3-6　心理旋转任务举例（Bethell-Fox et al.，1988）

ception test-3 中的空间关系知觉测验，kit of factor-referenced cognitive tests 中的卡片旋转和立方体比较测验（cube comparisons test）等。

3. 2. 2. 2　空间关系知觉能力发展的研究

运用心理旋转任务研究空间关系知觉能力的发展性研究表明，4～5 岁是个体心理旋转能力建立的关键年龄（Levine et al.，1999；侯公林等，1998），且在 6～15 岁迅速发展（Kail，1985，1986；Kosslyn et al.，1990；蔡华俭等，2000；林仲贤等，2002；周珍等，2005a）。在平面抽象图形（数字和字母）作为刺激材料的测量中，当被试的作答正确率达到 95% 时，14 岁儿童的反应速率显著快于 11 岁儿童的反应速率，而当正确率达到 100% 时，两者在反应速率上无差异（Kail，1985）；在同一测量中儿童组（8～11 岁）的错误率显著高于青少年组，且平均反应时随年龄上升而逐渐下降（Kail，1986）。林仲贤等（2002）的研究进一步发现，7～9 岁儿童在二维几何图形上的心理旋转能力随年龄增长而逐步提高；在正确率上，7 岁、8 岁、9 岁之间的儿童均存在显著差异；在反应时上，7 岁与 8 岁的儿童无显著差异，但二者与 9 岁儿童均存在显著差异。运用三维空间旋转任务，研究者同样发现了心理旋转能力随年龄发展的趋势（Kosslyn et al.，1990；蔡华俭等，2000；周珍等，2005a）。例如，Kosslyn 等（1990）的研究结果发现，5 岁、8 岁、14 岁的儿童青少年在三维空间旋转任务上的反应时随年龄上升而显著下降，且 14 岁儿童的水平已基本接近成人。蔡华俭等（2000）采用 Vanderberg mental rotation Test 研究三维空间旋转能力的发展性，结果表明，从小学四年级到高中一年级，个体心理旋转能力呈上升趋势，高中一年级左右发展至最高峰，随后呈下降趋势；在不同的发展阶段，发展速率亦不尽相同，在初一至初二这一阶段发展较快。周珍等（2005a）同时采用二维和三维旋转任务对中学生心理旋转能力进行研究，其结果显示，初一年级、初二年级和初三年级学生在心理旋转任务上的正确率显著提高，而初三、高一和高二这三个年级间不存在显著差异，也就是说初中阶段是个体心理旋转能力发展的重要阶段，进入高中后趋于稳定。

国内外许多研究发现儿童空间关系知觉能力与数学成绩和智商呈现显著的正相关（Casey et al.，1992；Reuhkala，2001；Sherman，1978；蔡华俭等，2000；丁月增，2006；周珍等，2005a）。例如，Reuhkala（2001）的研究表明，9 年级学生的心理旋转和视觉空间工作记忆与代数运算能力存在中等程度的相关。不少研究还发现阅读障碍与空间关系知觉能力存在密切关系：邹金利（2005）的研究表明较低识字能力者在图形心理旋转和视觉空间工作记忆的实验成绩上都低于较高识字能力者；陈庆荣等（2006）发现，与正常读者相比，发展性阅读障碍患者心理旋转速度慢，无法有效提取旋转对象及变体的视觉特征信息并进行心理对比。

3.3 "中国儿童青少年心理发育特征调查"视知觉 – 空间能力关键指标与测量工具的研究

以文献综述为基础，经过专家们反复的研讨，初步拟定以视知觉 – 空间表征、空间关系知觉作为视知觉 – 空间能力的两个二级指标。然而，由于视知觉 – 空间能力的结构复杂，研究上还没有相对一致的结论，测量的任务或工具也繁多，因此首先根据这两个二级指标编制相应的测量工具，根据预试的结果，最后确定最适合于本次调查的关键指标测量工具。

3.3.1 视知觉 – 空间能力测量工具的编制

3.3.1.1 视知觉 – 空间表征能力测量工具的编制

根据上面的文献综述，结合本次调查对象的年龄特征，我们认为图形匹配、图形组合、隐蔽图形、图形折叠、图形展开等任务最适用于测查表征能力，并编制了相应的测查项目。

（1）图形匹配任务

该任务主要用于测查视觉辨别能力。任务的编制参照了 test of visual-perceptual skills-3 的视觉辨别任务以及 Del Giudice 等（2000）的研究。要求被试在规定时间内，从四个图形中找出一个与目标图形一模一样的图形。该任务编制的关键是难度的设置与测验的时间。任务的难度通过测验材料的复杂化而实现。基本的测验材料为几何图形以及日常物品的二维简笔画，通过叠加以及图形的抽象化增加项目的难度。测验时间通过多次预试确定。该任务一共 18 道题。

（2）图形组合和隐蔽图形任务

这两个任务用于测查表征能力中的心理操作过程，尤其强调在二维空间上的心理操作，因此任务的设计着重于二维空间上刺激间或刺激内的关系。图形组合任务的编制参照了 Minnesota paper form board test 以及李洪玉等（2005）的研究。要求被试在规定时间内找出一组不能组成目标图形的图形，一共 10 道题。该任务侧重于考察对几个简单刺激间关系的发现和利用。隐蔽图形任务参照了 test of visual-perceptual skills-3 的图形－背景知觉任务以及由北京师范大学 1998 年修订的镶嵌图形测验（embedded figures test）。要求被试在规定时间内从四个图形中找出一个没有在目标图形中出现过的图形，一共 12 道题。该任务侧重于考察对复杂刺激内部关系的发现和利用。这两个任务的测验材料都采用规则或不规则几何图形；目标图形的复杂性，即目标图形内规则或不规则图形个数的多少是项目难度的主要依据。这两个任务的主要差异在于图形组合任务侧重于考察对几个简单刺激间关系的发现和利用，而隐蔽图形任务侧重于考察对复杂刺激内部关系的发现和利用。这两个测验时间都分别通过多次预试确定。

（3）图形折叠和图形展开任务

这两个任务用于测查表征能力中的心理操作过程，尤其强调在二维图像和三维图像之间转换的心理操作，因此任务的设计着重于表象在二维和三维空间之间的转换。图形折叠任务主要测查将二维空间图形通过表象操作转化为三维空间图形的能力。该任务的编制参照了 kits of factor-referenced tests 的图形折叠任务以及周珍（2000）和郑丽华（2005）的研究。要求被试在规定时间内，从四个图形中找出一个可以由目标图形折叠形成的图形，一共 14 道题。该任务编制的重点是二维图形所需的折叠次数以及二维图形和三维图形所需匹配的部件个数。图形展开任务主要测查了二维空间中对表象的加工以及在二维和三维空间中的映像能力。该任务的编制参照了 kits of factor-referenced tests 的图形展开任务以及周珍（2000）的研究。要求被试在规定时间内，从四个图形中找出一个是由目标图形经过折叠和打孔，再展开以后的图形，一共 15 道题。该任务编制的重点是通过改变折叠和打孔的性质来改变项目难度，折叠和打孔的性质由折叠的次数、是否为轴对称折叠、打孔的次数以及打孔的位置来决定。测验时间都分别通过多次预试确定。

3.3.1.2 空间关系知觉能力测量工具的编制

心理旋转是测查空间关系知觉最为经典的实验任务，发展研究中所使用的实验任务通常都是基于刺激变化的心理旋转任务。

心理旋转任务：该任务的设计侧重于考察在二维或三维空间内对表象进行旋转的能力。该任务中二维图形的编制参照了 Cooper 的字母 "R" 的经典研究、Cooper（1973，1975，1976）、Cooper 等（1976）所使用的 24 点多边形、Bethell-Fox 等（1988）设计的 3×3 网格正方形等；三维图形的编制参照了 Shepard 等（1971）的经典三维扭臂图形以及 Vandenberg 等（1978）对 S-M 图形改组后的三维扭臂图形。要求被试在规定时间内，从四个图形中找出一个是由目标图形 "旋转" 而来的图形。任务难度主要取决于刺激形式的变化。该任务的编制从几何维度、复杂程度、操作程度及细节等方面来考虑项目的难度，一共 17 道题。测验时间通过多次预试确定。

3.3.2 视知觉-空间能力测量工具的预试与修订

针对编制的六个视知觉-空间能力测验任务，一共进行了三轮预试。以测评的标准为依据对每次预试的结果进行了细致的分析，并以此为参照对测验任务或项目进行修改。考虑到视知觉-空间能力领域的特点，即主试操作的复杂性，对预试的分析还侧重于儿童对测验任务和指导语的理解及施测过程中的实际问题，这也成为视知觉-空间能力测验任务修改的一个内容。此外，对视知觉－空间能力测验进行预试的另一个重要目的是对测验任务的删减。在编制测验时，出于对测量工具是否具有代表性、是否合适本次调查的性质等方面的考虑，初次编制 5 个用于测查视知觉－空间表征能力的任务。尽管这些任务的侧重点有所不同，但是由于本次调查时间的限制，只能选择那些最适合于本次调查目标并且又具有代表性或典型性的测验任务。因此测验任务的删减基本上通过相关分析与相对比较而完成。下面对三次预试的结果及测验任务的修改情况进行详细的介绍。

第一次预试抽取了北京地区 1 年级、3 年级、5 年级、8 年级的学生 285 名。从第一次预试结果来看，项目分析结果显示，图形匹配任务难度较低，图形折叠任务难度较高，其他测验任务难易程度分布适宜；各测验任务的内部一致性系数均较高，除了图形组合，均达到系数 0.65 以上；与数学学业成绩的相关达到显著性水平；从年龄差异角度来看，各个测验任务均能良好地反映出不同年级儿童的发展性。综合考虑各项指标，课题组及相关专家一致认为，与隐蔽图形、图形展开和心理旋转三个测验任务相比，图形匹配、图形组合和图形折叠三个测验任务不太理想。图形匹配整体难度较低，1 年级儿童的平均作答正确率就已经接近 70%。该任务与其他测验任务的相关达到中等水平，因此决定删除该任务。预试结果也发现，图形组合任务与同为测查表征能力中二维空间内心理操作过程的隐蔽图形任务存在中等程度的相关（$r = 0.56$），但图形组合任务的发展性及其与视知觉－空间能力总分的相关不如隐蔽图形任务，内部一致性系数也是所有测验任务中最低的，由此决定删除图形组合任务。与此相似，预试结果表明图形折叠与图形展开任务之间有较高的相关（$r = 0.62$）。但与同为测查表征能力中二维图像和三维图像之间转换的图形展开任务相比，图形折叠任务的发展性及内部一致性均不如图形展开任务，由此决定删除图形折叠任务。

根据第一次预试的结果，我们从整个视知觉－空间能力测验中删除了图形匹配、图形组合和图形折叠三个测验任务，保留了隐蔽图形、图形展开和心理旋转三个测验任务。前两个作为视知觉－空间表征能力分测验的测验任务，而后一个则作为空间关系知觉能力分测验的任务。对于保留的这三个任务，只对个别区分度或发展性不好的题目进行了删改。

　　第二次是全国预试,分别抽取了天津市、浙江金华市、内蒙古呼和浩特市、甘肃兰州市和西藏拉萨市 1 年级、3 年级、5 年级、8 年级的学生,有效被试为1586 名。第二次预试的项目分析结果显示,隐蔽图形、图形展开和心理旋转三个测验任务的难易程度分布适宜,区分度较好;各测验任务的内部一致性均较高,达到系数 0.64 以上;与数学和语文成绩的相关均显著,且与数学成绩的相关高于语文成绩;从年龄差异角度来看,各个测验任务均能较好地反映不同年级儿童的发展性。综合上述情况,课题组及相关专家一致认为这三个测验任务结果均比较理想,但是考虑到视知觉－空间能力测验在测试时间上的限制,必须删除其中一个测验任务。因为图形展开任务在指导语的理解以及测验操作上难度相对较高,测验占用时间相对较长,任务的内部一致性系数相对略低,且与其他两个测验任务的相关是最高的,因此决定删除该任务,保留隐蔽图形和心理旋转两个测验任务,分别将其用于测查视知觉－空间表征能力和空间关系知觉能力。此外,本次预试结果表明心理旋转任务的项目都比较合适,因此没有进行进一步的修改;我们只对隐蔽图形任务中的一道区分度较差的题目进行了删除,另外依据难度水平调整了另一道题的测试顺序。

　　针对全国预试的结果及对测验的进一步修改,项目组进行了第三次预试。第三次预试抽取了北京地区 2 年级、5 年级、8 年级的学生 232 名。第三次预试结果显示:各年级被试在两个测验任务得分上的发展趋势明显(η^2 在 0.18 ~ 0.49),测验任务难度适合各个年龄段的儿童,各个题目的区分度良好。两个测验任务之间存在中等程度的相关($r=0.54$),其内部一致性信度较高(隐蔽图形:$r=0.71$;心理旋转:$r=0.78$)。

　　三次预试之后,我们测查了视知觉－空间能力测查工具的信度与效度。被试为北京地区 119 名 2 年级、5 年级、8 年级的学生。测试结果表明,视知觉－空间能力测验的信度都达到了较好的水平(视知觉－空间能力总分:$r=0.78$;视知觉－空间表征能力－隐蔽图形任务:$r=0.70$;空间关系知觉能力－心理旋转任务:$r=0.70$)。从测验的效度来看,隐蔽图形任务与 test of visual perceptual skills-3 的图形－背景测验的相关达到了系数 0.55,心理旋转任务与 motor-free visual perception test-3 的空间关系知觉测验的相关达到了系数 0.57;两个任务与韦氏儿童智力量表(第四版)全量表的相关分别为系数 0.52 和系数 0.46,视知觉－空间能力总分与其相关为系数 0.60。

3.3.3 小结：视知觉－空间能力关键指标与测评工具的确定

根据视知觉－空间能力关键指标的测评结果以及专家对测评结果的研讨，本次调查最终确定的关键指标为视知觉－空间表征能力与空间关系知觉能力，并选择隐蔽图形和心理旋转两个任务作为视知觉－空间能力的测验工具，分别代表以上两个关键指标。隐蔽图形任务有 11 道题，答题时间为 2 分钟；心理旋转任务有 16 道题，答题时间为 3 分钟 30 秒。加上每个任务的指导语时间（共 8 分钟），视知觉－空间能力测验总时间为 13 分钟 30 秒。

第4章 推理能力发展的关键指标与测评

4.1 推理能力发展的关键指标及其重要价值

推理（reasoning）是指人在头脑中根据已有的判断，经过分析与综合的作用，引出新判断的过程。每一个推理必须包含前提和结论两个组成部分：前提是人在推理过程中所运用的已有的真实判断，结论是人在头脑中经过推理的过程所引出的新判断（朱智贤，1989）。推理能力是人类所特有的能力。在人类生活与工作中，人们利用推理从事实或假设中得到新的结论，获得新的知识与技能。因此推理能力是我们解决日常工作与生活问题的关键，也是问题解决能力与思维能力的核心。心理学家根据思考过程的差异将推理分为归纳推理（由特殊到一般）、类比推理（由特殊到特殊）和演绎推理（由一般到特殊）三种（张春兴，1992）。无论是何种推理，其结果都是新知识的产生（DeLoach et al.，1998），也是日常生活与学习中解决问题的关键过程（Bridget，1997；Daniel et al.，2006；Dunbar et al.，2001；Fisher，1935；Goswami，2002；Inagaki et al.，1991；Shye，1988；蔡笑岳等，2007；方富熹等，2000；王纬虹等，1999）。

从现有推理能力的测量工具来看，很多推理测验以归纳推理和类比推理为指标，也有一些测验专门考察演绎推理能力。例如，Alexander 等（1987）编制的儿童类比推理测验（test of analogical reasoning in children，TARC）和台湾学者丁振丰（1994）编制的几何图形类比推理测验考察的都是类比推理能力；Strand 等（2000）修订的认知能力测验（cognitive ability test-3^{third} edition，CAT-3），Hammill 等（1996）编制的非言语智力综合测验（comprehensive test of nonverbal intelligence-second edition，CTONI-2）以及 Roid 等（1997）修订的雷特国际操作量表（Leiter international performance scale-revised，Leiter-R）则以归纳推理和类比推理作为考察推理能力的主要指标。也有测验专门以演绎推理作为指标，但这类测量工具相对较少，如1994年，Toglia等编制的演绎推理测验（deductive reasoning test）主要用于测查脑损伤病人的神经功能（Goverover et al.，2004）；Ennis等（1964）编制的康奈尔分类推理测验（Cornell class-reasoning test）和Ennis等（1964）等编制的康乃尔条件推理测验（Cornell conditional-reasoning test）则专门用于测量三段论推理和条件推理。

归纳推理、类比推理和演绎推理不仅是研究者关注的内容，也是许多能力测量工具考察的重要内容。因此，我们将归纳、类比和演绎作为考察推理能力的三个重要指标。

4.2　国内外推理能力发展关键指标与测评的研究进展

4.2.1　国内外有关归纳推理能力发展与测评的研究

4.2.1.1　归纳推理的界定及测评

归纳推理（inductive reasoning）是一种由特殊事例证明一般原理的推理方法（朱智贤，1989），并从大量观察中概括出一般性的结论（Siegler et al.，2004）。具体地说，归纳是从特定的事件、事实向一般的事件或事实推论的过程，是将知识或经验简约化的过程（李红等，2004）。归纳推理的过程也是生成新知识的过程。通过归纳推理，可以发现事物的一般规则或规律（Fisher，1935；Shye，1988）。因此归纳推理被认为是思维过程最重要的成分（Fisher，1935）。

归纳推理的任务选择会因研究对象的不同而有所区别。在以成人和青少年为对象的实验研究中，研究者通常以句子或段落的方式呈现前提，要求被试根据提供的前提条件，对结论是否正确进行判断或者给出结论。例如，在Sloman（1993，1994，1997，1998）有关归纳推理强度的系列研究中，给被试呈现如a和b所示的推理句子：（a）前提是"按法律要求，牧场主必须定期领取狂犬病疫苗"，结论是"按法律要求，动物学家必须定期领取狂犬病疫苗"。（b）前提是"牧场主设法控制动物的繁殖",结论是"动物学家设法控制动物的繁殖"。然后要求被试判断 a、b 两句中结论的可靠度,即判断归纳结论成立的可能性的大小。而在一些以年幼儿童为对象的研究中,往往会以图片形式呈现前提。例如,在 Carey (1985) 有关儿童归纳推理的一项研究中,给年幼儿童呈现动物、人或者其他物体的图片,然后要求儿童从另外的一些物体中选出一个与先前呈现的图片有共同属性的图片。Gelman 及其同事 (Gelman,1988;Gelman et al.,1990;Gelman et al.,1986;Gelman et al.,1988) 曾采用了与 Carey (1985) 类似的实验任务进行了一系列归纳推理的研究。在他们的实验中,给儿童看一张有某种物体或者某种动植物的图片,告诉儿童这种物体有某种特性,然后给儿童看另一张图片,并要求儿童判断图片上的物体是否也有这种特性。

国内外有关归纳推理的成套标准化测验中,测验任务主要有序列、矩阵以及分类(包括归类和排除)。材料的呈现方式有语词、数字和图形等。因为矩阵任务中往往同时包含归纳和类比推理能力测量的内容,如瑞文推理测验(张厚粲等,1989)、Naglieri nonverbal ability test (NNAT) (Naglieri,1997) 等。因此,我们在测量归纳推理能力时主要采用序列和分类任务。

(1)序列任务

序列任务主要通过呈现一列有规律的数字或者图形刺激,要求从备选项中挑选出符合数字/图形系列规律的一个项目。序列任务的本质是通过对一系列的刺激进行逐个比较,找出各个刺激之间的相似之处和不同之处,进而推测规律,并应用这种规律找出答案。因此该任务能较好反映归纳推理的内涵:通过特殊事物发现一般规律。有很多标准化成套测验都把序列任务作为测量归纳推理能力的任务之一。任务材料主要包括数字、图形等。例如,Strand 等 (2000) 修订的 CAT-3 中使用数字序列任务作为归纳推理能力测量的任务之一。Smith 等 (1993) 编制的 nonverbal reasoning (NVR) 中图形序列任务是测量归纳推理能力的任务之一。Hammill 等 (1996) 开发的 comprehensive test of nonverbal intelligence (CTONI) 中测量归纳推理能力的任务则包含实物图片序列任务和几何图形序列任务。

(2)分类任务

分类任务具体可分为排除任务和归类任务两大类。排除任务是指从呈现的一系列题项中找出一个与其他题项不属于一类的题项。归类任务则是呈现若干题项，如 A，B，C，从备选项中选择一个与 A、B、C 可以归为一类的选项。排除任务和归类任务都需要分析比较已给出刺激的属性或者特征，比较相互之间的关系，以找出这些刺激的共同特征；在选择答案过程中，要排除没有共同特征的刺激或者从备选项中选择一个有共同特征的物体。通过找出共同特征或属性从而概括为一般性的概念，这正是归纳推理的本质。因此该任务能较好反映出归纳推理的内涵。有很多标准化成套测验和实证研究采用这种归类或者排除任务来测量归纳推理，呈现方式有字词、实物图形或者抽象图形等。如中国台湾学者徐正稳等（1995）编制的图形式智力测验采用排除任务来测量归纳推理能力。Leiter-R、CTONI、NVR 等标准化成套测验中都包含图形归类任务。drumcondra verbal reasoning test（Kellaghan，1976）采用言语符号归类任务作为考察归纳推理能力的任务之一。而 CAT-3 中既有语词归类任务，也有图形归类任务。

4.2.1.2 归纳推理能力发展的研究

国内外已有研究发现儿童青少年时期是归纳推理能力发展的重要时期（Csapó，1997；黄煜烽等，1985；林崇德，1981）。林崇德（1981）以小学5年级儿童为对象，以推理发生范围、推理步骤、推理的正确性和推理品质的抽象概括性为指标，考察了该年龄段儿童在数学运算中归纳推理能力的发展水平。研究结果发现，小学阶段，随着年龄增长，儿童推理范围的抽象程度加大，推理步骤愈加简练，推理的正确性、合理性和推理品质的逻辑性愈强。黄煜烽等（1985）调查了全国19个省（自治区、直辖市）的三种不同类型学校（省、市重点中学、城市一般中学和农村中学）的学生归纳推理能力的发展。他们随机抽取初一年级、初三年级、高二年级学生 17 098 名，以文字推理测验为工具。结果表明，归纳推理能力的迅速发展是在初一年级到初三年级阶段，与此相比初三年级到高二年级时期发展速度要缓慢得多。Csapó（1997）采用了六种推理任务（数字类比、词语类比、数字序列、字母序列、编码和排除）和瑞文推理测验，考察了3年级、5年级、7年级、9年级、11年级共2424名学生的归纳和类比推理能力发展情况。结果表明，各种归纳推理任务的得分随年龄增长而逐渐升高。5 年级之前，归纳推理能力有一定的发展；5 ~ 9 年级是归纳推理能力发展最快的阶段；而 9 年级以后，归纳推理能力发展趋于缓和。

研究发现，归纳推理能力及其发展与个体其他方面的成就或发展有密切的关系。尤其是中小学生归纳推理能力与数学和语文学业成绩、创造性能力以及词汇阅读能力之间存在显著相关，相关系数在 0.3 ~ 0.6（Csapó et al.，1997；Strand et al.，2000；蔡笑岳等，2007；王纬虹等，1999）。Csapó 等（1997）在考察归纳推理能力发展的同时，也考察了个体的归纳推理能力与学业成绩之间的关系。结果表明，他们自编的归纳推理能力任务与学业成绩之间的相关系数在 0.36 ~ 0.45。瑞文推理测验和学业成绩的相关系数在 0.21 ~ 0.31。在最近的一个研究中，蔡笑岳等（2007）采用威廉斯创造性倾向量表和瑞文标准推理测验，结合中小学生语文成绩、数学成绩考察了小学 5 年级、初中 2 年级、高中 2 年级共 524 名学生的智力、创造力与学业成绩之间的关系。研究发现，不同年龄段瑞文推理测验和学业成绩的相关系数在 0.40 ~ 0.56。随后研究者将学业成绩按不同的成就划分为高、中、低三个不同分段，进一步考察了不同分段下的学业成绩与瑞文推理测验之间的相关，结果表明，小学、初中、高中三个分段学生的语文成绩都和瑞文推理测验之间有显著相关，相关系数在 0.30 ~ 0.58，而数学成绩和瑞文推理测验得分之间的相关系数也在 0.31 ~ 0.50。另外，Pellegrino 等（1982）的研究也曾发现归纳推理任务与词汇、阅读和语言测试之间存在高相关。

4.2.2 国内外有关类比推理能力发展与测评的研究

4.2.2.1 类比推理能力的界定与测评

类比推理（analogical reasoning）是根据两个对象在某些属性上的相同（或相似）之处，通过比较推断出它们在其他属性上也有相同之处的推理形式（林崇德等，2003）。类比推理通过比较与分析事件或对象之间的对应结构或功能解决问题（Gentner et al.，1997；Singer-Freeman et al.，2001），它被广泛地应用于日常生活的推理与问题解决中，甚至包括许多专业领域的研究与设计（Dunbar et al.，2001）。

关于类比推理的实验研究往往采用两种类比推理任务：经典类比推理任务和问题类比推理任务。经典类比推理任务就是根据关系的相似性，将 [A-B] 项的关系映射到 [C-D] 项，从而找出正确选项 D。经典类比推理可表示为 [A—B；C—D，如高—低；大—小]。材料的呈现形式有语词、数字和图形等。问题类比推理就是根据源问题和靶问题的关系相似性，将源问题的解法映射到靶问题，从而使靶问题得到解决（Gentner et al.，1986；Goswami，1991）。这类任务往往以句子/段落的方式呈现，容易受言语阅读能力的影响，因此不适合用于年幼儿童的团体测试。

本项目考察的对象是 6～15 岁的儿童青少年，考虑到各年龄段儿童在言语阅读能力上的差异以及低年级（1～3 年级儿童为 6～9 岁）儿童言语阅读能力的有限性可能会影响儿童在问题类比推理任务上的表现，因此采用了经典类比任务。

经典类比形式推理任务的范式为 [A—B；C—D（D_1，D_2，D_3）]，其中 A、B、C 皆为已知，D 为未知，需要被试根据相似关系，从已知项（A 项、B 项）的特定关系类推 C 项、D 项的关系，在 D1、D2、D3 中选出最合适的选项。经典类比形式推理不但是许多研究者经常采用的一种实验任务（Csapó，1997；Hosenfeld et al.，1997；Lunzer，1965；Sternberg et al.，1980），而且还被广泛应用于各种标准化的推理测验和智力测验（CAT-3、Leiter-R、CTONI、图形式测验、几何图形类比推理测验）中，所用测验材料一般为语词、数字和图形三种类型。

4.2.2.2 类比推理能力发展的研究

有关研究表明，作为一种复杂的推理技能，类比推理能力一直要到青春期后才能够发展得较好（Csapó，1997；Inhelder et al.，1958；Lunzer，1965；陈晓云，1999；刘建清，1995；孙建梅，1997）。因所用的推理材料不同，有关儿童类比推理的发展研究结果也有所不同。类比任务所用的推理材料主要包括实物图片（主要应用于年幼儿童）、语词、图形、数字等形式的实验材料。研究发现不同实验材料所反映的关系以及抽象程度不同，对儿童具有不同的难度，儿童的类比推理成绩的发展表现出不均衡的特点（孙建梅，1997）。

有关语词类比推理的早期研究中比较有代表性的是皮亚杰等的相关研究以及后来研究者对皮亚杰研究的重复论证研究。比较一致的研究结果为：①小学儿童随着年级的升高，语词类比推理能力显著增高（Levinson et al.，1974；Lunzer，1965；刘建清，1995；邵瑞珍，1980；孙建梅，1997）；②对于不同的语词关系，儿童的类比推理能力的发展不均衡，功用和对立关系发展起点早，因果、整体/部分关系次之，从属和并列关系推理能力发展较晚（Sternberg et al.，1980；刘建清，1995；邵瑞珍，1980；孙建梅，1997）；③与关系相似性类比任务相比，年幼儿童能够较好地完成表面相似性类比任务（Gallagher et al.，1979；Gentner et al.，1986）。例如，刘建清（1995）的研究中采用自编的语词类比推理测验试卷，涉及功用（RA）、整体/部分（RB）、对立（RC）、并列（RD）、包含（RE）与因果（RF）6 种典型的语词关系，考察了 9~12 岁小学儿童的类比推理能力。研究结果表明：9~12 岁儿童类比推理能力的发展较为迅速，9 岁儿童组被试能正确完成一半的推理作业，而 12 岁年龄组被试的推理成绩的正确率已达到 84.7%；各种关系的类比推理能力发展不均衡，对立、功用关系发展较好，因果、整体/部分关系次之，包含、并列关系较差。

数字类比推理的发展研究表明，数字材料对儿童来说抽象程度较高，数字类比推理能力的发展水平比语词类比推理要晚，且存在显著的年级间差异（Csapó，1997；Lunzer，1965；孙建梅，1997）。例如，孙建梅（1997）考察了 7~12 岁儿童图形、语词与数概括三种类比推理的发展，发现三种类比推理成绩均随年龄增长逐渐提高，但各年龄段的发展不均衡，数概括的成绩明显低于图形类比和语词类比的成绩。Lunzer（1965）采用数字类比任务考察 9~15 岁儿童类比推理能力的发展，研究结果表明，9~15 岁数字类比推理正确率在不断提高。

图形类比推理发展趋势与语词类比推理发展趋势相似，在小学与初中阶段随年龄增长而发展。例如，Hosenfeld 等（1997）通过自行编制的图形推理测验考察小学儿童的类比推理能力的发展，结果表明 2 年级、4 年级、6 年级学生的推理成绩逐步提高。陈晓云（1999）则考察了 10~14 岁青少年的图形类比推理能力的发展，发现 10~14 岁儿童对几何图形的推理能力随着年龄的增长而提高，在图形的移动、组合、外部特征等关系上的推理能力表现出显著的年龄间差异。

认知发展的研究已经表明，类比推理能力有助于儿童对抽象、陌生知识的学习和掌握（Inagaki et al.，1991；Winston，1980）；与语文、数学等学业成绩存在着中等程度的相关（Csapó，1997；刘建清，1995）。例如，刘建清（1995）报告类比推理能力与数学成绩、学业总成绩存在显著的正相关（$r = 0.13 \sim 0.26$）。Inagaki 等（1991）研究了生物学习中类比推理能力的作用，发现类比推理能力能够帮助儿童较快地学习和接受生物概念。此外，研究者还发现，智力超常儿童在类比推理中的表现明显优于一般儿童（Muir-Broaddus，1995）。

4.2.3 国内外有关演绎推理发展与测评的研究

4.2.3.1 演绎推理的界定和测评

演绎推理（deductive reasoning）是从一般原理推出新结论的思维活动（彭聘龄，2001）。在演绎推理过程中从已知到未知的推导需要遵循逻辑的规则，可以不依赖真实世界的实际情况（Goswami，2002）。传递性关系推理（transitive reasoning）、复合命题推理（proportional reasoning）与范畴三段论推理（syllogistic reasoning）是演绎推理的三种主要类型（刘志雅，2002）。传递性关系推理关心的是对象间关系的逻辑特性，如对象的大小关系、空间位置和时间先后等。复合命题推理主要包括条件推理（conditional reasoning）和规则推理（rule-based reasoning）。前者又称假言推理，关心的是命题间的蕴涵关系或条件关系，命题常以"如果……那么……"的形式进行连接。后者又包含合取推理和析取推理，分别以"和"和"或"等的连词形式连接命题。范畴三段论推理关注对象间的一般和特殊的特性，常以量词"所有"、"一些"的形式描述对象之间的范畴关系。

在实证研究中演绎推理的任务形式与演绎推理的类型有关。传递性推理通常呈现诸如"A 大于 B，B 大于 C"的信息，要求判断 A、B、C 三者之间的关系；条件推理往往呈现诸如"如果 A，那么 B"这样的命题，要求判断相关命题正确与否；而三段论推理则是呈现大前提 A、小前提 B、结论 C，要求判断结论正确与否。因此，演绎推理实证研究中所采用的实验或测试绝大多数是以句子或段落的方式呈现的。国内外有关演绎推理的标准化测验比较少。有代表性的测验包括演绎推理测验（deductive reasoning test）、康奈尔分类推理测验（Cornell class-reasoning test），康奈尔条件推理测验（Cornell conditional-reasoning test）等，这些测验都是以句子、段落的方式呈现。也有研究者设计了特殊的实验装置考察年幼儿童的演绎推理能力，如 Frye，Zelazo 和 Palfai 设计的用于考察儿童规则推理的"二进二出"装置（龚银清等，2006）、Wason 的四卡片分类任务（Wason，1968）。

4.2.3.2　演绎推理能力发展的研究

Kuhn 等（2006）在总结了大量有关假言推理、传递性关系推理、范畴三段论等演绎推理的发展研究之后认为：①通过内容和任务情景的易化，年幼儿童也能完成演绎推理任务；而面对某些抽象的演绎推理任务，如 Wason 的四卡片分类任务，即使是成人也会经常犯错。②儿童的演绎推理能力存在很大的内容效应，这意味着儿童的演绎推理不是一种获得某种一般的、抽象的规则，也不是在具体内容中运用规则的过程。

有关假言推理发展的研究大多数关注的是 9~18 岁儿童青少年，发现在此期间假言推理能力发展明显，年龄差异显著（Klaczynski et al.，2004；方富熹等，1999，2000；黄煜烽等，1985；李丹等，1985；刘志雅，2002），也有一些研究考察了幼儿的假言推理能力（Harris et al.，1996）。李丹等（1985）考察了 9~15 岁儿童的假言推理能力，发现推理的正确率随年龄的增长而增长，在小学六年级到初中一年级之间出现一个加速阶段，到了初中三年级，其推理的正确率达到 89%；同时发现儿童在"肯定－肯定式"形式的假言推理类型上的成绩好于其他类型，如，如果电源被切断，电灯就不亮，现在电源被切断，那么电灯……。还有研究发现当推理涉及具体的、熟悉的和义务性的内容时，儿童的假言推理成绩明显提高（Klaczynski et al.，2004；方富熹等，2000）。

大多数有关传递性关系推理的研究是以 4~12 岁儿童为对象的（Bouwmeester et al.，2004；Markovits et al.，1995；毕鸿燕等，2001，2002，2003，2004；李红等，2004；王燕，2006）。有研究认为学前儿童在解决语言理解和记忆问题之后也表现出一定的传递性推理能力（毕鸿燕等，2001；李红等，

2004）。儿童一维传递性推理能力在小学阶段得到充分发展和完善（Bouwmeester et al.，2004；毕鸿燕等，2002，2003；方格等，2002），但也有研究发现传递性推理能力在小学阶段之后仍在继续发展（毕鸿燕等，2004；李红等，2001；张仲明等，2007）。毕鸿燕等（2004）发现儿童到了11岁时在二维空间位置传递性推理任务上的平均正确率仅60%。李红等（2001）发现在没有必然逻辑答案的"大－小"关系的3项传递性推理任务上，5~17岁儿童的成绩一直有所发展，且6~9岁儿童的传递性推理能力的发展速度低于10岁以后。张仲明等（2007）发现14岁儿童比11岁儿童在"好－差"关系的5项传递性推理任务（即推理涉及5个逻辑项）的成绩有显著提高。

大多数范畴三段论推理的发展研究关注9~18岁儿童（Bara et al.，1995；Dash et al.，1987；Galotti et al.，1997；李国榕等，1986；黄煜烽等，1985；李云峰，1993），也有研究采用个别访谈的方式试图考察9岁以下的儿童（Hawkins et al.，1984；Leevers et al.，2000；Markovits et al.，1989），结果发现学龄前儿童开始能对简单的范畴三段论进行推理。9~15岁儿童的范畴三段论推理的成绩随年龄的增长而提高（Dash et al.，1987；Galotti et al.，1997；黄煜烽等，1985）。李国榕等（1986）发现即使到了15岁，在面对较难的三段论推理，比如是概念错误时，也会有半数的儿童仍不能进行有效推理；他们还发现虽然青少年的推理成绩随年龄增长而提高，但初中阶段成绩上升比高中阶段快。李云峰（1993）同时以推理正确率和反应时（主试以秒表计时）作为指标考察初一年级、高一年级和大一年级学生的范畴三段论推理能力。结果发现在正确率上有显著的年龄差异，但在反应时上没有显著的年龄差异。Bara等（1995）考察儿童组（9~10岁左右）、青少年组（高中生）和成人组（大学生）在范畴三段论推理能力上的差异。结果发现，三段论推理能力存在着显著的年龄发展趋势。

研究发现中小学生的演绎推理能力不仅与数学成绩、语文成绩、言语能力之间存在显著相关（Bridget，1997；Daniel et al.，2006；方富熹等，2000），还与社会认知能力关系密切（方富熹等，1999）。Bridget（1997）的研究发现，13岁儿童在肯定前件和否定后件推理上的成绩能预测其阅读能力，成绩高的儿童其阅读能力也强；Daniel等（2006）也发现，10~16岁儿童的假言推理能力与言语能力同样存在正相关；方富熹等（2000）比较了 12 岁普通儿童与数学优等生在假言推理上的差异，发现数学成绩优异的儿童假言推理成绩较普通儿童的明显要高。方富熹等（1999）研究发现儿童的假言推理成绩与教师评定的学业能力、社会认知以及瑞文测验的得分有显著相关，其中与友谊认知和家庭关系认知的相关分别为系数 0.52 和系数 0.49。此外，Artman 等（2006）还发现教育能提高儿童的假言推理能力。黄煜烽等（1985）发现，就假言推理成绩而言，重点学校儿童优于普通学校的儿童，城市儿童优于农村儿童，家庭文化程度高的儿童优于家庭文化程度低的儿童，但这种差异随年龄增长而减小。

4.3 "中国儿童青少年心理发育特征调查" 推理能力关键指标与测量工具的研究

综合前面的文献综述，归纳推理、类比推理与演绎推理在 6～15 岁有明显的发展趋势，且在儿童青少年生活与学习中起重要的作用。但从测验的方式上看，演绎推理在实证研究中所采用的实验或测试任务绝大多数是以句子或段落的方式呈现的，涉及选择、判断和填写结论等多种题型，需要被测试者具备较高的语言阅读与理解能力。而国内外成套的标准化测验也较少涉及演绎推理。目前专门测量演绎推理的工具有演绎推理测验、康奈尔分类推理测验，康奈尔条件推理测验等，但这些测量工具的测验题目难度相对较大，多是针对高年级学生及成人开发的，不适合用以测量 6～15 岁儿童青少年中低年龄段的儿童。考虑到演绎推理任务对语言阅读能力的相对依赖性以及本次调查的一些特点，经专家多次反复研讨后决定不将演绎推理作为本次大型调查的考察内容，推理能力发展的关键指标为归纳推理能力与类比推理能力，推理能力测验也将由归纳推理与类比推理两个分测验组成。

4.3.1 推理能力测量工具的编制

4.3.1.1 归纳推理能力测量工具的编制

综合上述，序列任务和分类任务均能较好地反映归纳推理能力，且这些任务也均能体现良好的发展性。综合考虑任务的特点和呈现材料的形式，并参考国内外成套的标准化测验，我们选取语词归类、数字序列和图形序列三类任务来考察归纳推理能力。

（1）语词归类推理测验

语词归类推理测验以词语为测验材料，参照 cognitive ability test-third edition（CAT-3）测验，采用经典的归类范式，即［A，B，C，D（D1，D2，D3…）］。前三个或更多的为前提项，即已知的语词项，三者可以根据某一特征归为一类；然后呈现不同数目的备选项，即括号中的 D 选项，被试的任务是从备选项中选择与 A，B 和 C 可以归为一类的其中一个语词项。例如，［苹果，香蕉，梨，?］［（1）午餐；（2）树；（3）吃；（4）桃子］。

该任务编制的关键是语词的选择以及任务难度的设置。所用语词应为所有年龄段的儿童所熟悉的，以保证该测试任务对所有年龄的儿童青少年都是公平的。因此，任务编制过程中对目前所用的几个版本的语文教材书进行了筛查，选用了小学 1~3 年级儿童都熟悉的词汇。

在任务难度的设置过程中，主要的依据是前提项之间关系的类型、抽象程度以及备选项之间的相似性或干扰程度。在项目编制过程中，我们发现项目之间难度的跨度比较大。根据现有研究有些简单题对于初中学生来说太简单，如上述的例子；而另一些题目抽象程度高且备选项的干扰程度又大，如［山顶，树冠，主席,?］［（1）羽毛；（2）冠军；（3）边界；（4）帽子］，小学低年级儿童难以完成。因此为了节省测试时间，设计了两套测验卷（卷 A 与卷 B）。其中 1~2 年级被试完成的是卷 A 的前 18 题，3~6 年级被试完成的是卷 A 共 27 题，7~9 年级被试完成的是卷 B 的 27 题，其中卷 B 中有 9 题与卷 A 是相同的。

（2）数字序列推理测验

数字序列推理测验以数字为测验材料，参照 CAT-3，向被试呈现一列数字（由 5 或 6 个数字组成），这列数字是根据某种规律排列的，要求根据数字间的规律从备选项中选择一个数字项。例如，呈现［3，11，19，27，?］。要求从［32，35，36，41］四个数字中选择一个正确数字。该任务编制过程中的关键点在于项目难度的设置。主要的依据是以数字之间不同的运算类型设置不同的难度。在项目编制过程中，由于所设计的项目数量也比较多，难度的跨度比较大。

根据学生数学知识和技能掌握的水平，分年级设置不同的题量，其中 1~2 年级的题量为 10 题，3~4 年级的题量为 16 题，5~9 年级的题量为 26 题。

（3）图形序列推理测验

图形序列推理测验以几何图形为测验材料，参照 CAT-3 和 Nonverbal Reasoning Test（NVR）测验，向被试呈现一列图形（一般为 4 个），这列图形按照一定的规律变化，要求根据这种变化规律从备选项中选择一个接下来可能出现的图形，如图 4-1 所示。

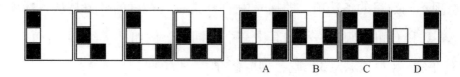

图 4-1 图形序列题目示例

该任务中图形变化规则的维度多少和图形的复杂性是项目难度的主要依据。各个年级的题量均为 25 题。

4.3.1.2 类比推理能力测量工具的编制

无论是实验研究还是标准化的测验，类比推理能力的测试一般都采用经典类比推理范式。类比推理任务所用的测验材料主要包括实物图片（主要应用于年幼儿童的类比推理测验）、语词和图形三种类型。研究发现不同实验材料所反映的关系以及抽象程度不同，对儿童具有不同的难度，儿童的类比推理成绩的发展表现出不均衡（孙建梅，1997）。因此在类比推理能力测量工具的编制过程中，主要的难度设置就以此为依据，同时根据所用测验材料性质的不同进行调整。

（1）语词类比推理测验

语词类比推理测验以词语为测验材料，以 CAT-3 测验为参照，采用经典的类比推理任务范式，呈现 [A—B；C—D（D_1，D_2，D_3…）]，其中 A，B 和 C 是已知的词语。D 为未知项需要从备选的选项 D_1，D_2，D_3 中选择某个词语，使得该词语和 C 的关系与词语 A 和词语 B 的关系相同。该任务编制的关键是语词的选择以及任务难度的设置。语词选择的基本原则与语词归纳推理相同。任务的难度设置是以儿童发展研究的结果为依据，主要通过类比项之间的关系类型

（如功能、对比、包含和因果等）来设置难度。例如，题干呈现［小草－绿色；天空－?］，要求从［（1）太阳；（2）白云；（3）小鸟；（4）蓝色］四个备选项中选择一个。

与语词归纳推理同样的原因，语词类比推理测验也设计了两套卷（卷A和卷B）。其中1~2年级被试完成的是卷A的前20题，3~6年级被试完成的是卷A共27题，7~9年级被试完成的是卷B的27题。卷B中有7题与卷A相同。

（2）数字类比推理测验

数字类比推理测验以数字为测验材料，CAT-3测验为参照，采用经典的类比推理任务范式，呈现［A→B；C→D；E→? （F1，F2，F3）］，其中A、B、C、D和E为已知的数项，F为未知的数项，需要从所提供的备选答案中选出一个合适的数字项。例如，题干呈现［3→4；9→10；5→?］，要求从［4；5；6；10］四个备选项中选择一个合适的数字。

该任务难度设置主要依据数组中数量关系的复杂程度，如同时包含相乘和相加的混合运算难度要大于只是相加运算的难度。出于与数字序列推理测验相同的原因，在初次编制的测验中，也分年级设置不同的题量，其中1~2年级的题量为10道题，3~4年级的题量为18道题，5~9年级的题量为24道题。

（3）图形类比推理测验

图形类比推理测验以几何图形为测验材料，参照CAT-3测验，采用典型的类比推理任务范式及其扩展范式，呈现［A图—B图；C图—? （或A图—B图—C图；D图—E图—?]，要求从提供的四个备选答案中选出最合适的选项，如图4-2所示。

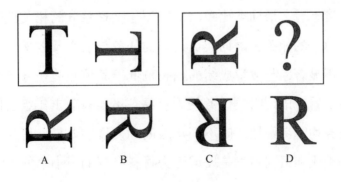

图4-2　图形类比题目示例

该任务的难度设置依据图形变化规则维度的多少和图形的复杂性。每个年级的题量均为 25 道题。

4.3.2 推理能力测量工具的预试与修订

针对编制的六个推理分测验一共进行了三次预试。以测评的标准为依据对每次预试的结果进行了细致的分析，并以此为参照对分测验或项目进行修改。同时预试的另一个重要目的是对测验任务的删减。在初次编制测验时，我们综合考虑不同的材料形式，编制了涵盖言语、数字和图形三种材料共 6 个测验任务。但受本次调查时间的限制，最后只能选择其中的几个测验任务。基于三次预试，我们选择了最适合本次调查目标并且最具代表性的三个测验任务，即数字类比、图形类比和图形序列三个测验。下面对三次预试的结果及测验的修改情况进行详细的介绍。

第一次预试抽取北京地区 1 年级、3 年级、5 年级、8 年级学生共 290 名，其中有效被试 264 名。项目分析结果显示，语词类比推理和语词归类推理分测试的项目普遍较容易，所有项目中区分度好且发展性也好的项目不多，特别是对 5 年级、8 年级学生而言，语词类比和语词归类项目难度偏低，使得具有良好区分度的项目很少。其他分测验难易程度分布大体适宜。从信度上来看，图形类比和图形序列的内部一致性系数在 0.77 以上，数字类比和数字序列的内部一致性系数在 0.6~0.7，语词类比和语词归类分测试的内部一致性系数分别为 0.52、0.57。由于各年级的题目不一致，数字类比和数字序列未做总体信度分析。从结构效度上看，语词类比和语词归类与推理总分的相关低于其他几个测验任务与推理总分的相关；语词类比与归类任务与语文及数学学业成绩的相关在多个年级上不显著，与数学成绩的相关也低于其他测验任务与数学成绩的相关。从发展性上看，语词归类任务较为容易，不能表现出年级之间的差异；其他各个测验任务均能良好地反映不同年级间的发展性差异。另外从测验编制上看，由于语词类比和语词归类是以词汇为材料呈现的，小学低年级学生的词汇量有限，词汇的选择对低年级学生成绩的影响较大。综合上述情况，课题组及相关专家一致认为，语词材料不适合用于团体性纸笔的推理能力测试，因此删除语词类比与语词归纳这两个测验任务，保留数字类比、数字序列、图形类比和图形序列四个测试任务，并对后四个任务中某些区分度不佳或者发展性不好的项目进行修改或删除。此外，由于数字类比和数字序列分年级设置题量，在进行发展性分析时会带来统计上的复杂性。通过这次预试也基本了解了不同年龄段在解决此类问题上的特点，因此，数字类比和数字序列测试不再分年级设置题量。

第二次是全国预试，分别抽取了天津市、浙江金华市、内蒙古呼和浩特市、甘肃兰州市和西藏拉萨市五个地区 1 年级、3 年级、5 年级、8 年级学生共计1595 名，其中有效被试 1567 名。从第二次预试的结果来看，数字序列、数字类比、图形序列与图形类比四个测验任务的各个指标多数比较理想。项目分析结果显示，各测验任务中除个别项目外，大部分项目的难度和区分度均较好；各任务的内部一致性均在系数 0.62 以上；各任务之间存在中等程度的相关，相关系数在 0.46～0.72；各任务与语文、数学成绩的相关均显著。从发展性上来看，四个测验任务均能较好地反映不同年级儿童的发展性。综合上述情况，课题组及相关专家认为四个测验任务结果基本符合需要，但由于推理能力测试在时间上的限制，必须删除其中一个测验任务。考虑到数字类比测验和数字序列测验具有高相关，相关系数为 0.72，即这两个测验中的任何一个测验都能够很好地预测另一个测验。而且数字类比任务的内部一致性、发展性均优于数字序列，因此决定保留数字类比、图形类比和图形序列三个测验任务，删除数字序列任务。同时对于保留的三个任务，修改或者删除个别区分度不佳或者发展性不好的项目。

针对全国预试的结果及对测验的进一步修改，项目组进行了第三次预试。第三次预试在北京地区抽取了 2 年级、5 年级、8 年级学生共计 233 名，其中有效被试 230 名。预试结果显示：三个推理能力测验任务中的各个项目均具有较理想的难度和区分度，适合各个年龄段的儿童；各个测验任务均能较好地反映不同年级儿童在推理能力上的发展性（η^2 在 0.39～0.62）；各个测验任务也具有较好的信度，总测验的内部一致性系数为 0.92，各任务的内部一致性系数均在 0.75 以上（数字类比：$r=0.86$；图形类比：$r=0.76$；图形序列：$r=0.75$）。

第三次预试后，我们又进行了一次再测信度与效度的测试，被试为北京地区 2 年级、5 年级、8 年级学生，分两批进行。第一批被试测的是本推理能力测验、CAT-3 以及瑞文矩阵推理测验，有效被试 114 名；第二批被试测的为本推理能力测验和韦氏儿童智力测验（第四版），有效被试 111 名。结果发现推理能力总测验的再测信度系数为 0.87，各测验任务也都具有较好的再测信度（数字类比：$r=0.83$；图形类比：$r=0.72$；图形序列：$r=0.65$）。效度上，推理能力测验总分与瑞文矩阵推理测验的相关系数为 0.66，认知能力测试（CAT-3）的相关系数为 0.60，与韦氏儿童智力测验（第四版）中的矩阵推理的相关系数为 0.70；各测验任务与三个效标测验之间的相关在系数 0.51~0.66；推理能力测验总分与韦氏儿童智力测验（第四版）全量表分之间的相关系数为 0.55。

4.3.3　小结：推理能力的关键指标与测评工具的确定

根据推理能力关键指标的测评结果以及专家对测评结果的研讨，本次调查最终确定类比推理与归纳推理为推理能力的关键指标，并选择数字类比、图形类比、图形序列三个任务作为推理能力的测查工具，分别代表以上两个关键指标。数字类比推理测验任务共 22 题，图形类比推理测验任务共 19 题，图形序列测验任务共 18 题。每个分测试的时间约为 12 分钟，其中答题时间为 8 分钟，指导语时间约为 4 分钟。

第二编 社会适应的关键指标与测评

社会适应（social adjustment）是儿童青少年心理适应的重要方面，与其人际交往、社会环境适应有密切的关系。

目前，对于社会适应所包括的内容并没有达成共识。研究者根据自己的不同理解或不同的研究目的进行分类。有人认为，社会适应是指儿童在与他人关系中表现出来的行为模式、情感、态度和观念以及这些方面随着年龄而发生的变化（张文新等，1999）。也有人认为社会适应包括社会性情绪、对父母亲的依恋、气质、道德感和道德标准、自我意识、性别角色、亲善行为、对自我和攻击性的控制、同伴关系等（Mussen et al.，1990）。还有人认为儿童的社会适应包括情绪、对周围亲人的亲密关系、自我概念、社会技能、性别角色以及以攻击性、利他性为核心的道德发展（Shaffer，2000）。

在"中国儿童青少年心理发育特征调查"中，社会适应是该项目的主要调查领域之一。通过对国内外社会适应领域相关文献的分析及其对国内外儿童青少年心理发展大型研究项目的调研，经过全国心理学知名专家的多次研讨，选择了情绪、行为、自我和价值观四个部分作为中国儿童青少年社会性发展测查的一级指标。并在此基础上，充分考虑该项目中测查对象的特点、测验时间和测查方式上的限制，进一步选择关键指标作为测查的二级指标。社会适应领域关键指标的选择坚持以下基本原则：①以心理学的理论和概念为引导选择指标；②选择能体现6～15岁儿童青少年发展特点的指标；③关注对儿童发展有重要和持续影响作用的指标；④选择在儿童青少年发展阶段具有相对稳定性的指标；⑤选择便于大规模团体施测的指标。

在确定关键指标的基础上，严格按照标准化流程进行测试工具的选择、修订或编制。在此工作过程中，主要遵循了以下基本原则：

1）测查工具要具有高度的科学性。所有测查工具应该是心理学标准化测量工具，应具有良好的心理测量学指标，能保证工具的可靠性和可信性。

2）测量工具要具有普遍的本土适用性。在充分考虑测量工具的国际化程度基础上，高度重视测量工具的本土适用性，要针对中国儿童青少年的特点进行修订，要充分考虑中国的地域辽阔、人口众多的特点。

3）测量工具要对中国儿童青少年的社会性发展具有敏感性，所采用工具必须能反映该年龄段儿童在社会性领域的发展变化趋势。

4）要切实保证测量工具进行大样本调查的可行性。在本研究项目中，被试年龄范围较大，调查内容多，测查时间有限，因此测查工具应该简便、简洁，能在一定时间内获取丰富的信息。

尽管各类社会适应测验工具编制或修订的程序不完全一样，但都通过预试完成了确定工具、筛选题目、修订表述方式和反应方式、收集测验工具的信效度等任务，在项目的编制、修订过程中共进行了四次预试。

第一次预试：个别访谈和小范围的集体预试。选取了北京海淀区和石景山区 1 年级、3 年级、5 年级、8 年级共 75 人进行个别访谈，以考察工具和题目的适用性及评分方式的可行性等。小范围的集体预试选取了北京市昌平区和朝阳区 1 年级、3 年级、8 年级共计 399 名中小学生进行集体施测，以考察指标和题目的适用性（对不同地区、不同年级的适用性，学生对例题、指导语和题目的理解状况等）、工具的适用性（工具的信度、效度、题目的删减）、施测方式的适用性（测试的组织形式、主试操作、完成测试所需时间等）等。

第二次预试：较大范围的集体预试。选取了辽宁大连市、广西桂林市、西藏拉萨市三个地区的 1 年级、3 年级、5 年级、8 年级共计 1142 名中小学生进行测试，其主要目的是为了考察各工具（包括题目、指导语和评定方式等）在全国范围的适用性、工具的信效度检验以及学生完成测查的时间等。

第三次预试：有针对性地进行小规模预试。选择北京市大兴区和密云区 4 年级、5 年级、6 年级、7 年级、8 年级共计 320 名中小学生进行集体测试。主要目的是为考察全国较大范围预试后新修改或者新调整工具的适用性（包括题目、指导语和评定方式等），并考察新修改或者新调整工具的信效度。

第四次预试：对小样本进行间隔一个月的重复测查。选取北京市昌平区、朝阳区小学 4 年级、5 年级和朝阳区中学的 7 年级共计 104 名学生进行了间隔一个月的两次测试，以考察工具的重测信度和效标关联效度。

在进行了充分的预试和反复修订工作的基础上，本项目对全国 100 个样本区县（小学学校样本为 400 所，初中学校样本为 200 所）的 24 013 名 9～15 岁中小学生进行了正式测查，建立了各地区、各年级的常模。

以下部分将具体介绍情绪、行为、自我和价值观方面的关键指标选择及测试工具的情况。

第 5 章　儿童青少年情绪适应的关键指标与测评

　　情绪（emotions）是人对客观事物的态度体验及相应的行为反应（彭聃龄，2001）。情绪成分包括内在体验、外显表情和生理激活三种成分（孟昭兰，2005）。内在体验指个体对不同情绪状态的自我感受；外显表情是在情绪状态发生时身体各部分的动作量化形式，包括面部表情、姿态表情和语调表情；生理激活指情绪产生的生理反应。

　　人类情绪的千变万化使情绪存在多种分类方式，传统分类方式是将大量情绪分为互不联系的具体情绪，如焦虑、敌意、愉快等。然而，这种情绪分类方式的最严重问题是对不同情绪的测量常常呈现高度的相关。例如，恐惧与愤怒存在着正相关，活力与愉快存在着正相关（Waston et al.，1994）。不同情绪之间存在相互联系的事实表明，情绪可以用某种基本维度来进行分类。因而，情绪研究者转为以维度模型来对情绪进行分类，最受欢迎的情绪维度分类模型是"大二"模式，其中一种看法认为情绪包括愉快与不愉快和活跃或唤起两个维度；另一种看法是将情绪分为积极情绪（positive affect）和消极情绪（negative affect）。而积极情绪和消极情绪的分法在大量研究中得到了广泛的支持（Lang et al.，1990；石林，2000）。

　　然而对积极情绪和消极情绪的进一步分类，或称为二级水平的分类，则仍存在着形形色色的分类方法。

　　Tomkisns（1962）认为积极情绪包括兴趣和快乐；Frijda（1986）认为积极情绪可分为愉快、兴趣、期望和惊奇四种情绪；而 Lazarus（1991）认为积极情绪包括愉快、自豪、希望和爱。积极情绪研究的一个代表人物 Ellis（1998）认为，积极情绪包括快乐、满意、兴趣、自豪、感激和爱，该观点目前被很多人采纳。他认为，快乐是指当个体认知到自己处于安全的和熟悉的情境时，或者认知到自己的目标取得进步和实现时产生的感受，是相对高唤起的正情绪；满意是在被他人接受和关爱时产生的感受，是类似平静、静谧等低唤醒状态的情绪；兴趣就是当个体技能知觉与环境挑战知觉匹配时产生的愉悦感与趋近感，是在安全和具有新鲜感的情境下产生的；自豪是当目标成功实现或被他人评价为成功时产生的体验；爱由多种积极情绪所组成，包括兴趣、欢乐、满意等。

Waston 和 Clark（1997）认为消极情绪是一种心情低落和陷于不愉快激活境况的基本主观体验，包括各种令人生厌的情绪状态。他们编制的"积极和消极情绪量表"（the positive and negative affect schedule）只测量了恐惧、敌意、悲哀、内疚、害羞五个消极情绪。Izard 等（1974）设计的"不同情绪量表"（different emotion scale）测量了恐惧、愤怒、厌恶、藐视、内向敌意、悲哀、内疚、羞愧、害羞等九个不同的消极情绪。

综上所述，研究者普遍认为情绪应该包括积极情绪和消极情绪两个方面，但是不同研究者往往依据自己的研究兴趣对于积极情绪和消极情绪的子成分进行选择。

情绪是青少年整个身心的重要组成部分，是青少年认识自我、完善自我，最终实现超越自我的基础。对于儿童和青少年而言，情绪是传递信息的一个重要手段，他们通过表达自己的情绪来向人们传递他们的心理和生理感受；是了解旁人的重要方式，他们通过对他人情绪的观察以及猜测做出反应；情绪是促进发展的重要内容，他们通过表达和接受情绪在社会中获得更好的发展和适应性。同时，情绪与儿童青少年身心健康的关系也极为密切，正性情绪可促进身心健康，而负性情绪若出现频繁或持续时间过长，则易导致心理的和身体的疾病。因此，了解中国 9~15 岁儿童青少年的情绪特点对于把握中国儿童青少年心理发育状况具有重要意义。

5.1　儿童青少年情绪适应关键指标的选取

在"中国儿童青少年心理发育特征调查"项目情绪适应关键指标的选取过程中，征求了全国心理学相关领域的知名专家对情绪领域测查指标选择的意见，以确保情绪适应关键指标在 4~9 年级儿童青少年中的典型性和代表性。通过对这些专家提供的论证报告的分析发现：80%以上的专家都认为在情绪领域中需要对积极情绪和消极情绪进行研究，其中有一半以上的专家建议在积极情绪中应该考察主观幸福感、生活满意度和快乐感，个别专家还提到爱、归属感情绪等。近80%的专家认为消极情绪应该测查焦虑、孤独感和抑郁，个别专家也提到应该测查消极情绪中的恐惧、悲伤等。

在情绪领域指标确定的过程中，项目组组织了专门的国际调研工作组，查阅了52个与儿童青少年发展相关的国际大型研究项目，对大型项目儿童青少年发展研究项目中有关儿童情绪测查的指标进行了分析，结果表明：在这些大型研究项目中，儿童青少年情绪的调查指标涉及最多的依次是抑郁、焦虑和主观幸福感。

在全国心理学知名专家意见和借鉴国际大型项目经验的基础上，经过"中国儿童青少年心理发育特征调查"项目专家的多次研讨，我们最终选择了主观幸福感（生活满意度作为其认知成分）、抑郁、焦虑和孤独感等情绪指标作为"中国儿童青少年心理发育特征调查"项目中4~9年级儿童青少年情绪适应的关键指标。

5.2　国内外儿童青少年情绪适应关键指标与测评的研究进展

5.2.1　主观幸福感

（1）主观幸福感的定义

Diener等（1999）回顾了近三十年来关于主观幸福感的研究，将主观幸福感（subjective well-being）界定为人们对自身生活满意程度的认知评价，主观幸福感包括生活满意度和情感体验两个基本成分，前者是个体对生活质量总体的认知评价，即在总体上对个人生活做出满意判断的程度；后者是指个体生活中的情感体验，包括积极情感（愉快、轻松等）和消极情感（抑郁、焦虑、紧张等）两个方面。主观幸福感由对生活的满意、积极情感的体验和消极情感的缺乏所构成，对整体生活的满意程度愈高，体验到的积极情感愈多消极情感愈少，则个体的幸福感体验愈强，它是衡量个体生活质量的重要的综合性心理指标。生活满意度作为主观幸福感的重要组成部分，可以分为一般生活满意度和特殊生活满意度。前者是对个人生活质量的总体评价，后者是对不同生活领域的具体评价，如家庭生活满意度、学校满意度、社区满意度等。Andrews 等（1976）也认为主观幸福感的结构可分为正性情感，负性情感和认知水平三个维度。国内研究者对主观幸福感概念的界定大都是引用国外的定义（丁新华等，2004；吴明霞，2000；张兴贵，2003）。例如，吴明霞（2000）认为主观幸福感专指评价者根据自定的标准对其生活质量的整体性评估。

从研究者对主观幸福感的界定及结构介绍可以看到，主观幸福感包含认知和情感两个成分，其中认知成分是生活满意度，情感成分是情绪体验或者是情感平衡。

（2）主观幸福感对儿童青少年的重要性

长期以来，研究者对儿童青少年的消极情绪，如抑郁、焦虑关注较多，而对幸福、快乐、满意、乐观等积极情绪的关注比较少。近年来，随着心理学的不断发展，积极心理学研究日益增多，主观幸福感受到了格外的关注。主观幸福感的研究自20世纪50年代于美国兴起，80年代中期以后开始进入我国研究者的视野，但是对于青少年的主观幸福感研究则起步不久。已有的相关研究表明，主观幸福感对儿童青少年起着重要的作用。马颖等（2005）的研究发现，主观幸福感对儿童青少年的学业成绩有重要影响；Huebner 等（2000）发现，对学校生活的不满意可导致一系列的负性后果，包括学业成绩不良、退学等。儿童青少年的生活满意度不仅影响其学校表现，也会影响其他方面的发展。张兴贵等（2004）研究发现，生活满意度不仅影响个体的情绪体验，而且影响到个体生活目标的定位和行为追求的取向，对个体乃至社会都产生重要的影响；张丽华等（2007）研究发现，儿童青少年心理发育较易受内外因素的影响，自我意识和生活满意度对心理行为起着重要的调节作用。生活满意度和自我意识出现不良倾向则会对行为、学习和社会能力产生负性作用，使人格发生偏异。

（3）主观幸福感的测量

主观幸福感的评定主要依赖个体本人设定的标准，而不是他人或外界的标准，一个人幸福与否只有自己的体验最真实准确，因此幸福感具有很强的主观性，研究中多采用自陈量表法进行评定。为了对主观幸福感作出较完整的描述和评估，近年来心理学还发展了一些其他的评估方法，如行为记录法、他人评价法、生理指标检测法、认知测量法等，但总的来说，都只能作为自陈量表的辅助方法。在主观幸福感的自陈量表测量内容上主要包括总体幸福感的评定（由被试对自己的生活感受做综合的评价）、区分主观幸福感的认知成分和情感成分，即分别对生活满意度和积极情感、消极情感进行测量。

有关总体幸福感的早期测量工具常采用单题评定，如"总的来说，你觉得你的生活怎么样"，但由于其稳定性的不足，更多的研究者倾向于采用多题的评定量表，如 Campbell 编制的幸福感指数量表（index of well-being）、Fazio 编制的总体幸福感量表（psychological general well-Being schedule，PGWB）、Argyle 发展的牛津主观幸福感问卷（Oxford happiness inventory，OHI）（汪向东等，1999）。

生活满意度的测量包括总体生活满意度和具体领域满意度。Diener 等（1985）编制的生活满意度量表（the satisfaction with life scale，SWLS）就是一种广为运用的多项目总体满意度量表。该量表由 5 个项目组成，每个项目采用 7 等级记分，分值越高，满意度越高。鉴于 Diener 等（1985）编制的 SWLS 并非专门针对学生所编制的不足，Huebner（1991）在 SWLS 的基础上发展了学生生活满意度量表（student's life satisfaction scale，SLSS）。该量表专门针对儿童青少年编制，共有 7 个项目，四级评分，要求学生对其整体生活的满意程度作出评价。此后 Huebner（1994）又专门编制了针对具体生活领域的多维度学生生活满意度量表（multidimensional student's life satisfaction scale，MSLSS），共有 40 个项目，主要测查中小学生对自己的家庭、学校、朋友、自我、生活环境的生活满意度水平。该量表是目前青少年满意度研究领域中一个比较成熟的量表。国内也有研究者在此基础上编制了专门针对学生的生活满意度量表，如张兴贵等（2004）编制的青少年学生生活满意度量表，陶芳标等（2005）编制的青少年学校生活满意度评定问卷等。

在情感方面的主观幸福感测量中，一些研究者认为，人们的幸福感取决于一定时期内积极情感和消极情感的平衡，如 Bradburn（1969）编制的情感平衡量表（affect balance scales），该量表包含 10 个项目，其中各有 5 个项目分别测量积极情感和消极情感，情感平衡取决于消极情感和积极情感之间的差异。与之类似的还有 Watson 等（1988）编制的积极与消极情感量表（positive affect and negative affect scale，PANAS）。但相对于生活满意度量表的广泛使用而言，积极情感与消极情感量表在青少年群体上的应用较少。

（4）儿童青少年主观幸福感的特点

Diener 等（1999）认为主观幸福感具有一些基本的特点：①主观性，主观幸福感的评定主要依赖个体本人设定的标准，而不是他人或外界的标准，一个人幸福与否只有自己的体验最真实准确，因此幸福感具有很强的主观性，因而研究中多采用主观报告法进行评定；②整体性，主观幸福感包括生活满意度、积极情感和消极情感三方面，反映的是个体整体的主观生活质量，是一种综合性的心理指标；③相对稳定性，在对目标人群进行追踪调查，考察个体的长期的主观幸福感时发现，尽管从短期看来可能会受到当时情境和情绪状态的影响，但从长期测量来看，主观幸福感还是相对稳定的，它不会随着时间的流逝和环境的改变而发生重大的变化。

儿童青少年对不同生活领域满意度是有差异的。例如，Huebner 等（2000）对 5544 名 9～12 年级青少年的调查结果发现，大约 11% 被试的生活满意度在中等水平以下，有 7% 的被试很不满意，甚至较大比例的被试对家庭不满意（17.6%）和对学校不满意（22.8%），在各种生活领域满意度中青少年对学校的满意度水平最低。不同年级的儿童青少年主观幸福感存在差异，随着年级增高，主观幸福感有所降低（施俊琦等，2005；岳颂华等，2006）。儿童青少年主观幸福感是否存在性别差异，有不同的研究结果。例如，施俊琦等（2005）的研究发现，男生的幸福感得分高于女生；Inglehart（1990）调查了 16 个国家170 000 人，发现主观幸福感不存在性别差异；而王极盛等（2003）研究发现，女生在总体幸福感、家庭满意度、自我满意度、同伴交往满意感和生活条件满意感上得分均显著高于男生。还有研究表明，不同文化、不同生活环境、不同学业成绩的学生的主观幸福感得分也不相同。例如，田丽丽等（2005）对生活满意度的跨文化差异比较发现，爱尔兰、美国、高加索、以色列和中国五国（地区）中学生，处于一般生活满意度高水平组的人数分布百分比由多到少依次为爱尔兰、美国、高加索、以色列、中国；五国女生的家庭满意度高于男生，男生的学校满意度高于女生。爱尔兰学生的家庭满意度最高，中国学生的朋友和学校满意度最高，以色列学生的生活环境满意度最低、自我满意度最高。刘旺（2006）研究发现，城市学生在所有维度的生活满意度均高于农村学生，城市中学生各维度满意度的均值排列顺序由高到低依次为：家庭、自我、朋友、学校和生活环境；农村中学生在各维度满意度的均值排列顺序由高到低依次为：自我、家庭、朋友、学校和生活环境。岳颂华等（2006）研究发现，成绩差的学生体验到的消极情感显著高于成绩中等和较好的学生。

5.2.2 抑郁

（1）抑郁的定义

抑郁（depression）起源于拉丁文"deprimere"，意指"下压"，最早在 17 世纪开始用于描述情绪状态。美国当代心理学家 Angold（1992）对抑郁做了如下描述：①抑郁为正常心境向情绪低落方面的波动，即每天出现情绪恶劣的一面；②抑郁作为不愉快、悲伤或精神痛苦，是对一些不良情景或事件的一种反应；③抑郁作为一种特征，是指个体持久的、相对稳定的愉快感的缺乏；④抑郁作为一种症状，是指心境处于病理性的低下或恶劣状态。

抑郁是一种常见的负性情绪，会对个体的学习、工作、生活产生消极的影响，严重的抑郁不仅会损害个体的动机和情绪，甚至会导致个体自杀行为的出现（Harrington et al.，1990）。抑郁也是青少年较为普遍的心理行为问题之一，儿童进入青春期以后抑郁的比例急剧上升（方富熹等，2005）。研究者指出，青少年抑郁是青少年期出现的以忧郁为主的显著而持久的悲哀、不幸和烦躁的情绪、行为和身心不适症状（冯正直，2002）。

Petersen 等（1993）根据不同的研究目的和抑郁的不同水平，将青少年抑郁分为三种类型：抑郁情绪（depressed mood）、抑郁综合征（depressive syndromes）和临床抑郁（clinical depression）。

抑郁情绪是指一个人在一段非特定时期的悲伤、不快乐或苦闷的心境，是个体对环境和内在刺激的一种情绪反应。抑郁综合征是指一组以特定模式同时发生的行为和情绪的症候群，包括感到孤独、哭泣、害怕、无价值感、紧张、内疚、怀疑、担忧等（Achenbach，1991a，1991b，1991c）。抑郁综合征与其他问题行为（如退缩、攻击行为、注意问题等）之间有较高相关（Achenbach，1991a）。

临床抑郁（也称抑郁障碍，depressive disorders）是一种精神障碍，主要通过临床访谈的方法诊断，看其是否符合抑郁症的标准。诊断的标准主要有：美国精神病协会的精神障碍分类标准、世界卫生组织的标准，以及中国精神障碍诊断与分类标准。

抑郁情绪、抑郁综合征和抑郁障碍反映青少年期三种水平层次的抑郁，它们之间是以阶梯模式和序列模式相互联系的。抑郁水平是呈阶梯状的，抑郁综合征是抑郁情绪的一个子集，抑郁障碍则是抑郁情绪和抑郁综合征两种水平的子集。抑郁的三种水平也进一步反映了青少年抑郁的序列进程，许多青年人在特定的时候由于学习、生活压力、激素水平波动和人际关系等一系列的因素，而体验到抑郁情绪的短期升高的结果，如果抑郁情绪加剧可能发展成为明显加重的抑郁综合征，在抑郁综合征的青少年中，有小部分的人有可能发展成抑郁障碍（Compas et al.，1993；冯正直，2002）。

（2）抑郁对儿童青少年的影响

国内外大量研究发现儿童青少年的抑郁与学业成就之间有密切关系。用儿童抑郁问卷（children's depression inventory，CDI）测得的抑郁得分可以预测较低的学业成就（Chen et al.，1997；Cole et al.，1996）。Chen 等（2000）对中国儿童的一项历时两年的纵向研究发现，在两年中，儿童的抑郁非常稳定，而且抑郁能够负向预测儿童的后期社会适应和学业成就，可以正向预测适应困难的发展。

抑郁除了影响儿童青少年的学业成就以外，也会引发儿童青少年的行为问题。陶芳标等（2004，2005）在有关抑郁、焦虑症状与中学生多种危害健康行为的研究中发现，抑郁症状是青少年常见的心理障碍，严重干扰青少年正常学习和生活，并可增加其他危害健康行为的危险性。抑郁症状是打架、自杀意念、吸烟量、上网时间过长等行为的危险因素。同时，强烈而持久的抑郁对儿童的学业成绩、同伴关系、家庭关系都有负面影响，并且可能导致自杀行为的出现（Bhatia et al.，2007）。

青少年作为抑郁的高发群体，抑郁对其身心健康的危害尤为严重，如果不能及早发现并进行治疗，抑郁慢性化并反复发作，会导致更为严重的精神疾病，给家庭和社会造成巨大的负担。卫生部、民政部、公安部和中国残疾人联合会在联合发布的《中国精神卫生工作规划（2002-2010 年)》中也提出要开展重点人群心理行为问题干预，遏止精神疾病患病率上升趋势；加强儿童、青少年学生心理健康教育和干预，减缓心理行为问题和精神疾病上升趋势。

（3）儿童青少年抑郁的测量

目前有多种用于诊断和测评儿童青少年抑郁的方法，如结构式访谈、基于访谈的等级量表和自评量表。

比较常用的结构式访谈包括现状检查法（present state examination，PSE），诊断访谈计划表（diagnostic interview schedule，DIS），国际综合诊断面谈计划表（composite international diagnostic interview schedule，CIDI），临床评定计划表（the schedules for clinical assessment in neuropsychiatry，SCAN）（World Health Organization，1990，1994）。

在基于访谈的等级量表中，最具代表性的是汉密尔顿抑郁量表（hamilton rating scale for depression，HRSD）。该量表最初在临床和实验研究中用于评定抑郁的严重程度，后经几次修订，形成了 17 个项目、21 个项目和 24 个项目三个不同的版本（汪向东等，1999；王晓刚，2007）。

自评量表是抑郁研究中最常用的测量工具，适用于儿童青少年的抑郁自评量表主要有：

1）贝克抑郁问卷（Beck depression inventory，BDI）为 Beck 于 1961 年编制，广泛应用于临床研究。共 21 题，每题 4 句话，分别描述症状由轻到重的程度，按 0~3 级计分，评定时间为最近一周。BDI 因素分析可得三个斜交因素：消极态度或自杀、躯体症状、操作困难，并可进一步抽取单一的二级因素：总体抑郁。BDI 有 13 题、7 题等版本，但鉴别抑郁的准确率低于 BDI 的 21 题版本（Beck，1967；Myers et al.，2002；陈祉妍等，2007）。

2）自评抑郁量表（self rating depression scale，SDS）为 Zung 于 1965 年编制，又称 Zung 氏抑郁量表。SDS 共 20 题，4 级评分，评定时间为最近一周。测量内容包含 4 组抑郁症状：精神性－情感症状、躯体症状、精神运动障碍和抑郁心境。原始总分得分为 20～80 分。SDS 评定的抑郁严重度指数按下列公式计算：抑郁严重度指数 = 各条目累计分/80（最高总分）。指数范围为 0.25～1.0，指数越高，抑郁程度越重（Zung，1976；汪向东等，1999）。

3）流调中心用抑郁量表（center for epidemiological studies depression scale，CES-D）为美国国家精神卫生研究所（National Institute of Mental Health，NIMH）的 Radloff 于 1977 年编制，用于抑郁症状的筛查。CES-D 共 20 题，使用 0～3 级计分，评定最近一周内症状出现的频度。测量内容包含 4 个因素：抑郁情绪、积极情绪、躯体症状、人际关系困难。CES-D 有儿童版本，形式和内容与 CES-D 相似，但使用更简单的表述，适用于 6～17 岁儿童（Weissman et al.，1980）。

4）Bellevue 抑郁量表（Bellevue index of bepression，BID）为 Petti 于 1978 年依据 1973 的 Weinberg 儿童青少年抑郁诊断标准编制，该标准要求儿童抑郁的诊断必须具备情绪低落、自贬观念等两条主要症状，同时具备易激怒、睡眠困难、学业表现改变、社交减少、对学校的态度改变、躯体主诉、精力丧失、食欲或体重异常变化等八条症状中的四条以上。同时，该标准以有无自杀意念和计划来区分抑郁的严重程度。BID 适用于 6～12 岁儿童，共 40 题，分属 Weinberg 标准的 10 个因子。每题根据严重程度和持续时间评为 0～3 分。两个核心因子同时有症状，且总分≥20 者可诊断为抑郁症。除儿童自评外，BID 也可以采取父母评定的方式（陈祉妍等，2007）。

5）儿童抑郁量表（children's depression inventory，CDI）为 Kovacs、Beck 于 1977 年编制，共包括 27 个项目，适用于 7～17 岁儿童，主要用于测查儿童青少年的多种抑郁症状，如睡眠失调、食欲不振、自杀意念及一般的烦燥不安等。每题都由三句话组成，按症状或感觉出现的频度，分别列举了一般反应、中等抑郁症状和严重抑郁症状（如"我偶尔感到悲伤"、"我多次感到悲伤"、"我一直感到悲伤"），分别计 0 分、1 分、2 分，总分在 0～54 分范围内，判界分通常采用 19 分或 20 分（Doerfler et al.，1988；Kovacs，1992；Davanzo et al.，2004；张洪波等，2001；洪忻等，2008）。CDI 有 4 种版本，分别是自评原版（CDI-27item）、自评简版（CDI：S-10item）、父母报告版（CDI：P-17item）和教师报告版（CDI：T-12item）。其中 10 题的简版一般用于快速筛查，与原版相关系数为 0.89（Kovacs，1985，1992）。

6）Reynolds 青少年抑郁量表（Reynolds adolescent depression scale，RADS）为 Reynolds 根据 DSM-III 中对重症抑郁和恶劣心境障碍的诊断标准于 1981 年编制，主要用于 12～18 岁青少年。包括 4 个方面的抑郁症状：恶劣心境、快感缺乏/消极情绪、消极自我评价、躯体主诉。RADS 共 30 题，按频度 1～4 评分。总分范围 30～120，国外推荐 77 分作为划界分。1987 年，修订版 RADS-2 增加了新的样本数据，并将适用年龄扩展到 11～20 岁。此外，Reynolds 还曾于 1989 年编制适用于 8～12 岁儿童的版本，主要适用于小学 3～6 年级（Reynolds，1986）。

国内也有研究者编制专门用于儿童青少年的抑郁量表，如王极盛等（1997）编制的中学生抑郁量表（Chinese secondary school students depression scale，CSSS-DS）。该量表共 20 题，5 级评分。王极盛等对北京市 1979 名初一至高二的学生施测发现，项目与总分的相关系数为 0.56～0.69，分半信度为 0.87；间隔 10 天的重测信度为 0.80，间隔 55 天的重测信度为 0.72；与 CES-D 的相关系数为 0.67。

（4）儿童青少年抑郁的特点

大量的流行病学调查发现，人群中约有 16% 的人在一生中会体验到具有临床水平的抑郁症（Kessler et al.，1997）。不同测量工具得出的结论不尽相同。Kandel 等（1982）对 14～18 岁的 8206 名青少年进行了调查，发现 18%～28% 青少年有抑郁情绪。Nolen-Hoeksema 等（1999）采用 Beck 抑郁量表研究发现，抑郁症状的流行率为 28%。有研究者认为，从历史趋势来看，抑郁在人群中的普遍程度一直在上升，每一代人中的比率都要超过前一代（Lewinsohn et al.，1993）。

对于我国儿童青少年，冯正直（2002）采用 Beck 抑郁自评问卷、Zung 氏抑郁问卷对 12 所中学的初一至高三 2634 名中学生进行测试。结果发现中学生抑郁症状的发生率为 42.3%，其中轻度为 14.6%，中度为 15.3%，重度为 12.4%。苏林雁等（2006）采用抑郁障碍自评量表对 565 名小学生施测，检出率为 17.17%。

尽管不同的研究由于使用的工具不同、样本选择不同等原因，得出的抑郁发生率有差异，但总体来说均反映出在青少年时期，抑郁的发生极为普遍。

与儿童相比较，青少年早期的抑郁发生率增加迅速，从青少年中期到青少年晚期，抑郁的比例已接近成人总体的水平。青少年期的抑郁与成年后继发抑郁的危险有显著相关（Olsson et al.，1999）。关于青少年抑郁的发展趋势研究发现在13～15岁青少年抑郁心境急剧增加，约在17～18岁达到高峰（Radloff，1977；Petersen et al.，1993）。中学生的抑郁水平随年级的上升，抑郁程度不断增长（王极盛等，1997；阳德华等，2000）。但也有研究者认为抑郁比例的增长和青春期关系密切。女孩出现抑郁的风险有所上升的趋势是在青春期来临后开始的，而不是在某一特定的年龄，或者是在升入学校里的某一年级时开始的（Angold et al.，1998）。

在抑郁的性别差异方面，大多数研究者发现抑郁在青春期早期的男生和女生中的出现比率有巨大的差异。从青春期早期开始，直到成年晚期，受到抑郁障碍困扰的女性人数几乎都是男性人数的2倍，而且女性报告有抑郁情绪的可能性也略高于男性（Compas，1997；Holsen et al.，2000；Twenge et al.，2002；Wade et al.，2002）。但也有研究者认为这一趋势不适合发展中国家的青少年，在发展中国家，男女青少年中抑郁者的比例大致相同，或者有时男性抑郁者会略多于女性（Culbertson，1997）。国内的研究结论也不尽相同，如有研究发现初二女生的抑郁情绪状态显著高于男生的抑郁状态，这一性别差异保留至高三（王极盛等，1998），但也有研究结果表明中学生抑郁的性别差异不显著（丁新华等，2003）。

5.2.3　焦虑

（1）焦虑的定义

目前有关焦虑（anxiety）的研究很多，但是对焦虑的定义仍然没有形成共识。焦虑理论的提出始于存在主义哲学家 Soren Aaby Kierkeggard，他在《恐惧的概念》（*The Concept of Fear*）一书中指出，焦虑是人面临自由选择时所必然存在的心理体验（李焰，1992）。Kierkeggard 的焦虑观是一种哲学的思辨范畴，自从心理学从哲学中独立出来以后，较早提出焦虑理论的心理学家是精神分析学派代表人物弗洛伊德，在他晚期提出的焦虑理论中，焦虑被认为是自我试图压抑潜意识中被唤起而又不被允许的冲动时产生的情绪冲突。在众多焦虑理论中，影响较大的当属斯皮尔伯格（Spielberger et al.，1970）的状态 - 特质焦虑理论。他将焦虑分为状态焦虑和特质焦虑。前者是人们在特定情景中所产生的专门反应状态，如紧张、恐惧、忧虑等，往往伴有植物性神经系统的功能改变，一般比较短暂。而后者是一种人格特征，是具有个体差异的相对稳定的焦虑倾向。国内较权威书籍和研究者也较一致地认为焦虑是一种不愉快的情绪体验，如《中国大百科全书——心理学》把焦虑定义为由紧张、焦急、忧虑、担心和恐惧等感受交织而成的一种复杂的情绪反应。它可以在人遭受挫折时出现，也可能在没有明显的诱因下发生，即在缺乏充分客观根据的情况下出现某些情绪紊乱。焦虑总是与精神打击以及即将来临的、可能造成的威胁或危险相联系，主观上感到紧张、不愉快，甚至痛苦和难以自制，并伴有植物性神经系统功能的变化或失调。林崇德等（2003）认为焦虑是个人预料会有某种不良后果或模糊性威胁将出现时产生的一种不愉快的情绪，其特点是紧张、忧虑、烦恼、害怕和恐惧。

（2）焦虑对儿童青少年的影响

作为一种情绪反应，适度焦虑有助于人努力适应环境，发挥创造力，但过度的焦虑就可能导致神经症。应激理论认为过度焦虑会使人丧失自信心，降低认知能力，干扰思维活动，从而严重影响学生的学习能力和学习效率，导致成绩下降（Cassady et al.，2002）。相关实证研究也发现，焦虑会对个人、家庭和社会造成巨大伤害（Bayer，2003）。焦虑情绪导致个体产生许多消极心理行为，如注意力不集中、自责与逃避、攻击、记忆力下降、失眠、体质下降等不良反应和行为（郑希付，1996），严重影响人体正常学习、生活及其在社交领域的能力（Albano et al.，1996；Dadds et al.，1999；Spence，2001）。儿童的焦虑障碍也与在学校、社会等环境及个人的适应情况紧密联系（Strauss et al.，1988；Messer et al.，1994）。研究表明，学生的焦虑会对他们的认知过程，如问题解决、无意学习和完成测验等方面造成不良影响，对其自我概念的发展也具有负面影响（Kirkcaldy et al.，1998）。陶芳标等（2004）的研究发现，焦虑症状是青少年常见的心理障碍，严重干扰青少年正常学习和生活，并可增加其他危害健康行为的危险性，焦虑症状是打架、自杀意念、吸烟量、节食、上网时间过长等问题行为的危险因素。如果儿童期的焦虑障碍不能得到很好的治疗，可能会持续到青少年期和成人期（Cohen et al.，1993；Feehan et al.，1993；Pfeffer et al.，1988；Keller et al.，1992）。

（3）焦虑的测量

纵观国内外有关焦虑的研究，大部分研究者认为焦虑是个人主观的一种情绪体验，因此一般使用的研究工具为自陈量表。鉴于自陈焦虑量表有便捷、成本低和容易标准化等特点，研究者研发出很多用于测查儿童青少年焦虑的量表。目前国内外广泛使用的研究工具主要有以下几类：

1）儿童显在焦虑量表（revised children's manifest anxiety scale，RCMAS）。儿童显在虑焦量表是由 Reynolds 和 Richimond 于 1978 年对 Casteneda，Palermo 和 McCandless 在 1956 年编制的显在焦虑量表（children's manifest anxiety scales，CMAS）进行修订形成的。该量表采用自我报告形式，适用于 6 ~ 19 岁儿童青少年。包括 37 个项目，有担忧与过敏倾向、生理症状、对人不安和恐惧倾向三个维度，还有用于评估社会赞许性（social desirability）的测谎量表。量表具有较好的信度、效度，Reynolds 等修订的英文版本量表的同质性系数为 0.87，各维度的同质性系数在 0.62 ~ 0.78（Reynolds et al.，1978）。阳德华等修订后的中文量表的同质性系数为 0.82，各维度的同质性系数在 0.72 ~ 0.76（阳德华等，2000）。Wisniewski 等（1987）以 11 ~ 14 岁的儿童为被试，结果发现该量表一周后的重测信度系数为 0.88，五周后重测信度系数为 0.77。

2）状态 – 特质焦虑问卷（state-trait anxiety inventory）。有关状态焦虑（state anxiety）和特质焦虑（trait anxiety）的概念是由 Cattell 等（1961）及 Spielberger（1977）提出的，他们认为状态焦虑描述一种不愉快的情绪体验，如紧张、忧虑、神经症等，一般为短暂性的情绪体验；特质焦虑则用来描述相对稳定的人格焦虑倾向。同时，Spielberger 于 1977 年编制了首版状态 – 特质焦虑问卷（trait-state anxiety inventory，STAL-Form X），并于 1979 年进行了修订，形成了修订版的 STAL- Form Y，并开始在医学、教育、心理学等其他领域进行广泛的应用。状态 – 特质焦虑问卷共 40 道描述题，1 ~ 20 题为状态焦虑量表，简称 STAL-Form Y-I，其中描述负性情绪和正性情绪的条目各半，主要用于评定即刻的或最近某一特定时间或情景的恐惧、紧张、忧虑和神经质的体验和感受。

该部分对每一项进行 1~4 级的评分：1 代表完全没有，2 代表有些，3 代表中等程度，4 代表非常明显。21~40 题为特质焦虑量表，简称 STAL- Form Y-II，用于评定人们经常的情绪体验，其中 11 项描述负性情绪的条目，9 项描述正性情绪的条目。该部分采用 1 代表几乎没有，2 代表有些，3 代表经常，4 代表几乎总是如此的评分方式。凡正性情绪项目均需反向计分，分别计算 STAL-Form Y-I 和 STAL- Form Y-II 量表的累加分，最小值为 20 分，最大值为 80 分。该量表已在我国中小学生群体中进行应用（周路平等，2005；卢家楣等，2005）。

3）特定类型的焦虑问卷。对儿童青少年的焦虑评价除了针对一般性焦虑的研究外，也有一些研究者针对某种特定类型的焦虑进行研究，如儿童社交恐惧与焦虑量表（the social phobia and anxiety inventory for children，SPAI-C）。该表为自评量表，共 26 个项目，专门用于评定儿童和青少年的社交性焦虑（Aune et al.，2007；Rao et al.，2007；朱桂兰，2000）；考试焦虑量表（test anxiety scale，TAS）为自评量表，包含 37 个条目（刘金同等，2006），用于评定儿童的考试焦虑（test anxiety），即对应试情境的反应倾向。学校焦虑量表（the school anxiety scale-teacher report，SASTR），通过教师评定，用来评定 5~12 岁学龄儿童对学校的焦虑行为与感受，Lyneham 等（2007）将 31 个因子的原量表修订为 16 个条目的量表，包括社交性焦虑和一般性焦虑 2 个因子。

（4）儿童青少年焦虑的特点

目前国内对儿童青少年的心理问题研究发现，焦虑是儿童青少年共同的一种患病率高的心理问题。例如，在北京市、浙江省和重庆市的 3315 名 3~6 年级小学生的不良情绪研究中发现，中度焦虑情绪的比例为 28.8%，重度焦虑情绪的比例为 8.8%（沃建中等，2003）；李永超等（2006）对上海市 293 名在校初中生调查结果发现，焦虑情绪的检出率是 10.8%。刘贤臣等（1997）对 13~22 岁 2462 名青少年焦虑的研究显示，16% 的人有不同程度的焦虑症状，其中轻度和中重度发生率分别为 12.22% 和 3.78%。张洪波等（2001）对安徽省 12 430 名中学生进行焦虑症状及其相关因素的调查研究发现，13.7% 的中学生有明显的焦虑症状。尽管不同的研究由于使用的工具不同、样本选择不同等，得出的焦虑发生率有差异，但总体来说其均反映出在青少年时期，焦虑的发生极为普遍。

关于焦虑的年龄发展特点，不同的研究者有不同的解释。有研究者发现，随着时间的推移，儿童的焦虑水平会有所下降。例如，Gullone 等（2001）对儿童青少年焦虑的发展所进行的一项追踪研究发现，儿童的焦虑水平随时间的推移而降低。但也有研究发现，焦虑在儿童期具有一定的稳定性。例如，王凯等（2005）研究发现，7～10 岁儿童焦虑障碍在两年后有 65.45% 缓解，34.55% 持续存在，与国外（Dadds et al.，1999）研究基本一致。另外，有研究者发现随着年龄的增长，儿童青少年的焦虑情绪会有所增加。例如，我国研究者沃建中等（2003）对三个地区 3～6 年级小学生研究发现，3 年级学生焦虑情绪得分最低，显著低于 4 年级、5 年级、6 年级。赵红利（2001）对 2470 名农村初中生进行测试结果表明，初三年级学生的焦虑水平低于初一年级、初二年级学生；阳德华等（2000）采用由 Reynolds 等（1978）修订的儿童显在焦虑量表（revised children's manifest anxiety scale，RCMAS）对南充市 3 所普通中学的 500 名初中生进行了调查，研究发现：初中生的焦虑总体水平表现出明显的年龄特征，即随年龄的增长，其焦虑的水平不断提高，初中二年级是重要的转折点。综上发现，目前关于焦虑的年龄发展特点没有形成定论，需要进一步探讨。

对于焦虑的性别差异结论不统一，有的研究者认为男生的焦虑情绪显著高于女生（沃建中等，2003）；有的研究发现，女生的焦虑情绪高于男生（孟协诚等，2003；李茜茜，2004）；有的研究没有发现性别差异（张洪波等，2001）。

此外，还有研究发现城市初中学生的焦虑情绪显著低于城郊初中生（陈姜等，2000）；农村学生的焦虑情绪高于城市学生（张洪波等，2001）。

5.2.4　孤独感

（1）孤独感的定义

孤独感（loneliness）是个体因在人际关系中未能满足自己的社会期望，在主观上产生自己被忽视、被遗忘、被他人认为自己是无足轻重的感受，从而引发的一种消极的心理状态（心理学百科全书编辑委员会，1995）。关于孤独感的心理学研究近 30 年来层出不穷，对其概念至今没有一个统一的定论，不同的学者有不同的理解。但对于孤独感的定义有三个共同观点：①孤独感源自社交不足与人际关系缺陷，它只有在人际关系中才会产生；②孤独感是一种主观体验或心理感受，而非客观的社交孤立状态，一个人可能在漫长的独处中毫无孤独感，也可能在众人环绕中仍然感到孤独；③孤独体验是不愉快的，令人痛苦的（Peplau et al. ，1982）。

儿童青少年孤独感的研究与成人孤独感的研究一样，强调孤独感是个体由于独自一人或被孤立而产生的悲愁和不快乐的感受。Burgess 等（1999）认为："与儿童、青少年自己关于孤独感的概念一致，将孤独感定义为孤单的和感到悲伤、不快乐的情绪。"Cassidy 等（1999）提出：儿童孤独感是一种负性情绪体验，是个体认为自己在需要别人却不可得时产生的不快乐。

在研究者对儿童青少年孤独感的多种描述中，Asher 于 1992 年提出的定义被广泛接受：孤独感是个体感知到自身的社会及人际关系中的缺失，进而产生的悲伤、空虚或情感饥渴的情绪反应（Cassidy et al. ，1992）。

（2）孤独感对儿童青少年的影响

在日常生活中，很多儿童青少年都无法逃避偶尔的"孤独"体验。一定的孤独体验对于人格成长的作用并不完全是消极的，但持续的孤独感会给儿童带来负面情绪体验。尤其在儿童青少年时期，这种孤独体验与抑郁和被遗弃感相联系，使其找不到社会归属感，并导致自尊下降（张文新等，1999），长期处于孤独状态会导致社会适应不良（周宗奎等，2005）。持久性的孤独感与许多不适应行为及心理疾病有关，且孤独感是抑郁的前兆（Lau et al . ，1999）。

儿童在学校中体验到的孤独感与学校适应不良相联系（Cassidy et al. ，1999）。对于孤独感与学业成绩的关系，以往的研究结果比较一致，主要表现为孤独感与学业成绩之间呈负相关（张妍等，2006），Slettal 等（1996）的研究表明学业自我意识也与孤独感呈负相关。Hawker 等（2000）比较了自我报告的压抑、孤独、焦虑和自我价值感对儿童受欺负的预测作用，结果发现当控制了这些因素之间的交互作用之后，压抑与孤独是同伴评定的受欺负的最强预测源。也有纵向研究表明孤独感对自我报告的友谊质量和社会自我知觉有显著的预测作用（周宗奎等，2006）。

国外已将孤独感作为评定个体心理健康水平的一个重要指标，广泛应用于精神病学、心理咨询和治疗及群体心理卫生的调查与研究中（Murphy et al. ，

1992），国内也有研究表明儿童青少年的心理健康水平与孤独感有显著相关（刘娅俐，1995）。

（3）孤独感的测量

对于孤独感最广泛使用的测量方法是问卷法，根据适用对象的不同，孤独感测量工具的编制可以分为成人与儿童青少年两类。

在有关成人孤独感的研究中，主要有以下三种量表：

1）一维的孤独感概念量表。主要有 Russell 等（1978）的 UCLA 孤独感量表（UCLA loneliness scale）、Sermat（1980）的孤独感分类量表（differential loneliness scale）。

2）两维的孤独感概念量表。主要有 Gerson 等（1979）的状态—特质孤独感量表（state versus trait loneliness scales）、Russell 等（1984）的情感—社交孤独感量表（emotional versus social loneliness scales）。

3）多维的孤独感概念量表。主要有 Scalese 等（1984）编制的三维孤独感量表（loneliness rating scale）、De Jong-Gierveld 等（1991）的三维孤独感量表、Vincenzi 等（1987）编制的四维情绪—社交孤独感（emotional-social loneliness inventory，ESLI）。

专门适用于儿童的孤独感量表较之成人要少一些，Terrell-Deutsch（1999）认为，目前在小学儿童的孤独感测量上，一些量表是用来直接评估儿童的孤独感，另一些则是从侧面涉及是否有朋友、是否善于交朋友、相处是否融洽等内容。主要有以下三个较为常用的量表：

1）儿童孤独感量表（children's loneliness scale，CLS）是由 Asher、Hymel 和 Renshaw 于 1984 年编制，是目前被使用和引证最为广泛的儿童孤独感测量工具。该量表适用于 3~6 年级学生，5 点程度计分，包括 24 个自我报告的项目，其中 16 个孤独项目（10 项指向孤独，6 项指向非孤独，用于评定儿童的孤独感、社会适应与不适应感以及对自己在同伴中的地位的主观评价）和 8 个关于个人爱好的插入项目（和孤独的测量无关，主要询问一些业余爱好和活动偏好问题，使得儿童在回答时能够更坦诚放松）。所得总分越高，表示孤独感越强。16 个孤独项目的 Cronbachα 系数为 0.90，题总相关系数为 0.50~0.72。

2）Louvain 儿童青少年孤独量表（the louvain loneliness scale for children and adolescents，LLCA）是由 Marcoen 等于 1987 年编制，通过区分孤独感的类型来评定孤独感。LLCA 量表包括四个分量表，分别测量与同伴有关的孤独感、与父母有关的孤独感、对孤独感的积极态度和对孤独感的消极态度。总量表有 48 个项目，每个分量表有 12 个项目，4 点计分。所得总分越高，表示孤独感越强。Marcoen 等把同伴和父母分量表融合在一起以区分儿童孤独感的不同来源，对孤独感的积极态度和对孤独感的消极态度分量表考察了"独处"体验，这是其他测量工具所未涉及的。

3）RPLQ 量表（the relational provision loneliness questionnaire，RPLQ）是 Hayden 于 1989 年编制，与 Weiss 等（1973）的社交需要理论及其对孤独感的两种区分（感情孤独、社交孤独）方法相一致，通过评价儿童对同伴和家庭关系的满意度来测量孤独感。RPLQ 包含四个分量表，且将近一半的题目使用了"我觉得……"，强调孤独感的情感侧面或对社会交往的不满足。该量表共 28 道题，每个分量表有 7 个项目，5 点计分。所得总分越高，表示孤独感越强。

目前国内的儿童青少年孤独感研究使用最多的问卷是 CLS（children's loneliness scale）量表，其次是国内学者自编的青少年孤独感问卷，如邹泓（1998）以 CLS 为基础修订的孤独感问卷。该问卷共 21 道题，5 点记分，用于测量青少年的情感孤独状态，包括纯孤独感、对自己社交能力的知觉、对目前同伴关系的评价和对重要关系未满足程度的知觉 4 个维度。

（4）儿童青少年孤独感的特点

随着现代社会的飞速发展，人与人之间的物理距离在缩短，心理距离却在增大，而且人们对"孤独"的感受也在逐步地加深。孤独是一种消极的、弥散性的心理状态，是很常见的现象，不仅成人会体验到，儿童也能体验到（Cassidy et al.，1999）。Peplau 等（1980）指出：孤独感最容易在 18 岁以下儿童中发生，在这一年龄阶段有 79% 的人报告他们有时或经常体验孤独。Jones 等（1991）也指出孤独感是存在于儿童青少年中的一个普遍问题。Asher 等（1984）的研究表明，10% ~16% 的学龄儿童报告存在严重的孤独感，我国学者邹泓（1993）的调查结果与此相近。刘霞等（2007）用质性分析软件对农村留守儿童的原始资料进行编码和分析研究他们的情绪与行为适应特点，结果发现孤独感是留守儿童报告最多的情绪。

Cassidy 等（1992）的研究表明，幼儿园和小学一年级儿童就几乎都能理解孤独感的本质，在小学三年级至六年级儿童中就可以测到稳定的孤独感。Cassidy 等（1992）用现象学的方法研究儿童的孤独感，发现 8 岁的孩子就能定义和描述孤独感。相关研究也发现，儿童在不同时期体验到的孤独感的强度是不同的（Rokach et al.，1997）。

在众多对儿童孤独感的研究中，一般都探讨了孤独感的年级和性别差异，但目前仍没有定论。有研究表明儿童青少年的孤独感不存在显著的年级差异（Asher et al.，1984，1992；周宗奎等，2001），也有研究发现存在一定的年级差异，初一年级、初二年级、高一年级呈上升趋势，高一年级学生显著高于其他三个年级的学生（李彩娜等，2006）。有研究发现儿童孤独感具有显著的性别差异，男生的孤独感高于女生（Lau，1999；周宗奎，2001，2005；李彩娜等，2006），也有研究表明儿童孤独感不存在性别差异（俞国良等，2000）。

5.3 "中国儿童青少年心理发育特征调查"
关于情绪适应指标测量工具的研究

经过反复论证，鉴于情绪在国内外研究比较广泛，已有一些较为成熟并广泛使用的测查工具。因此，在中国儿童青少年心理发育特征调查项目中，主要选择成熟的测查工具进行修订，我们选择了儿童抑郁量表（children's depression inventory，CDI）、Reynolds 等（1978）编制的儿童显在焦虑量表修订版（revised children's manifest anxiety scale）和 Asher 等 1984 年编制的儿童孤独感量表（children's loneliness scale，CLS）作为抑郁、焦虑和孤独感的测查工具。同时，对 Campbell 等（1976）编制的幸福感指数量表和 Huebner（1994）编制的多维度生活满意度量表进行了修订，以适合于中国 6~15 岁儿童青少年。

下面就每个指标工具的选择与修订过程分别进行详细的阐述。

5.3.1　主观幸福感

本项目测查 6~15 岁儿童青少年主观幸福感的水平，限于大样本调查的可行性，要求测查工具必须简洁、易操作、在全国样本上有较好的适用性。Campbell 编制的幸福感指数量表和 Huebner 编制的多维度生活满意度量表问卷是目前使用比较广泛的测查工具，但没有专门适用于儿童青少年的版本。因此，我们基于个别访谈和预试结果对其题目数量和表达方式进行了修订。

（1）Campbell 幸福感指数量表的修订

量表的修订经过了预试和正式施测两个阶段。首先考察了 Campbell 幸福感指数量表对中小学生的适用性，我们选择了北京市大兴区的一所小学和一所中学的 4~8 年级共 167 名学生进行了集体施测，同时抽取了个别学生进行访谈，施测的工具包括幸福感指数量表（汪向东等，1999）和 Diener 等（1985）编制的一般生活满意度量表（作为效标工具）。测量结果表明幸福感指数问卷的信效度系数符合心理测量学标准。但是，访谈结果发现中小学生对部分题目描述的理解存在困难，需要进行修改，包括：第 4 题"朋友很多"改为"有很多朋友的"；第 7 题"有奖励的"改为"令人鼓舞的"；第 8 题"生活对我太好了/生活未给予我任何机会"改为"幸运的/不幸的"；第 9 题的选项从"十分不满意－十分满意"变成"非常满意－非常不满意"。在此基础上形成了修订后的儿童青少年幸福感量表。

为了进一步考察修订后儿童青少年幸福感量表的信效度，我们选取了北京昌平区、朝阳区小学各一所 4 年级、5 年级和朝阳区一所中学的 7 年级共计 105 名学生进行了第一次的集体施测和间隔一个月后的重测。施测的工具包括修订版后的儿童青少年幸福感量表，以儿童青少年抑郁量表和儿童焦虑量表为效标问卷。结果发现修订后的儿童青少年幸福感量表信效度各项指标都符合心理测量学标准。

最后，儿童青少年主观幸福感量表对全国 24 013 名儿童青少年进行了测查，考察其信效度并建立了常模。

（2）Huebner 编制的多维学生生活满意度量表的修订

为了保证项目翻译的准确性，我们在多维学生生活满意度量表中文版（田丽丽等，2005）的基础上，对照英文原题逐题翻译、回译、校对，力求使项目表述更符合中小学生的用语习惯，字词更容易理解。将原量表的"从不、有时、经常、总是"4 点评分方式改为"很不同意、不太同意、基本同意、很同意"4

点程度计分的评价方式。

该量表的修订经过了预试和正式施测两个阶段，在此过程中针对不同的修订目的进行了三次预试。第一次预试是北京地区小范围的预试。包括个别施测和小范围集体测试。首先选取了北京市某小学 3 年级、4 年级、某中学初中二年级学生以及心理健康教师进行个别施测和访谈，通过对学生和教师的个别试测和访谈考查学生对题本的理解力（有无生字、能否理解题意），测查内容是否合适，收集修改意见。主要反馈的意见及修改有："父母"改为"爸爸妈妈"；第 3 题"公正"改为"公平"；第 10 题"和睦相处"改为"彼此说话很友好"；第 35 题"吝啬"改为"自私"。

其次是小范围集体预试，考察项目的适用性（例题、指导语、项目在不同年级的适用性，项目可理解性等）和工具的信效度，并通过本次测试抽取核心因子和项目以减少题目数量。从北京市的一所小学和一所初中抽取 3 年级、8 年级 202 名学生进行小范围集体施测。施测的工具为经个别预试后修改过的儿童青少年多维生活满意度量表和 Diener 等（1985）编制的一般生活满意度量表（作为效标工具）。儿童青少年多维生活满意度量表原版题目数较多，费时较长，通过预试抽取核心因子和项目的方式减少题目数量。在保证量表的五因素结构和较高的信效度前提下，结合项目分析和因素分析结果，抽取每个维度上载荷较高的 5 个题目，组成简版的儿童青少年生活满意度量表，共计 25 个题目。施测结果表明修订后的儿童青少年生活满意度量表信效度指标符合心理测量学标准。

第二次预试是全国三省市预试。为了考察儿童青少年生活满意度量表的信效度以及跨地区和跨年级的稳定性，我们选取了西藏拉萨市、辽宁大连市、广西桂林市三地的 3 年级、5 年级、8 年级共计 1142 人进行集体施测。施测的工具包括预试修订的儿童青少年生活满意度量表和 Diener 等（1985）编制的一般生活满意度量表（作为效标工具）。结果表明，修订后的儿童青少年生活满意度量表信效度指标符合心理测量学标准，且具有跨地区和跨年级的稳定性。

第三次预试是北京小范围预试，为进一步考察修订后的儿童青少年生活满意度量表的信效度，增加了重测信度和效标关联效度的测查。我们选取了北京昌平区、朝阳区小学各一所 4 年级、5 年级和朝阳区一所中学的 7 年级共计 89 名学生进行了第一次的集体施测和间隔一个月后的重测。施测的工具包括修订后的儿童青少年生活满意度量表，以一般生活满意度量表、儿童青少年抑郁量表和儿童焦虑量表为效标问卷。结果表明修订后的儿童青少年生活满意度量表信效度各项指标都符合心理测量学标准。

最后，儿童青少年生活满意度量表对全国 24 013 名儿童青少年进行了测查，考察其信效度并建立了常模。

5.3.2 抑郁

儿童抑郁量表（children's depression inventory，CDI）是在儿童青少年抑郁研究中使用最广泛的自评量表之一。CDI 为 Kovacs 和 Beck 于 1977 年编制，适合 7~17 岁年龄段。CDI 的突出优点在于：它是所有抑郁测量工具中所需阅读水平最低（只需一年级阅读水平）的量表（Berndt et al.，1983；Kazdin et al.，1982），除全面反映儿童抑郁的心身感受与变化外，在项目内容的编排上多为儿童的学习、日常生活与经历，如没有朋友、不愿做功课、长相难看、打架等，更加符合儿童的特点。

CDI 被翻译成多种语言，广泛应用于多种文化背景和不同群体的儿童。国内最早是刘凤瑜（1997）引进该量表用于测查 895 名 7~17 岁的普通中小学生，量表总的内部一致性系数（Cronbach α）为 0.8387，分半信度为 0.8176，半年后的重测信度为系数 0.7913。俞大维等（2000）采用 CDI 测查了 1685 名 8~16 岁的学生，量表总的内部一致性 α 系数为 0.8504，分半信度为 0.8242，间隔 2 周的重测信度为 0.75。因素分析表明 CDI 具有一个特征最大的因素，是量表的主要成分，每一个条目与总分的相关都达到显著水平（相关系数均在 0.20 以上）。说明该量表在中国儿童青少年中具有较好的信效度。

为了适应不同的评价情境和需要，研究者在自评原版（CDI）的基础上开发了自评简版（CDI：S）。CDI：S 适用于在有限时间内对抑郁症状进行快速筛查，通常只需要 5~10 分钟即可完成。CDI：S 是编制者在原版 CDI 常模样本数据的基础上，通过反向逐步内部一致性信度分析（backward stepwise internal consistency reliability analysis）得到。首先计算 CDI 的 α 信度系数，删除对 α 系数的降低影响最小的题目，重新计算剩下题目的 α 系数。重复以上步骤，每次删除一个题目，最后得到 10 题的 CDI：S。CDI：S 不分维度，题目包括哀伤、悲观、自我否定、讨厌自己、持续哭泣、易怒、消极的身体自我、孤独、缺少朋友、缺少爱。分别来自 CDI 的负性情绪分量表：第 1 题、10 题、11 题；效率低下分量表：第 3 题；快感缺乏分量表：第 20 题、第 22 题；负性自尊分量表：第 2 题、7 题、14 题、25 题。

从项目的研究目的和要求出发，综合分析目前有关抑郁测量的国内外研究文献和全国专家提出的工具建议，我们选择了 Kovacs 与 Beck 编制的儿童抑郁量表简版（CDI：S）作为中国儿童青少年抑郁的测查工具，并进行修订，形成儿童抑郁量表中文简版。

量表的修订经过了多个轮次的调整、修改与预试，其过程十分复杂。首先对题目表述、指导语进行调整。在儿童抑郁量表中文版的基础上，我们对照英文原题逐题翻译、回译、校对，力求题目表述更符合中国中小学生的用语习惯。为考察中小学生对量表题目的理解性，我们选取北京市某小学 3 年级、4 年级、某中学 8 年级学生共 30 人以及心理健康教师 2 人进行个别施测和访谈。结果发现低年级学生对指导语的理解有困难，根据反馈意见我们修改了指导语，在每一题都增加"最近两周"的时间限定语，并在指导语中说明如果没有最符合的情况，可以选择最接近的选项。最后形成了儿童抑郁量表中文简版。

其次，我们对量表进行了多次预试。为考察修改后量表的信效度指标，我们选取北京市昌平区和朝阳区的两所学校 3 年级、8 年级 202 名学生及其父母进行集体施测。施测的工具包括儿童抑郁量表自评原版（CDI）、儿童抑郁量表自评简版（CDI：S）、儿童抑郁量表父母报告版（CDI：P）。数据分析结果表明，CDI：S 各条目与总分的相关系数均在 0.40～0.70，说明项目有较好的区分度。总的内部一致性 α 系数为 0.787，CDI：S 与 CDI 的相关系数为 0.91，与 CDI：P 的相关为系数 0.397（考虑到评价者不同，结果尚可接受）。CDI：S 与一般生活满意度的相关系数为 -0.427，与焦虑的相关系数为 0.468。结果表明修订后的中文版 CDI：S 的信效度指标符合心理测量学标准。

为考察量表在不同地区、不同年级的适用性，我们选取西藏拉萨市、辽宁大连市、广西桂林市三地的 3 年级、5 年级、8 年级共计 1142 人进行集体施测。施测的工具为儿童抑郁量表自评简版（CDI：S）。数据分析结果表明，各条目与总分相关均显著，题目总相关系数为 0.508 ~ 0.672。量表总的内部一致性 α 系数为 0.782，各地区的 α 系数在 0.739 ~ 0.803。抑郁和焦虑的相关系数为 0.453，和生活满意度的相关系数为 - 0.499。各题的因素载荷系数为 0.389 ~ 0.610。结果表明修订后的中文版 CDI：S 在全国不同地区有较好的适用性。

为考察量表的重测信度，我们选取北京市昌平区、朝阳区小学各一所 4 年级、5 年级和朝阳区一所中学 7 年级共计 104 名学生进行间隔一个月的重测，重测信度系数为 0.810（$p < 0.01$）。结果表明修订后的中文版 CDI：S 重测信度符合心理测量学要求。

最后，我们使用儿童抑郁量表中文简版在全国 24 013 名儿童青少年中进行测查，考察其信效度并建立了常模。

5.3.3 焦虑

从项目的研究目的和要求出发，我们综合分析了目前有关焦虑测量的国内外研究文献和全国专家提出的工具建议，选择了儿童显在焦虑量表（revised children's manifest anxiety scale，RCMAS）。儿童显在焦虑量表（revised children's manifest anxiety scale）由 Reynolds 和 Richnmnd 在 1956 年编制，同时在 1978 年对其进行了修订。该量表在国外使用广泛，国内阳德华、王耘、董奇等曾对此量表进行修订并使用，信效度良好（Reynolds et al.，1978，阳德华等，2000）。该量表包括 37 个项目，用于评估 6 ~ 19 岁儿童的焦虑程度和性质及有关的症状，包括生理症状（共 10 个项目，它们从不同的角度描述了生理焦虑的状况）、担忧/过度敏感（11 个项目，它们从不同的角度描述了担忧及过度敏感的状况）、对人不安和恐惧（7 个项目，它们从不同的角度描述了对人不安和恐惧的表现）及说谎量表四个维度。

为了保证项目翻译的准确性，我们对照儿童显在焦虑量表的英文原题逐题翻译、回译、校对，力求使项目表述更符合中国中小学生的用语习惯，字词更容易理解，然后通过预试对量表进行修订。选择北京市一所小学和一所中学的

4 年级、5 年级和 8 年级各一个班共 111 人进行集体施测，同时抽取个别学生进行访谈，发现中小学生对部分题目描述的理解存在困难，我们对其进行了修改：第 1 题"我不容易拿定主意"改为"我经常拿不定主意"，第 15 题"汗湿"改为"很容易出汗"，第 20 题"我的感情易受伤害"改为"我感到非常难过"，第 25 题"扭动"改为"坐不住"，在此基础上形成了儿童青少年焦虑量表中文修订版。

为了进一步考察修订后儿童青少年焦虑量表的信效度，我们在北京市昌平区、朝阳区各选择一所小学 4 年级、5 年级学生，在朝阳区选择一所中学的 7 年级学生，共计 104 名学生参加了前后间隔一个月的两次测试，施测的工具包括儿童青少年焦虑量表和儿童青少年抑郁量表（children's depression inventory，CDI）。结果发现修订后的儿童青少年焦虑量表信效度各项指标都符合心理测量学标准。

最后，对全国 24 013 名 4～9 年级儿童青少年进行了正式测查，考察其信效度并建立了常模。

5.3.4　孤独感

本项目主要测查的是 6～15 岁儿童青少年孤独感的总体水平、发展状况和群体差异等，从项目的研究目的和要求出发，我们综合分析了目前有关儿童青少年孤独感测量的国内外研究文献和全国专家提出的工具建议，选择了 Asher 等（1984）编制的儿童孤独感量表（illinois loneliness questionnaire，ILQ）。

儿童孤独感量表有 24 个项目，包括 16 个孤独项目（10 条指向孤独，6 条指向非孤独）和 8 个关于个人爱好的插入项目（和孤独的测量无关，主要询问一些业余爱好和活动偏好问题，使得儿童在回答时能够更坦诚放松）。虽然此量表为单维量表，但测查了孤独感的四个侧面：孤独感（如在班上我常有孤独感）、对自己社交能力的评价（如在班上我善于和同学一起做事情）、对目前同伴关系的评价（如在班上我没有什么朋友）和对重要关系需要未满足程度的知觉（如需要帮助时，在班上我找不到愿意帮助我的人）。该量表为 5 点记分，从 1"一直这样"到 5"从不这样"，总分越高，表示孤独感越强。

该量表是国内外使用最广泛的儿童孤独感问卷,具有较好的心理测量学指标。对 16 个孤独条目与 8 个插入条目做因子分析时发现,所有 16 个孤独条目负荷于单一因子上,插入条目无一在此因子上负荷显著。16 个条目的 Cronbach α 系数为 0.9,条目与总分相关值系数为 0.50~0.72,有较好的内部一致性。16 个基本条目分与同伴评分和同伴对其合群程度的评价相关值大约为 −0.30 ($p <$ 0.001),受欢迎儿童的平均孤独感得分与被排斥儿童的得分差异显著。

我们通过多次预试对儿童孤独感量表进行了进一步修订。首先,我们进行了题目表达、题目数量和评价方式的调整。为了保证项目翻译的准确性,在儿童孤独感量表中文版的基础上,对照英文原题逐题翻译、回译、校对,力求使项目表述更符合中国中小学生的用语习惯,字词更容易理解。儿童孤独感量表(ILQ)有 24 个项目,我们去掉了该量表有关个人爱好的 8 个插入项目,只保留了指向孤独和非孤独的 16 个项目。将原量表的 5 点计分方式改为"很不符合","不太符合","基本符合","很符合" 4 点程度计分的评价方式。

其次,我们针对不同目的进行了三次预试。第一次预试是为了考查学生对题本的理解力(有无生字、能否理解题意),测查内容是否合适,计分方式的适用性,并收集修改意见。我们选取北京市某小学 3 年级、4 年级、某中学 8 年级学生共 57 人以及相关心理健康教师进行个别施测和访谈。根据反馈意见进行了修改:将第 1 题"交朋友对我很容易"改为"我很容易在学校里交新朋友",将第 10 题"我能跟别的孩子相处"改为"我跟别的孩子相处得好",将第 11 题"我觉得有些活动中受冷落"改为"我觉得在有些活动中没人理我"。预试结果发现 4 点程度计分的评价方式可行。

第二次预试是为了考察项目的适用性(例题、指导语、项目在不同年级的适用性,项目可理解性等)和测查工具的信效度。我们选取了北京市密云县的两所学校 4 年级、5 年级、8 年级共 105 名学生进行集体施测。施测工具为修改后的儿童孤独感量表。结果表明儿童青少年孤独感量表信效度指标符合心理测量学标准。

第三次预试是进一步考察儿童青少年孤独感量表的信效度,特别是重测信度和效标关联效度。我们选取了北京市昌平区、朝阳区小学各一所 4 年级、5 年级和朝阳区一所中学的 7 年级共 93 名学生进行了前后间隔一个月的两次测查。施测的工具包括儿童青少年孤独感量表、儿童抑郁量表（效标问卷）和儿童显在焦虑量表（效标问卷）。结果表明儿童青少年孤独感量表的信效度各项指标都符合心理测量学标准。

最后，对全国 24 013 名 4~9 年级儿童青少年样本进行了儿童青少年孤独感量表的测查，考察其信效度并建立了常模。

第6章　儿童青少年行为发展的
关键指标与测评

行为（behavior）是人体在大脑支配下，任何能观察到的某一个或一个以上器官的活动，其表现是运动性的，也有思维性的，是心理现象的一种反映，并受心理现象的控制（周凯等，2000）。行为主义者看来，有机体的一切活动，包括行为、思维、情绪情感，都应该被认为是其行为（Skinner，1984）。目前，有关儿童青少年行为的研究主要集中在两个方面：问题行为与亲社会行为（Jessor et al.，2003；Costa et al.，2005）。

儿童青少年的问题行为，自从1928年威克曼（E. K. Wakeman）开展研究以来，一直是心理学家关注的课题。问题行为自身的复杂性，使得目前对于"问题行为"尚未形成明确统一的定义。有研究者认为问题行为泛指那些可能导致心理问题的行为，一般包括那些使他人不可理解的行为以及那些反社会的、破坏性的、分裂性的或明显顺应不良的行为（阿瑟·雷伯，1996）。Jessor. 等（1997）认为问题行为是指不符合社会规范并引发某种社会控制的行为。1994年美国精神病学会（American Psychictric Association）将问题行为定义为在严重程度和持续时间上都超过年龄范围、社会道德准则所允许的异常行为。国内学者对"问题行为"的理解和定义也存在差异。例如，周步成（1991）认为问题行为是指给家庭、学校带来麻烦，妨碍学生身心健康发展，容易导致品德不良，甚至走上犯罪道路的不正确行为。也有研究者认为问题行为是儿童不能遵守公认的正常儿童行为规范和道德标准，不能正常与人交往和参与学习的行为（邵瑞珍，1996）。

有关问题行为的分类，早期美国心理学家多持二分法的观点，将儿童问题行为区分为内在的和外在的两类。例如，Achenbach（1978）把儿童的问题行为分为内隐问题行为和外显问题行为两类。前者指焦虑、不安、抑郁、退缩等情绪问题，后者指攻击性、反抗性、反社会性、过度活动等行为问题。Rutter（1981）继承了 Achenbach 的分类方法，但他更关注外显问题行为中的违纪行为和内隐问题行为中的神经症行为。因而，他将儿童的问题行为分为 A 行为（antisocial behaviour），即违纪行为或反社会行为和 N 行为（neurotic behaviour），即神经症行为。随着研究的深入，对问题行为的分类也呈现出愈加细化的趋势。左其沛（1985）根据性质或内容的不同，也将问题行为分为四类：过失型（如迟到、拖欠作业等）、品德不良型（如偷窃、流氓性等）、攻击型（如顶撞师长、故意扰乱课堂等）和退缩型（如胆小、孤僻等）。孟育群（1992）按儿童问题行为的内容倾向将其分为七类：反社会性，非社会性，自我评价、兴趣和意志方面的问题，退行性，神经质、神经症、神经性习惯，生活习惯，学力、能力。

问题行为的形成与发展对儿童青少年的身心健康发展是十分不利的，它不但损害儿童青少年的心理健康，阻碍社会化、人格、认知的发展，而且影响教育教学工作的正常实施，甚至会诱发儿童青少年走向犯罪的道路。许多追踪研究发现，儿童青少年问题行为的发展具有一定的稳定性。Loeber 等的研究表明：在相当一部分儿童中，早期的问题行为，尤其是外显的问题行为具有较强的持续性，到青春期以后变化的可能性较小（Loeber et al.，1982）。

亲社会行为（prosocial behavior）是心理学家用来表述社会所确定的道德行动的术语，最早是美国学者 Wispe 在《社会行为的积极形式考察》一文中提出的，它是用来代表所有的与侵犯等否定性行为相对立的行为，如同情、慈善、分享、协助、捐款、救灾和自我牺牲等（Wispe，1972）。Rushton（1982）认为亲社会行为就是对他人有益的行为。这个定义认为亲社会行为是牺牲自己的利益，不期望得到任何内部或外部奖励的条件下的一种行为。Eisenberg 等（1989）认为，真正的亲社会行为是指行为者并不期望得到报酬，不为避免惩罚，而试图帮助他人或是为他人利益而行事。国内很多研究者关于亲社会行为的界定也是基于 Wispe 的概念提出的（章志光等，1996；张文新，1999a；寇彧等，2004）。

根据不同的标准，亲社会行为可以分为不同的类型。根据亲社会行为动机和后果的差异，Rosenhan 等（1981）把亲社会行为分为两大类。一类是自发的亲社会行为，这一行为的动机就是利他。另一类是常规性的亲社会行为，即实施行为的同时，期望得到对自身有利的好处或避免惩罚等。根据亲社会行为的不同形式，研究者经常把亲社会行为划分为分享、合作、助人、安慰等类型（Iannotti，1985）。而帮助行为、分享行为、合作行为、安慰行为也成为儿童亲社会行为的主要形式（Jackson et al.，2001）。

亲社会行为是人与人之间形成和维持良好关系的重要基础，是一种积极的社会行为，对儿童青少年的身心发展有良好的促进作用。目前对儿童青少年的亲社会行为具体研究指标主要包括帮助、分享、利他行为等方面。研究表明，帮助行为、分享行为、合作行为、安慰行为对儿童的心理—社会适应能力具有非常重要的影响（Gwen et al.，2008）。

许多研究表明，儿童的积极行为和同伴接受性呈正相关，而消极行为则导致同伴拒绝（Tomada et al.，1997）。儿童消极的社会行为特征是他们被同伴拒绝、孤立和忽略的主要原因（陈欣银等，1994）；而积极的社会行为则会使他们受到同伴的欢迎（陈欣银，1992；赵景欣等，2006；赵景欣等，2005）。

6.1　儿童青少年行为评价关键指标的选取

"中国儿童青少年心理发育特征调查"项目在对儿童青少年行为评价指标建立的过程中，征求全国多名知名心理学专家有关行为领域指标选择的论证建议与意见，通过对这些专家提供的论证报告的分析发现：60%以上心理学专家认为该项目有关行为的调查应该考察行为的积极方面，其中认为亲社会行为是行为积极方面的首选，其中助人、合作和分享等亲社会行为位居前三。个别专家还提出可以把公民行为作为行为积极方面进行研究。有大约70%左右的专家认为应该同时关注行为领域的消极方面，即经常提到的问题行为，其中位列前几位的依次是校园欺负、网络成瘾、吸烟、性行为、饮食障碍、饮酒和违纪行为。

在行为领域指标确定的过程中，项目组对52个国际大型儿童青少年发展研究项目中有关儿童行为测查的指标进行了分析，结果表明：儿童青少年行为领域的评价指标前五位分别依次是问题/偏差行为、吸烟和饮酒/物质滥用、性行为、校园欺负/暴力、自杀。

通过对全国心理学知名专家意见的整合，同时借鉴国际大型项目的经验，经过"中国儿童青少年心理发育特征调查"项目多方专家的多次研讨，鉴于测查内容和时间的限制，"中国儿童青少年心理发育特征调查"项目中4~9年级儿童青少年行为领域的指标选择了亲社会行为和问题行为（攻击行为、校园欺负行为、违法违纪行为、网络成瘾、吸烟等）。

6.2 国内外儿童青少年行为关键指标与测评的研究进展

6.2.1 亲社会行为

（1）亲社会行为的定义

亲社会行为（prosocial behavior）一词是美国学者 Wispe 在《社会行为的积极形式考察》一文中首先提出的，它是用来代表所有的与侵犯等否定性行为相对立的行为，如同情、慈善、分享、协助、捐款、救灾和自我牺牲等（Wispe，1972），国内大多数研究者关于亲社会行为的界定也是基于 Wispe 的概念提出的（章志光等，1996；张文新，1999a；寇彧等，2004）。例如，章志光等（1996）认为，亲社会行为是指一切有益于他人和社会的行为，如助人、分享、谦让、合作、自我牺牲等。传统对亲社会行为的界定比较强调亲社会行为的"利他性"特征，但近年来有研究者（Bergin et al.，2003；寇彧，2005）提出，对于青少年来说，除了"利他性"特征以外，还应该重视亲社会行为中蕴涵的人际交往和人际互惠成分，即"社交性"特征。结合上述亲社会行为的两个特征，寇彧等（2007）将亲社会行为描述为会给别人带来某些好处的行为，做出这些行为能使交往双方的关系变得更加和谐。

（2）亲社会行为对儿童青少年发展的重要作用

亲社会行为作为儿童社会化的重要组成部分，是一种积极的社会行为，是人与人之间形成和维系和谐关系的重要基础，对个体身心健康及社会适应具有重要作用，一直受到发展心理学家和社会心理学家的广泛重视。同时，亲社会行为还贯穿于个体心理品质发展的整个过程中。近年来研究者越来越重视幼儿亲社会行为的研究，并形成了许多独特的研究领域。李幼穗（1999）指出：儿童亲社会行为的产生和发展是同他们的道德行为的产生和发展相一致的，亲社会行为发展成为儿童的心理品质的过程，就是儿童道德认识水平提高、道德情感日益丰富，在活动中有效地掌握帮助别人的知识、技能及锻炼意志的过程。同时，研究发现，儿童青少年亲社会行为与同伴关系、社会自我概念、学业成就关系密切（王美芳等，2000；2003；郭伯良等，2005；王燕等，2005）。例如，王美芳等（2000）发现，小学高年级儿童的亲社会行为能显著地正向预测其同伴接纳，负向预测其同伴拒斥。

积极心理学的目的在于探索人类的积极方面，如人类的勇气、乐观、希望、忠诚、坚韧等品质和良好的行为表现、人际技能和高尚的道德情操等，帮助人们不断地发展自我，体验更好的生活，在此基础上最大限度的实现自我，并促进社会的进步和发展。而亲社会行为研究的目的不仅仅是为了评价个体的社会行为发展，更主要是让个体拥有良好的行为表现，改善个体的人际关系，使个体更好的适应环境，体验人与人之间的关爱。

（3）亲社会行为的测量

传统研究中评价亲社会行为的方法主要有以下几种：观察法、情境测验法、评定法、同伴提名法和自我报告法。观察法常用于对幼儿园孩子表现的关心、分享、安慰、帮助等行为的评价，这种方法的情境特异性很强；情境测验法是在人为的实验室条件下进行的，大多数研究者认为这种方法缺乏效度；评定法常常用于让家长、教师或同伴对个体的慷慨性、帮助性等人格特征进行评定，并以有限的一两个特征作为被评定者的亲社会性指标，如由 MDRC 项目编制的 PBS 问卷（positive behavior scale）就是由家长和教师报告儿童的亲社会行为；同伴提名法大多测量的是社会接受性特征，如加拿大 Master 编制的班级戏剧量表（class play questionnaire），陈欣银等（1995）针对中国情况对其进行了测试和修订；自我报告法也是研究经常采用的一种评定方法，代表工具有 Tremblay 等（1992）编制的社会行为问卷；另外国内研究者寇彧等（2006）在对中国青少年亲社会行为概念表征的研究中也编制了亲社会行为问卷。

在对大样本的研究中，自我报告法是比较可行的一种评价手段。通过对国内外大型项目的调研和以往研究的分析，我们对寇彧等（2006）编制的亲社会行为问卷进行了修订。

（4）儿童青少年亲社会行为的特点

儿童青少年亲社会行为是否存在性别差异的研究结果各不相同。大多数研究者发现亲社会行为不存在性别差异（寇彧等，2004；王丽，2003；余娟，2006）；但是在王美芳等（2000）针对小学高年级儿童的研究中发现亲社会行为存在显著性别差异，女生要比男生表现更多的亲社会行为。

儿童青少年亲社会行为的发展存在一定的年龄特征。以往研究者主要针对利他行为、分享行为、合作行为、助人行为开展了具体研究。总的来说，儿童青少年的亲社会行为随着年龄的增长而增多，但是具体行为的发展趋势略有差异。Ugurel-Semin（1952）研究了4~16岁儿童分享观念和分享行为的发展情况，发现"吝啬的"倾向在4~6岁时达到高峰，随着年龄的增长而逐渐减弱；"慷慨的"倾向在5~6岁时出现飞跃，并逐渐递增至7~8岁；"公平分享的"倾向缓缓渐进，8岁以后，这一倾向便占主导地位，至11~12岁时达高峰。李丹等（1989）对200名幼儿园中班、大班和小学1年级、2年级、3年级的儿童亲社会行为发展进行了实验研究，结果发现，儿童作出利他选择的人数比例随着年龄的增长而增多，作出利己选择的人数比例随着年龄的增长而减少。岑国桢等（1988）研究则表明，在一般物品的分享上，我国儿童自5岁起已能表现出一定程度的"慷慨"，在荣誉物品的分享上，从9岁开始，多数个体认为应该让这方面需要更迫切的人分享荣誉物品。李燕等（1997）对中学生的合作行为的研究结果表明，合作行为的发展有一定的年龄差异，年长儿童更乐于合作。不过，也有实验证明并非所有的研究结果都是呈现线性增长的趋势。Staub（1970）的一项研究表明，尽管5~9岁的"救援行为"是随着年龄的增长而增多，但在11岁时却突然下降。Staub认为随着儿童年龄的增长，儿童的亲社会行为可能是由于害怕非难而受到约束。Staub（1971）的另一项研究表明，对于年龄在5~12岁的儿童来说，5~8岁的儿童的助人行为是随着年龄的增长而增加，而9~12岁儿童的助人行为则是呈下降趋势的。

6.2.2 攻击行为

（1）攻击行为的定义

心理学家对攻击行为（aggressive behavior）的研究历时近百年，但迄今为止对攻击行为并没有一个统一的定义。Bandura（1977）认为，在对攻击行为进行定义时，应该考虑到行为结果、形式、强度、意图以及行为者和行为对象之间的关系等多种因素的复杂结构，而不是以一种因素或维度为标准。他把攻击行为定义为人们根据行为和行为本身的特性而对某些伤害行为作出的一种判断。一些研究将攻击行为定义为"是一种经常性有意的伤害和挑衅他人的行为"（Eron，1994）。关于攻击行为的界定，目前还存在一些分歧，但研究者还是比较一致地认为攻击行为是一种"旨在伤害或损害他人（包括个体，也可是群体）的行为"（Parke et al.，1983）。

（2）攻击行为对儿童青少年的影响

攻击行为对儿童青少年的发展具有严重的危害。首先，攻击行为会对儿童的身体健康和安全造成伤害。儿童受攻击后身体表面可能出现外伤，并可能有疼痛、昏迷等不适征状，严重的可能导致儿童残废或者死亡（张倩等，1999；张文新，1995）。其次，攻击行为会对儿童的心理造成伤害，使其心理不能健康发展。攻击行为使儿童产生焦虑、紧张、忧郁等不良的情绪障碍，甚至形成不良的人格而导致心理异常（Fabes et al.，1992；谭雪晴，2009；何一粟等，2006）。再次，攻击行为会危害儿童的同伴间的关系。由于攻击性较强的儿童往往遭受同伴的拒绝与排斥，这类儿童会对同伴实施攻击行为，从而不利于形成良好的同伴关系，甚至加深矛盾冲突导致伤亡（Bryant，1985）。最后，攻击行为还会危害成人后的社会行为（崔丽娟等，2006；王俊等，2006）。儿童的攻击行为具有相对稳定性，除了攻击行为发生时对儿童产生直接不良影响外，在多年后攻击行为仍对其存在着影响，有的甚至影响儿童的成年或者一生（Leadbeater et al.，1994；徐坤英，2007；朱婵媚等，2006）。由此可见，儿童的攻击行为有可能是以后种种问题行为的缘由。

攻击行为在目前的中小学生中时有发生，学生之间因矛盾而互相辱骂、恶意中伤、打架斗殴，甚至动用武器伤害生命的攻击行为和暴力行为在校园内的发生，会严重影响中小学生的身心健康和学业进步，也给社会带来了诸多不安定因素。因此，对儿童攻击行为影响因素进行研究，并提出相应的干预措施来控制和减少攻击行为的发生，不仅有利于儿童青少年人格和社会性的健康发展，而且对稳定社会秩序也具有重要作用。

（3）攻击行为的测量

儿童攻击行为的测评方法有很多种，主要有观察法、提名法、访谈法、问卷法等。观察法中儿童的攻击行为可以较容易地被观测和记录，具有较高的内部效度。例如，Nijman（1999）修订的攻击观察表（staff observation agression scale，SOAS），记录内容包括攻击的频次、方式、指向目标、结果、制止或控制攻击的手段。提名法用于确认符合一个或几个特征的人，被提名或从清单中挑出来的人被认为符合某些特定的特征。例如，Schwartz（1999）采用16个项目评估中国天津小学五六年级（平均年龄为11.5岁）的295名儿童。项目涉及同伴的社会行为、攻击、受攻击和社会接受性等，要求儿童提名最符合项目描述的3名儿童。该方法也被用于考察问卷的效度（Buss et al.，1992）。访谈法是研究者通过与研究对象进行口头交谈来收集对方有关心理特征和行为数据资料的一种研究方法。深度访谈在研究儿童攻击行为的心理机制方面有特殊的作用。例如，Vuchinich等（1992）通过电话对206名9~10岁男孩的父母进行了访谈，访谈内容包括7个项目，问父母在最近的24小时内，儿童是否与父母顶嘴、尖叫或喊叫、咒骂、打架、戏弄、违抗他们的次数。通过对编码量化后的数据计算标准分来测评儿童的攻击行为。

问卷法是人类攻击研究中最常用的方法，以下一些问卷已被大量研究者广泛使用：Schwartz（1999）编制的"学校中的一天"（my day at school）问卷、O'Connor等（2001）编制的攻击激惹问卷（aggressive provocation questionnaire）、Tremblay等（1991）编制的社会行为问卷（social behavior questionnaire）、Achenbach（1991）编制的Achenbach's儿童行为量表（child behavior check list，CBCL）等。其中Achenbach's的儿童行为量表使用最为广泛。

Achenbach's儿童行为量表是一个测查儿童行为问题的量表，包括儿童版、父母版和教师版。忻仁娥1994年修订了该量表，并编制了分性别和年龄段的中国常模。该量表的内部一致性信度系数为 0.96，分半信度系数为 0.93，其攻击性因子测量儿童的外显和内隐攻击行为。

加拿大儿童和青少年追踪调查项目（the national longitudinal survey of children and youth，NLSCY）在对加拿大儿童和青少年从出生到成年早期这一阶段的成长和健康状况进行纵向追踪调查的研究中，使用了儿童青少年攻击行为问卷来调查加拿大儿童青少年身体攻击和间接攻击两方面的攻击行为，该问卷共10 个项目，由 10~15 岁的儿童青少年自己填写。NLSCY 对间接攻击、女生的攻击行为等进行了长期的追踪研究，证明该问卷有较好的稳定性（Braun-Fahrlander et al.，1998）。

（4）儿童青少年攻击行为的发展特点

Tremblay 等（2004）关于儿童早期攻击的研究显示，儿童在婴儿期就出现了身体攻击，在会说话后随即出现言语攻击。他们在研究中要求儿童母亲报告婴儿在 17 个月和 30 个月时是否做出过攻击行为。结果显示，超过 70% 的儿童在 17 个月时就表现出了身体攻击，其中，14% 的儿童在 17~30 个月表现出了较高的攻击行为水平，且存在增长的趋势。Loeber 等（1993）的研究发现在学前期，2~4 岁儿童的身体攻击逐渐减少，言语攻击增多。与婴儿期相比，学前期攻击发展的一个重要特点是出现了明显的性别差异，男孩比女孩更多地参与冲突并实施各种类型的攻击，且其攻击更为强烈。在小学阶段，大多数儿童很少表现出攻击行为，攻击行为的发生频率下降。但攻击开始越来越多地集中在少数几个儿童身上，他们不断地给同伴、教师和家长制造麻烦。这一时期儿童攻击的形式和功能也发生了变化，攻击越来越多地发生于特定的成对关系之中，具有以人为指向和敌意性特征（Coie et al.，1999）。

进入青春期以后青少年的攻击行为发生的频率有所下降，但违法和严重暴力行为上升（Dodge et al.，2006）。在这一时期，攻击与反社会行为越来越紧密联系在一起，从而使得这一时期的攻击与以往各阶段相比更具严重性或危险性。左其沛（1985）的研究显示，在少年期和青年初期的攻击性问题行为发生率（分别为 27.2% 和 13.8%）比儿童期（6.4%）和青年期（7.2%）都高。

6.2.3　网络成瘾

（1）网络成瘾的定义

随着计算机和因特网技术的迅猛发展，网络使用越来越普及，儿童青少年使用网络的规模也在持续扩大。但是目前国内外对网络使用并没有明确的定义，大部分研究者都是根据自己的目的和兴趣研究网络使用。例如，Jackson 等（2006）将儿童在家庭和学校网络使用的时间、频率、地点以及上网内容作为网络使用的测查内容。国内研究者罗喆慧等（2010）研究中测查的网络使用，主要包括一些网络服务功能的内容，如网络游戏、信息收集、在线娱乐等。恰当的网络使用能够对儿童青少年的知识学习、人际交往以及学业成就等方面产生积极作用，但是网络使用是一把双刃剑，如果使用不当，网络也会给儿童青少年带来了负面的影响，如引起网络成瘾等。

纽约临床心理学家 Goldberg 于 1990 年首次提出网络成瘾（internet addiction）概念，并在 1996 年的美国心理学年会上，首次提出了"网络成瘾障碍"（internet addiction disorder，IAD），即指对网络过度依赖而产生明显的心理异常症状，而且存在生理受损的倾向。网络成瘾概念从提出到发展至今，Kimberly S. Young 的研究起了很大的推动作用，Young 以赌博成瘾的定义为模板，提出了网络成瘾的定义，认为网络成瘾是一种非物质的冲动控制障碍，其核心是冲动控制障碍，成瘾者不能控制自己的互联网使用（Young，1996）。

在 Young 之后，有许多研究者提出不同的网络成瘾的相关概念，包括"网络依赖"（internet dependency or internet dependence）、"病理性网络使用"（pathological internet use，PIU）、"问题网络使用"（problematic internet use）、"网络过度使用"（excessive internet use）、"计算机依赖"（computer dependency）、"上网依赖"（on-line dependency）、"冲动 - 强迫性网络使用障碍"（impulsive-compulsive internet usage disorder，IC-IUD）等，网络成瘾障碍（IAD）和病理性网络使用（PIU）是被后来研究者接受且应用最多的概念。

（2）网络成瘾对儿童青少年发展的影响

中国互联网信息中心（China Internet Network Information Center，CNNIC）

2010 年 7 月发布的第 26 次《中国互联网络发展状况统计报告》指出，2009 年年底我国青少年网民（25 岁以下）人数已达到 1.9 亿。随着网络的普及，儿童青少年的学习、人际交往和参与社会活动等均会和互联网有着密切的联系，因此网络的发展对儿童青少年的学习、人际交往等各个方面均会产生重要影响。Kaynar 等（2008）研究发现认知需要高的人更经常使用网络上的信息服务。因此网络提供的服务会与个体的认知需要结合，为学习提供便利。有研究发现，网络使用可促进低收入家庭儿童的学业成绩（Jackson et al.，2006）。儿童青少年的网络使用对于其社会化也有重要作用，如对于增强其社会参与意识、拓展人际交往的范围（Maczewski，2002；Peris et al.，2002），建立自我同一性（Valentine et al.，2002）等都有很大的帮助。有研究者采用参与观察、半结构访谈、分析在线信息、在线和纸质调查等方法进行研究发现，很多青少年认为计算机和网络可以作为赋予他们权利的工具。青少年通过在虚拟社区的活动来获得更多的话语权（Ruta et al.，2005）。

与此同时，研究者也发现，不恰当的网络使用会给儿童青少年带来了巨大的危害，容易导致网络成瘾。网络成瘾的行为给个体带来极大的负面影响。Young（1996）最早的调查就发现，身体问题是网络成瘾组被试提出的互联网使用带来的最重要的五种问题之一，网络成瘾者长时间的互联网使用会导致成瘾者错过正常的睡眠时间、缺乏充足的睡眠，如此往复会影响免疫系统，使得人更容易生病，长时间的上网也会导致缺乏锻炼，提高患腕关节疾病、背痛、视疲劳等症状的概率。此外，陶然等（2007）对中国青少年网络成瘾症者的血铅浓度测定与分析发现，青少年网络成瘾症者血铅浓度较正常人群高。研究者对此给出的可能的解释为网络成瘾症的儿童更多地处在计算机、环境条件差、二手烟等"铅暴露"的网吧环境下。

网络成瘾除了对个体的生理造成严重的影响以外，对个体在心理行为方面也有严重的不良影响。网络成瘾使个体智力及自我控制能力下降，经常出现严重的动机冲突和情绪困扰，个体参与现实生活和集体生活的意愿和动力减弱（李宏利等，2001）。杨彦春等（1999）发现电子游戏成瘾行为可使患者人格发生明显变化，变得懦弱、自卑、意志减退、丧失自尊、失去朋友和家人的信任。孟晓（2006）研究发现网络成瘾青少年与非成瘾青少年在社会交往方面，如社会退缩等方面没有显著的差异，但在生活事件、网络使用时间、主观幸福感、社会支持、攻击性、无序感、自我和谐等方面都存在显著的差异。

此外，网络成瘾也直接损害学生的学业。国外早期的研究发现，43% 的学业不良和辍学与网络的过度使用有关（Brady，1996）。Young（1998）的一份调查发现：58% 的学生报告网络的过度使用导致学习兴趣减弱，成绩下滑，逃课现象日益增多。

（3）网络成瘾的测量

综合已有网络使用的项目和文献发现，目前国内外对网络使用的测查主要依其研究目的和兴趣而定。英国 National Shcool Boards Foundation（NSBF）在 2000 年一项名为 "Safe & Smart-Research and Guildlines for Children's Use of the internet" 的关于青少年儿童网络使用的大型调查项目中，测查了儿童青少年网络使用的时间、频率、内容、性别差异、学校、家庭中网络配置情况、家长的知晓度 7 个方面的内容。美国的教育技术应用研究中心（Center for Applied Research in Educational Technology，CARET）在 2003 年的一项关于儿童网络使用的项目中，则对网络使用的时间、家庭网络使用状况、宽带普及状况、网络使用内容以及家长老师和政策制定者的态度等几方面进行了考察。中国互联网信息中心 2008～2009 年中国青少年上网行为的调查报告，测查了青少年上网的时间、地点、网络应用的内容，并对不同地区的青少年上网行为进行了分析。

第 24 次《中国互联网络发展状况统计报告》（CNNIC，2009）中指出，目前中国有 16.4% 的网民表示一天不上网就感觉难受，也有 17.4% 的网民觉得与现实相比，更愿意待在网上，平均每 6 个网民里有 1 个有上网成瘾的倾向。而目前国内外网络成瘾研究者主要以网络成瘾者的心理和行为特点为依据，依此来考察被试是否存在网络成瘾。Young 在 1996 年以赌博成瘾的定义为模板提出了网络成瘾（Internet Addiction）的定义，同时编制了网络成瘾诊断测验（The Internet Addiction Diagnostic Qustionnarie，IADQ）包括 8 个题目，通过评定个体对互联网的冲动控制、耐受性、戒断症状及其造成的消极后果来判断网络成瘾情况。在之后有关网络成瘾的研究和讨论中，Young 所强调的网络成瘾特点被大部分研究者们所接受，并成为界定网络成瘾的重要依据。

除了 Young 的网络成瘾诊断测验之外，Kandell（1998）在大学生网络成瘾研究中提到四特征观点，即网络成瘾者表现出在网络活动中投入大量精力、离开网络后情绪失落、对网络的过度适应和容忍、否认自己有行为问题等四个方面。Brenner（1997）认为网络成瘾者有五个基本特点，包括对待工作和学业或家庭责任的困难越来越大；随着网络的不断使用，其快乐也在逐渐减少；不在线的时候会紧张不安；无法有效地减少上网时间；尽管出现生理、心理和社会问题仍然继续使用网络。此外 Davis（2001）提出的网络成瘾认知行为标准将网络成瘾分成两种类型：特异性病理网络使用和一般性病理网络使用等。

在国内，除了翻译 Young 的网络成瘾诊断测验之外，雷雳等（2007）编制的《青少年病理性互联网使用量表》也有较广泛的使用，该量表包括突显性、耐受性、强迫性上网/戒断症状、心境改变、社交抚慰、消极后果六个维度，具有良好的信、效度指标，可以作为青少年病理性互联网使用的测量工具，并且雷雳等使用这一量表对网络成瘾与人的行为、情绪等方面的关系进行研究。例如，探讨了青少年分离－个性化、假想观众与互联网娱乐偏好和病理互联网使用的关系，发现分离－个体化中的分离焦虑和自我卷入通过假想观众观念间接地正向预测青少年的病理互联网使用水平（雷雳等，2008）；青少年的同伴依恋与互联网使用的关系的研究结果表明，青少年与同伴的疏离程度可以正向预测其网络成瘾得分（雷雳等，2009）。另外，中国台湾学者陈淑慧等（2003）编制的陈氏网络成瘾量表综合了 DSM-IV 对各种成瘾症的诊断标准，其通过对临床个案观察和个别访谈编制而成，该量表共 26 道题目，为 Likert 式四点量表，包括网络成瘾核心症状与网络成瘾相关问题两个分量表，该量表在台湾地区使用较为广泛。

（4）儿童青少年网络成瘾的特点

我国互联网使用普及率达到 54.4%，普及率还在进一步增加，且不同地区青少年网民存在差异。城镇网民为 13 163 万，农村网民 6338 万，城镇中青少年上网人数远高于农村。对儿童青少年上网场所调查发现，整体上网吧的重要性在弱化，但农村青少年网民在网吧上网比例仍然高达 54.6%。此外，青少年网民对搜索引擎的使用需求较强，使用率达到73.9%；娱乐化特点也更为突出，中学生和小学生网民对网络游戏的使用率分别达到81%和82.3%。

世界各国的调查发现网络成瘾的发生率约6%~14%，全世界的3亿网民中，有1 200万网络成瘾者，占网民人数的6%左右，在国内的1.3亿网民中，900万人沉迷于网络（郑希付，2009）。大学生的比例更高，有人发现9.8%~13%的网络成瘾者为大学生（薛云珍等，2003）。成瘾者的上网时间是每周20~25小时，有的甚至达到40~48小时，未上瘾者为3.5~5小时，成瘾者每次上网的时间最长可以超过20小时（Hapira et al.，2000）。

在网络成瘾的年龄特点上，国外有研究者（Hall et al.，2001）的调查结果显示国外成瘾者年龄大多集中在21~30岁；而国内有研究者（高文斌，2006）发现我国13~18岁是网络成瘾的易感年龄，15~20岁是网络成瘾的高发期。

在性别差异上，Young最早的调查结果就发现男性要比女性更容易对网络成瘾，女性更多地沉迷于网络关系，而男性更多地沉迷于网络游戏（Young，1996）。我国学者的研究也发现，男性比女性更容易对网络成瘾，男性成瘾者甚至是女性的一倍以上（郑希付，2009）。

6.2.4 校园欺负

（1）校园欺负的定义

校园欺负（school bullying）是中小学生之间经常发生的一种特殊类型的攻击行为（张文新，2002）。Besag（1989）认为，欺负可以被定义为在一定情境下，"有权势的人对无力保护自己的人反复进行的身体的、心理的、社会的或言语的攻击，为获得自身满足而有意地造成对方的痛苦"。Arora（1996）认为"欺负是对一个无力量的个体进行的身体攻击或威胁，它会使该个体由于这种攻击造成情感上的创伤或担心再受到攻击而在相当长的时间里感到害怕或难过"。不同定义对欺负研究的侧重点不一样。

目前大多数研究者采用英国伦敦大学史密斯教授提出的欺负定义，即欺负是力量相对较强的一方对力量相对较弱的一方所实施的攻击，通常表现为以大欺小、以强凌弱、以众欺寡（Smith et al.，1993）。国内对欺负行为研究较多的张文新等研究者在研究中也使用了这一定义（张文新，2002）。

(2) 校园欺负对儿童青少年的影响

欺负/被欺负的相关研究发现，受欺负会对儿童的很多方面造成较严重的消极影响。例如，儿童因害怕受欺负而不愿上学、对学校失去兴趣甚至逃学（张文新，2001）；导致儿童情绪抑郁、焦虑及相关症状，如头痛、胃痛、失眠、做噩梦；导致儿童注意力分散、学习成绩下降等（谷传华等，2003）。一些研究发现欺负者的自尊较低，而另一些研究却发现典型欺负者的自尊水平最高，而欺负/受害类儿童的自尊水平最低（Johnson，1999；Sutherland，2002）。与欺负者和消极的受欺负者相比，欺负/受欺负的儿童最不受同伴欢迎，其更容易陷入被孤立的境地（Perry et al.，1998）。

对欺负行为进行研究的根本目的在于预防和干预。我国研究者张文新和武建芬（1999）采用行动研究法，在济南市一所普通小学的 3 个班（包括 3 年级和 5 年级）进行了为期五周的干预实验。最终效果评估发现：干预后，上学或放学路上的欺负发生率下降了 50% 左右。在挪威、英国、澳大利亚、意大利、西班牙、瑞典等国家已经广泛开展这类干预计划同时都表现出了明显的效果。

(3) 校园欺负的测量

在研究儿童和青少年受欺负问题时，经常使用的方法有提名法、观察法、个体访谈法和自陈法。在实际研究中，这些方法各有优势和局限。提名法包括同伴提名法和教师提名法，其中同伴提名法更为常用。提名法能揭示其他人对受欺负者的看法，也可以提供成人不能发现的问题，并且省时省力。直接观察法可以使研究者客观描述被试在具体情景中的活动。在学校环境中观察儿童或青少年时，观察的长期性、多情景性和反复性是很重要的。个体访谈法是研究者和被试进行的面对面的交流，研究者可以观察被试的某些非语言特征，如表情、动作等。自陈法主要用于测查个体对其经历的感知，由被试完成相关的自陈量表。自陈法为受欺负问题的研究提供了一个独特视角，即从受欺负者的角度描述欺负行为。由于欺负通常发生在缺少或没有成人监督的时间和场所，受欺负者所提供的信息也比较可靠、有效。主要的自陈法研究工具有学校生活量表（Arora，1987）和 Olewus 编订的自我报告的欺负问卷（1982 年）或是其后来修改的英译版（Smith et al.，1994），另外一个被广泛的应用的自我报告问卷是同伴关系量表（Rigby et al.，1993），其中，Olewus 编制的儿童自我报告问卷被公认为是较好的测量工具。在研究中，经常使用提名法来界定同伴交往中的受欺负者。提名法和自陈法高度相关（Pellegrini et al.，2000）。

（4）儿童青少年校园欺负的特点

儿童青少年在欺负和被欺负两种欺负类型上的表现存在差异。张文新（2000）采用修订后的 Olweus 学生欺负/受欺负问卷中文版对山东省和河北省城乡中小学生欺负/受欺负问题进行考察，结果显示：在被调查的中小学生中，受欺负者1377 人，占总人数的 14.9%；欺负者 288 人，占总人数 2.5%。此外，还有一类学生既是欺负者又是受欺负者，为 149 人，占总人数的 1.6%。综合起来，有近 1/5 的学生卷入欺负问题。其中，小学阶段，受欺负者和欺负者所占比例分别是 22.2% 和 6.2%；初中阶段受欺负者和欺负者所占比例分别是13.4% 和 4.2%，其中严重受欺负者和严重欺负者所占比例分别是 7.1% 和1.5%。Olweus 在挪威对 13.8 万名 8～16 岁的中小学生调查发现，约 16% 的学生经常卷入欺负行为，受欺负者约为 9%，欺负者约占 7%。Whitney 等（1993）对 6758 名中小学生的调查结果发现，有 27% 的小学生和 10% 的中学生"一学期至少一次"受过欺负。

欺负存在性别差异特点。不论是欺负者还是受欺负者，男生人数均高于女生。就欺负形式而言，男生主要被一个男生欺负，其次被多个男生欺负；而女生则既可能受一个男生欺负，也可能受一个女生欺负或受多名男生或多名女生欺负（Whitney et al.，1993）。就欺负类型而言，Rivers 等（1994）调查表明，男生主要以直接身体欺负居多，女生多使用间接欺负，在言语攻击上男女无明显差异。随着年龄增长，儿童从直接身体攻击逐渐变为更多地其他方式攻击。欺负发生的地点、欺负的对象以及儿童对欺负的态度等方面均存在性别差异。在小学阶段，男孩倾向于用身体欺负的方式欺负男孩和女孩，但在中学阶段这种欺负则主要指向男生。男生欺负多发生在教师监督较差的操场上。女孩通常只用间接方式欺负其他女生，但这种欺负通常发生在教室和走廊等地方（李静，2005）。

国内外研究均发现欺负存在年龄特点。张文新（2000）对小学二年级至初中三年级学生的研究发现，总体上初中生的受欺负比例显著低于小学阶段；受欺负儿童的比例随年级的增长而呈明显下降趋势。儿童受欺负的比例从小学二年级的 25.1% 逐步下降到六年级的 17.5%，而到初中三年级则进一步下降到 10.4%；但欺负者在各年级的比例是相对稳定的。Olweus 对挪威中小学儿童调查研究表明，儿童随着年龄的增长，儿童报告的被欺负比率呈下降的趋势；而欺负他人的比率，女孩随年龄的增长而呈下降趋势，男孩则呈上升趋势（Olweus，1993）。

6.2.5 吸烟

（1）吸烟的定义

通常意义上的"吸烟"（smoking）指吸烟这项活动本身的行为。目前，世界卫生组织（World Health Organization，WHO）推荐的关于中学生的吸烟标准是：①尝试吸烟：即曾经尝试过吸烟，即使是吸几口；②吸完一整支烟：指曾经吸完一整支香烟；③规律吸烟：指每天吸烟，连续吸满 30 天（White，1987）。在国际上有影响力的吸烟调查项目（National Survey on Drug Use and Health，2008）中，一个人的吸烟行为被定义为"这个人在过去 30 天，吸过完整的一支烟"。美国国立药物滥用研究所（The National Institute on Drug Abuse，NIDA）提出通过对"不吸烟"、"以前吸但现在不吸"、"偶尔吸"、"经常吸"四个选项来判定一个人有无吸烟行为（Songkla，1985）。

（2）吸烟对儿童青少年发展的影响

儿童青少年正处于生长发育时期，吸烟对儿童青少年的身体会造成严重的影响。吸烟对儿童青少年造成的危害在吸烟开始后的头几个星期就已经变得非常明显（Adams et al.，1984），烟龄越长，青少年的呼气量与正常青少年相比较越多（Miller et al.，1989），即使每天仅吸一支烟的青少年，出现咳嗽、呼吸困难等疾病的可能性也显著超过不吸烟的青少年（Adams et al.，1984）。1997年对北京市 7 所高中学生使用精神活性药物的流行病学调查显示，我国经常吸烟的青少年使用过精神活性药物的发生率要明显高于不吸烟的学生（任钰雯等，

1999）。据世界卫生组织（WHO，1999）预测，在我国0～29岁的3亿男性中，将有2亿人会成为烟民，而这2亿人中，大约1亿人最终会死于与吸烟有关的疾病，其中至少有5000万人是早逝（35～69岁死亡）。

另外，吸烟行为对青少年的心理发展也有明显不利的影响。方晓义等（1996）研究发现：吸烟行为与青少年学习困难、学习成绩差、对学校持消极态度、情绪郁闷以及其他问题行为，如饮酒、吸毒、偷窃、打架、逃学、性行为等有非常明显的关系；而且，吸烟青少年更多地参与非组织的社会活动，较少参与学校的课外活动或有组织的活动。青少年的吸烟行为还直接关系到其成人后的吸烟行为。

这些研究结果显示了青少年吸烟行为的严重性，同时也揭示了预防和干预青少年吸烟行为的必要性和重要性；预防和干预青少年吸烟行为，不仅可以减少青少年的吸烟行为，而且可能减少成人的吸烟率。

（3）吸烟的测量

综合现有文献发现，目前国内外对于儿童青少年吸烟行为的调查主要是通过问卷法进行，以自我报告法测查青少年的吸烟行为，该方法的有效性在以往的研究中已得到证实（方晓义等，1996，1998；White，1987）。研究者根据研究目的和兴趣的不同对吸烟行为的测查存在不一致。例如，美国疾病预防控制中心（Centers for Disease Control and Prevention）编制的 the youth risk behavior Surveillance System（YRBSS）中通过"Have you ever tried cigarette smoking，even one or two puffs？Yes or No"来测查儿童青少年的吸烟行为；美国国立药物滥用研究所（The National Institute on Drug Abuse，NIDA）提出通过对"不吸烟"、"以前吸但现在不吸"、"偶尔吸"、"经常吸"四个选项来判定一个人有无吸烟行为（Songkla，1985）。我国研究者方晓义等（1996）选用了美国国立药物滥用研究所吸烟行为调查问卷，将吸烟行为分为："从来不吸"、"以前吸过但现在不吸"、"现在在吸"三类。在统计时将后两类合并，成为不吸烟和吸烟两类。

（4）儿童青少年吸烟的特点

近年来，发达国家注意并加强了对中学生吸烟的干预，使青少年吸烟率有所下降。例如，美国中学生吸烟率由1998年的16.8%下降到2001年的13.8%（Electronic version，2002）。相反，我国的吸烟人口数从1996年的3.2亿上升到

2002 年的 3.5 亿（Yang et al., 2005），且在众多的吸烟者中，青少年吸烟者也在不断增加，1996 年，15~19 岁的青少年中就有 900 万是吸烟者（Zhang et al., 2003）。据统计，每年世界新增吸烟者中有半数在中国，其中 90% 是青少年（左月燃等，2005）。且我国青少年开始吸烟的年龄也在提前，中国 1996 年全国吸烟流行病学调查显示，15~19 岁青少年吸烟率为 9.7%，平均"开始吸烟年龄"从 1984 年的 22.4 岁提前到 1996 年的 19.7 岁，平均提前了 3 岁（杨功焕，1996）。1999 年对中国 5 省（直辖市）中学生危险行为调查报告显示，中学生尝试吸烟率为 36.1%，近期有过吸烟行为的占 10.8%（孙江平等，2001）。另一些相关研究发现，北京市中小学生吸烟人数约为 20%（方晓义，1998），而江西省中学生曾经吸烟者达到 30% 左右（梅家模等，1993）。

青少年吸烟明显随年龄或年级的升高而增长，方晓义等（1996）研究发现，小学六年级学生的吸烟率为 10%，初二年级为 23%，高一年级为 27%。其中经常吸烟者的比例增长更为明显，从小学六年级的 4% 增加到高一年级的 32%。

儿童青少年吸烟存在着性别的差异，且女青少年的比例有逐渐增加的倾向。Goddard（1989）发现，英国 11 岁的儿童中分别有 17% 的男孩和 12% 的女孩开始吸烟，在青少年时期有 17% 的男孩和 12% 的女孩成为经常吸烟者。Johnston，Patrick 和 Jerald（1987）在美国进行了一项非常有影响的名为"监测未来"（monitoring the future）的研究，从 1975 年开始至今已进行了 20 多年，结果发现，随着时间的推移，女青少年吸烟的比例逐渐超过男青少年。1975 年，过去一月中每天至少吸半包烟的男女青少年比例分别为 19.6% 和 16.1%，到 1986 年，这一比例已变成 10.7% 和 11.6%。研究者 1990 年对北京中小学的研究表明，与联合国卫生组织 1986 年在北京进行的研究相比，在将近 5 年的时间里，北京市中小学生的吸烟人数有了较大的增长，男生人数增长了 2 倍多（从 18% 增长到 38%），女生吸烟人数增长更快，接近 40 倍（0.4% 增长到 14%）（方晓义等，1996）。

6.2.6　违法违纪行为

（1）违法违纪行为的定义

违法违纪行为（deliquent behaviors）就是指偏离或违反社会相关法律和行

为规范、规章的行为。现代一般所指的是起负面作用的、超越了社会行为规范、破坏了人类共同生活秩序、阻碍了社会进步的行为（王晓燕，2007）。国内外关于儿童青少年的违法违纪行为涵盖范围较广，包括酗酒、打架、离家出走、不遵守交通规则、携带危险物品、偷窃等。

（2）违法违纪行为对儿童青少年发展的影响

违法违纪行为包含多种行为表现。研究者通过调查发现，考试作弊行为在学生中普遍存在（葛云杰，1997；臧书起等，2001）。中学生考试作弊现象不仅妨碍着教学质量的提高和管理工作的正常进行，而且对学生品德形成起着很大的消极作用（蒋波，2002）。

学生逃学现象是普遍存在的（郭向晖等，2008）。旷课、逃学往往是因为学生对学校生活失去了兴趣，产生厌倦情绪（方建华，2007）。学生逃学，除了对学习造成直接影响外，逃学学生容易受到社会不良因素的影响，并可能滋长不良行为，一旦被社会不良分子利用和控制，就极有可能引发打架、偷盗、抢劫等"反社会"行为。除此之外，经常旷课的学生其心理健康水平较低、自尊程度较低并且其人格特征大多呈内向、情绪不稳定型（方建华，2007）。

美国人类与健康服务机构定义"离家出走"是指年轻人在没有得到父母或监护人允许的情况下，离开家庭或居住处至少一天以上（Kurtz et al.，1991）。在当今高速发展的社会中，许多青少年面临着各种各样的困惑和烦恼，同时又缺乏解决问题的技能，离家出走便成为他们逃避现实的办法之一。但实际上，但当他们走上街头后，因没有经济地位、缺乏社会经验、从而增加了其他危险性，使他们常常成为犯罪的受害者，如被抢劫、殴打等（Whitbeck et al.，1990）。

青少年饮酒和由饮酒引发的各种问题早已成为世界各国关心的重要问题。青少年饮酒不仅危害身体健康，增加行为问题的发生率，而且与成人期酒精依赖有关联（Rogers et al.，1995）。Bloch 和 Kandel 的研究揭示饮酒行为与青少年的许多问题行为，如违法犯罪、吸毒等有非常明显的关系。而且经常饮酒者更可能发生吸烟、用违禁药品、性行为及反社会行为（Kandel et al.，1979）。

偷窃行为的比例相比较其他而言，在数量上要少一些，但就其对青少年的人格发展来说有着深刻的影响。儿童青少年正处在人生观、世界观和价值观的形成时期，法制观念淡漠，对问题的思考缺乏理性，做事不计后果，极易由小偷小摸开始发展至勒索他人财物，甚至走上违法犯罪的道路。偷窃往往与一系列不利于健康和社会成就的内容联系在一起，如学业失败、被捕、伤害等（Simons-Morton et al.，1999）。

（3）违法违纪行为的测量

目前国内外大部分研究将违法违纪行为归类于健康危险行为或问题行为来进行测查，主要有大型项目中青少年健康危险行为调查题和已有经典的儿童青少年问题行为量表，测量形式主要为自评、父母或教师评价。美国疾病预防与控制中心（centers for disease control and prevention，CDC）从 1993 年开始进行青少年危险行为监控项目（youth risk behavior surveillance system，YRBSS），在该项目中，将青少年健康危险行为（adolescent health risk behavior）概括为七类：打架、离家出走、饮酒等违法违纪行为。1996 年，北京大学儿童青少年卫生研究所在中国引入 YRBSS 监测的理论框架和模式，并与美国 CDC 合作，在我国部分省市开展了城市青少年健康危险行为调查（季成叶，2007）。

经典的儿童青少年问题行为量表问卷主要有（child behavior checklist，CBCL）（Achenbach，1978）和 Rutter 儿童行为问卷（Rutter，1967）。CBCL 是在众多儿童行为量表中适用性较强、内容较全面的一种，包括了家长、教师评价量表和自评量表三种形式。我国从 1980 年引入 CBCL，于 2001 年修订出了适用于 6~18 岁的版本，量表包括 118 个条目，要被试以过去六个月内的真实状况表现填写，采用"0~2"代表"无此项表现、明显有或经常有此项表现"的 3 点计分（汪向东等，1999）。CBCL 中违纪因子测查了打架、离家出走、逃学、偷窃等行为。Rutter 行为量表包括教师问卷和父母问卷，对儿童在校和在家行为分别进行评定，内容包括一般健康问题和行为问题两个方面。其中问题行为包括经常破坏自己和别人的东西、经常不听管教、时常说谎、欺负别的孩子和偷东西等，这类行为又名为"A 行为"（antisocial behavior，即违纪或反社会行为）。

（4）儿童青少年违法违纪行为的特点

在儿童青少年群体中，考试作弊、逃学、饮酒等行为是高发的违法违纪行为，尤其在身心发展处于关键期的青少年中，这种现象更为普遍。臧书起等

（2001）通过对河南八县二市 644 所初中和 4441 所小学的各 100 份抽样问卷调查表明，小学生考试作弊率达 7%~8%，初中生考试作弊率达 11%～12%。我国研究者郭向晖等（2008）调查了北京 1344 名初中生离家出走的情况，发现：在过去 12 个月中，23.3% 的初中生曾想过离家出走，2.8% 的初中生曾有过离家出走行为。黄发源等（2000）对 1358 名中学男生和 1109 名女生饮酒行为进行无记名问卷调查，结果表明：在 12 岁之前，即有 49.7% 学生曾饮过酒。

不同的违法违纪行为调查出现了不同的性别差异结果。研究发现，吸烟、饮酒、打架等违纪行为在男生中的发生率较高（戴寿桂等，2007；周凯等，2000）。而离家出走意念则是女生高于男生（杨汴生等，2009）。总体来看，在有违法违纪行为的人群中，男生的比例较大。

6.3 "中国儿童青少年心理发育特征调查"关于行为评价测量工具的研究

目前国内外对于儿童青少年行为的研究主要从亲社会行为和问题行为两个角度进行研究。在文献综述的基础上，经过专家的多次反复研讨，结合"中国儿童青少年心理发育特征调查"项目施测过程中的实际条件（如纸笔测试、团体施测），经过多次预试，我们从亲社会行为和问题行为两个角度选择了亲社会行为量表、儿童青少年攻击行为量表、网络成瘾测验和儿童青少年欺负行为量表等测查工具。下面就每个指标工具的选择与修订过程分别进行详细的阐述。

6.3.1 亲社会行为

考虑到发育项目大样本的特点，自我报告法也是比较可行的一种评价手段，在对国内外大型项目调研和以往研究分析的基础上，我们对寇彧和张庆鹏（2006）编制的亲社会行为问卷进行了修订。

寇彧和张庆鹏（2006）在对青少年亲社会行为概念表征的研究中，采用系统聚类分析和探索性因素分析的方法，通过分析青少年对 43 种亲社会行为所做的符合程度的评价发现：青少年亲社会行为概念原型由遵规与公益性亲社会行为、特质性亲社会行为、关系性亲社会行为和利他性亲社会行为四个维度构成。我们在寇彧和张庆鹏（2006）亲社会行为研究基础上，抽取其四个维度中每个维度因子载荷较高的3道题目，组成亲社会行为量表，并对其进行了修订。

初次修订是为了考察亲社会行为量表对儿童青少年的适用性，选择了北京地区的一所小学和一所中学的4年级、5年级、8年级共108名学生进行了集体施测，同时抽取了个别学生进行访谈。考虑到对小学生理解的适应性，我们将原来的9点计分修改为4点计分，在此基础上形成儿童青少年亲社会行为量表。

为了进一步考察量表的重测信度，我们选取了北京市昌平区、朝阳区各一所小学4年级、5年级和朝阳区一所中学的7年级共计88名学生进行了前后间隔一个月的两次测试。结果发现对88人有效样本间隔一个月的问卷重测信度系数是0.614。

最后，对全国 24 013 名儿童青少年样本进行了测查，进一步考察了其信效度，并建立了常模。

6.3.2　攻击行为

根据国内外研究的成果，特别是对国际大型儿童青少年发展的项目进行分析，我们在参考加拿大儿童和青少年追踪调查项目（the national longitudinal survey of children and youth，NLSCY）中关于儿童青少年的攻击行为问卷的基础上，改编形成了儿童青少年攻击行为问卷。

加拿大儿童和青少年追踪调查项目（NLSCY），是对加拿大儿童和青少年从出生到成年早期这一阶段的成长和健康状况进行纵向追踪调查的一项研究，NLSCY 使用的儿童青少年攻击行为问卷调查两方面的攻击行为：身体攻击和间接攻击。问卷共 10 个项目，评定方式分为四个等级，为"从不"、"有时"、"经常"、"总是"。由 10~17 岁的儿童青少年自己填写。NLSCY 对间接攻击、女生的攻击行为等进行了长期的追踪研究，也证明该问卷有较好的稳定性（Braun-Fahrlander et al.，1998）。使用该问卷还将有利于研究成果的国际化比较。但该问卷目前尚未在国内使用过，因此我们通过修订、预试对其测量学指标和文化适应性进行考察。

　　我们首先对问卷进行了翻译和修改，为了保证题目翻译的准确性和文化适应性，对照英文原文逐题翻译、回译、校对，力求使项目表述更符合中国中小学生的用语习惯，字词更容易理解，形成了儿童青少年攻击行为量表。

　　我们选择了北京市密云区一所小学和一所中学4年级、5年级、8年级共134名学生及其父母进行集体施测。根据数据分析，对题目通过率及数据分布情况进行检查，结果发现学生的回答在选项分布及通过率上均在正常值范围内，未发现异常情况。我们对量表的信效度及其指标拟合程度进行了检验，儿童青少年攻击行为量表总体和各分量表的克隆巴赫系数（Cronbach's Alpha）为0.713～0.799，对106人有效样本间隔一个月的量表重测的结果发现，总体和各分量表的重测信度系数为0.574～0.708，以Achenbach编制的青少年自评量表（youth self report，YSR）的攻击行为因子为效标，攻击行为量表与YSR攻击行为因子的相关系数达到0.662，数据结果证明此量表信效度及指标拟合程度良好。

　　最后，对4～9年级儿童青少年的全国样本进行了测查，进一步分析量表的信效度并建立了常模。

6.3.3　网络成瘾

　　经过前期的项目调研、文献查阅以及专家讨论，本次的调查主要着眼于与网络成瘾特点密切相关的内容上，最后经过多次专家讨论初步确定了5道题，如与网络成瘾中的耐受性及戒断性相关的网络使用时间、频率、地点、上网的内容等。经过了北京地区及全国三省市地区的预试之后，专家们结合预试结果和项目本身特点，认为需要对网络使用部分进行更为深入的测查，来区分不同网络使用者的网络使用行为，也为网络成瘾与网络使用的关系提供更为翔实的信息。经多方讨论后，网络使用行为的测查纳入了父母对子女上网知晓程度、父母对儿童的网络使用指导、儿童青少年上网原因等这些保护因素及危险因素，调查共5道题，从整体上来看，网络使用的测查不仅为网络成瘾的测查服务，而且其自身也成为考察当前青少年儿童的网络使用状况的重要独立部分。希望通过调查结果能够让我们对网络成瘾的成因、网络使用不当的原因等问题有一个深入的了解。

　　为了使网络成瘾量表适合对中国 4~9 年级儿童青少年的测查，我们对 Young（1996）的量表进行了三步修订：首先抽取了个别学生进行访谈，测查的内容包括网络成瘾测验及一些相关的网络使用的基本情况，在 Young 诊断问卷 8 题版本的基础上增加了两道题，分别为第 9 题"你是否常常为上网花很多钱？"和第 10 题"下网时你是否觉得心情不好，一上网就会来劲头？"；接下来考察了该修订量表对中小学生的适用性，选择北京市大兴区的一所小学和一所中学的 4~8 年级共 167 名学生进行了集体施测，结果发现，网络成瘾量表符合心理学测量学的标准，但在施测和访谈过程中有学生反映部分字句的设置不恰当或表述不清，影响学生对题目的理解；最后根据测试和访谈结果我们对题目的表述方式进行了修改。如：第 6 题中的"家人或朋友"修改为"家人或老师"；第 7 题中的"工作（学习）状态"修改为"学习状态"。

　　为了进一步考察修订后的网络成瘾量表的重测信度，我们选取了北京昌平区、朝阳区各一所小学 4、5 年级和朝阳区一所中学的 7 年级共计 98 名学生进行了间隔一个月的两次测试。施测的工具包括修订后的网络成瘾量表和网络使用基本情况问卷。结果发现修订后的网络成瘾量表信度指标符合心理测量学标准。

　　最后，使用网络成瘾量表对全国 24 013 名 4~9 年级儿童青少年样本进行了测查，进一步考察了其信效度并建立了常模。

6.3.4　校园欺负

　　经过对各种儿童欺负问卷的分析和比较，最后选择了 Olweus 的儿童欺负问卷（bully/victim questionnaire）并进行修订。该问卷包括小学版（适用于小学 2~4 年级）和初中版（适用于小学高年级和初中学生）两个版本，张文新和武建芬（1999）对其进行了本土化修订。其中小学版包括 38 个项目，初中版包括 56 个项目。小学版和初中版均由四个分量表组成：①"关于朋友"，用于测查儿童朋友多少、间接欺负或社会排斥的情况；②"关于直接受欺负"，用于测查儿童直接受欺负或受伤害的情况；③"关于欺负他人"，用于测查儿童欺负其他学生的情况；④"对待欺负的态度"，分别从儿童对欺负者及欺负行为的看法、对受欺负者的情感和相应的行为倾向等角度考察儿童对欺负问题的态度。

在本项目中，只采用了自陈问卷用于评价儿童青少年被欺负的情况，因此通过修订形成了儿童青少年被欺负问卷。

为了保证工具的心理学测量指标符合要求，我们对测试工具进行了两次预试。第一次预试的主要目的是考察题目的适用性（例题、指导语在不同年级的适用性，题目可理解性等）。第二次预试的主要目的是考察被欺负问卷跨地区和跨年级的稳定性。

在第一次预试中，我们选择北京市昌平区和朝阳区的两所学校3年级、8年级202名学生及其父母进行集体施测。施测的工具为儿童青少年欺负行为问卷，共12道题目。此次预试使用的问卷只包含"被欺负"部分。

在预试中，发现很多学生对问卷中一些比较艰深的词语不能很好地理解，针对这个问题，为了使问卷更易于理解，我们对题目的表达方式和一些字词进行了修改。例如，将"别人给我起难听的外号骂我，或者取笑和讽刺我"改为"受到取笑或作弄"，将"某些同学打、踢、推、撞或者威胁我"改为"被人故意打、踢、推、撞"和"受到威胁或恐吓"两道题目，将"别人强迫向我要钱，或者拿走或损坏我的东西"改为"自己的东西被人故意损坏"和"受到威胁或恐吓"两道题目，将"其他同学故意不让我参加某些活动，把我排斥在他（们）的朋友之外，或者让他（们）的朋友完全不理睬我"改为"被人排挤"，将"某些同学散布关于我的一些谣言，并试图使其他人不喜欢我"改为"被别人在背后说坏话"。

在第二次预试中，我们于2008年7月对西藏拉萨市、辽宁大连市、广西桂林市三地的3年级、5年级、8年级共计1142人进行集体施测。施测的工具为将第一次预试修订后的儿童青少年被欺负问卷。在此次预试中，我们对儿童青少年被欺负行为问卷的信效度及其指标拟合程度都进行了检验，数据结果都证明此问卷信效度及指标拟合程度良好，同时对一些不易于儿童青少年理解的字词进行了修改，所以我们在正式施测时采用这一问卷对儿童青少年被欺负行为进行测量，最终形成了校园欺负量表。

综上所述，通过这两次预试，我们对该量表的信效度及其指标拟合程度都进行了检验，数据结果都证明此量表信效度及指标拟合程度良好，同时对一些不易于儿童青少年理解的字词进行了进一步修改，最后，我们对4~9年级儿童青少年的全国样本进行了测查，进一步分析量表的信效度并建立了常模。

6.3.5 吸烟

根据文献和国内外大型项目的调研，问卷法已作为吸烟行为测查的主要测查手段。鉴于此次项目的特点，吸烟行为的测查工具须简洁、易操作、在全国样本有较好的适用性。我们综合分析了目前有关吸烟行为测量的研究文献，参考了美国疾病预防控制中心编制的 the Youth Risk Behavior Surveillance System（YRBSS）调查问卷编制了儿童青少年吸烟行为调查问卷。

儿童青少年吸烟行为调查问卷的编制经过了筛选题目、修订表述方式和反应方式等多个阶段的任务。在综合分析国内外大型项目和吸烟行为研究的基础上，参考了 CDC 编制的 YRBSS 问卷，编制了 12 个项目调查儿童青少年的吸烟行为，题目测查内容包括儿童青少年是否具有吸烟行为、吸烟行为影响者、儿童青少年身边人对吸烟的情况和态度及烟草获取的难易程度等。以期了解和寻找与吸烟行为相关的心理学变量，对吸烟这种问题行为的干预和校正提出一定的理论支持。

通过北京地区的预试，考察了吸烟行为调查问卷 12 个题目的适用性（行为发生的比率、题目的可理解性等）以及学生自我报告的可靠性。采用缺失值统计、描述性统计、差异检验等方法对预试数据进行分析，结果发现个别题目的表述和选项设置存在一定的问题，因此对个别词语进行了修改。

通过全国三省市的预试，考查了问卷对不同地区、不同年级儿童青少年的适用性。仍采用缺失值统计、描述性统计等方法对全国预试数据进行分析，结果发现吸烟行为测查题目的选项设置基本合适，只有一些题干及选项的细节仍需做一些不影响题目原意的细微调整以便让学生更容易理解。

最后，对全国 24 013 名儿童青少年样本的吸烟行为及其相关因素进行了测查。

6.3.6 违法违纪行为

经过对国内外项目的调研以及社会适应领域专家的多次研讨，限于大样本调查的可行性，违法违纪行为的测查工具须简洁、易操作、在全国样本上有较好的适用性。从项目的研究目的和要求出发，参考国内外有关违法违纪行为的调查题目和已有的经典问卷，如 CBCL 问题行为问卷的违纪因子，同时结合儿童青少年的社会热点问题，把抢劫、离家出走、盗窃东西、逃学、饮酒、考试作弊等作为违纪行为的调查内容，编制了违法违纪行为量表。

第一步：问卷的编制。我们在参考部分大型项目及专家意见、CBCL 等经典儿童行为问卷的基础上，针对目前社会关注的热点问题编制了 28 个项目调查儿童青少年的违纪行为的题目，形成最初的题目库。包括在学校发生的违纪行为（22 题，如"与同学相互争吵、"推撞"）和社会违法违纪行为（6 题，如"抢劫"、"勒索"、"威胁他人"）。

第二步：题目的选择与修改。专家意见中提出题目调查的违纪行为可以分为两个层次，一般违纪行为和严重违纪行为，而严重违纪行为更应该成为项目关注的重点。因此在题目选择和修改中保留了 5 道题社会违纪行为（如"离家出走"、"偷家里的东西"等），3 道题学校违纪行为（如"无故缺席"、"旷课"、"考试作弊"等），删除了课堂的一般违纪行为题目。

第三步：北京地区的预试。本次预试的主要目的是考察题目的适用性（行为发生的比率、题目的可理解性等）以及学生自我报告的可靠性。我们选择了北京市昌平区和朝阳区的两所学校 3 年级、8 年级 196 名学生和 69 名班主任老师进行集体施测。施测的工具为"儿童青少年违纪行为调查问卷——学生自评版"、"儿童青少年违纪行为调查问卷——教师版"和"儿童青少年违纪行为调查问卷——父母版"（只评价社会违纪行为）。

数据分析结果及发现的问题：对题目应答率及数据分布情况进行检查，未发现异常情况。北京预试发现：虽然整体上来说儿童青少年违纪行为的发生比率不高，但仍占相当一部分的比例。父母评价和学生自评有一定的一致性，但相关程度不高。教师对社会违纪行为的评价与学生自评相关不显著，说明教师不适合评价学生校外的违纪行为。

第四步：全国三省市的预试。本次预试主要考察了问卷对不同地区、不同年级儿童青少年的适用性。对于儿童青少年违纪行为的地区差异分析发现有部分题目地区差异不显著（如"无故缺席、旷课"）；年级差异不显著（如"无故缺席、旷课"、"找借口不去上学"、"抢劫"、"勒索"、"威胁他人");地区差异显著(如"考试作弊"、"抢劫"、"勒索"、"威胁他人","离家出走"、"未经允许在外过夜"、"偷家里的东西"、"偷别人的或外面的东西");年级差异显著(如"无故缺席、旷课"、"考试作弊"、"找借口不去上学"、"离家出走"、"偷家里的东西"、"偷别人的或外面的东西")。

在全国三省市的预试发现:"找借口不去上学"学生理解有歧义,因此改为"瞒着家长和老师逃学";"偷别人的或外面的东西"中"外面的"一词指代不清楚,因此修改为"偷别人的或商店里的东西"等。修改后的工具经过预试证实该量表的信效度符合测量学标准。最后,对全国24 013名4~9年级儿童青少年样本进行了测查。

第7章 儿童青少年自我发展的关键指标与测评

　　在心理学领域，人们时常将自我、自我意识、自我概念混用，从某种程度上讲，这三者存在着一定的区别。自我（self）是人格心理学的一个重要概念，自我的健康发展是人格健全的基础（杨丽珠，1985；聂衍刚等，2009）。例如，Rogers（1951）认为一个人的自我认可程度越高，其心理越健康，Erickson（1998）在对人生发展阶段的划分中强调自我在个体发展中的重要作用。他将人生发展分为八个阶段，其中第五阶段为自我统一和角色混乱期。在这个阶段，如果个体的自我观念明确，追寻方向肯定，则发展顺利；反之，自我统一混乱，心理发展就会出现障碍，其心理就会出现不健康的状况。自我意识是社会心理学中的一个重要概念，社会心理学是研究社会现象和社会规律的学科，其中人际关系是重要的研究内容之一。人际关系中除了自己和他人之间的关系外，自我意识是另外一个重要方面，国内心理学有关自我方面的研究大都是从自我意识的角度出发展开研究。而自我概念则是比较有争议的词语，研究中有时将自我概念等同于自我意识，而更多地认为自我概念是自我意识的一个成分，将它等同于自我认识。

　　自我意识除了认识成分、情感成分外，还包含意志成分，也就是自我控制。可以看出，自我意识是一种多维度、多层次的心理系统（Shavelson et al.，1976；刘凤娥等，2001），其包含知、情、意三种心理成分，具体表现为自我认识、自我体验和自我控制三个方面，这三种心理成分相互影响，相互制约，统一于自我意识中。良好的自我意识是青少年心理与行为发展的一个保护因素，它能够阻止心理问题的出现并促进幸福感的产生（Steinhausen et al.，2001；Gilman et al.，2006）。

　　自我认识（self-concept），又称为自我概念，它是自我意识中的核心部分，是个体对自己的认识，个体能够正确评价自己的感知、兴趣、价值以及实力等并保持良好的自信心，因而自我认识也是自我体验和自我管理的基础。研究表明，儿童青少年自我认识的发展是影响其获得良好社会性发展的核心因素，小学生能够正确地认识自我，有利于健全自身人格和形成良好的个性心理素质，促进心理健康成长（魏春光，2007）；高中生的自我概念对主观幸福感有显著的预测作用（李承宗等，2010）；中学生的自我概念与生活满意度的很多方面，如身心状况满意度、社会适应与社会支持满意度、学习状况满意度密切相关（徐富明等，2008）。此外，儿童青少年自我概念的良好发展对其学业有着积极的作用（金盛华等，2003）。

自我体验（self experience）是指个人有关自身的一种情感体验，是自我意识在情感方面的表现。自我体验的内容丰富多彩，如自尊心与自信心、成功感与失败感、自豪感与羞耻感、羞愧等，其中自尊（self-esteem）和自信（self confidence）是自我体验的重要组成部分。自尊与个体内在心理因素有着密切的关系，Solomon 等（1991）指出："在某种程度上，把某一领域的行为设想为与自尊的需要没有联系是很难的。"自尊不仅保证着一个人心理活动的正常进行，而且个体发展的成功与否都与其自尊有着重要关系（杨丽珠等，2003）。自尊水平较高的个体表现出较少的焦虑水平、更高的生活满意度和更高的主观幸福感（周帆等，2005）。青少年较高水平的自尊有助于他们更好地调整自己的行为与心境，减少了面对困难、挫折时的躯体化倾向、神经症性及精神病性反应等；较低或过度的自尊可能影响个体对环境的适应性，从而对个体心理健康产生不利影响（钱铭怡等，1998）。自尊是个体适应社会文化情景的重要心理机制，它调节人与环境的关系，在功能正常发挥的时候起到缓冲焦虑的作用（Greenberg et al.，1992）。此外，自信心也是自我意识情感体验的重要组成部分之一（杨丽珠等，2000），是人类成功的必要条件之一。有人研究了中外 53 名学者（包括科学家、发明家、理论家）和 47 名艺术家（包括诗人、文学家、画家）的传记后发现，除卓越的智慧外，他们还有一些共同的人格特征，其中最重要的一点就是：坚信自己的事业一定成功，也就是拥有自信（车丽萍，2002）。

自我控制（self control）是自我的意志成分，是指在没有外界作用力时，个体有意识地对自己的思想、情绪、行为进行调控的过程。儿童青少年的自我控制能力在个体的发展中发挥着重要的调控作用，它使儿童青少年有效地控制自己的行为，远离不良行为。大多数的不良行为理论认为，低自我控制能力是不良行为产生的心理机制（Gibson et al.，2001）。戴春林等（2008）的研究表明，自我控制能力可以有效抑制儿童青少年的外显攻击行为，并且这种抑制作用不受内隐攻击行为高低的影响。自我控制能力还是解释青少年犯罪的最重要因素（Gottfredson et al.，2003）。Wood 等（1993）的研究发现，儿童青少年的自我控制能力显著地预测盗窃、故意破坏、暴力等犯罪行为。此外，自我控制能力的高低还会影响到儿童青少年的学习。徐速（2001）的研究表明，小学高年级学生的自我控制能力与学习适应密切相关，通过提高学生的自我控制能力，可以使学生获得较好的学习适应。

7.1 儿童青少年自我发展评价指标的选择

在"中国儿童青少年心理发育特征调查"项目自我发展关键指标的选取过程中，对该领域的研究文献进行了综述，经过全国有关专家的多次研讨和指标论证，结合社会性领域的特殊性问题及该项目在施测过程中的实际条件，如社会赞许性、指标敏感性、团体施测的可能性等，初步设定儿童青少年自我发展的二级指标为自我认识、自我体验和自我控制。并在此基础上，按照选择一些关键性的敏感指标，但不一定囊括测量的所有方面的原则，确立一些敏感的三级指标变量。

在自我认识的关键指标方面，根据文献分析，我们发现对于 6～15 岁阶段的儿童青少年而言，自我认识中的外貌、学业、人际交往、运动能力等四个方面是他们面临的最为重要的生活事件（黄希庭等，2002）。这些生活事件对于儿童心理健康、成就动机、应对方式等具有重要的意义。我们可以从外貌、学业、人际自我、运动能力四个方面来考察中国儿童青少年自我认识能力发展，因而最终确定自我认识的三级指标为体貌自我、学业自我、运动自我、人际自我。

自我体验的关键指标方面，涉及儿童自我体验的变量，如自尊、自信、自我效能、成就感、自我表现等，这些变量都在儿童青少年的生活和学习中起着重要的作用，都是自我在情感方面的表现。经过专家的多次反复研讨，自我效能、成就感和自我表现其实质与自信在某些方面存在重合，并且也有学者直接通过这三个维度来反映自信心水平。自尊和自信的测查能够有代表性地反映 6~15 岁儿童青少年情感体验的发展。因此在自我体验的二级指标下，直接测量儿童青少年的整体性自尊和自信水平，并将这两者作为三级指标的测查内容。

自我控制的关键指标方面，自我认识的意志部分主要体现在自我控制方面。经过专家的反复研讨和指标论证，自我控制中的自制力和计划性是两个可以反映儿童青少年从外界转向内心控制的核心敏感变量，也是个体适应社会的重要功能。而在后期的工具分析和比较中，数据的结果表明计划性的题目信度较低，对于中学生来讲，计划性在每天按部就班的生活中体现得并不明显，经过专家讨论，取消该指标的测量。最终确定自制力作为自我控制的关键指标。

7.2　国内外儿童青少年自我发展关键指标与测评的研究进展

7.2.1　自我认识

（1）自我认识的内涵

自我认识是自我系统的认知成分，是自我体验和自我管理的基础，在自我系统中具有重要的作用。在国外研究中，自我认识（self-perception）与自我概念（self-concept）是经常用到的两个概念，两者经常可以互用，我们遵循研究者的原意，采用相应的自我认识或者自我概念。

对自我认识结构的研究是从单维建构向多层次多维度建构中发展的。自我概念在早期曾被作为一维结构进行研究。Shavelson 等（1976）综合前人的研究成果，提出了一个多维度、多层次的自我概念结构模型，认为自我概念是"通过经验和对经验的理解而形成的，是个体的自我知觉，这种知觉源于对人际互动、自我属性和社会环境的体验"，是多维度、多层次的范畴体系。在该模型中，一般自我概念位于最顶层，分为学业自我概念和非学业自我概念。学业自我概念又细分为具体学科的自我概念，如数学自我概念、英语自我概念等；非学业自我概念又分为社会的、情绪的和身体的自我概念。这一模型很有启发性，引起了研究者的广泛重视。许多研究和量表的编制都以这种模型为理论基础。

1984年Song和Hattie发展了Shavelson的自我概念模型，称为Song-Hattie模型。该模型赞同Shavelson模型的等级性，但在具体的层次与内容上有区别。他们对自我描述的开放式问卷中所获得的题目进行因素分析，抽取出7个因素，构成自我概念模型，认为一般自我概念可分为学业自我概念和非学业自我概念。学业自我概念又分为能力、成就和班级三个方面，能力自我概念指个体对自己有能力成功的信念，成就自我概念指对现实成就的情感和知觉，班级自我概念指在班级活动中的自信；同时，将非学业自我概念分成社会自我概念和自我表现。社会自我概念包括家庭和同伴两个方面，自我表现包括身体和自信两个方面。

20世纪80年代以来，Marsh等根据Shavelson的理论模型编制了比较完善的自我描述问卷［self description questionnaire，SDQ（SDQ Ⅰ）、（SDQ Ⅱ）、（SDQ Ⅲ）］（Marsh，1992a，1992b，1992c）并进行了大量的研究，根据研究结果对Shavelson的多维度、多层次结构模型作了修正（Marsh，1990），把第二层次中的非学业自我概念分为身体/人际和道德伦理两个部分，对第三层次中的自我概念进行进一步细分，如把同伴关系分为同性关系和异性关系，这就形成了自我概念的Marsh/Shavelson模型。1995年，Vispoel又把艺术自我概念整合到了一般自我概念之中，它包括舞蹈技能、表演技能、绘画技能和音乐技能，进一步丰富了一般自我概念的内容。

此外，Byrne也对Shavelson模型的社会自我概念部分进行了修改，于1996年提出了社会自我概念模型，将同伴与重要他人合为一体，将其分为学校和家庭两部分。社会自我概念-学校维度可分为：社会自我概念-同学和社会自我概念-教师两个分维度。社会自我概念-家庭维度又细分为：社会自我概念-同伴和社会自我概念-父母两个分维度（Byrne，1996a，1996b）。Fox等（1989）则使用身体自我知觉问卷和身体自我描述问卷对身体自我概念进行了测量，发现身体自我概念也是多维度的。

这些自我概念多维度、多层次理论模型的建立，使自我概念的内容进一步结构化和具体化，为自我概念实证研究提供了重要的理论指导，从而推动并促进了自我概念测量研究的发展。

（2）自我认识对儿童青少年发展的重要意义

自我认识状况与个体的行为方式有密切的联系。Vermeiren 等（2004）对 1466 名学生进行了自我问卷调查，发现低家庭接受度和低学业能力自我认识的被试有较高的暴力倾向，而高同伴接受自我认识的被试具有较小的暴力倾向。

大量研究表明，自我认识与学生的学业成就有显著的相关。Marsh（1988，1993）和 Hattie（1992）等的实证研究表明，学业自我与学业成就呈显著相关，尤其是学科学业自我与相应学科的学业成就具有较高的显著正相关，与总体自我认识相关不显著。宋剑辉等（1998）的研究发现：语文成绩与语文自我概念高相关，数学成绩与数学自我概念高相关。还有研究者认为自我概念是一个重要的中介变量。Flook 等（2005）以 248 名四年级美国小学生为被试，用追踪研究的方法验证了中介模型的假设——同伴关系通过学业自我概念间接影响学业成绩。Buhs（2005）的研究也发现了学业自我概念在同伴拒绝影响学业成绩中的中介作用。

自我概念也与儿童青少年的情绪、心理健康等有密切的关系。有研究表明（王振宏等，2000；刘惠军等，2000），非学业自我概念，如人际自我、情绪自我等与学生的精神症状（SCL-90 症状）具有显著的负相关，这些方面的自我评定越低，SCL-90 症状越高。樊富珉等（2001）发现大学生的自我概念总分与忧郁、人际关系敏感、精神病性、强迫因子有较高负相关，社交自我、社会自我和能力自我对状态焦虑有较强的预测作用。

这些研究均表明自我概念会对儿童青少年的心理、行为产生广泛的影响，是制约儿童青少年心理发展的重要因素之一。

（3）自我认识的测量

自我认识的测量方法有自我报告法、形容词检表法（adjective check list），语义分析法（semantic method），Q 分类法（Q-sort method）等，最主要的研究方法还是基于自评和他评的自陈式问卷。

早期的第一代自陈式自我概念问卷大多是基于单维模型构建的，强调整体自我概念（Keith et al.，1996）。例如，Fitts（1965）编制的田纳西自我概念量表（Tennessee self-concept scale，TSCS），将自我概念区分为生理自我、个体自我、社会自我、伦理/道德自我、家庭自我、自我认同、自我行为和自我满意八个维度。修订后（Roid et al.，1991）的量表由 100 个项目组成，适合于 12 岁及 12 岁以上的人员使用。经中国台湾学者林邦杰（1980）修订后共 70 个题目，包含自我概念的两个维度和综合状况共十个因子。Piers 等（1969）编制的儿童自我概念量表（children's self-concept scale，PHCSS）测量整体自我概念，包括体貌特征、合群性、幸福与满意、行为校正、智力与学校情况和无焦虑性六个维度，共 80 个项目，要求被试作出"是"或"否"的回答，适用于 7～18 岁的儿童（Piers，1984）。国内学者对该量表作了修订，证实该量表对我国儿童自我概念的测量符合一定的信效度要求（苏林雁等，1994），并制定了全国城市常模（苏林雁等，2002）。

随着自我认识结构观从单维模型转向多维模型，自我认识测量工具也相应转向。例如，Marsh 等在 Shavelson 提出的模型的基础上编制了自我描述问卷（SDQ）并进行了一系列研究（Marsh，1984；1985；1988；1989；1990；1992a；1992b；1992c；1993；1994）。SDQ Ⅰ、SDQ Ⅱ、SDQ Ⅲ 分别适用于青春期前、青春期学生和成人。其中，SDQ-Ⅱ测量中小学生的自我概念，最初由 11 个分量表组成，包括学业自我概念（数学自我概念、语言自我概念、一般学校自我概念），非学业自我概念（体能、外表、同性关系、异性关系、亲子关系、诚实、情绪稳定性）和一般自我概念。20 世纪 80 年代后期和 90 年代初期，研究者使用 SDQ-Ⅱ进行了大范围的施测。Watkins 等（1994）对 SDQ-Ⅱ进行了修订。Song 等（1984）根据其理论模型编制了测量自我概念的量表，包括能力、成就、班级、家庭、同伴、身体、自信七个子量表，共 35 题，每题采用从"完全不符合"到"完全符合"的 6 级评分方式，得分越高，表示自我评价越高。周国韬等（1996）以 369 名初中二年级学生（男生 168 人，女生 191 人）为被试修订了 Song-Hattie 自我概念量表。结果发现这一量表具有较好的结构效度、效标关联效度和稳定性，可以用来测量我国中学生的自我概念。

我国学者自行编制的儿童自我概念评定量表（王爱民等，2004），施测对象为 10～12 岁的儿童，由 106 题组成，包括学习成绩、同伴关系、独立性、行为表现、与成人交往、集体观念、自信、外貌、智力、自我控制等十个维度，另外还有 4 题用于测定自我报告的可信度或回答的真实性。每题的回答包括两个部分：描述像自己的程度和对个人的重要性，分别为 5 级评分（1 表示"完全不同意"，5 表示"完全同意"）和 7 级评分（1 表示"根本不重要"，7 表示"非常重要"）。

（4）儿童青少年自我概念的特点

儿童青少年的自我概念经历了不断发展变化的过程。婴儿出生时是没有自我与非我的分化的，大致到了 6~8 个月龄时，婴儿开始对自己身体、自身的连续性有感觉，这是儿童自我意识的萌芽，也是自我概念的基础。婴儿对自我的理解始于生命第一年，从对身体的识别，到对自我的社会性认知，最终发展出对自我特征和能力的丰富、全面的认识，形成自我概念（朱智贤，1990）。Bullock 等（1990）发现儿童在 2 岁左右基本获得稳定的自我识别能力，开始发展各种情感和社交技能，出现争斗和亲社会行为。

许多发展性的研究发现，自我概念的发展曲线是起伏跌宕的，尤其在某些关键期和转折期（Marsh，1989）。研究者运用不同的理论模型研究了自我概念的年龄发展特征。Marsh（1989）用其编制的 3 个 SDQ 量表对数千名 6~18 岁学生进行了测量。结果发现，总的自我概念和绝大多数分量表都表现出在 7~9 年级开始下降，在 9~11 年级回升，呈 U 字形曲线，11~14 岁是自我概念的最低点。Freeman（1992）研究了自我概念的毕生发展，结果发现，自我概念的发展呈曲线变化，从小学到初中逐年下降，随后开始上升，到大学毕业后开始下降，到中年后又再次回升，然后随着年龄增长而平缓下降。周国韬等（1996）的研究也表明：学生自我概念各方面发展曲线呈 U 字型。小学五年级至初中一年级显著下降，初一至初二年级逐年显著上升，初一年级是自我概念发展的最低点。

同时，研究者也发现，自我概念的不同成分具有不同的发展特点。Shapka 等（2005）用 Harter 的自我描述问卷对 518 名大学生进行了为期两年的研究，结果发现很多方面的自我概念随着年龄的增加而增加，但学业自我概念有所降低，并发现外表的自我概念与一般自我价值密切相关，这个特性一直保持未变。周国韬等（1996）也发现，学业自我概念变化的幅度要大于非学业自我概念，尤其在初一，学业自我概念下降的程度远大于非学业自我概念。

自我概念的发展存在性别差异。Kaminski 等（2005）对美国、墨西哥的儿童进行自我描述问卷调查，结果发现，女孩比男孩的阅读自我概念分量表得分高，而男孩的体能及外貌自我概念分量表得分较女孩高。Berry 等（1998）一项对患有黑棘皮病的儿童自我概念和行为特征的研究显示：患该病的男性儿童与正常儿童的自我概念没有差异，而患病女性儿童的自我概念各项得分和总体得分均低于正常儿童和患病的男性儿童，这表明女性儿童的自我概念容易受到外貌的影响。周国韬等（1996）发现男生的同伴自我概念发展比女生滞后一年，最低点在初二年级（14 岁），初一年级、初二年级女生的身体自我概念低于男生。

7.2.2　自我体验

自我体验是指个体有关自身的情感体验，是自我意识在情感方面的表现。自尊和自信是自我体验的重要组成部分。自尊是指个体对自己所持有的一种肯定或否定的态度，这种态度表明个体相信自己是有能力的、重要的、成功的和有价值的（Coopersmith，1967），是人们对自己的价值、长处、重要性总体的情感上的评价，是自我体验的一个重要组成部分（荆其诚，1991）。自信是指个体对自身行为能力与价值的客观认识和充分估价的一种成功体验，是一种健康向上的心理品质（杨丽珠等，2000）。

7.2.2.1　自尊

（1）自尊的含义

James（1950）在其心理学名著《心理学原理》中提出了自尊（self-esteem）的概念，认为自尊是个人对自己抱负的实现程度，即自尊等于成功/抱负，从此，自尊成为心理学的研究领域之一。Coopersmith（1967）提出自尊是指个体对自己作为一个整体所持有的一种肯定或否定的态度，这种态度表明个体相信自己是有能力的、重要的、成功的和有价值的，是人们对自己的价值、长处、重要性等方面整体性的情感上的评价，是自我体验的一个重要组成部分。但是在最初，自尊并没有得到太多的关注，在行为主义盛行的几十年里，作为一种内省的结果，自尊也基本上被排斥在主流心理学的大门之外。直到20 世纪60 年代，随着认知心理学的兴起，人们开始关注内在心理过程，自尊才真正受到主流心理学的重视。

（2）自尊对儿童青少年的重要意义

不同研究者从不同角度出发，均认为自尊与心理健康有密切关系。Solomon 等提出，自尊是个体对自己的生活环境的意义感以及在这些环境中的价值感的体会，是恐惧管理的一种机制，类似于一个焦虑缓冲器，其主要功能是缓解焦虑（Solomon et al.，1991；Greenberg et al.，1997；Harmon-Jones et al.，1997；Pyszczynski et al.，2004）；Leary 等（1995，1998，2004）从社会学的角度提出了自尊的社会测量计理论（sociometer theory），认为人类具有一种维护重要人际关系的普遍驱动力，而自尊本质上就是一种心理测量计，它监督着人们与他人关系的质量，为了获得更多的资源以使生命得以延续，人们必须和他人建立某种联系，以保持竞争的优势，自尊就是帮助个体获得、维持和回复良好人际关系的一种机制；Mruk（1999）运用现象学的方法提出了自尊的现象学理论，把自尊比喻为"盾牌"，认为自尊是一种保护性结构，具有一定的防御或保护功能，这种自我保护性可能是以很微妙的方式，如自我阻碍（self-handicapping），进行的；Branden（2001）强调自尊在个体适应中的必要作用，认为积极的自尊感就像意识的免疫系统，在应付生活中的挑战方面具有抵抗、增强和再生的能力。

杨丽珠等（2003）在综观国内外有关研究的基础上论述了自尊的心理意义，认为自尊是影响个体内在心理因素形成的关键，它对情绪情感有直接制约作用，是影响个体社会适应性的核心因素，能预示个体对其行为的认知模式，而且与学习成绩密切相关，高水平的自尊是健康心理与健康个性的主要标志；林崇德等（2003）则提出了"自尊是心理健康的核心"的观点，认为心理健康的内涵就是一种个人的主观体验，既包括积极的情绪情感和消极的情绪情感，也包括个人生活的方方面面，其核心是自尊。有研究者发现自尊与幸福感正相关，与神经质、消极情感负相关，与外倾、积极情感正相关，可以预测工作满意（Jalajas，1994；Judge et al.，2001；Watson et al.，2002）。自尊水平与学习成绩也呈现显著正相关（El-Anzi，2005；李亚明等，2000）。

（3）自尊的结构与测量

自尊的结构划分往往与其定义分不开。虽然自尊研究在西方已经有一百多年的历史，但是关于自尊的概念尚未达成一致。一般而言，自尊主要是指个体对自我价值和自我能力的评价性情感体验，属于自我系统中的情感成分。简言之，自尊是对自我的一种评价性和情感性体验（Wang et al., 2001；田录梅等，2005）。

在自尊的结构问题上，研究者的看法也不同。James（1950）提出的自尊概念只有一个维度，Pope 等（1988）认为自尊由知觉的自我和理想的自我组成。Sisffenhafen 和 Burns（1990）认为自尊由三个相互联系的结构组成，即物质/情景模型（material/situational model）、超然/建构模型（transcendental/construct model）、自我力量意识/整合模型（ego strength awareness/integration model）。魏运华（1997a）提出了自尊结构的专家模型和儿童模型以及整合模型，认为专家模型由自我评价、自信心、成就感和理想自我四部分组成，儿童模型由身体和外表、能力和学习成绩、品德、社会交往四部分组成，而整合的自尊结构是由外表、体育运动、能力、成就感、纪律、公德与助人等组成。黄希庭等（1998）认为自尊可以分为特殊自尊、一般自尊和总体自尊。特殊自尊是个体对自我某一方面的评价和接受程度，具有特殊性、情境性和不稳定性；一般自尊和总体自尊是在特殊自尊的基础上抽象概括出来的自我评价与感受；总体自尊不具有情境性和特殊性，是对自我的综合评价和整体体验，在个体身上有稳定性。Coopersmith（1967）认为自尊包含四个概括性的成分，分别是重要性、能力、权力和品德。Mboya（1995）认为自尊由家庭关系、学校、生理能力、生理外貌、情绪稳定性、音乐能力、同伴关系、健康八个维度构成。Greenwald 等（1995）相对于外显自尊（explicit self-esteem）提出了内隐自尊（implicit self-esteem）的概念，认为外显自尊是建立在被试明确意识基础之上的，通过内省即可觉察，而内隐自尊是无法通过内省识别（或无法正确识别）的自动化的自我态度效应，这种效应会对与自我有关和无关的事物产生评价上的影响。

学术界对自尊的概念众说纷纭，研究者对自尊的测量也不尽相同。魏运华（1997b）将自尊的测量方法归纳为以下四种：自我报告法、不一致分数技术、关系技术以及投射技术，其中使用最为广泛的是自我报告法。

Rosenberg（1965）编制的自尊量表（the self-esteem scale, SES），用来测量个体的整体自尊，共10个项目，其中有5个为反向计分，按4级评分（1表示"非常符合"，4表示"非常不符合"），总分范围为10~40分，得分越高，表示自尊程度越高。程乐华等（2000）修订了这一量表，用来研究中学生的一般自尊。

魏运华（1997a/b）编制的儿童自尊量表，适合10~15岁儿童，包含外表、体育运动、能力、成就感、纪律、公德与助人六个维度，五点计分。

黄希庭等（1998）的青年学生自我价值感量表，包括三个分量表，即总体自我价值感量表、一般自我价值感量表和特殊自我价值感量表。

（4）儿童青少年自尊的特点

Donnellan 等（2005）在研究中考察了自尊的毕生发展。结果发现，自尊呈现年龄上的发展连续性：在儿童阶段自尊稳定性较低，在青少年和成年期呈不断增长趋势，在中年和老年阶段呈下降趋势。但是，Simmons 等（1973）的研究发现，青少年在 12~14 岁最可能出现自尊的波动。与年长的青少年（15 岁以后）以及青少年以前的个体（8~11 岁）相比，在青少年早期，个体具有较低的自尊。其他研究者也证实了这种趋势（Harter, 1982；Wigfield et al. , 1994），儿童进入青春期和由小学阶段升入初中以后其自尊发展水平有明显的下降。张文新（1997）运用 Coopersmith 自尊问卷对 991 名城乡在校初中学生的自尊特点进行了初步研究，发现初中阶段的学生的自尊发展存在极其显著的年级差异，从初中二年级开始学生的自尊显著降低。黄希庭（1999）用"自我价值感"来表述自尊，研究发现，青少年学生的自我价值感水平随年级发展呈"V"字形发展的趋势。通过众多学者的研究发现，青少年的自尊发展不稳定，并不是一直处于上升趋势的发展，自尊发展存在转折时期。

关于青少年自尊发展的性别特点，研究者们也进行了许多分析和探讨。其中，Block 等（1993）在研究中发现，总的来看，从儿童早期到青春期，男性的自尊发展是趋于逐渐增高的，而女性的自尊发展则趋于下降，尤其是女孩的自尊到了青春期以后比男孩子下降的幅度要大。张文新（1997）在研究中发现，初中阶段的青少年学生在自尊的总体水平上不存在显著的性别差异，但是性别与城乡因素的交互作用显著。具体表现为，城市学生中女生的自尊水平明显高于城市的男生，而农村学生中女生的自尊水平则显著低于农村的男生。学生在班级里的地位和特长对其自尊发展具有重要影响。

7.2.2.2 自信

（1）自信的含义

James 曾在《心理学原理》一书中指出：要相信你需要的是什么，只要你有信心就能成功地达到目的，同时你要有取得成就的勇气。尽管他强调了自信心的重要性，但并没有明确说明自信心的内涵（王娥蕊，2006）。到目前为止，国内外有关自信的研究，无论是理论还是实证研究都很少。

迄今为止，研究者在自信（self confidence）含义的界定上仍还没形成统一的标准。Maslow 在需要层次理论中指出，自信是自尊需要获得满足时产生的一种情感体验；Jackson 等（1993）指出，自信既是一种持久的人格倾向，也是一种随环境调整的易变的自我评价状态；Basch（1987）认为自信是人对自己的感觉，关键在于"能力的经验"（the experience of competence）；Shrauger 等（1995）则把自信当做自尊的一个组成部分，在其设计的个人评价问卷中把自信定义为一个人对自己的能力或技能的感受，是对自己有效应付各种环境的主观评价；王娥蕊等（2006）认为自信心（self-confidence），或称自信感，是指个体对自身行为能力与价值的客观认识和充分估价的一种体验，是一种健康向上的心理品质。

关于自信的结构，研究者也从不同的角度出发提出了多种假设。Rosenberg（1979）提出的模型以单因素结构为基础，将自信界定为个体对自我办事能力的确信，是一种对自我的肯定或否定态度；Marsh 等（1985）认为自信是由一种全面或一般的自尊感组成，通过测量自尊来考察自信，这种自尊感包含多种对特殊领域能力的自我评价，这是单维度笼统结构的一种假设，且没有区分自尊与自信；Wylie（1979）认为自信包含两个维度，分别是能力和自我接纳；Branden（1994）认为，自信心由自我效能（self-efficacy）和自敬（self-respect）两个相互联系的因素构成；Fleming 等（1980）采用因素分析法验证了自信心是一个多维度结构，认为自信心由社交信心、学业能力和自尊等三个因素构成；McDermott D 等（2000）认为，自信心由目标、毅力和智谋三个相互关联的要素组成的；Shrauger 等（1995）则认为自信包含八个维度，分别是：学业表现、体育运动、外表、爱情关系、社会相互作用、人际交往、总体水平和心境状态；Lindenfield 等（1998）将自信心分为外在自信和内在自信两种，认为内在的自信心包括自爱、自我认识、明确的目标和积极的思维等，外在的自信心包括良好的沟通、自我表现、果断和情感控制等；燕国材（2001）研究认为自信心就是自信意识，由自信认识、自信体验和自信行为三个方面构成；杨丽珠（2001）对幼儿自信的研究表明，幼儿自信心由自我评价、自我表现、独立性和主动性四个因素构成；车丽萍（2004）认为自信是一个具有复杂结构的、多维度多层次系统。自信系统由整体自信和具体自信两个子系统构成，其中具体自信子系统又可以划分为学业自信、社交自信和身体自信三个次子系统，由此建构出由整体自信、学业自信、社交自信和身体自信四个层面组成的大学生自信系统模式。

（2）儿童青少年自信的重要价值

自信与儿童青少年的学业成绩、情绪情感和心理适应都有密切的关系。例如，有关研究表明，大学生自信的增加与他们对自身学业成绩的满意度相关（Erwin et al.，1985）；自信与实际名次和成就需要有关（Reddy，1983），自信与情感成熟有关（Sudha et al.，1984），也与心理适应之间存在较高正相关（Deb，1985），而 Bryant 等（1984）则认为自信的增加与个体对自身心理健康的较高等级评定有关。

（3）自信的测量

关于自信的测量工具，相对而言不是很成熟。儿童青少年自信的测量工具主要有如下几个。

Texas 社交行为调查量表（Texas social behavior inventory，TSBI）（Helmreich et al.，1974），通过测查个体在群体中、个体处理与陌生人的关系以及在社会交往中的安全感、舒适感来考察个体的自信程度。由 16 个项目组成，采用 1~5 级记分，1 代表"完全不同意"，5 表示"完全同意"。每个项目的计分范围为 0~4 分，量表总分范围为 0~64 分。

McDermott 和 Snyder（2000）等编制了 6 个选项的简单测量表，测试儿童和少年的毅力、智谋和自信心。该测定表包括"儿童自信心测定表"和"少年自信心测定表"两部分，前者适合于测定 1~3 年级孩子的自信心水平，后者适用于测定从 4 年级到中学稍大一点儿童和青少年的自信心水平。

王娥蕊等（2006）编制的 3~9 岁儿童自信心发展教师评定问卷，认为自信由自我效能感、自我表现、成就感三个维度构成，其中自我效能感是核心因素。该问卷通过教师的评定来测量 3~9 岁儿童自信心发展的状况，具有较好的信效度。

（4）儿童青少年自信的特点

关于自信的形成，有两种观点。进化适应的观点认为人类是从动物进化而来的，起初动物为了生存和繁殖的需要，渐渐形成一种尽力取得生存优势的本能，以维持较高的群体等级，随着人类自我意识的出现，这种优势本能就转化为关于自我能力和地位的积极信念（Barkow，1975）；人类自我中心论则认为，人们的自我信心来自于人类的自我中心（self-centeredness）。由于自我中心的存在，人们总是容易记住自我相关的事件，而不是与己无关的事件，人们也相信自己的成功而不是自己的失败，人们总是在记忆上重写自己的个人历史，等等。通过自我中心建立起自我的信心（Greewald，1980）。

总的来说，研究者发现，随着年龄增加儿童自信有减少趋势（Lee et al.，1983；Sanguinetti et al.，1985；Ulrich，1987）。Lee 等（1995）发现，从一年级到五年级，女孩在运动任务上的成功期望逐渐降低；Lundeberg 等（1994）分别对小学六年级、初中年级和高中年级、大学本科和研究生等被试进行研究，自信随年龄增加而逐渐提高。车丽萍（2003）的研究发现，大学生在整体、学业和身体自信及其分维度上存在显著年级差异：1 年级、4 年级显著高于 2 年级、3 年级，其中 3 年级自信度明显低于其他年级。

国内外的研究都证明了儿童青少年的自信存在显著的性别差异。Lundeberg 等（1994）发现男性比女性更为自信。小学高年级以上儿童自信心的性别差异随着年龄增长而增加，且高年级学生都比低年级学生表现出更加明显的自信心性别差异。国内学者的研究发现，3～9 岁儿童自信心发展存在显著的年龄差异和性别差异，且女孩自信心发展水平略高于男孩（王娥蕊等，2006）。小学中高年级儿童自信心发展随年龄增长呈现不均衡的发展状况：小学中高年级女生自信心发展水平高于男生自信心发展水平（郭黎岩等，2005）；大学生在自信总水平和整体自信上的性别差异极其显著，且男生高于女生（车丽萍，2003）。此外，双亲家庭儿童自信心发展水平优于单亲家庭儿童；独生子女与非独生子女的自信心发展水平没有显著差异（郭黎岩等，2005）。

7.2.3 自我控制

（1）自我控制的含义

自我控制（self control）是个体社会化的重要方面之一，它是在没有外界作用力时，个体有意识地对自己的思想、情绪、行为进行调控的过程。自我控制的发展对儿童青少年形成良好的个性具有重要作用，它直接影响着儿童青少年的工作、学习、生活、社会交往及人格的形成（邓赐平等，1998）。

研究者关于自我控制的结构并没有统一的认识。造成此结果的原因在于研究者编制自我控制测量工具的理论架构有所差异。总体来讲，自我控制的结构可以从以下几个方面测量。

一是，从心理过程的角度出发理解自我控制的结构。例如，王红姣等（2004）将自我控制分为情绪自我控制、行为自我控制和思维自我控制；刘金花等（1998）将自我控制分为认知、行为、情感和人际交往四个方面。Deborah等（2003）将自我控制分为认知控制和社会情感的控制。

二是，从自我控制的意识程度理解其构成。例如，谢军（1994）将自我控制分为外显行为的自我控制和内隐行为的自我控制。

三是，从过程观的角度理解自我控制的发生阶段。国外的自我控制量表大都是从这个角度出发编制的。例如，Kopp（1982）认为自我控制包括抑制冲动行为、抵制诱惑、延迟满足、制定和完成计划、采取适应于社会情境的行为方式等五个方面；Marvin等（1998）认为自我控制由抑制诱惑、控制冲动和延迟满足三个维度构成。

（2）儿童青少年自我控制发展的重要意义

儿童青少年自我控制发展有两方面重要意义。一方面，自我控制可以有效减少儿童青少年的问题行为，使儿童青少年远离犯罪。一些研究表明，高自我控制的儿童青少年可以有效地抑制自己的攻击性行为（戴春林等，2008）。与高自我控制的儿童青少年相比，低自我控制的儿童青少年具有冲动性、情绪性、冒险、简单化倾向和不善于使用语言等特点，他们更容易表现出较多的偷盗、故意破坏、暴力等犯罪行为（Gottfredson et al. , 2003；Wood et al. , 1993）。另一方面，自我控制对个体的学习具有重要的作用。研究发现，自我控制能力高的儿童青少年，在学习中表现出较好的适应能力（徐速，2001）。

（3）自我控制的测量

自我控制的测量一般通过问卷或量表来进行。量表法一般有学生自陈量表法、教师评定量表法、家长评定量表法等几种方式。

目前，国内研究中测查自我控制能力的工具从幼儿到大学生各个时期几乎都有涉及。杨丽珠等（2005）采用教师评定的方法编制了幼儿自我控制能力的问卷，该问卷中认为幼儿自我控制能力由自制力、自觉性、坚持性和延迟满足四个方面组成。李凤杰等（2009）探讨了小学儿童的自我控制结构，将小学儿童的自我控制能力划分为自觉性、坚持性、自我延迟满足、自制力和计划性五个维度。王红姣等（2004）编制了中学生自我控制能力量表，认为中学生自我控制能力问卷由情绪自控、行为自控和思维自控三个维度组成。刘金花等（1998）编制了儿童自我控制能力的学生自陈量表，该量表涵盖认知、行为、情绪和社会交往四个主要范畴，经实际测验检验发现其具有良好的信效度。谢军（1994）认为儿童我控制能力由外显行为的自我控制和内隐行为的自我控制两个维度组成，外显行为的自我控制包括对情绪的控制、坚持性、自制力和独立性四个因素，内隐行为的控制包括对动机的控制和自觉性两个因素。

国外也有专门测查自我控制的量表。例如，Kendall 等（1979）采用了教师评定的方法，编制包含认知行为自我控制单一维度的儿童自我控制量表；Kopp（1982）认为自我控制包括抑制冲动行为、抵制诱惑、延迟满足、制定和完成计划、采取适应于社会情境的行为方式等五个方面；Marvin 等（1998）认为自我控制由抑制诱惑、控制冲动和延迟满足三个维度构成；Deborah 等（2003）将自我控制分为认知控制和社会情感的控制；Nancy 等（2004）认为应从注意转移策略、关注、禁止控制和冲动性四个角度对自我控制进行测量。

（4）儿童青少年自我控制的特点

儿童并不是一出生就具备自我控制能力的，它是随着生理条件的成熟，在社会化的过程中逐步发展起来的。总体而言，儿童自我控制能力的发展经历了从身体控制到心理控制，外部控制到内部控制的发展过程。多数研究者认为，自我控制最早发生于婴儿出生后的 12~18 个月，自我控制发展的第一步是对机体自身动作运动的控制。儿童首先要学会停止、抑制某些行动，这对年幼儿童来讲并非易事。研究发现，让 2~4 岁儿童对某种信号不作反应比让其作出反应要困难得多（Luria，1961）。儿童自我控制能力的发展不仅包括对动作行为的简单抑制，还包括更进一步地根据需要调整自己的活动节奏和速度（Maccoby，1980）。伴随着自我意识的发展，儿童的自我控制逐步从外部的动作到内在的心理世界。Mischel（1986）设计了延迟满足实验考查儿童的情绪控制能力，研究发现，学前儿童的延迟满足能力比较低，而到学龄期会有所提高。随着年龄的增长，儿童对各方面的自我控制能力不断提高。

我国学者曾系统探讨了儿童自我控制能力的发展规律。研究发现 3~9 岁儿童的自我控制能力随年龄增长而呈上升趋势，且这种发展的关键年龄明显在3~5 岁（谢军，1994）。少年期儿童开始变他人控制为自己控制（左其沛，1985）。王红姣等（2004）通过问卷法研究中学生自我控制能力特点时发现：初一年级学生自我控制能力最好，自初一年级至高一年级中学生自我控制能力呈下降趋势，高一年级时达到最低点，高二年级时，中学生自我控制能力又开始上升。

7.3 "中国儿童青少年心理发育特征调查" 关于自我发展测量工具的研究

"中国儿童青少年心理发育特征调查"项目以能够准确和有效测量儿童青少年自我发展的各关键指标为目的，修订或者编制一系列的测查工具，并经过反复预试（包括第二次的全国预试），最终确定了自我发展测评的系列工具。

7.3.1 自我认识

考虑到测查的有效性，经过多次讨论，最终确定自我认识的测查工具为 Marsh 等 1984 年编制的"自我描述问卷"（SDQ）。一方面因为该问卷包括我们所测的自我三级指标的四个部分，体貌自我、学业自我、人际自我和运动自我，大大节约了寻找单独测量每个三级指标的复杂性。另一方面，该问卷是国外比较成熟的问卷，在很多大型的调查中都用到过，并报告了较高的信效度。因此本项目通过多次预试对该问卷进行了进一步的修订。

为了能保证工具的稳定性，我们进行了两次预试。

第一次预试的目的是为了验证问卷的结构和筛选项目。在北京市中小学选取小学一年级（35 人）、小学三年级（77 人）以及初中二年级（148 人）的学生共 260 人进行集体施测，结果发现一般自我概念与自我概念之间有重叠，因此删除了一般自我概念维度，只保留学业自我概念和非学业自我概念两个维度。经过专家论证，并结合预试结果，将原问卷中的"体能自我"重新命名为"运动自我"；"外貌自我"命名为"体貌自我"；将"与异性关系"、"与同性关系"及"与父母关系"三个分量表合并，统称为"人际自我"，并修改了部分题目的表述方式。例如，将"我与同性别的人交朋友是困难的"修改为"我与其他人交朋友是困难的"，将"同性别的人中喜欢我的并不多"以及"喜欢与我交往的异性并不多"两题修改为"同学中喜欢我的并不多"一题。学业自我概念选取"一般学校概念"分量表中的题目，删除诚实—可信赖以及情绪稳定性两个分量表。修订后的问卷包括学业自我、体貌自我、人际自我和运动自我四个维度，共35题，其中学业自我10道题，体貌自我8道题，人际自我9道题，运动自我8道题。

第二次预试的目的是为了在更大范围内进一步检验工具的信效度及在各地区的适应性，并对题目进行删减。选取广西桂林市、辽宁大连市、西藏拉萨市3年级、5年级、8年级学生共997人进行了集体施测，按照高低年级进行分类验证，根据项目的区分度（小于系数0.19）、题总相关（大于系数0.5）、结合删除该项目后维度信度系数的变化情况以及该项目在维度上的载荷值等方面综合考虑，删减后形成儿童青少年自我认识量表，共18个题目，量表具有较好的结构效度和内部一致性系数。

为了确定最为合适的题目反应方式，我们对15名心理学博士、硕士研究生进行了反应方式的调研，调研内容主要包括对4点/5点选项的表述方式和心理距离，以及正反向做答方式的差异比较，根据调研结果并经过专家讨论，最后选择最为简单，同时心理距离基本平衡等距的"很不符合"、"不太符合"、"基本符合"、"很符合"4点反应方式。

经过反复的修订，儿童青少年自我认识量表最终由18道题目构成，包括运动自我、人际自我、体貌自我、学业自我等四个维度，且该量表具有良好的信效度。

最后，儿童青少年自我认识量表对全国24 013名儿童青少年样本进行了测查，考察其信效度并建立了常模。

7.3.2 自我体验

（1）自尊

在自尊的测量中，Rosenberg（1965）的自尊量表（Rosenberg self-esteem

scale）是使用较多的一个量表。量表卷具有两个突出的优点：简明方便和信效度良好。Schmitt 等（2005）曾用 28 种语言对 53 个国家（其中包括一些集体主义文化的国家或地区，如日本、朝鲜、中国的香港和台湾等）的大学生被试施测该量表，结果发现，这一量表具有跨文化的普适性。因此本项目以青少年儿童为被试，对该量表进行了修订，以确认该工具对中国儿童青少年的有效性和稳定性。

为了筛选项目、探讨量表的结构合理性以及进一步确定工具的稳定性和有效性，我们选取辽宁、广西、西藏三个省 3 年级、5 年级、8 年级共 1142 人进行预试。对预试数据的项目区分度分析结果表明，除第 8 题之外，其他项目的区分度系数在 0.22~0.37，而第 8 题"我希望能为自己赢得更多的尊重"上的鉴别力指数不太理想，项目区分度系数仅为 0.14，在题总相关方面，该项目与总分的相关系数仅为 0.25，而其他项目与总分的相关系数都在 0.50~0.65，如果删除该项目，整个量表的信度也有所提高，更值得关注的是国内一些研究者都认为该项目反映了中西方文化的差异，采用该项目在测查自尊水平可能与最初的构想有一定的偏差（申自力等，2008）。考虑上述种种原因，我们在问卷中删除了该项目。预试数据的验证性因素分析结果表明各项拟合指数较好，达到测量学的要求。量表的信度系数为 0.72，删除项目 8 后，信度系数为 0.76，说明量表具有一定的稳定性。在预试数据分析基础上，我们最终确定了由 9 个项目组成的儿童青少年自尊量表。

为了确定最为合适的题目反应方式，我们对心理学博士、硕士研究生共 15 名同学进行了反应方式的调研，调研内容主要包括对 4 点/5 点选项的表述方式和心理距离，以及正反向做答方式的差异比较，根据调研结果并经过专家讨论，最后选择最为简单，同时心理距离基本平衡等距的"很不符合"、"不太符合"、"基本符合"、"很符合"适合于自尊测量的 4 分反应方式。

最后，儿童青少年自尊量表对全国 24 013 名 4~9 年级学生进行了测查，进一步分析其测量学指标，并建立了常模。

（2）自信

经过专家多次讨论，我们根据杨丽珠教授编制的学生自信心水平问卷改编成为儿童青少年的自信问卷。学生自信心水平问卷包括自我效能感、成就感和自我表现三个维度，涉及先前文献提到的自我效能感、成就感和自我表现等自我体验的反映变量，但该量表由教师进行评定，为了满足本研究项目的需要，我们将其修订为学生自评的量表。

预试是选取北京市一所小学3年级、4年级、5年级学生共316人（其中男生164人，女生152人）进行的。通过初步的项目分析，如鉴别力指数法和题总相关，删除区分度D小于系数0.2，题总相关小于系数0.5，同时维度相关小于系数0.6的项目共7题；对题目进行探索性和信度的分析，删除对分维度和总问卷信度贡献较少的题目共8题。问卷的内部一致性系数为0.894，从各维度和总问卷的相关矩阵来看，问卷分维度之间的相关较低，在系数0.37～0.50，而维度和总问卷之间的相关较高，在系数0.71～0.85，说明问卷具有良好的结构效度。预试修订后最终确定的儿童青少年自信量表共17题，包括自我效能感（6题）、自我表现（7题）和成就感（4题）。

为了确定最为合适的题目反应方式，我们对15名心理学博士、硕士研究生进行了反应方式的调研，调研内容主要包括对4点/5点选项的表述方式和心理距离，以及正反向做答方式的差异比较，基于调研结果并经过专家讨论，最后选择最为简单，同时心理距离基本平衡等距的"很不符合"、"不太符合"、"基本符合"、"很符合"适合于价值观测量的4分反应方式。

最后，儿童青少年自信量表对全国24 013名4～9年级学生进行了测查，进一步分析其测量学指标，并建立了常模。

7.3.3　自我控制

根据多方讨论和分析，我们选取杨丽珠课题组编制的自我管理量表中测量自制力（self regulation）的4道题目进行了修订。自我管理量表分别从情绪和行为两个方面考查自制力，如"即使生气了我也不表现在脸上"测查情绪方面的自制力，"即使不爱吃的食物，为了健康我也会吃"测查行为方面的自制力。为了进一步了解自制力的认知（思维）方面，我们在问卷中加入了"我知道一件事情不好时，会克制自己不去做"题目测量认知方面的自制力，最后确定了包含 5 个题目的儿童青少年自制力问卷，并通过预试修订了该问卷。

选取广西、辽宁和西藏三省 3 年级、5 年级、8 年级三个年级共 997 人进行集体施测，目的是筛选项目、探讨问卷的结构合理性以及进一步确定工具的稳定性和有效性。

首先，对预试数据进行项目分析结果发现，区分度在系数 0.28~0.41，各项目与总分的相关在系数 0.64~0.72，表明项目的区分度良好。其次，验证性因素分析结果表明各项拟合指数较好，达到测量学的要求。此外，问卷的信度系数为 0.71，说明问卷具有一定的稳定性。因此最终确定了由 5 个项目组成的儿童青少年自制力问卷。

为了确定最为合适的题目反应方式，我们对 15 名心理学博士、硕士研究生进行了反应方式的调研，调研内容主要包括对 4 点/5 点选项的表述方式和心理距离，以及正反向做答方式的差异比较，根据调研结果并经过专家讨论，最后选择最为简单，同时心理距离基本平衡等距的"很不符合"、"不太符合"、"基本符合"、"很符合"适合于自制力测量的 4 分反应方式。

最后对全国 24 013 名 4~9 年级学生进行了测查，进一步分析了其测量学指标，并建立了常模。

第8章 儿童青少年价值观的
关键指标与测评

价值观（values）一直是学界普遍关注的重要研究领域，吸引了哲学、社会学、教育学、心理学和管理学等诸多学科的关注。

在心理学研究领域，克拉克洪（Kluckhohn，1951）将价值观定义为：一种外显或内隐的，有关什么是"值得的"看法，它是个人和群体的特征，影响着人们对行为方式、手段及目的的选择。这一经典定义为西方后来的价值观实证研究奠定了基础。Rokeach（1973）关于价值观的研究同样是开创性的，他认为价值观是一个持久的一般性信念，具有评价性和动机性，对个人或社会的态度和行动具有指导作用。

中国人价值观研究主要集中于文化、社会和个体三个层面的研究。文化层面的代表性研究有费孝通（1985）的"差序格局"，杨国枢（1993）的"社会取向"和"君子取向"（陆洛等，2005），文崇一（1994）的"道德与富贵"，黄光国（1985）的"人情与面子"，以及关于中国人价值观的文化比较研究（Bond，1991；Hui et al.，1986；Shen，1995）。

在社会层面的研究中，影响较大的研究多集中于青年群体的价值观讨论。例如，中国社会科学院价值观课题组1988～1990年对4357名城乡青年所进行的价值观调查，从人生、道德、政治、职业、婚恋与性五个方面进行了分析，并总结了青年人价值观演变的基本特点（中国社会科学院社会学所，1993）；黄希庭等1994年从政治、道德、审美、宗教、职业、人际、婚恋、自我、人生、幸福等十个维度对青年人的价值观进行了调查，并根据研究结果提出了价值观教育方面的对策（黄希庭等，1994）；还有杨德广等1997年进行的"当代大学生价值观研究"、苏颂兴等（2000）的"分化与整合——当代中国青年价值观研究"、吴鲁平等（2000）的"东亚社会价值的趋同与冲突——中日韩青年的社会意识比较研究"等（金盛华等，2003a，2003b）。

个体层面的价值观研究主要有金盛华等（2003a，2003b，2004，2005，2008，2009）关于中国人价值观及各个亚群体价值观的系统研究。金盛华等（2009）发现，当代中国人价值观结构在整体上是以品格自律、才能务实、公共利益、人伦情感为优先取向的亲社会结构，具有鲜明的"好人定位"的特点，并且不同性别、不同地区的被试倾向是一致的，这与中国传统文化精神也相辅相成。在个体价值观研究的方面，主要是对与自我发展和追求紧密相关内容的价值进行的研究，如对金钱、权力、学习、家庭等重要性的研究，金盛华等近10 年的系列研究是代表性的（金盛华等，2003a，2003b，2005，2008，2009）。社会价值观研究方面，研究主要聚焦于国家认同、民族认同、集体主义等内容，人际社会、环境保护等内容的价值也受到关注（Barrett，2001；Hofstede，2008；杨东等，2000）。

此外，研究者还从个体层面探讨价值观的影响要素，如需要、动机、兴趣、情绪、自我概念、认知风格、成长经历、教养方式、习惯、人格特质等与价值观与行为的关系，其中以章志光主编的《学生品德形成新探》最具代表性，这一学术著作中有多篇论文涉及青少年价值观的现状以及形成和作用机制。

价值观是行为的内在导向系统，研究中小学生价值观的发展特点，可以在一定程度上解释和预测当代中小学生的行为状况，并为中小学生的价值教育，引导青少年形成正确的价值观提供理论依据。20 世纪 90 年代中期以来，青少年价值观受到市场经济发展、全球化、大众文化的影响，呈现出很多新的特点：价值观由一元走向多元；价值评价标准也由绝对走向相对；价值目标更趋务实、绝对的集体主义价值观弱化（石勇等，2007）。

目前，关于中小学生价值观研究还极其缺乏。有学者回顾了 CNKI 检索系统中 1994～2005 年有关青少年价值观的研究，该研究发现在青少年学生价值观研究当中，大学生的价值观研究占到 94.2%，中学生价值观研究的文章仅有5.8%，其中涉及初中生的仅有 1 篇。研究对象的局限致使对某个青少年群体价值观的认识不全面或者留有空白（石勇等，2007；刘文亮，2008）。

当代青少年非常重视自我感受、判断和体验，其价值取向的形成直接与其自我发展的特点相关联，并呈现出价值取向的多样性（旷勇，2005）。从国家和社会的发展来看，当代青少年作为社会的公民，必须通过不断学习，积极参与社会实践，逐渐建立起清晰的自我认识和合理的自我定位。也只有对自我的需要和追求有了明确的认识，青少年才能发展起清晰的自我概念，在参与社会实践的同时实现自我价值。如果青少年的自我追求和自我价值偏离了正确的方向，那么就很容易引发各种问题。

8.1　价值观的关键指标

从个体价值观研究视角，价值观主要有个体价值观、社会价值观和自然价值观等几个方面。

8.1.1　个体价值观

个体价值观（personal values）是个体对自身进行价值评判所持有的判断标准。个体价值观所涉及的内容是与自我状况和自我追求紧密相连的内容，通常包括学习观、金钱观和权力价值观等。

学习观（values about learning）是个体对学习作用和与自我关联的总体看法。对学习观的研究有两种取向，一种取向认为学习观是一种元认知知识，是学生对学习现象和经验所持有的直觉认识。它是学生先前经验中重要的组成部分，是在学校学习和学校经历的基础上形成的，并且随着学校经历的丰富、变化而不断发展的（刘儒德等，2006）。另一种取向是指学习者对学习目标的取向，即学习的目的是什么。它直接决定一个学生在学习兴趣、学习积极性和学习动机等方面的表现（吕艳平，2004），它会直接影响到学生对学习目标、学习态度和学习策略选择。

金钱观（values about money）是指人们对金钱，特别是其发挥什么作用的看法。有学者认为，金钱观是指人们对于金钱的认识、态度、观点和看法的总和，包括如何看待金钱、如何获取金钱、如何使用金钱等，它是人生价值观的一部分（张慧玲，2006）。金钱观的不同使得人们在面对金钱及与金钱相关的事物上表现出不同的态度和行为。由于金钱与生活之间普遍性的紧密联系，金钱观是价值观的重要构成部分。一个人的金钱观，全面影响着他对人与社会、自然及自身的态度。

权力观（values about power）是人们对于权力的来源、本质、使用、服务对象等多种价值目标的基本看法和根本态度，是世界观、人生观和价值观重要组成部分和外显途径。在性质上，权力观属于上层建筑的范畴，会随着时代的发展而变化，具有明确的价值指向性等特征（徐敏慧，2006）。

8.1.2　社会价值观

社会价值观（values about society）是个体对与社会有关的生活内容进行价值判断时所持有的标准，主要衡量个体对集体和国家价值的看法。个人和集体及国家的关系、个人与社会的关联是个人社会价值体现的路径，但随着社会自身价值观的演变，个人与社会关系的价值取向也是不断发生变化的。

集体主义（collectivism）是目前被运用最多的衡量人们社会价值观的一个核心维度。所谓集体主义，指从集体视角来理解和处理个体与集体关系的价值取向。在中国传统道德之中，"整体和集体"的概念是其重要构成部分。新中国成立以后，也大力弘扬将集体利益放在首位的思想。改革开放以后，随着市场经济的发展，一方面集体利益仍然被社会正统价值倡导所强调，但个人的利益意识已经充分觉醒，并直接影响了人们对于个人利益和集体利益关系的理解。

国家认同（national identity）目前学界还没有统一的界定。多数学者倾向于将国家认同当成特殊的群体认同来理解，并从社会认同理论的视角对其进行解释。Tajfel 认为，社会认同是个体对于自己作为某个社会群体成员身份的认识，以及附加在这种成员身份之上的价值和情感意义。从这个角度来说，国家认同实际上是国民对于自己国家人群的认同与归属，以及由此带来的国家情感和价值体验。在国家认同与个人认同、社会认同的关系上，有研究发现，国家认同会深刻影响个人认同和社会认同，如果国家认同的结果是积极的，会对个人自尊产生积极的影响（Meier-Pesti et al.，2003）。

8.1.3　自然价值观

自然价值观（values about the environment）指个体对自然及人与自然关系的价值进行判断时所持有的标准。心理学对自然价值观的研究主要集中在个体对环境的态度和价值判断，另外还有对个体环境行为提供解释。以青少年为对象的自然价值观研究还比较少。有研究者对生态价值观进行研究，认为生态价值观是被个体或群体赋予了社会和个人意义的关于生态的观念。研究发现，青少年的生态价值观共包括：生态行为规范、宏观生态保护、关注生活、社会调节和生态自律等五方面因素（余骏，2005）。

人的各种生态行为受其自然价值观的直接影响，正确的环境保护观（environmental protection），是人与自然和谐的关键，也是构建和谐社会的重要基础。

8.2　价值观研究的主要理论

8.2.1　罗克奇价值观的二分体系

罗克奇（Rokeach，1973）把个体的价值观分为两类，即终极性价值观（terminal values）与工具性价值观（instrumental values）。终极性价值观是指欲达到的最终存在状态或目标，如和平的世界、舒适的生活等；工具性价值观是指为达成上述目标所采用的行为方式或手段，如负责任的和自我控制的等。同时，他在理论研究的基础上，编制了由36项价值观信念构成的，分别测量这两类价值观（两类各18项）的"价值观调查表"（values survey）。

罗克奇的这种划分体现了他对价值观具有层次性质和有顺序的认识，也真正表达了价值观作为"深层建构"和"信仰体系"与"行为选择"之间相互体现与依存的性质和关系。他的"价值观调查"量表使得价值观可进一步操作化，人们也可使用排序的方法表达他们认为哪一种价值更值得和更为重要。

8.2.2　施瓦茨的动机价值观理论

施瓦茨（Schwartz）设想人类存在着具有普遍意义的、"共性"的价值观的心理结构，这种普遍的价值观结构已经获得大约 70 个文化样本的认可。他认为价值观和动机之间有着紧密的联系，价值观的主要内容是目标的类型，或者目标所表达的动机内容。因此价值观的界定要满足以下五条标准：①价值观是一些概念或信念；②价值观是人们想要追求的终极状态或行为；③价值观是超越具体情境的；④价值观对行为或事件的选择和评价具有指导作用；⑤价值观是有层次的，它们根据相对重要性的不同进行排序（Schwartz，1992；Schwartz et al.，1987）。

在此基础上，施瓦茨发展出了"施瓦茨价值观量表"（Schwartz value survey，SVS）。这一量表囊括了 57 项价值观，用以代表 10 个普遍的价值观动机类型（universal motivational types of values）。施瓦茨将人们的基础价值观划分成了开放对保守、自我超越对自我提高二维度四分区结构。他特别指出，对立的价值观在方向上也是对立的，而互补的价值观则相互接近。

8.2.3　梁觉的社会通则研究

以我国香港学者梁觉等为主导所开展的一系列有关社会通则（social axioms）研究，目前取得了一些初步的成果。梁觉等指出，社会通则是对个体信念系统中核心观念的一般性概括，其功能在于帮助个体在其所处环境中提升生存和发展品质。研究者通过对西方心理学已有的文献总结和以中国香港地区、委内瑞拉两地被试的质性研究资料分析，对社会通则概念予以了确认。同时，以上述两地的学生和成人为被试，采用由 182 个条目构成的初始问卷进行数据收集与分析，最终确认了由 5 个因素构成的多维结构。其中，社会犬儒主义（social cynicism）主要表达了对个体生活和社会事件的负面观点；天道酬勤（reward for application）主要强调只要努力必然会有所收获的信念；社会灵活性（social complexity）强调对各类问题计不确定性事件的多种应对方法；命由天定（fate control）主要表达了一种对社会事件的宿命论观点；而宗教笃信（religiosity）强调对超我及积极宗教信仰结果存在的坚信。随后，在美国、日本、德国的学生样本中，采用由 60 个题目构成的调查工具对该结构予以了验证。

为了进一步对该结构进行检验，梁觉和 Bond 等研究者先后在 40 个国家和地区收集数据，其中学生和成人数据分别达到 40 个和 13 个区域（文化）。梁觉等指出，信念与各种社会事件及行为具有密切的联系；对于不同文化之间的差异，社会通则概念具有更为贴切、有效的描述和证明能力。随后一系列的研究还发现，社会通则概念中的 5 个维度分别同一些变量存在密切的关联，如社会犬儒主义与生活满意度、魅力型领导、价值型领导等之间具有较高的相关；社会灵活性与工作动机、对政治的兴趣等相关较高；天道酬勤与工作时长、同伴偏好等关系密切；宗教笃信与对享乐的观念、生命中宗教的重要性等有较高关联；命由天定则同自杀率、心脏病等紧密相关。而社会通则概念能否发展为一个同价值观一样对个体行为解释具有较强效力的概念，仍旧需要在今后的研究中不断予以证实。

8.2.4 自我价值定向理论

自我价值定向理论是金盛华提出的与价值观有关的理论。该理论的基本假设是，人需要解释世界、需要解释自己及自己与他人和环境之间的关系，为此人需要寻求事物的合理性，建构解释包括自己和他人在内的内外世界的理由体系，并在其中找到自我和自我的意义。而人要想解释世界和自己，就必须选择一定的价值视角对自己和对周围世界进行评判，因而就有了价值观问题，这种选择一定的价值观评判世界和自身的过程就是自我价值定向。

自我价值定向理论假定，在人的全部理由体系之中，自我价值是根本性的理由。自我存在有价值，生活与生命才是逻辑的和有理由的。为此，自我价值就成为自我存在理由和自我行为理由的出发点。每一个人，实际上一生都在试图营建自我价值体系，而人的一切努力，都是为着证明自身的价值。因为自我价值提供生活的逻辑和理由，所以人先定地寻求自我价值，并以努力证明自己的方式表现出来，并逃避否定自我价值的事情发生（金盛华等，2009；金盛华，2010）。

8.3 价值观的研究及儿童青少年价值观的特点

8.3.1 金钱观

Goldberg 和 Lewis 区分了四种主要的金钱成分：安全、权力、爱、自由（Goldberg et al.，1978）。Yamauchi 和 Templer 于 1982 年编制了金钱态度量表（money attitude scale，MAS），确定出金钱观的四个维度：权力－声望、保持力－时间、不信任、焦虑。在权力－声望维度上得分高的人往往利用金钱来影响他人；在保持力－时间维度上得分高的人具有谨慎的财务计划；在不信任维度上得分高的人往往对于带有金钱的情境表现出犹豫、怀疑；焦虑维度代表视金钱为焦虑的来源。Tang 等编制了金钱伦理量表（money ethics scale，MES），该量表测量人们对于金钱的伦理意义认识，包含好、罪恶、成就、尊重、预算、自由等六个因素（Tang，1992，1993；Tang et al.，1995）；后来，Tang（2003）又在该量表的基础上开发出了金钱喜好量表（the love of money scale，LOMS）；Furnham（1984，1993）和 Kirkcaldy 从三个异质测量中抽取项目组成了金钱信念及行为量表（money belief and behavior scale，MBBS）；Mitchell 等（1998）开发了金钱重要性量表（money importance scale，MIS），这个量表要比其他量表测量范围狭窄一些，反映个体在金钱重要性上的一些观念和行为。国内并没有开发对金钱价值观进行测量的专门量表，杜林致曾编制过包括 19 个题目，包含 6 个因子的，用来测量中国大学生金钱心理的问卷（杜林致等，2003）以及包含 31 个题目，10 个因子的，用来测量企业管理人员金钱心理特征的金钱心理问卷（杜林致等，2004）。金盛华等编制了《中国人价值观问卷》（chinese values questionnaire，CVQ）（金盛华等，2009）等测量工具，在这些工具中，金钱价值观是一个核心的测量维度。

总结有关金钱观的研究发现，金钱观在性别、年龄、职业、财务经历、收入状况、教育水平及社会经济地位等方面均存在差异。其中，性别差异是最显南非的特兰斯凯以外，其他 40 个国家的人们在金钱观上存在显著的性别差异，男性比女性对金钱的价值赋值更高，并在与金钱信念和行为上具有更强的竞争性。研究还发现，在不同的人格类型上，金钱观存在不同的表现形式。例如，Furnham（1987）描绘了五种经典的（与金钱有关的）神经病类型：守财奴、挥霍者、大亨、讨价还价者、赌徒；Doyle（1992）提出了四种金钱人格类型：驱动者、慈悲者、分析者、表达者；Tang 从认知、情感、行为三个成分入手，总结归纳出四种金钱人格：金钱排斥者、金钱冷漠者、金钱不满者、金钱崇拜者。此外，金钱观还存在跨文化的差异，处于不同文化背景中的人对金钱的态度具有很大的不同。例如，Tang 等分别在美国、英国和中国台湾的公众中进行调查发现，美国工人认为金钱是好的，他们善于理财，在简化了的金钱伦理量表上的得分最高；中国台湾工人最支持基督教职业道德的信条，在"尊严"维度上得分最高；而英国工人则认为"金钱意味着权势"。

纵观已有的研究，目前国内外还缺乏对金钱价值观的深入研究，特别是缺乏对儿童青少年金钱价值观的系统研究。

8.3.2 权力观

在心理学领域，较少研究者将权力价值观作为一个单独的问题进行研究。相关研究的普遍倾向是将权力价值观与金钱价值观联系在一起进行，因为在中国的传统文化中，金钱与权力都是社会地位的象征，二者密不可分。

由金盛华为首席专家的中国企业家调查系统对中国企业经营者价值取向的调查中（2004），将金钱观和权力观结合在一起，称为金钱权力价值取向。该取向包括 10 个选项，分别为：金钱使人们的生活变得更幸福、选择工作的最重要因素是工资待遇、有物质享乐的生命才有意义、金钱是衡量个人价值的最重要标准、人活着就是为了挣更多的钱、有钱什么都能买到等方面。其中，权力价值取向是通过"有权就有一切"、"崇拜权力"、"做人就是要出人头地"、"地位显赫的人令人羡慕"等指标来衡量。金盛华等通过人文社会科学重大项目系统研究编制的"中国民众价值取向问卷"（questionnaire of value orientation for Chinese, QVOC）分别对中国农民、工人、专业人员等群体进行了系列研究，结果

Chinese，QVOC）分别对中国农民、工人、专业人员等群体进行了系列研究，结果发现：当代工人强调公共利益和工作成就，将"金钱权力"和"从众"的世俗观念置于从属地位（金盛华等，2005）；当代农民重视正义公理、公共利益和法律规范，而金钱权力处于从属地位（金盛华等，2003a，2003b）；专业人员群体则同样将金钱权力置于从属，而不是简单地认同"一切向钱看"、"权力至上"等社会流行趋势（金盛华等，2003a，2003b）。金盛华等对当代中国人的价值观的进一步研究发现，在"金钱权力"维度上，虽然经济社会的行为倾向使个体越来越多的认识到金钱与权力的作用和价值，但是中国民众对于"金钱权力"的价值认同是理性的，在整个价值观重要性序列中，个体将"金钱权力"的价值观念列于"品格自律"、"才能务实"、"公共利益"等之后（金盛华等，2009）。

史清敏等（2002）运用金盛华等开发的价值观量表对北京和深圳两地的中学生的价值观特点进行的比较研究发现，在"金钱权力"维度上，深圳中学生的"金钱权力价值取向"得分显著高于北京中学生。金盛华等（2003a，2003b）以中学生作为被试，使用相同的测量工具，进一步考察了价值观、自我概念与生活满意度的关系，并发现金钱权力价值取向对中学生各特殊领域的生活满意度具有显著的预测作用。

从国内外已有的研究来看，无论是在理论探讨层面还是在实证测量层面，对权力观的研究还需要与传统文化价值紧密联系的深入研究。

8.3.3　学习观

学习价值观作为价值观念系统的组成部分，是价值观在学习领域的体现，对人的学习行为具有导向作用。它直接影响到学生对学习目标、学习态度和学习策略的选择。

学习价值观的结构和测量是当前学习价值观研究的一个重要方面。国内研究者高晶等（1995）认为，学习价值观包含四个方面，即拿文凭找出路、实现家庭和父母愿望、为个人前途和为社会尽义务。在学习观的测量上，罗书伟（2007）根据 Rokeach 的理论架构，自编了《中学生学习价值观问卷》，将中学生学习价值观分为目的性学习价值观和手段性学习价值观。目的性学习价值观包括地位追求、成就实现、家庭维护和社会促进等 4 个一阶因子；手段性学习价值观包括轻松兴奋、兴趣与能力、责任与规范、个人发展、身心健康、坚持进取和学业成就等 7 个一阶因子。李庆玲（2009）编制的学习价值观量表由 7 个分维度构成，分别是：轻松愉快、自我尊重、社会发展、自我发展、进取创新、家庭维护、自信独立。范克勤（2005）运用扎根理论分析了学习价值观的结构，发现英语学习价值观由沟通、成就感、流动性构成。在沟通方面的参照最为广泛，而在流动性方面则最少。然而，从心理概念来看，流动性显现的是深层的概念，而沟通则是浅层的。

有研究者发现不同年龄组在自我价值感的不同维度上存在不同程度的发展趋势和水平的差异（曾芊等，2008）。对中学生学习价值取向的研究也发现，中学生学习价值观总体上呈现多样化趋势，中学生重视成就实现、身心健康、坚持进取和责任与规范在学习中的价值，各因素均存在显著的年级效应，表现出价值观发展的年龄敏感性（罗书伟，2007）。不同地区、不同性别的中学生学习价值观存在显著的差异，同时初中生比高中生更倾向轻松愉快、社会发展、自我发展、进取创新、家庭维护、自信独立的学习价值观。而初一学生轻松愉快、家庭维护的学习价值观得分显著高于其他年级（李庆玲，2009）。另外，也有研究发现，母亲学历水平不同，中学生学习价值观的水平也并不相同（罗书伟，2007）。

总体来看，目前国内外对学习价值观的心理学研究还比较缺乏，人们对学习价值观的认识还处于一个片段零碎的状态。

8.3.4 国家认同

国家认同的研究最早可以追溯到 1951 年 Piaget 和 Weil 的研究（Piaget et al.，1951），他们对 4 岁、5～14 岁、15 岁日内瓦儿童进行了访谈，以了解他们对祖国的理解，对本国与他国关系的理解等问题。随后，研究者的兴趣点主要集中在儿童的地理知识和儿童对本国人和外国人的态度方面，研究发现儿童的地理知识水平影响他们的国家认同感（Jahoda，1963，1964）。到 20 世纪 90 年代，随着群体认同、群际关系和刻板印象等研究热潮的兴起，关于国家认同的研究除了探讨青少年的国家认同及其影响因素外，还扩展到国家认同与地区认同的关系、超国家身份认同等方面（Cinniralla，1997；Muller-Peters，1998）。

关于国家认同的研究，主要存在两种不同的取向：认知发展取向和社会化取向。认知发展取向的代表有 Piaget 等（1951），以及 Aboud（1988），Doyle 等（1995）的认知发展理论。这些理论假设认为，儿童认同发展是受深层的、根本的认知变化的推动的。Piaget 等（1951）的研究发现，儿童理解国家的基础是称为"类别包含"（class inclusion）的一般认知结构。儿童对国家的认知与情感发展都有一个自我中心（egocentric）到社会中心（social centric）的过程；而且儿童认知发展的当前阶段决定着儿童对国家和人群的看法和情感。不过也有研究对于 Piaget 的结论提出质疑。Tajfel 等（1966）对奥地利、比利时、英国、意大利、荷兰和苏格兰 6~12 岁儿童进行了研究，发现儿童对属于自己国家人群的个体表现出明显的偏好，即使他们的实际知识很贫乏。很多学者也发现，对自己本国群体的评价并没有随年龄增长而不断提高，有的甚至会随着年龄的增长而下降。因此单从认知的角度无法全面解释儿童的国家认同。于是，很多学者转而从社会化的角度研究国家认同。

社会化的理论假设儿童认同发展受儿童的社会环境，尤其是父母、教育和大众传媒的影响。这种观点倾向于强调认同发展中的社会和文化层面，该观点认为认同的形成主要是社会影响的产物。Rutland（1996）曾对 329 名 6~16 岁的英国儿童和青少年的欧洲认同进行了研究，发现除了认知与情感因素可以解释欧洲认同外，社会文化因素也能解释欧洲认同。在另一项调查中，在对 10~16 岁的英国儿童的调查发现，父母的社会背景会影响到国家认同（Rutland，1998b）。其他一些研究还发现，国家认同会受到地理位置、多数群体/少数群体地位、社会语言背景等方面的影响。例如，有研究发现，与俄罗斯斯摩棱斯克（Smolensk）的儿童相比，首都莫斯科的儿童认为其俄罗斯身份更加重要（Riazanova et al.，2001）。在英国，英国人的主观重要性、对英国人的认同感依赖于儿童属于多数群体成员还是少数群体成员（Barrett，2001）。在西班牙，儿童的社会语言情境不同，其国家认同有很大的差异（del Valle Gómez，2001）。

国内有关国家认同的研究往往与爱国主义结合在一起，研究比较零散，仅有的研究主要是针对中小学生爱国观念的发展以及国家认同的结构。陈会昌（1987）采用间接故事判断测验法，对我国中小学生爱祖国观念的发展进行了研究，结果发现，小一组和小三组之间、小三组和小五组之间、小五组与初一组之间的差异均达到了极其显著的水平，说明从小学一年级到初中一年级，爱祖国观念的发展较快。陈晶（2004）自编了国家认同量表，该量表包括 28 个项目，6 个维度：积极情感评价、公共集体自尊、互依信念、消极情感、自我归类和自我概念重要性。运用该量表对 10～20 岁中国青少年的研究发现，青少年的国家认同较强，并受到学校、父母、居住地和少数民族身份的影响。另外还有调查发现中学生爱国精神和行为不一致。当被问到：当祖国遭到外敌入侵时，有 40.1％的学生认为，在万不得已、被征召的情况下，才去参军，还有 13.6％的中学生"尽量避免参军"；而 90％以上的学生此前都认为应该弘扬爱国主义精神（匡文，2007）。

8.3.5　集体主义

荷兰马斯特里赫特大学名誉教授 Geert Hofstede 是把个体主义－集体主义作为文化划分维度的第一人（Hofstede，1980，1991，2008）。Hofstede 的价值观调查问卷共 28 个项目，其中个体主义部分有 4 个项目。Traindis（1986）着眼于不同文化下的人们所持有的不同价值观发展出了个体主义－集体主义问卷，该问卷共四个因子：自我依赖、和内群体保持距离、家庭一体感、相依。

国内香港大学的 Hui（1988），在 Triandis 的指导下，开发出了个体主义－集体主义量表（individualism-collectivism scale，INDCO），他是在个体水平上对个体主义－集体主义进行测量的第一人。该问卷针对 6 个参照群体：配偶、父母、家族（kin）、邻居、朋友、同事，评定在分享、做决定、合作上的同意程度，属于 6 点量表。每个参照群体的得分各自可加总，且可合成一个总集体主义指数（general collectivism index，GCI）。个体主义－集体主义属于多维两极的关系。Realo 把个体主义、集体主义当成两个不同的事物，分别开发出集体主义问卷和个体主义问卷。其编制的集体主义问卷中（estonia collectivism，EST-COL）（Realo et al.，1997），参照群体分别为家庭、伙伴和社会。该问卷属于 5

点量表，共 24 个项目，每个参照群体（维度）8 个项目；集体主义是作为二阶因子，3 个维度加总可以得到总集体主义指数（GCI）；分数越高，表示集体主义越强。Freeman 将个体主义—集体主义看成是两极的关系（Freeman et al.，2001），他编制的个体主义—集体主义问卷，属于 7 点量表，共 30 个项目，有 4 个参照群体：家庭、伙伴、国家、学校。每个参照群体（维度）得分各自可加总（个体主义的项目反向计分），且可合成一个总个体主义—集体主义指数（general individualism-collectivism，GIC）。

8.3.6 环境保护

Dunlap 等（1978）开发了 The New Environmental Paradigm（NEP）问卷，用来测量环境价值观。NEP 反映了对生态意识的人类思考方式，它视人类为自然的一部分，并且视增长限制为一种价值，以保护生态的平衡。Kempton 等（1995）开发了环境价值观问卷，该问卷经多次使用，被认为有很好的效度。该问卷包含了 149 个项目，采用 6 点式计分。问卷反映了广泛的观点，采用了多个领域的术语，并使用反向计分的项目来避免反应偏差。该问卷被划分为 3 个维度：自我中心或个人中心、人类中心、生态中心。

国内余骏（2005）编制了生态价值观问卷，包括 5 大因子：生态行为规范、宏观生态保护、关注生活、社会调节、生态自律。他的生态价值观属于生态观的一种，本质上也是关于人与自然的关系，因此其定义与本研究所提到的自然价值观的含义大体一致。沈立军（2008）对 Dunlap 和 Van Liere 开发的 NEP 问卷进行了修订，修订后的问卷包括 13 个项目，由 3 个维度构成，分别是：生态平衡、自然中心和人类中心。另外，杨东等（2000）对日本学者宫下一博编制的价值观量表进行了修订，形成了一个新的包含 5 个因子的价值观问卷，其中"自然保护取向"是一个重要的因子。

在环境态度及其行为的解释上，研究发现，年龄、性别、教育程度、专业、种族、社会经济地位、居住地等因素，都会在个体的环境态度和行为上表现出一定的差异（Fiedeldey，1998；Lyons et al.，1994；Lindemann-Matthies，2002）。例如，Bell（2001）和 Fiedeldey 等（1998）认为，年龄是人们关于环境方面态度的最佳预测指征之一，并指出，相比较年长的成年人，青年人表现出更多的环境关切。

Lynoes 等（1994）对 13～16 岁青少年学生的研究显示，年龄与环境关切呈正相关；从性别差异的角度来看，在环境关切水平上没有性别差异。但他们发现，在自我报告的环境知识水平上，男生与女生之间存在统计意义上的显著差异。相比男生，女生倾向于更少地报告有关工业污染的环境知识。

20 世纪 90 年代以来，国内外研究者对环境价值观的研究，主要集中在环境价值观的跨文化研究（Cynthia et al.，2002）、环境教育（Diane et al.，2006）及环境价值观对生活方式、环境态度、环境行为（Chan，2001）的影响等方面的研究。

8.4 "中国儿童青少年心理发育特征调查"的价值观评估的指标体系与测量工具的研究

8.4.1 价值观指标体系的确定

（1）初始测量指标体系结构设计

在以往研究的基础上，经过专家反复讨论，将价值观的二级指标从价值判断和价值取向两个方面进行划分。价值判断侧重从认知层面考察人们对某种事物是否具有价值的观念和态度。价值取向侧重考察个体面对具体情境时的行为倾向和行为选择。

从具体指标内容上来看，价值判断主要从金钱权力、集体主义、品格与公益、学习与个人发展四个方面进行测量。已有的研究也证实这四个要素是青少年价值观中的重要组成部分。价值取向与儿童青少年的实际生活相连，它决定着个体对某一具体事物的态度和反应。该指标主要从学习观、生活观、交往观、家庭观、消费观和职业观六个方面来测量。这六个方面与儿童的成长紧密相连，对儿童价值观的形成具有重要的影响，具有重要的社会意义。

（2）初始测量指标体系结构的进一步简化

经全国专家反复论证，并兼顾全国青少年群体进行大规模普查的可操作性分。个体价值观主要测量个体的自我生命价值（青少年对自我生命价值的看法）、自我品格期待（青少年对自己道德品质的期待）、自我追求（青少年的追求）和自我学习（青少年对自己学习状况的期待和认知）；人际价值观主要测量青少年对同伴关系、师生关系、亲情关系价值的态度和看法，以及对服从、追随价值的认知；社会价值观主要测量青少年对班级价值、理想社会特征的期待、国家的认同、文化的认同的态度和认知；自然价值观主要测量青少年对保护环境和节约能源的态度和认知。

（3）形成确定的价值观测量指标体系

经过预试，将自我品格和追求等方面进行整合，并分别命名为金钱观和权力观；在人际价值观中，"亲情关系"稳定性较好，但是最后限于项目的实际特点和指标设计的总体考虑，将亲情维度删除；而社会价值观中只有"国家认同"的稳定性很好，同时会聚成一个新的维度——"集体主义"。"理想社会特征"抽象程度过高，调查群体中的小学生理解起来存在一定困难，将这一维度删除。自然价值观中，数据分析结果无法进一步区分保护环境和节约能源，从实践来看环境保护与青少年的实际生活更为接近，因此将其统一命名为"环境保护"。

8.4.2　儿童青少年价值观测评工具的编制

（1）初始测量项目的编制

初始测量项目的编制，主要采用了两种方式。第一种是借鉴或改编已有研究和项目的部分研究工具。例如，在编制"自我品格期待"、"自我追求"等测量项目时，参考了金盛华教授的教育部人文社会科学重大项目"当代中国民众价值取向与精神信仰研究"的研究工具；在编制"国家认同"、"亲情关系"、"自我学习"、"保护环境"和"节约能源"等测量项目时，分别借鉴或改编了陈晶（2004）、戴建华（2007）、罗书伟（2007）和余骏（2005）等研究者的相关研究工具。第二种是自编部分测量项目。主要通过对北京地区多所学校学生的开放式访谈，了解当前儿童青少年对价值观的总体认识及关心焦点，获取质性资料。通过对访谈质性资料的分析，编制适合测量当前儿童青少年价值观的有关项目。综合运用这两种方式，课题组总共编写了 136 个项目的预试题本。

（2）预试与修订

1）针对题目表述和反应方式的修订。针对所形成的初始问卷，课题组选择了北京地区的两所小学，对低年级学生和班主任分别进行访谈，目的是进一步确定学生对题目表述是否能够准确理解、测查内容和方式是否适合其年龄等问题。儿童青少年价值观的考察难点，就在于儿童青少年对题目的理解以及合理反应方式的确定，因此访谈主要针对低年级的小学生以及低年级的班主任，以确定低年级小学生能够理解每道题目的含义。访谈以后，对于低年级学生无法准确理解的题目表述进行了修改，如"自尊"、"受益"、"为人"、"是非判断应依据国家的法规"，同时删除了个别题目。

对于题目究竟运用什么样的反应方式最为合适，我们专门调查了15名心理学博士、硕士研究生对各种反应心理等距的判断，并最终选择最为简单，同时又心理距离基本平衡等距的"很不同意、不太同意、基本同意、很同意"的适合于价值观测量的4分反应，作为儿童青少年价值观测量工具的最终反应方式。

2）针对题目结构的修订。课题组于2008年12月份在北京市进行了两次团体预试。第一次预试的主要目的是考察问卷的信效度指标，探索结构，同时记录学生作答的时间；第二次预试结合前一次预试的结果，对指导语和价值观题目进一步修订，对结构进行验证。整个预试过程为价值观量表结构的最终确立提供有力的数据支持。

预试基本过程：选择北京市的一所中学和小学，测试的版本共有136道题目，经过第一次预试，通过对数据进行分析整理和项目分析，将项目与维度之间的相关系数低于0.4的题项删除。对剩下的题目进行因子分析，删除因子负荷低于0.4的项目，形成一个包括32个项目的7因子的青少年价值观结构，共解释58.21%的方差。所形成的维度是：国家认同（6题）、金钱观（5题）、亲情观（5题）、学习观（4题）、权力观（3题）、环境保护（5题）、集体主义（4题）。

课题组对指导语和部分项目做了进一步修改。选择北京市的两所中小学进行第二次预试，有效回收问卷518份，有效回收率97.0%。其中男生266名，占51.4%，女生252名，占48.6%；四年级101名，占19.5%，五年级107名，占20.7%，六年级96名，占18.5%，初一113名，占21.8%，初二101

名，占 19.5％。根据预试结果对测量结构进行了进一步的验证，形成最终确定的价值观维度和量表。最终形成的本项目价值观测量工具是一个由 27 个项目构成的正式量表，包括学习观、金钱观、权力观、国家认同、集体主义、环境保护等 6 个维度。本测量框架根据全国性数据的验证，总体上测量学特征良好。

第三编 学业成就的关键指标与测评

学业成就（academic achievement）通常是指"个体经过对某种知识或技术的学习或训练之后所取得的成绩，一般表现为个体心理品质在知识、技能或某种能力方面的增加和提高，是个体认知性心理品质的发展"（戴海琦等，1999）。

中国义务教育阶段 6～15 岁的儿童青少年主要的活动是学习。当他们进入学校后，在学校教育中学习的内容不仅丰富了他们特定的知识和技能，还影响着一般的认知能力（Siegler et al.，2005）。学业成就的发展对于儿童青少年的心理健康、社会成就和人生发展等方面具有重要的意义。

学业成就作为评估个体心理发展水平的重要方面，是当今世界上应用最为广泛、最为频繁的心理与教育调查内容（马惠霞等，2003）。人们一般通过学业成就评估学生在学业领域的能力发展水平，将其结果用于学生的分类、选拔或安置，同时也作为评价课程和教育政策的重要证据。目前，国际上广泛开展了多项长期的青少年学业成就发展研究和调查。例如，国际经济与合作组织（Organisation for Economic Co-operation and Development，OECD）开展的国际学生评价项目（programme for international student assessment，PISA），国际教育评价协会（International Association for the Evaluation of Educational Achievement，IEA）支持的国际数学与科学趋势研究（trends in international mathematics and science study，TIMSS），以及美国国家评估委员会（National Assessment Governing Board，NAGB）进行的国家教育发展评估（national assessment of educational progress，NAEP）。与此相比，中国长期以来缺乏 6～15 岁儿童青少年的学业成就发展的全国性基础数据，而在课程改革背景下，了解中国儿童青少年的学业成就发展状况又逐渐成为社会各界普遍关注的热点问题。鉴于这种情况，"中国儿童青少年心理发育特征调查"项目将评估儿童青少年学业成就发展作为一个重要的研究内容。

学业成就主要关注儿童青少年在限定的教育时间内通过系统、专门的学校教育或训练获得的知识和技能，它与特定的教与学经验关系密切，主要是回顾性的，用于评价教育或训练对学生在特定教育领域的基本知识和技能的获得和发展方面的效果，强调学生此时此刻知道什么、能做什么（安娜斯塔西等，2001）。因此，儿童青少年的学业成就发展与教育目标密切相关，在一定程度上可以说教育目标是评价学生学业成就发展关键指标的主要来源。换言之，从基本的意义上说教师为特定的教学目标而教，学生为达到这些目标而学，学生的学业成就应该围绕教育目标进行考察。

教育目标最通用的模型是布卢姆的教育目标分类理论（Bloom et al.，1956）。在布卢姆教育目标分类中，教育目标被分为知识维度和认知过程维度，知识维度主要包括事实性知识、概念性知识、程序性知识和元认知知识，这些知识从按具体到抽象的顺序排列在一个连续体上；认知过程维度主要分为记忆、理解、应用、分析、评价和创造六大类（Anderson et al.，2001）。在教学过程中，根据布卢姆分类理论的二维分类表，设计课程内容、安排教学活动、进行学习评价，紧密围绕教学目标开展教学活动。而在教育评价中，利用这种二维分类表进行测评，可以更加全面地考察和评估儿童青少年在不同层面上的学习情况。

布卢姆的教育目标分类理论对于现代国内外儿童青少年学业成就调查的关键指标产生了非常深远的影响，当前许多有影响力的大规模学业成就调查项目，如 PISA、NAEP、中国香港地区的全港性系统评估（territory-wide system assessment，TSA）、中国台湾地区的台湾学生学习成就评估（Taiwan assessment of student achievement，TASA）等都是按照这种教育目标分类学理论确立了学业成就调查的关键指标。

学业成就一般包括学校开设的语文（语言、阅读）、数学、科学和社会等多个学科，如经典的斯坦福系列成就测验（Stanford achievement test series，SAT）、加利福尼亚成就测验（California achievement tests，CAT）以及都市成就测验（metropolitan achievement tests，MAT）等基本上都包含了上述学科。然而，目前具有国际影响的学业成就调查一般仅涉及阅读、数学和科学三个学

目前具有国际影响的学业成就调查一般仅涉及阅读、数学和科学三个学科，如国际经济合作组织主持的 PISA 项目、国际教育评价协会开展的 TIMSS 和 PIRLS 项目。作为最具影响力的国家层面的学业成就调查，NAEP 的长期测试仅涉及阅读和数学两个学科。

在中国现有的课程体系中，6～15 岁儿童青少年在校学习期间课时量比例最高的两个学科是语文和数学，这两门课程代表着个体发展所需要的两种基本能力——言语能力与数理能力。语文是最重要的交际工具，是人类文化的重要组成部分；数学是人们生活、劳动和学习必不可少的工具，它的内容、思想、方法和语言是现代文明的重要组成部分（中华人民共和国教育部，2001a，2001b）。语文和数学的学业成就能够较好地代表学业成就领域。在 6～15 岁儿童青少年阶段语文和数学的学业成就持续发展，并显著影响着儿童青少年的学习与生活，对其他各个方面的发展都具有重要意义。因此，本项目将语文学业成就（以阅读为主）和数学学业成就作为中国 6～15 岁儿童青少年学业成就发展的两个关键领域。

学业成就测验是对学业成就进行科学测评的主要方式，是"对学生通过正式和非正式学习机会所获得的学科知识和技能的测量"（美国教育研究协会等，2003）。从本质上而言，学业成就测验与智力测验、多重能力倾向测验和特殊能力倾向测验一样，都是一种对已经形成能力的测验，它们之间的差异仅是各自所需的经验背景不同（安娜斯塔西等，2001）。学业成就测验突出了在已知教育条件和控制下个体形成的能力，其结果一般用来表示完成某种教育或训练后个体状态的终结性评价。本项目作为一项大型调查，在测试时间、测试方式上有一定限制，因而只能选择学业成就发展中最基本或最重要的核心学业成就作为关键性指标。在测验编制中既要科学、合理，又符合全国性大型调查的需求。本项目针对学业成就领域发展状况调查中关键指标的测评制定了五条基本原则。

1）国际性与本土化的统一：关键指标既要体现国际学业成就领域研究的现状与趋势，充分借鉴国际学业成就的关键指标与测评的先进经验，又要反映中国课程标准的学业成就要求，符合中国基础教育的实际。

2）发展性与代表性的统一：关键指标既要反映中国 6～15 岁儿童青少年的学业成就发展状况，又要能够充分代表中国 6～15 岁儿童青少年的学业成就表现。

3）重要性与差异性的统一：关键指标既要对儿童青少年其他领域及其未来

展差异。

4）标准化与公平性的统一：关键指标既要严格遵照心理测量学的标准化要求，又要注重文化公平、区域公平、民族公平、城乡公平。

5）专业性与生态性的统一：关键指标既要符合心理测量与学科教育领域的专业性要求，又要符合中国教育实践的现状，以及本项目的实际状况，满足纸笔测试和团体施测的要求。

在此基础上，本项目组织了全国范围的教育心理学、发展心理学、课程与教学以及教育与心理测量学等领域的专家开展了学业成就发展关键性指标与测评的研究工作，整个研究流程如下：

第一，全国范围内建立研究团队。本项目在全国范围内组织了由教学与学科研究、教育与发展研究以及教育与心理测量研究等不同专家牵头的课题组，从不同角度独立展开学业成就关键指标及其测评的研究。

第二，学业成就研究的文献综述。组织各研究团队对现有的学业成就研究与学业成就测验展开文献综述，全面掌握学业成就的关键指标研究的历史沿革、发展现状以及最新趋势。

第三，学业教学现状的全面调研。组织各研究团队对中国教育政策、课程标准、教材以及教学实践展开全面的调查分析，通过调研掌握当前中国儿童青少年学业学习的基本要求、内容以及重难点。

第四，反复研讨初步构建关键指标。各研究团队对现有研究与教学实际情况进行细致的反复分析，通过文献综述与研讨的方式，对学业成就各级关键指标进行反复、深入地分析与论证，初步构建学业成就的关键指标。

第五，学业成就关键指标的实证研究。根据初步构建的学业成就关键指标，组织有关专家团队编制测量工具。组织多轮预试，根据预试结果进行项目分析和测验的质量分析，反复修改测验，确保测量工具达到测量学要求。通过测量工具和预试对关键指标进行实证分析，再次反复讨论和论证最终确定学业成就的关键指标以及测评工具。

本编将分成数学学业成就发展与语文学业成就发展两个部分分别详细介绍其关键指标的选取和测验编制过程。

第9章 数学学业成就发展的
关键指标与测评

9.1 数学学业成就发展在儿童
青少年发展中的重要价值

数学学业成就（mathematics academic achievement）发展是指儿童青少年经过一定阶段的数学学习或训练后所获得的数学综合性知识和能力，特别是数理能力的进步与提高。数学学习及其水平提高对儿童青少年发展具有重要意义。

数学是人们生活、劳动和学习必不可少的工具，为其他科学提供了语言、思想和方法，是一切重大技术发展的基础（中华人民共和国教育部，2001a）。数学能力是人类智能结构中最重要的基础能力之一。儿童青少年时期是人类数学能力开始发展的重要时期，是掌握数学概念、进行抽象运算以及开始形成综合数学能力的关键期。因而儿童青少年的数学学业成就对其发展具有非常重要的意义。

儿童青少年在数学学业上的成就不仅关系到数学能力本身的发展，也是学好其他学科必不可少的工具。数学作为一门工具性学科，与其他学科有紧密的联系，为其他学科提供解决问题的方法。随着科学技术的发展和人类文明的进步，数学不仅是天文、地理、生物、物理和化学等自然科学的工具和语言，而且逐渐成为了社会、经济和教育等社会科学方面重要的研究工具。

数学学业成就是现代社会个体生存的基本能力。学生通过基础教育阶段的数学学习，可以初步学会运用数学的思维方式去观察、分析现实社会，去解决日常生活中和其他学科学习中的问题，从而获得适应未来社会生活所必需的重要数学知识（包括数学事实、数学活动经验）、基本的数学思想方法和必要的应用技能。基础教育阶段的数学是国家基础教育的核心课程，数学学业成就是儿童青少年进一步学习的重要基础，对个体全面发展和终身发展具有重要价值。

9.2 数学学业成就发展的关键指标的构建依据

当今国内外有影响力的大规模儿童青少年学业成就调查项目的关键指标都是按照布卢姆的教育目标分类理论中的二维分类表建构起来的。因此，本项目在确立数学学业成就发展关键指标时同样以布卢姆的教育目标分类学为理论指导，并充分借鉴国内外数学成就测验、大规模数学学业成就调查的成功经验，从"内容"与"能力"两大指标维度上构建儿童青少年数学学业成就发展的关键指标体系。

中国的《全日制义务教育数学课程标准（实验稿）》（中华人民共和国教育部，2001a）（以下简称《数学课程标准》）将课程目标分为内容、能力和情感态度价值观三个维度。本项目在评价学生的数学学业成就时采用标准化测验对内容和能力两个维度的指标进行评估，同时采用问卷的形式考察学生数学学习中表现出来的情感态度和价值观。本节将分别介绍在内容和能力两个维度中选取相应的关键指标、建立指标体系的依据。

9.2.1 内容领域关键指标的构建依据

（1）数学成就测验所涉及的内容

目前有关数学的成就测验很多，国际上比较常用的数学成就测验主要有以下几种：韦氏个人成就测验（Wechsler individual achievement test-third edition, WIAT-Ⅲ）、早期数学能力测试（test of early mathematics ability, TEMA）、斯坦福成就测验（Stanford achievement test series, tenth edition）、伍德科克 – 约翰逊成就测验（Woodcock-Johnson Ⅲ tests of achievement, W-J Ⅲ）、广域成就测验（wide range achievement test 4, WRAT4）、都市成就测验（metropolitan achievement tests, eighth edition, MAT 8）、核心数学诊断性数学测验（key math revised: a diagnostic inventory of essential mathematics）等。

上述的大多数测验主要集中在计算和数字概念领域，一般包括数字识别、列举、数字概念、心算、数字数量比较、简单计算、复杂计算、估算等。例如，在韦氏个人成就测验的数学部分中，包含了数字运算和数字推理的内容，考察了确认和书写数字、数数、解答纸笔计算题、分数小数代数、解决一位或多步骤字符问题、时间金钱的测量等方面的问题；而斯坦福成就测验的编制基于美国的课程内容，数学部分包含了数字意识和操作、模式关系和代数的内容；此外，早期数学能力测试、斯坦福诊断性数学测试、广域成就测验等都考察了计算和数字的内容。关于空间和几何领域的内容，只有韦氏个人成就测验、斯坦福成就测验、都市成就测验等少部分测验有所涉及；统计与概率领域的内容在上述成就测验中只有韦氏个人成就测验、斯坦福成就测验和天才学生数学能力测试三个测验有所涉及。

可以看到，大多数数学成就测验尽管在心理学、教育学等领域有较多应用，但是在内容的广度上存在一定的局限性，对数学学科广泛的内容领域无法全面覆盖。但是也有一些成就测验，如根据政府机构颁布的大纲编制的斯坦福成就测验，考察的内容比较全面，基本覆盖了学生在基础教育中数学学习的全部内容。

因此，要反映中国儿童青少年的数学学业成就水平、全面覆盖数学学科的内容领域，我们更多地借鉴斯坦福成就测验这一类型的测验，在课程的基础上选定测评的关键指标，然后再编制测评的工具。

（2）国际大规模数学学业成就调查涉及的内容

近年来，为了对不同国家学生的基础教育质量进行比较，国际上兴起了多个大规模学业成就调查项目，目的都在于通过定期对学生的学业成就以及相关背景变量的全面测量，考察和评估各个国家或地区的教育成果，为参加评估的国家或地区在课程和教学上的政策制定提供建议，以提高其教学水平。而数学学科是各个项目所共同关注的核心学科之一，其关键指标的构建以及测试工具的编制都有严格而科学的过程。通过对这些项目的细致调研，能够从中获得有益的信息，为本项目数学学业成就关键指标的选择与测评提供帮助。

PISA、TIMSS、NAEP 等国际上有影响的大规模数学学业成就调查都建立了多维度的工作框架，这些框架概括了评估所包含的重要事实、观点、技能以及题目的可描述性特征。总的来说，三个项目的框架都包含了内容维度和能力维度，而 PISA 创新性地将课程因素和情境因素也作为次要方面纳入了评估框架中。

尽管各个项目对于内容领域的表达各有不同，但是所覆盖的内容是基本一致的，都包含了数、代数、测量、几何、统计、概率等方面，基本涵盖了基础教育阶段数学学科的内容领域。TIMSS 和 NAEP 都是以课程为基础，测量学生对具体知识、技能和概念的掌握程度，测试的项目覆盖了较为广泛的课程内容，因此其内容领域的分类较为接近。对这两个项目的内容指标体系对比分析如表 9-1 所示。

表 9-1　TIMSS 和 NAEP 内容领域指标比较表

	数的性质和运算	代　数	测　量	几　何	数据分析和概率
TIMSS	正整数 分数和小数 整数 比例和百分数	规律 代数表达式 方程和公式 代数关系	属性与单位 测量的工具 方法和公式	线与角 二维和三维图形 全等和相似 位置与空间关系 对称与变换	数据的收集与整理 数据的表示 数据解释 不确定性与概率
NAEP	数感 估算 数运算 比率和概率推理 数和运算的性质	模式、关系和函数 代数表示方法 变量、表达式和运算 等式和不等式	测量物理属性 测量系统	尺度和形状 形状的转换和性质的保存 几何图形之间的关系 位置和方向 数学推理	数据表征 数据集的特征 实验和样本 概率

可以看到，TIMSS 和 NAEP 不仅一级指标非常接近，而且其二级指标所包含的内容也很相似。首先，TIMSS 的数、代数和 NAEP 的数的性质和运算、代数都包含了数感与估算、数的理解与认识、数之间的关系、数的运算等内容；而 TIMSS 和 NAEP 的测量、几何两个指标都较为强调学生的动手能力，即测量，要求学生能够熟练掌握测量的方法和系统；其次，TIMSS 在一般图形转换的基础上还要求学生能够对三维图形进行转换，但不要求学生掌握图形证明；而在统计与概率领域，TIMSS 和 NAEP 都强调了在实践中对数据的收集、整理和报告。

与 TIMSS 和 NAEP 不同的是，PISA 的内容维度主要由四个"宏概念"（量、空间和图形、变化和关系、不确定性；表 9-2）来界定。因为 PISA 主要测查学生在真实情境中运用知识的能力，因此其测查内容并不完全基于课程，也基于实践。主要测查的是学生将学到的知识和技能应用于各种未来情境的能力，因此它从课程内容中抽取出了几个重要的"宏概念"，这也是学生适应未来需要所必不可少的知识和技能。

表 9-2　PISA 内容领域指标表

量	空间和图形	变化和关系	不确定性
相对数量	图形的相似点和不同点	函数关系	数据收集
数值模式	不同维度中不同表现形式的各种形状	等值关系	数据分析和显示
计数和测量	事物的性质和相对位置	可除尽关系	概率和推断统计
数	形状与直观图之间的关系	包含关系	

因此，PISA 选取的指标的归类方式与 TIMSS、NAEP 较为不同，根据 PISA 性质相似而不是内容相似来归类。

（3）中国《数学课程标准》对内容领域的规定

中国《数学课程标准》（2001）将全日制义务教育阶段九年的学习时间具体划分为三个学段：第一学段（1~3 年级）、第二学段（4~6 年级）、第三学段（7~9 年级）。每个学段都包括"数与代数"、"空间与图形"、"统计与概率"、"实践与综合应用"四个领域，并界定如下：

1）"数与代数"主要包括数与式、方程与不等式、函数，都是研究数量关系和变化规律的数学模型，可以帮助人们从数量关系的角度更准确、清晰地认识、描述和把握现实世界。

2）"空间与图形"主要涉及现实世界中的物体、几何体和平面图形的形状、大小、位置关系及其变换，是人们更好地认识和描述生活空间、进行交流的重要工具。

3）"统计与概率"主要研究现实生活中的数据和客观世界中的随机现象，通过对数据收集、整理、描述和分析以及对事件发生可能性的刻画，帮助人们做出合理的推断和预测。

4)"实践与综合应用"将帮助学生综合运用已有的知识和经验,经过自主探索和合作交流,解决与生活经验密切联系的、具有一定挑战性和综合性的问题,以发展其解决问题的能力,加深对"数与代数"、"空间与图形"、"统计与概率"内容的理解,体会各部分内容之间的联系。

在上述四个领域中,实践与综合应用领域属于其他三个领域之间的综合(即数学内部的综合)以及数学与外部之间的综合,因此对于数学的内容领域来说,可以从数与代数、空间与图形、统计与概率三个领域进行分析。

通过上述分析可以发现,数学成就测验更多是基于课程来编制,以更好地反映数学教学与学生数学学习水平的关系。而中国的《数学课程标准》和国际大型数学学业成就调查的内容领域框架存在一定的相似性,都大致包含了数与代数、空间与图形、统计与概率三大部分,只是在对具体知识点的归类整合上有所不同。根据以《数学课程标准》为基础的原则,将数学学业成就的内容领域确定为数与代数、空间与图形、统计与概率三个部分,并综合考虑数学成就测验和大型数学学业成就调查,对内容领域进行了细化,建立起内容领域的测评框架。

9.2.2 能力领域关键指标的构建依据

9.2.2.1 数学能力的相关研究支持

儿童青少年数学能力的发展一直是研究者关注的一个重点领域。研究者针对不同年龄阶段的儿童青少年数学能力发展的特点,选取了不同的指标试图从不同角度描述儿童青少年数学相关能力的发展。总的来说,这些研究的关注点可以归类为估算、数学概念理解、计算和问题解决等方面的能力。

(1)估算能力

估算(estimation)能力是指个体懂得在什么情况下无法或不必做出精确的数字处理或数字运算,而应用相关数学知识和策略给出近似答案的能力。Yang(2003)指出估算不仅是影响数感发展的一个重要因素,而且也是促进数感发展的一个重要策略。加强估算能力、培养数感也是中国基础教育新课程的基本要求。研究表明,儿童估算的表现、估计的熟练程度与其数学学业成绩(Dowker,2003;Siegler et al.,2004)、数字加工过程(Booth,2005;Laski et al.,

2005)、计算表现（Seethaler et al.，2006）等方面呈现正向相关，这些结果引起了教育者对提高儿童估算能力的高度关注（National Council of Teachers of Mathematics，1980，1989，2000）。

儿童的估算能力起步很迟，而且发展的速度很慢。不管是估计距离、钱的数量、不连续物体的个数、算式的结果或者是估算数字在数字线中的位置，5～10 岁儿童的估计都是非常不精确的（Baroody，1989；Sowder et al.，1989；LeFevre et al.，1993）。

在儿童的估算策略方面有研究发现，儿童对估算策略的运用随着算术能力的提高而改进（Dowker，2001）。司继伟等（2003）认为个体估算能力的发展过程即是个体如何确定有效的估算策略的过程，六年级的儿童能够应用多种估算策略，只是尚不够成熟。

（2）数学概念理解能力

对数学概念的理解是学习数学的基本要求，如果没有数学概念的支持，解决问题就无从谈起。研究者在数学的诸多领域进行了有关数学概念理解的相关研究。例如，在概率领域，研究者发现儿童在 10 岁以前很难掌握概率的概念，但是在 10 岁之后随着教育的影响，儿童将逐渐掌握概率的概念（Piaget et al.，1975；Fischbein，1975；张增杰等，1985），并且在思维的形式上呈现一定的阶段性（张增杰等，1985）；而在集合（朱文芳等，2003）、函数（朱文芳等，2000）以及坐标（朱文芳等，2001）领域，研究者通过测验的方法发现，尽管总体来说随着年龄的增长，其概念的理解也随之加深，但是在相邻的年级之间并不总是存在显著的增长。

虽然儿童青少年数学概念理解的发展是数学能力的一个重要方面，但是使用什么指标考查学生对数学概念的掌握同样重要。如果选取指标不当，则无法有效反映学生的数学概念掌握情况。例如，数轴是用来考查学生度量知识掌握情况的经典材料之一，但一项研究认为其并不是评价学生理解有理数度量知识的良好指标（Ni，2000）。因此，在数学概念理解的考察中必须慎重选择评估的方式和指标。

（3）计算能力

计算是儿童要掌握的最重要的认知技能之一。与估算不同，这里所说的计算是指精确计算。精确计算能力指个体依靠数字与数学运算符号，遵循一定的运算规则，按照一定的演算步骤，得出较精确的计算结果的能力（董奇等，2002）。2~4 岁时，儿童已经能够通过形象化的方法进行简单的计算，并且随着年龄的增长，逐渐获得更加复杂的精算能力。

研究者常选取计算的广度和速度进行精确计算能力的研究。结果发现，在小学阶段随着年龄的增长，其运算的广度和速度都有所提高（Adams et al.，1997；张奇等，2002）。运算的广度会受到短时记忆容量的限制，如超出短时记忆的容量，运算就无法进行（Adams et al.，1997）。运算的广度和速度的增长率在年级之间是不同的（张奇等，2002），表现为在低年级时增长率较大，而在高年级则有所放缓。

（4）问题解决能力

数学问题解决是数学学习过程中，学生根据题目的需要，通过一系列思维操作达到解题目的的过程，涉及数学问题表征、问题表征的策略、解决问题的策略等方面（Sternberg，1986）。例如，几何题的证明就是一个典型的问题解决过程，包含确定问题、定义问题、形成策略、组织信息、分配资源、监控和评估等过程。

在数学问题表征的形式上，Lowrie 等（2001）研究发现当学生解决难题时倾向于使用视觉空间表征，解决容易题时会使用非视觉空间表征。徐速（2005）采用非视觉化题目和视觉化题目进行考察，结果发现图式表征在非视觉化题目与视觉化题目上都极大地促进了问题解决。

在问题表征中存在两种策略——直接转换策略和问题模型策略。直接转换策略强调量的推理，即运算过程；问题模型策略强调质的推理，即理解问题中条件之间的关系。陈英和等（2004）对小学 2~4 年级儿童数学应用题表征策略差异进行研究，发现学优生较多地使用问题模型策略对问题进行表征，学差生较多地使用直接转换策略对问题进行表征，随着年级的升高，学优生在使用问题模型策略上越来越熟，学差生并没有学会使用更加有效的问题模型表征策略，但他们在关于策略使用的认识上有所提高。

在解决问题所使用的策略方面，林崇德等（2003）采用修订的瑞文推理为材料，发现小学生在解决图形推理问题时使用六种策略——分析策略、不完全分析策略、知觉分析策略、知觉匹配策略、格式塔策略和自主想象策略。在解决数量规则题中，知觉分析策略在整个小学阶段占主导地位，而在解决加减规则题中，分析策略占主导地位，随年龄增长呈上升趋势。二年级儿童开始能够同时观察到两种规则，五、六年级儿童更能够不受题目形式的影响，从本质上把握逻辑规则。

9.2.2.2 数学成就测验所涉及的能力

传统的数学成就测验大多将数学能力水平划分为数学概念理解能力、数学计算能力和运用数学解决问题能力三个方面。例如，基本数学诊断测验（Thomas，et al.，2007），作为使用最为广泛的评估数学技能的个别测试工具，从能力水平角度看包括三个部分：数的概念理解、数学计算和数学的运用。类似的数学成就测验还有斯坦福数学诊断测验（Impara et al.，1998）和现代数学理解测验（Kaplan et al.，2005）。

除了上述这些以数学概念理解能力、数学计算能力和数学应用能力为要点的数学成就测验之外，还有一些数学成就测验在此基础上有所扩充或者对数学学业成就测试提出了新的能力要求。例如，适合于1～12年级的加州数学诊断测验（California diagnostic mathematics tests）在整体采用这种能力指标的同时，在8～12年级增加了一个生活技能的能力测试。国民小学数学成就测验（周台杰，2002）在能力要求方面包括了儿童处理数学问题的四种过程，即加或减、乘或除、四则混合、推理。中国小学生基本数学能力测试量表（吴汉荣等，2005）在保留数学运算领域的能力要求基础上，提出了逻辑思维与空间—视觉功能领域的基本能力要求。

通过上述分析可以看出数学成就测验涉及的能力主要包括了数学概念的理解能力、数学规则的运用，特别是运用规则进行计算的能力和运用数学知识解决实际问题的能力。同时在其他一些测验中则强调了数学中数理逻辑能力，即通过数理逻辑进行思考，进行数学推断。这些能力对于我们选择数学学业成就关键指标及其测试编制具有重要的启发价值。

9.2.2.3 大规模数学学业成就调查涉及的能力

在能力领域中，TIMSS和NAEP采用的是具有层级的结构，但是两者的设定又有所区别。TIMSS（International Association for the Evaluation of Educational Achievement，2006）将能力层次分为对基本事实和过程的了解、概念的使用、解决常规问题、推理四个由低到高的水平，其中对基本事实和过程的了解要求既能快速准确地使用各种计算过程和工具，又能理解某些特定的过程用以解决一类问题而不是个别的问题；概念的使用要求学生能对概念了解、分类、表示，用公式表示和区分；解决常规问题要求学生运用所学的过程性知识解决某些特定的标准化问题；而推理的要求最高，要求学生采用假设、分析、评价等推理过程解决非常规问题。通过这个分层，学生所能够达到的能力水平一目了然。

相比之下，NAEP 中（National Assessmeut Governing Board，2007）基本上没有明显的能力水平的说法，但它们通过设置试题的复杂性或是解决问题的过程考查学生解决问题的能力。NAEP 中在数学测验复杂性的每个水平都包括了认识和执行等方面，如推理、完成任务过程、理解概念或解决问题。这些水平都已经排好了顺序，低水平的项目要求学生完成简单的过程、理解基本的概念或解决简单的问题，高水平的项目要求学生推理或传达成熟的概念、完成复杂的过程或解决非常规的问题。与 TIMSS 和 NAEP 不同，PISA 中（OECD，2009）并没有采取相似的能力层次划分，而是考查学生在不同情境下提出、阐述、解决和解释数学问题的过程中所具备的分析、推理和有效表达数学思想概念的能力，将这些能力分成三种能力群，分别是：复用能力群、联想能力群和反思能力群。其中，复用能力群含有标准表述、常规的计算和程序等内容；联想能力群要求能建立模型，解决常规问题；反思能力群要求能提出和解决非常规的问题，采用创新的方法等。但是 PISA 中这三个能力群之间并不存在层级关系。

9.2.2.4 《数学课程标准》中对能力领域的规定

《数学课程标准》中使用了"了解（认识）、理解、掌握、灵活运用"等刻画知识技能的目标动词，较好地体现了《数学课程标准》对学生在数学思考和解决问题等方面的要求。

1）了解（认识）：能从具体事例中，知道或能举例说明对象的有关特征

（或意义）；能根据对象的特征从具体情境中辨认出这一对象。

2）理解：能描述对象的特征和由来，能明确地阐述此对象与有关对象之间的区别和联系。

3）掌握：能在理解的基础上，把对象运用到新的情境中。

4）灵活运用：能综合运用知识，灵活、合理地选择与运用有关的方法完成特定的数学任务。

9.3 "中国儿童青少年心理发育特征调查" 数学学业成就发展的关键指标体系

9.3.1 内容领域的关键指标

依据《数学课程标准》对内容领域的划分以及上述文献的分析，数学成就测验的内容维度可以分为"数与代数"（number and algebra）、"空间与图形"（space and shape）、"统计与概率"（statistics and probability）三个一级内容指标，以下将按照顺序分别介绍各学段重点关注的详细指标。

9.3.1.1 数与代数

"数与代数"主要包括数与式、方程与不等式、函数，它们都是研究数量关系和变化规律的数学模型，可以帮助人们从数量关系的角度更准确、清晰地认识、描述和把握现实世界。

各学段的具体要求如下。

（1）第一学段（1～3年级）

在本学段中，主要包括：数的认识、数的运算、常见的量和探索规律的内容。

1）数的认识：①能认、读、写万以内的数；②认识符号"＜，＝，＞"的含义，能用符号和词语来描述万以内数的大小；③能说出各数位的名称，识别各数位上数字的意义；④能结合具体情境初步理解分数的意义，能认、读、写小数和简单的分数。

2) 数的运算：结合具体情境，体会四则运算的意义。①能熟练口算 20 以内的加减法和表内乘除法，能熟练地计算百以内的加减法；②能计算三位数的加减法，一位数乘三位数，两位数乘两位数的乘法，三位数除以一位数的除法；③能结合具体情境进行估算，并解释估算的过程；④经历与他人交流各自算法的过程；⑤能灵活运用不同的方法解决生活中的简单问题，并能对结果的合理性进行判断。

3) 常见的量：①在现实情境中，认识元、角、分，并了解它们之间的关系；②能认识钟表，了解 24 时计时法，结合自己的生活经验，体验时间的长短；③认识年、月、日，了解它们之间的关系；④在具体生活情境中，感受并认识克、千克、吨，并能进行简单的换算；⑤结合生活实际，解决与常见的量有关的简单问题。

4) 探索规律：发现给定的事物中隐含的简单规律。

(2) 第二学段（4～6 年级）

在本学段中，主要包括：数的认识、数的运算、式与方程、正比例/反比例和探索规律的内容，相比第一学段在数的认识和运算上要求更为深入。

1) 数的认识：①能在具体的情境中，认、读、写出亿以内的数；②进一步认识小数、分数和百分数，探索小数、分数和百分数之间的关系，并会进行转化。会比较小数、分数和百分数的大小；理解小数的性质，根据小数点位置移动与小数大小的变化情况解决问题；③会用负数表示生活中的数；④结合现实情境感受大数的意义，并能进行估计；⑤能找出两个自然数的最大公因数和最小公倍数；⑥知道整数、奇数、偶数、质数、合数、公因数和最大公因数、公倍数和最小公倍数，能运用求最小公倍数的方法解决简单的实际问题。

2) 数的运算：①会进行简单的整数四则混合运算，会进行简单的小数与分数的加法、乘法混合运算；②能直接写出较简单的两数进行运算的结果；③能笔算三位数乘两位数的乘法，三位数除以两位数的除法；了解运算律的含义，能应用运算律进行简便运算；④会用分数的基本性质对分数进行变形，解决有关整数、小数、分数、百分数运算的简单实际问题。

3) 式与方程：①在具体情境中会用字母表示数；②会用方程表示简单情境中的等量关系；③会用等式的性质解简单的方程。

4）正比例/反比例：①分析实际情境，解决按比例分配问题；②能根据给出的有正比例关系的数据在有坐标系的方格纸上画图，并根据期中一个量的值估计另一个量。

5）探索规律：探求给定事物中隐含的规律或变化趋势。

（3）第三学段（7～9年级）

本学段的内容主要有：数与式、数的运算、式与方程、函数。

1）数与式：①理解有理数的意义，能用数轴上的点表示有理数，会比较有理数的大小；了解无理数和实数的概念，知道实数与数轴上的点一一对应；会判断一个数是无理数还是有理数；②能对含有较大数字的信息作出合理的解释和推断，会用科学计数法表示数；③能运用有理数的运算解决简单的问题；④借助数轴理解相反数和绝对值的意义，会求有理数的相反数和绝对值；⑤了解负整数、相反数、倒数的意义；⑥了解平方根、算术平方根、立方根的概念；会用根号表示数的平方根、立方根。

2）数的运算：①掌握有理数的加、减、乘、除、乘方及简单的混合运算（以三步为主）；②会正确运用同底数幂乘法的运算性质进行运算；③了解有效数字和近似数的概念；在解决实际问题中，能用计算器进行近似计算，并按问题的要求对结果取近似值；④会解决涉及平方根、立方根的数学常规问题。对简单数据能直接求解，对较大数据能用计算器求解或得到近似值。

3）式与方程：①能分析简单问题的数量关系，并用代数式表示；②会求代数式的值；③会进行简单的整式加、减运算；④理解与真实生活情境相关的涉及整式加减运算的实际背景或几何意义；⑤会推导乘法公式：$(a+b)(a-b)=a^2-b^2$；$(a+b)^2=a^2+2ab+b^2$，并能进行简单计算；⑥会用提公因式法、公式法进行因式分解；⑦会判断一个代数式是否是分式，会判断一个分式何时有意义，会根据已知条件求一个分式的值；⑧会解分式方程，并会判断一个值是否是分式方程的解；⑨会解一元一次方程、简单的二元一次方程组；⑩会根据具体问题中的数量关系列出一元二次方程并求解；⑪能利用方程（组）知识解决常规的数学问题和简单的实际问题，并检验结果是否合理；⑫会解简单的一元一次不等式（组），并能在数轴上表示出解集；⑬能够从实际问题中找出所隐含的数量关系，列出一元一次不等式和一元一次不等式组，从而解决简单的问题。

4）函数：①能结合图像对简单实际问题中的函数关系进行分析；②根据已知条件确定一次函数表达式；③会画一次函数的图像，根据一次函数的图像和解析表达式探索并理解一次函数性质；④能用一次函数解决实际问题；⑤理解反比例函数的性质；⑥利用图像，认识二次函数的意义、性质；⑦会根据公式确定图像的顶点、开口方向和对称轴；⑧能根据二次函数图像与 x 轴的位置判断相应一元二次方程的根的情况，理解一元二次方程的根就是二次函数与 $y=h$ 交点的横坐标；⑨会用待定系数法求二次函数的关系式；⑩能根据具体问题中的数量关系和图像变化特征，用相关的二次函数知识解决实际问题。

9.3.1.2 空间与图形

"空间与图形"主要涉及现实世界中的物体、几何体和平面图形的形状、大小、位置关系及其变换，它是人们更好地认识和描述生活空间、并进行交流的重要工具。各学段的具体要求如下。

（1）第一学段（1～3 年级）

在本学段中，主要包括：图形的认识、测量、图形与变换、图形与位置的内容。

1）图形的认识：①通过实物和模型辨认长方体、正方体、圆柱和球等立体图形；②辨认从正面、侧面、上面观察到的简单物体的形状；③辨认长方形、正方形、三角形、平行四边形、圆等简单图形；④会用长方形、正方形、三角形、平行四边形或圆拼图；⑤结合生活情境认识角，会辨认直角、锐角和钝角；⑥能对简单几何体和图形进行分类。

2）测量：①结合生活实际，经历用不同方式测量物体长度的过程；在测量活动中，体会建立统一度量单位的重要性；②在实践活动中，体会米、厘米的含义，会进行简单的单位换算，会恰当地选择长度单位；③能估计一些物体的长度，并进行测量；④指出并能测量具体图形的周长，探索并掌握长方形、正方形的周长公式；⑤结合实例认识面积的含义，能用自选单位估计和测量图形的面积，体会并认识面积单位，会进行简单的单位换算；⑥探索并掌握长方形、正方形的面积公式，能估计给定的长方形、正方形的面积。

3）图形与变换：①结合实例，感知平移、旋转、对称现象；②能在方格纸上画出一个简单图形沿水平方向、竖直方向平移后的图形；③通过观察、操作，认识轴对称图形，并能在方格纸上画出简单图形的轴对称图形。

4）图形与位置：①会用上、下、左、右、前、后描述物体的相对位置；②在东、南、西、北和东北、西北、东南、西南中，给定一个方向辨认其余七个方向，并能用这些词语描绘物体所在的方向；会看简单的路线图。

（2）第二学段（4～6年级）

本学段包含的内容在第一学段的基础上更加深入。

1）图形的认识：①认识长方体、正方体、圆柱和圆锥。认识长方体、正方体和圆柱的展开图；②认识平行四边形、梯形、三角形和圆，会用圆规画图，掌握平行四边形和梯形的特征；③认识三角形，了解三角形两边之和大于第三边，三角形内角和180°；④组成图形的基本元素射线、线段、直线的区别；⑤了解平面上两条直线的平行和相交关系。

2）测量：①利用方格纸或割补等方法，探索并掌握三角形、平行四边形和梯形的面积公式；②结合具体情境，探索并掌握长方体、正方体、圆柱的体积和表面积以及圆锥体积的计算方法；③探索某些实物或不规则图形周长、面积和体积的测量方法。

3）图形与变换：①认识图形的平移与旋转，能在方格纸上将简单图形平移或旋转90°；②能动手折纸，并画出折纸的折痕；③能利用方格纸等形式按一定比例将简单图形放大或缩小，体会图形的相似；④欣赏生活中的图案，灵活运用平移、对称和旋转在方格纸上设计图案。

4）图形与位置：①在具体情境中，能用数对来表示位置，并能在方格纸上用数对确定位置；②能描述简单的路线图；③能根据方向和距离确定物体的位置；④会按给定的比例进行图上距离与实际距离的换算。

（3）第三学段（7～9年级）

本学段主要包括了图形的认识、图形与变换、图形与位置、图形与证明。

1）图形的认识：①了解三角形有关概念，了解三角形的稳定性；掌握平行四边形、矩形、菱形、正方形、梯形、等腰梯形、直角梯形的概念；掌握平行四边形、矩形、菱形、正方形、等腰梯形的有关性质和判定；②会根据三条线段的长度判断它们能否构成三角形，会运用勾股定理解决简单问题，会用勾股定理的逆定理判定直角三角形；③掌握三角形全等的条件，能够利用三角形全等解决实际问题，并能进行简单的说理和计算；④能利用等腰三角形、等边三角形、直角三角形、全等三角形的性质解决相关问题；⑤知道等角的余角相等、等角的补角相等、对顶角相等；会计算角度的和与差，认识度、分、秒，会进行简单换算；⑥能运用三角形的内角和及外角和进行简单的说理，并能解决相关实际问题；⑦了解垂线、垂线段等概念及性质，理解点到直线距离的意义；⑧知道平行线的性质：两直线平行，同位角、内错角相等，同旁内角互补。会判定两直线平行：同位角相等、内错角相等、同旁内角互补，两直线平行；⑨知道过一点有且仅有一条直线垂直于已知直线，知道过直线外一点有且仅有一条直线平行于已知直线；⑩理解圆及其有关概念，了解弧、弦、圆心角、圆周角的关系；⑪理解点与圆、直线与圆以及圆与圆的位置关系；⑫了解切线的概念，切线与过切点的半径之间的关系；能判定一条直线是否为圆的切线，会过圆上一点画圆的切线；⑬能计算弧长及扇形的面积，会计算圆锥的侧面积和全面积。

2）图形与变换：①了解基本图形（等腰三角形、矩形、菱形、等腰梯形、正多边形、圆）的轴对称性及其相关性质；②了解旋转的基本性质，能按要求作出简单图形旋转后的图形；③了解相似图形性质，知道相似多边形的对应角相等，对应边成比例，面积的比等于对应边比的平方；④掌握相似三角形性质与判定；⑤通过实例认识锐角三角函数（sinA，cosA，tanA），知道 30°，45°，60°角的三角函数值；会使用计算器由已知锐角求它的三角函数值，由已知三角函数值求它对应的锐角；⑥运用三角函数解决与直角三角形有关的简单实际问题。

3）图形与位置：认识并能画出平面直角坐标系；在给定的直角坐标系中，会根据坐标描出点的位置、由点的位置写出它的坐标。

4）图形与证明：①了解定义、命题、定理的含义，知道命题的条件（题设）和结论；②会用定理或性质进行证明。

9.3.1.3　统计与概率

"统计与概率"主要研究现实生活中的数据和客观世界中的随机现象，它通过对数据收集、整理、描述和分析以及对事件发生可能性的刻画，来帮助人们做出合理的推断和预测。在各学段的详细指标如下。

（1）第一学段（1～3年级）

在第一学段中，主要内容有数据统计活动初步和不确定现象。

1）统计：①能按照给定的标准或选择某个标准对物体进行比较、排列和分类；②对数据的收集、整理、描述和分析过程有所体验；③通过实例，认识条形统计图，并完成相应的图表；④能根据简单的问题，使用适当的方法收集数据，并将数据记录在统计图中；⑤了解平均数的意义，会求简单数据的平均数；⑥能和同伴交换自己的想法；⑦根据统计图表中的数据分析和解决简单的问题。

2）概率：知道事件发生的可能性是有大小的。

（2）第二学段（4～6年级）

在第二学段主要内容为简单数据统计过程和可能性。

1）统计：①通过实例，进一步认识条形统计图，认识折线统计图、扇形统计图；根据需要，选择条形统计图、折线统计图直观、有效地表示数据；②能通过数据或统计图表获得有用的信息，并对其分析；③初步学会根据统计图和数据进行数据变化趋势的分析，进一步体会统计在现实生活中的作用。

3）概率：①能根据可能性大小的比较解决问题；②对简单事件发生的可能性作出预测，并阐述自己的理由；③体验事件发生的可能性以及游戏规则的公平性，会求一些简单事件发生的可能性。

（3）第三学段（7～9年级）

在第三学段中，主要内容为统计与概率。

1）统计：①会制作扇形统计图；能从扇形统计图中读取信息；会用扇形统计图表示数据；能根据不同问题选择恰当的统计图描述数据；②理解平均数、中位数、众数的意义；③通过实例，理解频数概念，了解频数分布的意义和作用，并能解决简单的实际问题；④了解样本估计总体的意义，会用样本平均数、方差估计总体的平均数、方差；⑤能运用统计在社会生活及科学领域中的应用，解决一些简单的实际问题。

2）概率：①了解计算一类事件发生可能性的方法；能计算简单事件发生的概率；②在社会生活及科学领域中应用概率，解决一些简单的实际问题。

9.3.2 能力领域的关键指标

依据各种文献分析的结果，主要划分了"知道事实"（knowledge of the facts）、"应用规则"（applications of the rules）、"数学推理"（mathematical reasoning）和"非常规问题解决"（problem-solving）这四个能力水平，按难度从低到高排列，处于较低水平的项目要求学生完成简单的过程、理解初级的概念或解决简单的问题，处于较高水平的项目要求学生推理或表达成熟的概念、完成复杂的过程或解决非常规的问题。

（1）"知道事实"

"知道事实"包括学生需要知道的事实、过程和概念。要完成这一水平的题目在很大程度上依赖于学生对以前学过的概念和原理的回忆与识别，非常有代表性地说明了学生将要做什么。如：①能从具体实例中，知道或能举例说明对象的有关特征或意义；②能根据对象的特征，从具体情境中辨认出这一对象；③回忆数或图形等的性质；④画出或测量简单的几何图形；⑤从图表、表格或图形中抽取信息。

（2）"应用规则"

"应用规则"关注学生应用所学的数学概念和规则进行计算和解决简单问题的能力，可以非常机械化地使用原理或规则。这一水平的题目比"知道事实"的题目包含了更多在备择选择中思考和选择的灵活性。如：①能描述对象的特征和由来；②能明确地阐述此对象与有关对象之间的区别和联系；③四则运算；④完成一个指定的过程；⑤求方程式的解；⑥解决一个只需一步计算的问题。

（3）"数学推理"

"数学推理"是学生对数学情景中的常规问题解决的能力。这一水平的题目需要学生给出超出习惯的、没有详细说明的，且常常不止一步计算的答案，这就需要学生自己整合不同领域的技能和知识来完成。如：①根据情境和目的，选择和使用不同的表示方法；②解决多步计算的问题；③从图表、表格或图形中抽取信息并使用这些信息去解决需要多步计算的问题；④在理解对象的基础上，把对象运用到新的情境中。

（4）"非常规问题解决"

"非常规问题解决"与"数学推理"的差别在于前者考察的是学生解决日常生活情景中的问题的能力，要求学生能将所学的数学知识与技能应用于现实的生活情境当中。这一水平的题目要求学生必须参与更多的抽象推理、计划、分析、判断和创造性思维，能综合运用知识，灵活、合理地选择与运用有关的方法完成特定的数学任务。如：①用多种方法解决一个问题；②解释和证明一种解决方法；③完成一个需要多步计算且有多种结果的过程；④根据情境建立数学模型。

9.4　"中国儿童青少年心理发育特征调查"数学成就测验的编制

经过对各种资料的详细分析，构建了数学学业成就发展的关键指标体系。在此基础上编制了数学成就测验对关键指标进行测评。本节将从测评工具的编制和测验工具的基本测量学指标进行简要介绍。

9.4.1　测评工具的编制

9.4.1.1　双向细目表的确立

在建立了关键指标体系之后，组织各地的专家以此为基础进行教材分析，并根据当地教材、学生的实际状况，细化指标体系，形成双向细目表。但由于各地的教材和学生状况不同，细目表之间存在一定差异，因此再次组织专家针对各地提交的细目表进行充分讨论，合并共有的内容，将表述不同而实质相同的内容进行合并，并考虑对内容和能力考察重点的平衡。最终形成统一的双向细目表，作为成就测验编制的依据。表 9-3 是以第三学段的数与代数领域双向细目表为例，对双向细目表进行的简要介绍，"√"表示该知识点所考察的能力水平。

表 9-3　第三学段双向细目表

能力维度 内容维度			知道事实	应用规则	数学推理	非常规问题解决
数与代数	数与式	1. 有理数	✓	✓	✓	
		2. 实数	✓	✓		
		3. 代数式		✓		
		4. 整式与分式	✓	✓		
	方程与不等式	5. 方程与方程组	✓	✓	✓	✓
		6. 不等式与不等式组		✓		
	函数	7. 函数的概念		✓		
		8. 一次函数		✓	✓	✓
		9. 反比例函数		✓		
		10. 二次函数	✓	✓		✓

通过上表，便将知识领域与能力领域进行了对应，对于不同的知识点，考察的能力水平也就不同，如对于方程与方程组，在能力的四个子维度上都有所考察，而不等式与不等式组只需要考察其应用规则的能力。

9.4.1.2　成就测验的试题编制与组卷

以双向细目表为基础，在全国范围内组织由大学研究人员、教研员和优秀一线教师组成的多个专家团队编制测验题目，并在当地对所编制的题目进行小范围预试和项目分析。

在此基础上，我们组织多位数学学科专家、教研员、一线教师进行试题的整合与组卷，即将题库中单独的项目根据需要进行组合，形成测验。组卷时，由各位命题专家首先从题库中选择能够反映全国实际情况的试题，对于某些知识点上题量不足的问题则由命题专家现场统一编制。原有题库以及命题专家现场所编制的试题一起进入题库进行管理。

组卷完成后，项目组邀请北京、天津等地区的教研员、一线教师对测验是否适合相应学段学生测试进行评估。在依据专家意见进行相应的修改之后，形成了本次数学成就测验工具的初稿。

9.4.1.3　预试与修订

在完成了数学成就测验的编制后，从中国东、中、西部各选取了一个省份的一个区县进行较大范围的预试。目的是为了考察测验本身的质量，如题目的表述、题目的形式、识字量等是否影响学生作答，测量学方面的各个指标是否符合要求；同时也为了考查学生能否在预计的时间内完成、各题本在学段内各年级上的适应性、发现测试过程当中可能出现的问题，为题目的进一步筛选与确定提供依据。

根据预试收集的数据，对各个项目、题本、测验整体、得分分布等方面进行了分析，发现从各测量指标上看，三个学段学生数学成就测验的质量良好，对小部分题目进行微小修订后，可用于全国大规模的测试。

最终确定的数学成就测验的测试工具，其题本设计如下：

本测评工具共分成三个学段，2～3 年级为第一学段，4～6 年级为第二学段，7～9 年级为第三学段。每个学段有三个题本，即 A、B、C 卷，这三个题本是平行测验，其测验结构是相同的。

测试工具的主要题型是选择题，每一个题目有且只有一个正确答案。这种试题类型大大缩减了评分环节的主观性偏差，增强了评价的客观性。同时，在每一个学段，都有 2～3 道解答题，主要考查学生在具体情境中分析问题和解决问题的能力。

三个学段中每个题册的题目数量均为 27 题，包括 25 道选择题和 2 道解答题。其中有 5 道选择题、2 道解答题为锚题，一个学段内共享相同的锚题，不同学段间锚题不同。每个学段的三个题本中的共同题可看做是整个测验的一个缩减版，题量约占总题量的 30%。

根据中小学学生心理发展的特点和测验实施的可行性，确定第一学段和第二学段（2～6 年级）数学成就测验的测试时间为 45 分钟，第三学段（7～9 年级）数学成就测验的测试时间为 60 分钟。

9.4.2　数学成就测验的基本测量学特征

一个测量工具的基本测量学特征一般有难度、区分度、信度、效度等指标，以下我们将从微观的项目分析和宏观的测验分析两个角度介绍数学成就测验的基本测量学特征。

9.4.2.1　项目分析

数学成就测验的难度计算采用题目的通过率或平均得分率的方法。难度值越高，说明在该题上通过的人或是得高分的人越多，项目越简单；反之项目越难。

总的来说，各学段题目的难度分布趋于正态，题目的难度基本介于 0.35~0.65，个别题目的难度大于 0.9 或者小于 0.1。这与学生群体能力的分布相对应，能更有效地区分不同能力的个体。

另外，我们采用相关法计算项目的区分度，采用学生在项目上的得分和全测验上的总分的相关系数（题总相关）来表示，二者间的相关越高，表明项目的区分度越高，对学生能力的区分程度越好。

结果表明，三个学段题目的区分度总体良好，题目的区分度基本在 0.3 以上，仅在学段一出现两道区分度小于 0.1 的题目。说明本测验的项目答对与否和学生的得分存在较好的相关，能够区分不同水平的学生。

9.4.2.2　测验分析

（1）信度

用克隆巴赫 α 一致性系数来考察测验内容的一致性。三个学段各题本的内部一致性系数为 0.794~0.903，达到了较高的水平。鉴于 α 系数只是测验信度的下限估计，因而可以认为本测验的信度较高，对测验中的随机误差控制得很好。

（2）效度

效度是科学的测量工具所必须具备的最重要条件。我们用内容效度、结构效度和效标效度来考察本测验的效度。

1）内容效度。内容效度是要评估试题是否能够充分代表相应的行为范围或特定的研究内容。评估内容效度的一种典型方法是找到一组独立的专家而不是试题编写者，让他们判断试题对所研究领域的取样是否适当。本测验在编制过程中主要通过以下工作的开展确保测验的内容效度：其一，通过项目中心组和全国各专家组确立测验的框架和指标体系，明确了测验的行为领域；其二，在拟定测验框架和指标体系的基础上编制总的和分学段的双向细目表，并依据双向细目表编制题目，确保试题与欲测行为领域的匹配；其三，从测验初步形成到修订完成最终版的整个过程中，不断邀请富有教学经验的教研员和一线教师审题，并在测验编制完成修订前召开专家论证会，判断试题对数学学业能力的取样是否恰当，根据反馈意见进一步完善和修改测验。因此，本测验的内容效度是可以得到保证的。

2）结构效度。结构效度反映的是一个测验实际测到所要测量的理论结构和特质的程度，可以通过测验内部证据和测验间的外部证据进行证明。在测验内部，我们选取了测验的维度分与测验总分的相关作为证据，而外部我们选取了城乡和年级之间的差异作为证明。

在内容领域的得分与总分的相关中，数与代数、空间与图形在各个学段中均具有较高相关（0.836～0.944），而概率与统计的相关略低（0.540～0.738）；在能力领域的得分与总分的相关中，知道事实和运用规则在所有学段都具有较高的相关（0.585～0.944），数学推理在一、二学段也具有较高相关（0.744～0.905），在第三学段出现一定下降（0.164～0.659）。解决常规问题方面，其相关从低学段（0.202～0.452）到高学段逐渐增加（0.771～0.789）。总体来说，各个学段中各个题本的结构效度均较好。

而从城乡差异来说，在各个学段的各个题本中，城市地区的平均成绩均高于农村地区，城乡差异显著。而在年级差异中，各个学段内，平均成绩随着年级呈递增趋势。低年级的分数最低，中年级次之，高年级最高，并且年级间差异显著，符合年级发展趋势。

因此总的来说，本测验的结构效度较为良好，是测量学生数学学业成就发展水平的合适工具。

3）效标效度。效标效度指的是一个测验对处于特定情境中的个体的行为进行估计的有效性，对于本测验来说，如果本测验能够良好地预测学生的数学学业成就，则能证明本测验的效标效度是高的。因此我们选取部分地区统一进行的期末数学考试作为数学能力的有效效标。

在进行了数学测试的2～9年级的学生中，本测验和考生统考成绩的相关系数为0.525～0.840，表明本测验结果与效标结果较为一致，具有较好的预测作用。

9.4.3 小结

　　根据数学学业成就测试的测评结果以及专家对测评结果的研讨，本次调查最终从内容和能力两个维度确定了数学学业成就的关键指标，并根据整体测试指标体系编制了一套涵盖义务教育阶段 2~9 年级中国儿童青少年的数学成就测验。测验较好地覆盖了当前中国儿童青少年的数学活动全域，题目难度恰当，区分度较好，测验信度效度较高，符合测量学的要求。

第10章 语文学业成就发展的
关键指标与测评

10.1 语文学业成就发展在儿童青少年发展中的重要价值

语文学业成就（reading academic achievement）发展是指儿童青少年经过一定阶段的语文学习或训练后所获得的语文综合性知识和能力的进步与提高。语文学习及其水平提高对儿童青少年发展具有重要意义。

首先，语文能力是现代社会个体生存的基本能力之一。知识经济时代要求儿童青少年逐步具备包括阅读理解和表达交流在内的多方面基本能力，以及运用现代技术搜集和处理信息的能力（中华人民共和国教育部，2001b）。

其次，语文学习对于儿童青少年学会认知和促进思维具有重要的价值。语文学习具有不同于其他任何类型学习的特殊性（Mac Whinney，2005），其核心是语言能力的发展。语言能力具有清晰显见的生物解剖基础，在大脑中有明确的定位（Damasio et al.，1992），同时语文或语言学习的经验可能引起大脑功能发生变化，具有一定的可塑性（Kolb et al.，2003）。因而语文学业成就是一种源于神经、思维和社会因素之间的相互作用，并逐步得到进化的、个体独特的一项基本认知能力，对个体的发展，特别是认知和思维发展意义重大。

再次，语文是学好其他学科必不可少的工具。语文为各科的学习提供了语言和思维的基础，其他任何学科的传授都是以语言作为书面载体。叶圣陶（1978）曾经说过：语文是工具，自然科学方面的天文、地理、生物、数学、物理、化学，社会科学方面的文学、历史、哲学、经济学，学习、表达和交流都要使用这个工具。苏步青（2000）也认为：语文不合格，其他学科是学不通的。

最后，语文是人类文化的重要组成部分，是传承文明、陶冶情操的重要途径，也是古往今来人们传播知识、表达思想的主要方式。儿童青少年通过语文学习，掌握本民族语言文字的特殊性，继承蕴涵在语言文字中的文化精髓与民族传统。

因此，语文作为国家基础教育的核心课程，是中小学生学业成就的一个重要方面。

10.2　语文学业成就发展的关键指标的构建依据

正如前章所述，当今国内外许多有影响力的大规模儿童青少年学业成就调查项目的关键指标都是按照布卢姆的教育目标分类理论的二维分类表建构起来的。例如，中国台湾地区的 TASA 从"知识"和"能力"两方面指标入手设计了语文学业成就测试的关键指标（"台湾教育研究院筹备处"，2009）。在知识内容指标下，将语文知识分为字词认知、文学文化常识、阅读、写作等指标；在能力指标维度下，将语文能力分为字词理解能力、语法运用能力、阅读理解能力、语文表达能力等指标，并将这些内容指标与能力指标整合到具体的考试题目中。例如，在字形字音测验题目中，考核的知识内容指标是字音的掌握与同音字的辨识，能力指标则是字形、字音的辨识能力。由此可见，在 TASA 的测试中，内容指标与能力指标之间相互对应，不同的知识内容对应着的不同的能力要求，儿童青少年需要具备不同知识内容所需的相应的语文能力。

因此，本项目确立语文学业成就发展关键指标同样以布卢姆的教育目标分类学为理论指导，充分借鉴国内外相关语文学业成就测试的成功经验，从"知识内容"与"能力"两大指标维度上构建中国儿童青少年语文学业成就发展的关键指标体系。

中国的《全日制义务教育语文课程标准（实验稿）》（中华人民共和国教育部，2001b）（以下简称《语文课程标准》）将课程目标分为内容、能力和情感态度价值观三个维度。本项目在评价学生的语文学业成就时选取内容和能力两个领域的指标，同时采用问卷的形式考查学生语文学习中表现出来的情感态度和价值观。本节将分别介绍在内容和能力两个维度中选取相应的关键指标、建立指标体系的依据。依据布卢姆教育目标分类学理论，遵从"词汇认知－语法习得－段落阅读－篇章理解"的语文学习顺序，借鉴诸多大规模语文成就测验关键指标体系，在儿童青少年语文学业成就关键指标体系的构建上，我们使用"内容（知识）"与"能力"两个指标作为一级维度来统领整个指标体系，如图10-1所示。而在二级维度上，内容（知识）又可细分为"语文积累内容"和"阅读内容"两部分，能力又可细分为"语文积累部分的能力"和"阅读部分的能力"两部分。"语文积累内容"和"语文积累部分的能力"主要关注的是拼音、拼写、词汇认知、句法规则、诗文欣赏等相关知识与能力指标；而"阅读内容"和"阅读部分的能力"主要是一些涉及文本阅读的内容与能力指标。由此形成的儿童青少年语文学业成就发展关键指标体系的主要结构可以概括为"两级维度，四项指标"，其中一级维度的"能力"和"内容"是儿童青少年语文学业成就发展的关键指标，而二级维度的"语文积累内容"、"阅读内容"、"语文积累部分的能力"和"阅读部分的能力"则是该指标体系落实的着手点。

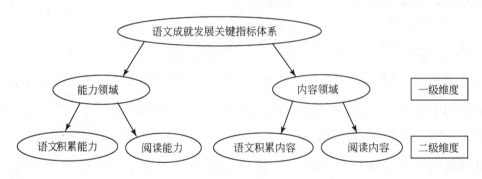

图 10-1　语文成就发展关键指标建构结构

10.2.1　内容领域关键指标的构建依据

10.2.1.1　语文成就测验所涉及的内容

语文成就测验是专门为语文学习而设计的学业成就测验，被广泛用于儿童青少年学业成就发展和学校教学与评价工作中。通过语文成就测验，可以了解儿童青少年对语文知识与能力的掌握和运用等语文学业领域的发展状况。由于语文成就测验的种类较多，测验用途也有所差别，因此它们对青少年语文成就发展关键指标的界定也就有所不同。通过分析已有的语文成就测验的框架与内容，将帮助我们进一步理清语文成就发展关键指标与测评的内容领域。

学业成就测验在欧美发达国家深受社会重视，已经逐步发展起来多种被广泛认可的学业成就测验，而语文作为学校教育重要的组成部分，所有的学业成就测验都涉及了语文测验。在这些传统的学业成就测验中语文测试的内容如表10-1 所示。

表 10-1　成套学业成就测验中的语文测试

学业成就测验	与语文相关的测试内容
加利福尼亚成就测验（CAT/5）	阅读、拼写、语言
基本技能综合测验（CTBS/4）	阅读、拼写、语言
爱荷华基本技能测验	词汇、阅读理解、语言
都市成就测验（MAT/7）	阅读、语言
皮博迪个人成就测验	阅读识别、阅读理解、拼写、写作
SRA 基本技能调查	阅读（听力、字母、发音、听力理解、词汇、阅读理解）
斯坦福学业成就测验（SAT/8）	阅读、语言
学业能力倾向测验（SET）	反义词、句子填充、类比推理、阅读理解
分辨能力倾向测验（DAT）	言语推理、文书速度与准确性、语言运用（拼写、文法）

从表10-1 中可以看出国外传统的学业成就测验中语文测试主要集中在阅读和语言两个方面。例如，在斯坦福成就测验中，语言测验主要考察儿童青少年在语音拼写、字词识别、词汇认知、句子结构与句法运用知识上的掌握情况。而其阅读测验则以阅读文本类型为依据，将阅读的文本内容分为三种类型：文学性文本、信息性文本和功能性文本（Kaplan et al.，2005）。这种语言与阅读并列现象表明，在语文成就测试中既关注语言的知识点和基本技能，又重视阅读作为人类一种重要的实践活动能力在语文成就测验中的独特地位。

除了以上提及的语文成就测验之外，美国研究生入学考试（Graduate Record Examination，GRE）、美国大学测验（American College Testing，CAT），国内较为有名的语文成就测验，如陈鹤琴编制的《中小学默读测验》（阎国利，2004）、《小学默读诊断测验》（孙邦正等，1983）、《中国小学毕业生默读量表》（朱作仁等，1991）、《语文阅读水平测量》（莫雷，1990）等成就测验主要也是集中在词汇拼写、词汇认知、词义辨析、语法运用和阅读理解等内容上。

因而，这些语文成就测验基本都属于广义的语文阅读，既包括了狭义的文章阅读理解，也同时包括了属于广义语文阅读范畴的各种语言知识和语言技能的掌握与运用，即《语文课程标准》中强调的语文积累部分（中华人民共和国教育部，2001b）。

根据上述分析，以及前述的儿童青少年语文学业成就发展的二级维度分类，下面对语文成就测验中所涉及的语文积累部分和阅读部分的内容指标分别进行介绍。

（1）语文积累内容指标

在语文积累内容部分，已有的语文成就测验的内容指标包括：语音知识、词汇知识、语法知识等。例如，在都市成就测验中，其语言测验考察的关键内容指标就包括词汇拼写、词义辨析与语法运用等内容（Kaplan et al.，2001）。很多语文成就测验在内容设置上对于相同内容指标的考察也具有相似性。例如，在对儿童青少年语音知识发展进行考察时，斯坦福系列成就测验、加利福尼亚成就测验、韦克斯勒个人成就测验以及都市成就测验的内容指标体系上均设置有声音和字母认知等指标，用于评估受测者识别字母、将读音和字母相匹配的能力。在测评题目上，这些测验均设置了单词辨认、词汇拼写、标点符号、填句测验等，分别用于测量受测者辨认单词中所包含的元音、辅音及结构的技能、单词解码技能、阅读解码能力、在语境中运用词汇的能力以及语言表达能力（Kaplan et al.，2001）。

由于汉语的特殊性，国内的语文成就测验在语文积累内容指标上与国外语文成就测验有所不同，主要表现在语言积累内容中设置了文言文。例如，《语文阅读水平测量》（莫雷，1990）在语文积累内容部分包括了词义理解、词义辨析、词法理解、句子含义理解、句子结构理解、句子技巧理解、错句病句鉴别等内容，此外还设置了文言文断句、文言文词的理解、文言文句子的理解等内容。

（2）阅读内容指标

在阅读内容部分，诸多语文成就测验的一般做法是将阅读文本内容按照类型的不同，分为文学、信息等内容指标。不同的阅读文本对应不同的篇章信息类型，以斯坦福阅读成就测验为代表，它将阅读的文本内容分为文学性文本、信息性文本和功能性文本三种类型。而在都市成就测验中，阅读理解部分按照文本内容的难度将段落分成若干等级，用来评估不同学生对文章细节以及文章中心大意等内容的归纳分析能力。在其他的语文成就测验中，只要涉及言语方面的考察也都会安排阅读理解测试，设置不同内容类型的篇章段落，对阅读能力进行考察。这些内容类型以文学类、科技类文本为主。

除了阅读内容采用不同文本类型划分的方式外，有些语文成就测验将阅读的篇章内容与阅读心理过程结合起来，阅读篇章中内容结构的每一个分类，对应相应的阅读心理过程。例如，《语文阅读水平测量》（莫雷，1990）在阅读内容中强调了微观阅读和宏观阅读，前者主要是指局部内容的连贯和潜在信息的推论，后者则是文章的整体内容、整体形式和重点信息等。这种将阅读内容与阅读认知过程紧密结合起来的分类方法对于我们确定阅读内容具有重要的启示。

从对国内外语文成就测验的分析可以看出，应该从语文积累内容和阅读内容两个方面考察语文学业成就的发展。语文积累内容的核心内容之一是语言测试，即对基本语言的语音知识、词汇知识、语法知识的考察。阅读内容基本还是根据阅读文本的类型进行划分，最为常见的是文学类文本和科技类文本。此外，阅读内容的划分还可以考虑将阅读内容与阅读心理过程结合起来，从微观阅读和宏观阅读两个方面，将阅读内容划分为内容连贯、潜在信息、重要信息、整体信息、表达形式等不同的方面。

10.2.1.2 国际大规模语文学业成就调查涉及的内容

近年来，随着世界各国对基础教育质量的重视以及国际基础教育质量比较的推动，国际上兴起了一些大规模的儿童青少年学业成就调查项目。这些大规模学业成就调查项目的旨在发挥教育评价的监测作用，即在国际范围或国家、地区水平上，考察、比较儿童青少年在学业成就发展上的不同状况，给教育政策的制定者和一线教育工作者提供教育发展横向和纵向上的比较情况与变化趋势，从而为制定教育政策、改进教育质量提供依据。因此，与一般的语文成就测验比较，这些调查项目的指标体系往往是基于特定国家或地区的语文基础课程，测试内容的覆盖面较为广泛，测试框架更加系统。测试的结果也更有助于教育工作者全面了解青少年语文学业成就发展的基本概况。

目前，较为著名的大规模学业成就调查项目主要有：国际教育成就评估协会（International Association for the Evaluation of Educational Achievement，IEA）组织的 PIRLS 项目，用于在全球范围内监控青少年语文阅读能力的发展；国际经济合作组织（Organisation for Economic Co-operation and Development，OECD）开发的 PISA 项目，用于测试义务教育完成后的各国 15 岁青少年在阅读、数学和科学领域运用知识和技能解决现实问题的能力；美国的国家评估委员会（National Assessment Governing Board，NAGB）主持的 NAEP 项目，用于调查美国青少年对在阅读、写作、数学、艺术等领域的学习状况；中国香港地区的教育统筹委员会（Education Commission，EC）主持的 TSA 项目，用于了解香港青少年在中文、英语、数学上的掌握水平，并由此制订改善教师教学与学生学习的教育政策与教学计划；中国台湾的教育研究院主持的 TASA 项目，用于测量台湾地区中小学生在国语、英语、数学、社会、自然这五个科目的学习成就表现，并根据测验结果建立台湾青少年学习成就发展的数据库。

这些测试共同的特点之一是都按照布卢姆教育目标分类理论从内容和认知过程两个维度构建测试的框架和指标体系。这些测试对于语文成就发展的内容领域都有明确的界定，下面分别介绍这些语文成就调查中所涉及的语文积累部分和阅读部分的内容指标。

（1）语文积累内容指标

大规模学业成就调查项目中仅有中国台湾地区的 TASA 项目设计了关于语文积累部分的内容。TASA 项目分年级对汉语测试考察的内容指标进行了详细的描述（"台湾教育研究院筹备处"，2009）。以小学 4~6 年级为例（表10-2），TASA 测试的内容在语文知识积累部分包括了拼音、字词、语法（句法）、修辞等内容指标。随着年级的增高，逐渐增加文学常识、文言文等内容指标（表 10-3）。

表 10-2　中国台湾学生学习成就评估——小学 4~6 年级语文测试内容指标

测试题目	内容指标
字词测验	小学常用字音、字形、字义的基本辨识，以及近似语汇、常见讹误的分辨
语法句式测验	生活语汇的运用、常见句型与语态的辨识、常用文法与修辞的运用，以及标点符号、连接词的使用等
阅读测验	阅读一段文字叙述或选编文字平易而内涵丰富的短文、诗歌或实用语文，以单题或题组的方式循序评价学生的阅读方法与理解能力
书写测验	填写式的书写测验
写作测验	修改句子、看图写作、续写作文

表 10-3　中国台湾学生学习成就评估——中学 8 年级语文测试内容指标

测试题目	内容指标
字形字音测验	字音的判读、同音字或形近错别字的辨识
字意词意句意测验	字义、词义的了解，成语、外来语、谚语、标点符号的使用
文法修辞测验	文句篇章中文法与修辞的运用
文学知识测验	古典文学与现代文学知识
段落写作测验	正确使用标点符号、重组句子、排比句修饰
文化知识测验	六书基本造字原则、各字部首并正确使用工具书查索数据、正确使用称谓语、贺辞、题辞
写作测验	完成一篇结构完整的应用文写作、限制式作文或命题式作文

　　由于民族传统与文化历史的特殊性，一直以来，但凡涉及中文学业成就的测验都包含了文化常识与古诗句的积累，如中国香港地区的 TSA 项目，在中文科阅读部分的测试中增加了文言文阅读的测试。中国内地的《语文课程标准》（2001）同样非常强调文化常识的积累，力图通过这些知识的学习，可以帮助儿童青少年增强民族认同感并继承民族文化传统。文言文、古诗词等传统文化内容体现了中文地区对悠久文化历史的重视，是中文语文测试的独特内容，对华语范围内的儿童青少年语文成就发展具有重要作用。

　　（2）阅读内容指标

　　在阅读部分，PISA、PIRLS、NAEP 以及全港性系统评估中，广泛运用了以文本类型确定阅读部分内容指标的做法。在 PISA 中，包括连续性文本与非连续性文本，连续性文本包括叙述文、说明文、描述、议论文、操作指南、记录、超文本；非连续性文本包括曲线图、表格、图示、地图、广告、收据、证书（OECD，2000，2002，2004，2006，2009）。PIRLS 使用的是文学文本与信息文本，PIRLS 在论述文本类型时指出，文本类型与阅读目的是严格对应的，也就是说"为文学体验而进行的阅读"的文本是文学文本，最重要的形式是叙述性小说；"为获取和使用信息而阅读"的文本是信息文本（International Association for the Evaluation of Educational Achievement，2006）。NAEP 使用的文本是文学类和信息类。文学类包含小说、非小说文学作品与诗歌。信息类包含了说明类文本、议论文与程序性文本（National Assessment Governing Body，2007，2009）。

上述分析可见，国际大型调查项目对阅读的划分基本保持一致，即文学文本与信息文本。文学文本包含叙述类的小说、童话、寓言、散文等，而信息文本包含了说明文和议论文等。因此在阅读部分的内容指标上，可以按照文本类型的不同划分为文学文本与信息文本两类。

最后，将 PISA、PIRLS、NAEP、TAS、TASA 的内容指标进行了归纳整理，如表10-4所示，同时归纳还包括了美国教育考试服务中心（Educational Testing Service，ETS）开发的美国研究生入学考试（graduate record examination，GRE）。

表 10-4 国内外大型学业成就测验内容指标归纳

		IEA/ PIELS	OECD/ PISA	NAEP-R 2009	NAEP-W 2011	ETS/GRE General	TAS	TASA
	样本年级	4	15	4、8、12	4、8、12	大学生	3、6、9	4、6、8、11
口语	回答结构化问题							
	朗读							
	对话						★	
	口头作文						★	
拼音	标注拼音							★
	词表拼读						★	
	根据拼音写出汉字							★
词汇	反义词					★		
	类比推理					★		
	完成句子					★		★（G4，6）
	解释词义（选择题）			★				
阅读理解	多项选择	★	★	★		★	★	★
	排序						★	
	简答题	★	★	★			★	★（G4，6）
	论述题	★	★	★				★（G4，6）
写作	短文写作				★（G4）	★	★	★（G8，11）
	计算机辅助作文				★（G8，12）			

★表示在该项目中有该内容指标；G4，6指该项内容针对四年级和六年级

从表 10-4 中可以发现，用于国家间比较的大规模语文成就调查（PISA、PIRLS）倾向于考察阅读素养，即篇章的阅读，但是用于本国或地区的大规模语文成就调查（TAS、TASA）以及语文成就测验倾向于考察语文积累知识与篇章阅读。由于本项目要调查的是中国儿童青少年语文成就发展的情况，属于本国范围内的语文成就发展测评，因此适合采用考察语文积累知识与篇章阅读相结合的方式。同时，采用这种方式也更加贴近国内语文测试的实际情况与习惯。

综上所述，本研究的语文成就发展内容维度应该包括语文积累内容和阅读内容两个方面。语文积累内容进一步分为语言积累和文化积累，语言积累与国内外常见的语文成就测验要求基本相似，包括拼音、字词和语法规则等方面；文化积累则更具有汉语教育的特点，主要包括文化文学常识、古诗文和文言文。阅读内容首先是从阅读文本类型的角度分为信息文本和文学文本，在此基础上为了与阅读能力层次相结合，进而划分为语境连贯、重点信息、整体信息、潜在信息、表达方式和观点、态度与情感等。

10.2.1.3 中国《语文课程标准》对内容领域的规定

在内容领域指标体系的确立中，《语文课程标准》是最重要的依据之一。课程标准对语文学科内容的划分包括识字与写字、阅读、写话 - 习作 - 写作、口语交际和综合性学习五部分，并按照细化的学段（1～2 年级，3～4 年级，5～6 年级，7～9 年级）具体说明了各自的内容范围和相应的课程要求（中华人民共和国教育部，2001）。考虑到本项目是全国范围的团体测试，主要采用客观化的纸笔测试形式，为了保证测验的客观有效，不适合纸笔团体测验形式的口语交际内容，以及影响团体测验评分客观性的写作内容将不包括在指标体系之中。语文课程标准中的"综合性学习"主要是为了加强语文课程与其他课程以及与生活的联系，促进学生语文素养的整体推进和协调发展，属于教育目标的过程性目标，即在教育过程中需要完成的行为，而不属于教育内容的终结性目标，不能成为语文成就测验的内容，因此也不包括在指标体系之中。

根据《语文课程标准》（2001）关于识字与写字、阅读两个部分的具体描述，各个学段的具体目标概述如表 10-5 所示。

表 10-5　　《语文课程标准》（2001）中各学段学业成就主要内容

学　段	识字与写字		阅　读
第一学段 1-2 年级	常用汉字 1600～1800	词语、常用标点符号、成语、格言警句、词句、优秀诗文	童话、语言、故事
第二学段 3-4 年级	常用汉字 2500	词语、标点符号、句段、优秀诗文	叙事类作品
第三学段 5-6 年级	常用汉字 3000	词语、标点符号、词句、优秀诗文	说明性文章、叙事性作品
第四学段 7-9 年级	常用汉字 3500	词句、语法知识、修辞手法、优秀诗文、浅易文言文、文学文化常识	文学作品、科技作品、简单的议论文

从表 10-5 可以看出，《语文课程标准》（2001）关于阅读部分的教学阶段性目标包括了两方面内容：一是形成阅读能力所必需的语言知识，如词、句、语法、修辞和文学文化常识等；二是阅读的文本类型。前者与识字和写字部分的常用汉字共同属于语文积累的内容，而后者属于阅读的文本内容。课程标准对阅读中的优秀诗文强调的是背诵，浅易文言文强调的是理解基本内容，因而将其归入语言积累内容，阅读内容部分的文本仅包括不同类型的现代汉语文本。

综上所述，从《语文课程标准》（2001）的角度，语文学业成就测试应该包括语文积累内容和阅读内容两个方面。语文积累内容包括语言积累（字、词、句、语法等语言基本内容）和文化积累（中国文化特有的常识、古诗文、文言文等），阅读内容至少包括文学类文本和信息类文本两个方面的内容。

10.2.2　能力领域关键指标的构建依据

10.2.2.1　语言能力的相关研究支持

语言能力一直是心理学界的一个热点研究领域，总体上对语言能力的研究可以分为对语言能力的整体构成因素的研究和对语言能力的认知特点的研究，主要包括语言认知和阅读过程的研究。这些研究成果为理解语言能力、构建语文成就测试能力维度、确定儿童青少年语文成就发展的关键指标提供了重要的理论指导。

阅读是多种基本能力的综合体现，任何一种认知能力的不足或缺失都会在不同程度上影响阅读能力。有研究发现，一个阅读能力差的人，在知识方面存在缺陷，他对于所阅读的材料中所包含的事件之间的关系具有很少的了解，而且不能在阅读中进行推论（张必隐，2002）。阅读理解并不是多种认知能力的简单叠加，同时还有记忆、元认知监控、策略的使用、阅读者的动机等多种心理因素参与。因此，即使阅读的各种认知能力都正常，其阅读理解仍可能存在问题，所以，在分别对阅读理解所需的各项关键要素指标进行考察之后，再进行综合性的阅读理解的考察十分必要。阅读理解的测试应是对多种认知能力的测试。

字词是语言中可以独立运用的最小单位，在书面语言中词是图形、语音、语义、构词法与句法五种信息的复合体（彭聃龄，1997）。字词的认知与理解是阅读理解的基础。大量研究表明词汇对于阅读具有重要的影响（Hart et al.，1995；Baumann et al.，2003）。

阅读理解是一个主动而复杂的过程，包括理解文本内容，阐释文本意义以及能利用文本意义来实现一定的目的及满足特定的情景需要。研究者们对阅读理解的认知过程进行了广泛的研究总结出有关阅读理解的心理加工理论，如Rumelhart（1980）提出了阅读理解的图式理论。他认为阅读理解首先是输入一定的信息，然后在记忆中寻找能够说明这些信息的图式，当足以说明这些信息的图式被找到或者是某些图式被具体化以后，就产生了理解。在理解过程中加工的层次是循环递进的，随着阅读行为的不断进行，更高层次的图式被激活，理解的循环就走向更高的水平，产生对句子的理解以及对语段与篇章的理解。

在吸收当代认知科学和认知心理学研究新成果的基础上，Kintsch（1988，1993）提出了篇章阅读理解的建构—整合模型理论。该模型将读者阅读时的表征分为三种水平：篇章字词本身的文本水平，由命题及其关系构成的篇章语义结构水平，以及与其他先期知识整合而成的、更深层理解的篇章表征——情景模型（situational model）。Kintsch（1993）将阅读理解的加工过程分为建构和整合两个阶段。建构阶段的任务是形成关于文本基本的信息结构，它包括形成命题表征、形成微观命题、形成宏观命题和分配联结强度四个步骤；而整合阶段的主要任务是产生新的激活向量，使得网络中与节点有关的重要信息有较高的激活性，无关信息失去活性，从而突出表征中的有用节点，剔除无用信息，形成一个高度整合的篇章表征，即情景模型。

大量研究表明影响阅读理解的因素主要有阅读材料和阅读者两个方面（张必隐，2002）。阅读材料包括文本类型、材料涉及的主题、材料难度等方面，这些因素能通过严格控制而得以实现测试的公平性。阅读者的因素包括年龄、性别、知识背景、阅读经验、地域文化差异、认知心理及社会性特点（如策略的使用、动机、态度、焦虑、社会经济地位）等，这些因素在测试中都会对其表现产生一定的影响。

通过对语言能力研究的简要回顾，可以看出语文成就测验的能力领域应该在语文积累和阅读两个方面表现不同。语文积累的能力更多是对语言材料的心理操作，强调对这些内容的记忆、理解和运用。阅读的能力更多是阅读活动过程中相继的认知活动，强调意义建构过程中的信息获取、信息解释和相应的评价。

10.2.2.2　语文成就测验所涉及的能力

传统的学业成就测验通过分析学业领域的现实活动，确定了学业领域活动的子类划分，然后相应地设计分测验，组成学业成就测验整体。语文学业成就测验中每一个分测验都是测试内容与测试能力的结合。下面将在前文介绍的语文成就测验的内容领域，以及儿童青少年语文学业成就发展的二级维度分类基础上，对语文成就测验中所涉及的语文积累部分和阅读部分的能力指标分别进行介绍。

（1）语文积累部分能力指标

语文成就测验针对每一项知识内容所需要的能力水平有一定的说明。语文成就测验的语文知识积累部分主要是在语言测试部分，从这些测试的主要内容来看（表10-1），多数测试包括了拼写和语言两类。拼写主要考查学生对语文字词的识记，即心理词典中对于字词音、形、义的记忆。例如，在都市成就测验（MAT）中设置有考察词汇拼写任务的题目，这是对单词识记的要求。

语文成就测验中的语言测试较多集中在理解和运用上。例如，学业能力倾向测验（SET）中的语言测试包括反义词、句子填充和类比推理，反义词、类比推理都属于语言理解，句子填空属于语言运用。分辨能力倾向测验（DAT）的分测验直接就划分为言语推理（属于理解与分析的能力要求）、文书速度与准确性（属于识记与了解的能力要求）、语言运用（属于运用的能力要求）（Murphy et al.，2001）。

通过仔细分析和认真判断各语文成就测验中分测验所要求学生的认知活动，可以看出这些测试在能力水平上的要求主要集中在语文积累内容的记忆（如拼写测试）、理解（如言语推理测试）和应用（如语言运用测试）上。综上所述，语言积累部分的能力主要包括语言的识记、语言的理解和语言的运用三个方面。

（2）阅读部分能力指标

语文成就测验的阅读部分的能力要求主要是在阅读理解分测验中。在这个部分，国内外语文成就测验的习惯做法是将阅读过程分解为由表及里、由浅入深、循序渐进的几个阶段，在每个阶段分别代表着不同的阅读能力。例如，在斯坦福成就测验的阅读测验中，阅读过程被分解为最初的理解、内容解释、评价分析，以及阅读策略的应用，四个部分分别代表着能力水平由低到高的四个能力指标。在陈鹤琴编制的《中小学默读测验》（阎国利，2004）中，则提出语文阅读能力测评的框架包括"获取信息"、"推论解释"、"形成概要"和"分析文本内容与结构"等，这些具体的能力指标基本与斯坦福成就测验中的能力指标大致相同。

《语文阅读水平测量》（莫雷，1990）将语文阅读能力细化为 23 个认知加工过程，并将阅读能力细化为五个范畴：理解性阅读、保持性阅读、评价性阅读、运用性阅读和快速阅读。快速阅读属于阅读品质的测试不属于阅读能力水平的范畴。保持性阅读实际上属于文本信息的获得，理解性阅读属于对文本内容和形式的解释、整合，而评价性阅读和运用性阅读属于评价文本的内容、结构、语言风格，以及将从阅读中获得的新知识运用到其他情景。

总结这些语文成就测验对阅读过程的分类，可以看到一条"获取信息－解释信息－评价信息"的主线。阅读能力虽然在不同测验中略有不同，但是各个测验共有的阅读能力都包括了这三个方面。

10.2.2.3　大规模语文学业成就调查涉及的能力

正如前文所述，当前国内外著名的大规模语文成就调查项目基本是按照布卢姆教育目标分类理论从内容和认知过程两个维度构建测试的框架和指标体系。因此，这些语文成就调查对于语文学业成就发展的能力领域都有明确的界定，下面分别介绍这些调查中所涉及的语文积累部分和阅读部分的能力指标。

（1）语文积累部分的能力指标

目前的大型语文学业成就调查仅有中国台湾学生学习成就评估（TASA）专门考察了语文知识的积累。TASA针对每个具体的内容指标都有具体的能力要求描述，具体如表10-6和表10-7所示。

表10-6　中国台湾学生学习成就评估（TASA）——小学4~6年级语文测试能力指标

测试题目	能力指标
字词测验	常用字、词的理解与应用
语法句式测验	常用句型、基本文法、简易修辞的基本认知能力
阅读测验	对篇章的主旨、论点、作法，与关键词语的理解能力
书写测验	检测小学中高年级学生在应用符号与汉字时，对于正确字形、笔画、笔顺、间架与布局等书写要素的掌握能力
写作测验	综合运用语文书面的表达能力

表10-7　中国台湾学生学习成就评估（TASA）——中学8年级语文测试能力指标

测试题目	能力指标
字形字音测验	基础字词能力上对于字形、字音的掌握情形
字意词意句意测验	标点符号、字义、词义、成语、题辞、句义、引申义的理解能力
文法修辞测验	辨析各种句型及句法结构、修辞部分能理解与应用各种修辞格
文学知识测验	能辨析文体特色、文学家特质、文学典籍特色

测试题目	能力指标
段落写作测验	基本的写作能力
文化知识测验	基本的文言文字词认知能力
写作测验	了解学生语文表达能力

以中学 8 年级的能力指标为例，可以看出在涉及语文积累内容的字形字音测验、字意词意句意测验、义法修辞测验、文学知识测验、文化知识测验中，能力描述包括掌握、辨析、理解和应用等操作性动词，结合具体内容分析可以将其归为三类。第一类，字形字音测验中字形、字音的掌握以及文化知识测验中基本的文言文字词认知能力，这些能力要求的核心是对语文积累内容的记忆和再认，可以归入了解与识记。第二类，字意词意句意测验中标点符号、字义、词义、成语、题辞、句义、引申义的理解能力；文法修辞测验中辨析各种句型及句法结构、理解各种修辞格、文学知识测验中辨析文体特色、文学家特质、文学典籍特色，这些能力要求的核心是能够从符号中建构意义，属于语文积累内容的理解与分析。第三类，文法修辞测验中要求能够应用各种修辞格，属于语文积累内容的应用与评价。通过对这些具体能力要求的分析概括，可以看出TASA 对语文能力的要求涵盖了三个主要的能力分类，即了解与识记 – 理解与分析 – 运用与评价。

（2）阅读部分的能力指标

在阅读部分能力指标上，不同国家地区间大规模学业成就测验对测查的阅读能力有不同的称谓，PISA 与 PIRLS 中把能力维度称为"阅读过程"，而 NAEP 中把它称为"认知目标"，但是其实质都是阅读能力的不同方面。

PISA 中强调了人总是在某一特定情境下进行阅读活动的，因此，将阅读素养的评价放置在各种阅读情境中，按照真实情境中需要完成的任务确定了阅读素养测查的五个方面，即信息提取、形成一般性理解、解释含义、评价内容、评价文本形式。这五个方面最初是由专家界定的，以此来考察阅读素养。但阅读素养最终的关键指标分为三个方面："信息提取""形成一般性理解"和"解释含义"被合并为"解释文本"，"评价内容"和"评价文本形式"被合并为"反思与评价"（OECD，2000，2002，2004，2006，2009）。

PIRLS 中阅读过程被分成四个阶段（IEA，2006），四个阶段分别是：①关注并提取出明确陈述的信息。在这个理解过程中，阅读者从文章中找到与理解文章意思相关的具体信息或观点，阅读者几乎不用进行推论便可理解这些信息。②进行直接推论。阅读者从文本中建构意义，要对没有明确陈述的信息或观点进行推论。③解释并整合观点和信息。为了构建对文本更完全和更充分的理解，阅读者必须能够解释并整合观点和信息。④检视并评价内容、语言和文本成分。在这个过程中，阅读者从建构意义转换到对文本本身的批判性思考。

NAEP 中将阅读能力称为认知目标，并把阅读的心理过程划分为三个部分：①定位与回忆文本中的信息，寻找文中外显信息和故事的主要元素，作简单的推论。②综合与解释内容，比较文中的各类信息，分析文章不同部分的关系，思考文中信息的不同解释。这是阅读的关键阶段，是超越零散信息，形成在整个文本水平，甚至跨文本水平的理解。③评价文本，多角度综合地评价文本，一般涉及评价文章整体质量，判断文本中的最关键信息，评价文本的有效性。在不同文本类型中，实现三个认知目标的具体任务会有所不同（National Assessment Governing Board，2006）。

将 PISA、PIRLS、NAEP 的测评体系进行对比（表10-8），可以看出三个大型测评项目在能力维度上的划分具有相似性，即对于文本信息的定位和提取，对于文本信息的解释或推论，以及对于文本内容的反思或评价。由此也可说明这种划分得到了国际上的普遍认可。

表 10-8　PISA、PIRLS、NAEP 关于阅读能力的关键指标体系与测评

	PISA	PIRLS	NEAP
阅读素养定义	为了达成个人目标、积累知识、开发个人潜力、参与社会等目的，理解、利用、反思书面文本的能力	理解和运用社会需要的或个人认为有价值的书面语言形式的能力，年轻的阅读者能够从各种文章中建构意义，他们通过阅读来进行学习、参与学校中和日常生活中的阅读者群体并进行娱乐	阅读是一个积极复杂的过程，涉及理解书面文章、形成并解释含义、根据文章类型、目的与情景，恰当使用含义
阅读目的	为了个人应用而阅读 为了公共应用而阅读 为了工作而阅读 为了教育而阅读	为文学体验而进行的阅读 为获取和使用信息而阅读	为获取文学体验而阅读 为获取信息而阅读 为完成任务而阅读

续表

	PISA	PIRLS	NEAP
能力指标	回忆信息 解释文本 反思与评价	关注并提取明确陈述的信息 进行直接的推论 解释并整合观点和信息 检视并评价内容、语言、文章成分	定位与回忆 综合与解释 评价文本

10.2.2.4 《语文课程标准》中对能力领域的规定

在能力领域指标体系的确立中，《语文课程标准》（2001）同样是最重要的依据之一。课程标准通过学段划分和内容划分两个层次提出了语文课程的阶段性目标。阶段性目标一方面涉及语文学习的内容，另一方面涉及学习内容相应的能力要求。下面根据先前所确定的二级维度分类，将《语文课程标准》（2001）中所涉及的语文积累部分和阅读部分的能力指标分别进行介绍。

（1）语文积累部分的能力指标

在语文知识积累部分，课程标准在每一学段学生所学习的语文知识内容后，都附着了相应的能力要求。通过总结能力维度描述中的关键动词，可以归纳出课程标准对有关内容的能力要求。

第一学段的关键词是"读准"、"掌握"、"认识"、"了解"、"诵读"，可见这个阶段对于能力的要求在于了解与记忆。例如，对识字的要求是认识规定的字，掌握其拼音，会书写；认识标点符号；知道基本的语气表达；理解上下文中词句的基本含义。因此，在第一学段，对语文积累部分内容的学习，要求儿童青少年以了解与识记能力为主。

第二学段的关键词是"理解"、"体会"、"背诵"，突出了对"理解"能力的要求。例如，对于标点符号，要求知道其在表情达意方面的作用。词语理解则强调能联系上下文，理解词句的意思，体会课文中关键词句在表达情意方面的作用，能借助字典、词典和生活积累，理解生词的意义。因此在该学段，强调在记忆基础上能够进行理解，一部分内容会涉及更高的"应用"能力。

第三学段的关键词是"理解"、"辨别"、"推论"，可见在该阶段强调了在识记、理解的基础上，能够进行"推论"的能力。例如，辨别词语的情感色彩就是在理解词语含义的基础上进行分析与推论。对于词语学习要求能够联系上下文和自己的积累，推想课文中有关词句的意思，体会其表达效果。阅读理解则要求在阅读中揣摩文章的表达顺序，体会作者的思想感情，初步领悟文章基本的表达方法。在交流和讨论中，敢于提出自己的看法，做出自己的判断。

第四学段的关键词是"理解"、"应用"、"评价"，突显了利用已有知识进行广泛应用的能力。例如，要利用修辞、语法等知识帮助阅读，这需要在理解的基础上对语文知识进行熟练地使用。如阅读中要求在通读课文的基础上，理清思路，理解主要内容，体会和推敲重要词句在语言环境中的意义和作用；对课文的内容和表达有自己的心得，能提出自己的看法和疑问，并能运用合作的方式，共同探讨疑难问题。在阅读中了解叙述、描写、说明、议论、抒情等表达方式等。

从以上分析可以看出，《语文课程标准》（2001）对语文积累部分的能力要求随着学段的上升，从了解、理解到运用、评价逐步提高。因此，用"了解与识记、理解与分析、运用与评价"可以很好地概括出语文积累部分的能力要求。

（2）阅读部分的能力指标

在阅读部分，课程标准对能力的划分以文本类型为基础，在不同学段对阅读不同类型的文本提出不同的能力要求。

第一学段阅读部分重点要求基本的信息获取，强调了学习阅读，在阅读中读懂浅显的童话、故事、寓言。

第二学段阅读部分重点要求初步掌握篇章大意，突出了对信息进行初步的解释整合能力，能够阅读后复述叙事性作品的大意。

第三学段阅读部分重点要求整体的理解和分析，在阅读中揣摩文章的表达顺序，体会作者的思想感情，初步领悟文章基本的表达方法。例如，对叙述文本能够了解梗概、说出细节，表明自己的态度，这不仅是在获取信息、解释信息，而且需要对信息进行初步的评价，对说明文需要"抓住大意"。

第四学段阅读部分重点要求理解与评价，阅读中对叙述文能够针对内容表达观点或对作者的观点等做出评价，对说明文与议论文能够"区分观点与材料、发现观点与材料之间的联系，通过自己的思考，做出判断"。

由此可见，在阅读部分，课程标准对儿童青少年的能力要求也呈现着不断上升的规律，即从获取寻找信息，到对信息的解释，最后到对信息的评价。用"获取信息、解释信息、评价信息"可以很好地概括总结课程标准对阅读能力的要求。

根据对《语文课程标准》（2001）的分析，语文成就测验能力领域应该根据不同的内容领域进行建构。语文积累部分的能力的区分应该遵循布卢姆教育分类学中认知过程的总体思路，并结合语文积累的特点，应包括对不同语文积累内容的了解与识记、理解与分析、运用与评价三个方面。阅读能力则应该遵循阅读过程的信息加工流程，应该包括获取信息、解释信息、评价信息三个方面。

根据上述对《语文课程标准》（2001）、国内外语文成就测验以及国内外语文成就调查的分析可以看出，语文学业成就测试的能力要求在语文积累内容和阅读内容之间存在明显的差异。语文积累内容属于离散性的知识技能，能力要求更具有一般知识的特点，比较符合布卢姆的教育分类学中有关认知过程的划分。文章阅读则表现出自身并非具体的一般性知识内容，而是人类的一项重要活动的特点，其能力要求体现出在活动过程所需要的重要信息加工过程。

本项目的语文成就发展能力评价应该包括语文积累能力和阅读能力两个方面。语文积累能力进一步分为了解与识记、理解与分析、运用与评价三个方面；阅读能力则划分为获取信息、解释信息和评价信息三个方面。

10.3 "中国儿童青少年心理发育特征调查"语文学业成就发展的关键指标体系

在相关专家团队的共同协作下，历经国内外调研、专家研讨、教材分析、拟订测验双向细目表、成果整合、专家论证等工作阶段，最终确立了本项目语文成就发展关键指标体系。

10.3.1 内容领域的关键指标

10.3.1.1 语文积累（literacy knowledge）

（1）语言积累（language knowledge）

语言积累主要考察单个字词在无语境情况下的加工过程，即字词识别或者心理辞典的通达能力，分别包含形、音、义等多个方面，这是汉语儿童语文学习的起点和阅读能力的基石。

1）拼音。低年级学段考察拼音中声母、韵母、整体认读音节、单字读音和声母标调等知识点，高年级学段只考察单字读音。

2）字词。主要考察笔画、偏旁部首、字形辨析、字义辨析、量词、近义词、反义词、词义辨析和成语等知识点。笔画是构成汉字的点和线。字形辨析考察正确书写汉字。字义辨析考察一个汉字在不同语境中的多种含义。近义词和反义词辨析考察与常用词意义相近或相反的词语。词义辨析考察在具体语境中一个词语的意义。成语考察在具体语境中的意义以及在表情达意中正确使用成语。

3）语法规则。考察句式、句义理解、关联词、标点符号、语病、排序和修辞等知识点。句式主要考察正确进行句式转换，辨析不同句式所表达的含义。句义理解主要考察对特定语境中整个句子的意义的正确理解。关联词主要考察选择连接不同复句的正确关联词。标点符号主要考察根据断句规则正确使用标点符号。语病主要考察辨析句子中是否存在各种语病。排序主要考察根据上下文的需要和整体信息的结构，将几个句子组织成表达合理的语段。修辞主要考察正确辨析语句是否使用修辞手法及其修辞类型。

（2）文化积累（culture knowledge）

1）文化文学常识。文学常识主要考察中外作家作品和主要的文学体裁等知识点；文化常识主要考察歇后语、传统佳节、格言警句等知识点。

2）古诗文。主要考察正确默写名句名诗、对古诗文作者情感的理解及古诗文中写作常识的掌握。

3）文言文。主要考察重点字词的用法、句义和短文段落大意的理解。

10.3.1.2　阅读（reading）

本项目根据不同的文体材料在文本特征、阅读目的、阅读策略等方面的差异，选择了信息文本（informational texts）与文学文本（literary texts）两类文体材料。信息文本主要包括说明文、议论文等，阅读的主要目的是尽可能快速准确地获取信息与观点，因此不必一字一句地完整阅读，细细品味作者的遣词造句。文学文本主要包括小说、传记、故事与诗歌等，阅读的主要目的是为了对文学作品的审美，因此需要通篇仔细阅读作品，关注作者的写作技巧与"言外之意"。本项目主要从语境连贯、重点信息、潜在信息、整体信息、表达方式与情感态度价值观六个方面进行测查。

1）语境连贯：重点考察在局部的微观层面上语言和逻辑的连贯性。

2）重点信息：考察学生在阅读过程中把握文本关键信息，这是对文本材料在不同层面上的概括和分析。由于文本以及阅读目的的不同，确定重点信息的标准会变化。例如，信息文本中议论文的重要信息可以是重点观点、分论点、重要的例子；而在文学文本中，重要信息可以是反映主旨的"文眼"，小说的时间、地点、人物等。

3）潜在信息：考查学生把握文本中透过字面的深层信息，如作者的态度、观点等。它要求结合先前知识经验并进行推理的能力。

4）整体信息：主要考查学生全面把握文本主要信息的能力。

5）表达方式：主要考查学生在阅读的过程中，在正确理解文本文字含义的同时，对作者在记叙、描写、说明、议论、抒情等方面运用的技巧做出正确的理解和评价，涉及儿童对基本写作技巧的了解和掌握。

6）情感态度价值观：主要考查学生能否根据对文中信息的理解和整合，推测作者所持有的观点和潜在的态度和情感，对学生的阅读技能要求最高。

由于信息文本与文学文本在文本特征、阅读目的与阅读策略等方面存在很大的差异，所以这六个方面在信息文本与文学文本中的分布并不相同。信息文本主要考察了语境连贯、重点信息、潜在信息、整体信息，考察的重点将会放在重点信息与整体信息上。文学文本不仅包含了语境连贯、重点信息、潜在信息、整体信息四个方面，还包含了体现文学阅读特点的表达方式与情感态度价值观这两个方面。

10.3.2　能力领域的关键指标

10.3.2.1　语文积累

1）了解与识记（knowing and memorizing）：如能识别声母韵母，能背诵声、韵母表，能正确辨识常用字，了解重要的作家和作品，默写《语文课程标准》（2001）附录中推荐背诵的古诗文和精彩语句。这个能力维度是最低层次的能力要求，只要求对语文基础知识的记忆与简单识别。

2）理解与分析（understanding and analyzing）：如能知道字词在无语境时的基本含义以及在具体语境的不同含义，能够理解重点成语的含义，能够知道基本的语法规则，能够理解标点使用的规则，能够对古诗文进行初步的分析。

3）运用与评价（applying and evaluating）：如通过完成任务的形式体现对字词含义细微区别的掌握，对成语的恰当灵活使用以及辨别他人的不当使用，在语法规则方面的运用与评价体现在熟练使用关联词、熟练掌握各种句式的运用与转化、熟练掌握修辞的运用、能够品味出不同修辞的运用是否恰当、对句子进行合理的排序等。

10.3.2.2　阅读

1）获取信息（retrieving information）：指寻找文本中定义、事实、支持性细节等明显信息，包括寻找信息文本中的重点信息、整体信息；文学文本中的语境连贯、重点信息、整体信息、潜在信息和观点、态度与情感。

2）解释信息（interpreting information）：指对文本中信息的理解和诠释，如描述问题的原因与结果、比较不同观点、描述作者的表现手法与写作特征等。解释信息是阅读的关键阶段，超越了文本中零散信息，形成了在整个文本水平上，甚至超越了文本水平的整体解释。解释的信息包括信息文本的语境连贯、重点信息、整体信息和潜在信息；文学文本的语境连贯、重点信息、整体信息、潜在信息、表达方式和观点、态度与情感。

3）评价信息（evaluating information）：指从多个角度综合性地评价文本中的信息，如评价作者的观点与情感态度、评价作者的写作技巧等，包括对信息文本中的语境连贯、重点信息、整体信息做出评价；对文学文本中的重点信息、整体信息、表达方式和观点、态度与情感做出评价。

10.4 "中国儿童青少年心理发育特征调查"语文成就测验的编制

10.4.1 测评工具的编制

在构建语文成就测验的指标体系后，通过确立双向细目表、编制试题、预试和修订，形成了最终的测验工具。

（1）双向细目表的确立

依据已经确定的语文成就测验框架和指标体系，初步编制了语文成就测验的双向细目表，在此基础上，经过整合确定了测验的双向细目总表和四个学段的双向细目表。每个学段中语文积累部分与阅读部分的权重不同，从第一学段到第四学段分别为 6∶4、5∶5、4∶6、4∶6，双向细目表总表内容如表 10-9 所示，表格中行表示内容维度，列表示能力维度，"＊"表示该知识所考察的能力水平。

表 10-9 语文成就测验双向细目总表

知识要点			能力水平		
			了解与识记	理解与分析	运用与评价
语文积累	语言积累	拼音	＊		
		字词	＊	＊	＊
		语法规则		＊	＊
	文化积累	文化文学常识	＊	＊	＊
		古诗文	＊	＊	
		文言文		＊	＊
知识要点			获取信息	解释信息	做出评价

续表

知识要点			能 力 水 平		
			了解与识记	理解与分析	运用与评价
阅 读	信息文本	语境连贯		*	*
		重点信息	*	*	*
		整体信息	*	*	*
		潜在信息		*	
	文学文本	语境连贯	*	*	
		重点信息		*	*
		整体信息	*	*	*
		潜在信息	*	*	
		表达方式		*	*
		观点、态度与情感	*	*	*

（2）成就测验的试题编制与组卷

根据拟订的测试框架，全国各专家团队细化测试双向细目表，分别独立命题。在全国范围组织了由大学研究人员、教研员、特级教师和有丰富教学经验的骨干教师组成的 7 个中学专家团队和 5 个小学专家团队。各团队依据双向细目表，并结合各地具体情况编制适合当地学生的试题。完成题目的编制后，各专家组在当地对所编制试题进行小范围预试，并进行项目分析，依据预试结果对试题进行调整。

在此基础上，组织多位语文学科专家、教研员、一线教师进行试题的整合与组卷，即将题库中单独的项目根据需要进行组合，形成测验。组卷时，由各位命题专家首先从题库中选择能够反映全国实际情况的试题，对于某些知识点上题量不足的问题则由命题专家现场统一编制。原有题库以及命题专家现场所编制的试题一起进入题库进行管理。

组卷完成后，项目组邀请北京、天津等地区的教研员、一线教师对测验是否适合相应学段学生测试进行评估。在依据专家意见进行相应的修改之后，形成了本次语文成就测验工具的初稿。

（3）预试与修订

在完成了语文成就测验的编制后，从中国东、中、西部各选取了一个省份的一个区县进行较大范围的预试。目的是为了考察测验本身的质量，如题目的表述、题目的形式、识字量等是否影响学生作答，测量学方面的各个指标是否符合要求；同时也为了考查学生能否在预计的时间内完成、各题本在学段内各年级上的适应性、发现测试过程当中可能出现的问题，为题目的进一步筛选与确定提供依据。

根据预试收集的数据，对各个项目、题本、测验整体、得分分布等方面进行了分析，发现从各测量指标上看，三个学段学生语文成就测验的质量良好，对小部分题目进行微小修订后，可用于全国大规模的测试。

经过预试，最终确定了语文成就测验的测试工具。其题本设计如下：本测评工具共分成四个学段，2 年级为第一学段，3~4 年级为第二学段，5~6 年级为第三学段，7~9 年级为第四学段。每个学段有三个题本，即 A、B、C 卷，这三个题本是平行测验，其测验结构是相同的，四个学段共有 12 个题本。同学段的题本之间由锚题链接，各个学段锚题占每份试卷总题量的百分比分别是：第一学段 23.1%、第二学段 36.7%、第三学段 35.3%、第四学段 26.3%。

根据中小学学生心理发展的特点和测验实施的可行性，确定第一学段、第二学段和第三学段（2~6 年级）语文成就测验的测试时间为 45 分钟，第四学段（7~9 年级）语文成就测验的测试时间为 60 分钟。

10.4.2　语文成就测验的基本测量学特征

语文成就测验工具的基本测量学特征包括测验的难度、区分度、信度、效度等。以下是通过项目与测验分析介绍语文学业成就测验工具的基本测量学特征。

10.4.2.1　项目分析

（1）难度

本项目中难度的计算，采用题目的通过率或平均得分率的计算方法。该值越高，说明在该题上通过的人或是得高分的人越多，项目越简单；反之项目越难。

从实际测验结果来看，各学段题目的难度分布趋于正态，中等难度题目较多，困难和容易的题目较少，题目的难度主要介于 0.35~0.65，个别题目的难度大于0.9或者小于0.1。

（2）区分度

本项目采用相关法计算区分度，用考生在项目上的得分与测验总分的相关系数（题总相关）来表示，二者间的相关越高，表明项目的区分度越高，对考生能力的区分程度越好。

从实际测试结果来看，四个学段题目的区分度总体良好，题目的区分度基本在0.3以上。

10.4.2.2 测验分析

（1）信度

本项目采用克隆巴赫 α 一致性系数来考察测验内容的一致性。内部一致性系数表示测验内部所有题目间的一致性程度，既表示所有题目测的都是同一种心理特质，也表示所有题目得分之间都具有较高的正相关。一个好的学业成就测验信度应该达到 0.8 以上。四个学段各题本的内部一致性系数为 0.806~0.892。

（2）效度

效度是科学的测量工具所必须具备的最重要条件。本项目用内容效度、效标效度和结构效度表达测量工具测出其所要测量特质的程度，即学生语文成就发展的程度。

1）内容效度。内容效度是要评估试题是否能够充分代表相应的行为范围或特定的研究内容。评估内容效度的一种典型方法是找到一组独立的专家而不是试题编写者，让他们判断试题对所研究领域的取样是否适当。本测验在编制过程中主要通过以下工作的开展确保测验的内容效度：其一，通过项目中心组和全国各专家组确立测验的框架和指标体系，明确了测验的行为领域；其二，在拟定测验框架和指标体系的基础上编制总的和分学段的双向细目表，并依据双向细目表编制题目，确保试题与欲测行为领域的匹配；其三，从测验初步形成到修订完成最终版的整个过程中，不断邀请富有教学经验的教研员和一线教师审题，并在测验编制完成修订前召开专家论证会，判断试题对语文学业能力的取样是否恰当，根据反馈意见进一步完善和修改测验。因此，本测验的内容效度是可以得到保证的。

2）效标效度。效标效度是指测验对处于特定情境中的个体的行为进行估计的有效性，即以实践效果作为检验标准。本测验通过计算测验成绩与收集的同期儿童青少年统考成绩的相关作为效标效度指标。结果表明，整体而言，本测验成绩与学校考试成绩呈中等程度的相关（0.55~0.69）。虽然本测验和学校考试测验都是对儿童青少年语文能力的测查，但是各自的测验具有不同的特点，编制方式也不完全相同，因此中等程度的相关表明本测验结果与效标结果较为一致，具有一定预测作用。

（3）结构效度。结构效度指测验实际测到的所要测量的理论结构和特质的程度。根据本测验编制的理论构想，将语文能力分为不同内容的维度和不同能力水平的维度，因此通过计算各维度得分与总分的相关得到测验的结构效度。

结果表明，在内容领域的得分与总分的相关中，语文积累（0.906~0.969）和阅读（0.835~0.918）在各个学段都与总分具有较高相关；在能力领域的得分与总分的相关中，语文积累的了解与识记在各个学段与总分相关略低（0.414~0.893），理解与分析相关较高（0.751~0.935），运用与评价趋中（0.504~0.823），而阅读的获取信息相关较高（0.605~0.859），解释信息中除了第二学段一个题本中相关低于 0.4（0.392），其余相关都较高（0.567~0.866），做出评价的相关较低（0.397~0.574）。总体来说，内容维度与总分相关较高，阅读能力水平维度与总分相关次之，整体上结构效度可以接受。

而从城乡差异来说，在各个学段的各个题本中，城市地区的平均成绩均高于农村地区，城乡差异显著。而在年级差异中，各个学段内，平均成绩随着年级呈递增趋势。低年级的分数最低，中年级次之，高年级最高，并且年级间差异显著，符合年级发展趋势。

因此总的来说，本测验的结构效度较为良好，是测量学生语文学业成就发展水平的合适工具。

10.4.3　小结

根据语文学业成就测试的测评结果以及专家对测评结果的研讨，本次调查最终从内容和能力两个维度确定了语文学业成就的关键指标，并根据整体测试指标体系编制了一套涵盖义务教育阶段 2~9 年级中国儿童青少年的语文成就测验。四个学段的测验较好地覆盖了当前中国儿童青少年的语文活动全域，每个测验题目难度恰当，区分度较好，测验信度效度较高，符合测量学的要求。

第四编 成长环境的关键指标与测评

成长环境（social environment）是对个体在其中生活并影响其发展的各种外部条件或事物的总称。发展心理学家历来非常关注环境对儿童青少年心理发展的影响（van Horn et al.，2009），他们提出了众多理论，也进行了大量的实证研究。目前，国内外研究者已达成共识，认为成长环境可以影响个体认知能力的发展、人格与社会性发展、学业能力发展，以及心理健康等。国外大型儿童研究项目一般都会考察成长环境对个体发展的影响，如美国的全球儿童心理健康监测项目（multi-national project for monitoring and measuring children's well-being），美国早期儿童照料与青少年发展项目（study of early child care and youth development，SECCYD），加拿大儿童青少年发展追踪调查项目（national longitudinal survey of children and youth）等。通过对成长环境的考察，不仅可以客观地反映儿童青少年成长发育的环境状况，为描绘其心理发育特征提供背景信息；而且可以揭示成长环境对儿童青少年的认知、学业和社会适应的影响机制，从而为促进儿童青少年的健康发展提供理论依据，为制定相关教育政策和社会政策提供实证依据。因此，在对我国儿童青少年的心理发育特征进行调研时，有必要考察成长环境。

Bronfenbrenner（1979）曾提出了个体发展的生态系统理论（ecological systems theory）。该理论将个体的生活环境视为层层嵌套的系统，每个子系统都嵌套在更高层级的系统中，且系统间存在相互作用。家庭和学校都属于第一层环境系统——微观系统，是直接与个体发生互动的环境。家庭（family）是儿童出生之后所处的第一个微观社会环境，是个体社会化的起点，是早期社会化极具影响力的环境（Parke et al.，2009）。在毕生发展的各个年龄阶段，大多数人都会从与家庭成员的互动中获取信息，寻求帮助和感情支持，并且这种以血缘为纽带的家庭人际关系将维系终身。随着年龄增长，学校成为儿童青少年学习和社会交往的又一重要场所。个体在学校中不但习得了知识，培养了能力，而且其各项心理品质也得到了发展，这充分体现了学校环境对儿童青少年的影响作用。社会文化因素也对儿童青少年心理发展产生影响（John- Steiner et al.，1996）。随着跨文化研究的兴起，当代几乎所有的发展心理学家都认为，要全面认识个体的心理发展必须对个体在其生活的宏观环境——社会文化背景进行探讨（Shaffer et al.，2009）。社会（community）作为个体生活的宏观系统，它的文化、亚文化的习俗、价值观和信仰等，都会通过内部系统影响儿童的发展。

成长环境领域的测查对象为 9~15 岁的儿童青少年。这一群体正处于青春发育的关键期，也是身心急剧变化的一个特殊时期。因此，测查影响儿童青少年心理发展的各种环境因素，并通过改善或调节这些因素，将促进儿童青少年更健康地发展。鉴于该时期儿童青少年主要的生活环境是家庭和学校，因此，项目组在选择环境的测查指标时，重点关注家庭和学校两大环境。由于儿童青少年接触社会有限，而且有些社会因素难以量化或者只是间接起作用，在社会成长环境中仅选择了几个对儿童青少年影响更直接的变量作为关键指标。另外，由于儿童青少年成长的环境涉及家庭、学校和社会，每个子环境都包含丰富的指标，但由于测验时间所限，也只能从中选择一些重要、敏感的变量作为大型调查的关键指标。

为了保证所选指标的科学性并兼顾代表性，项目组在筛选成长环境关键指标的过程中，首先全面、深入的研读和梳理国内外的相关研究文献和大型调查项目，在此基础上初步形成测量我国儿童青少年心理发育成长环境的指标体系，并编制或修订相应的测评工具。其次，组织全国发展心理学、认知心理学、社会心理学、人格心理学、咨询心理学及心理测量学等领域的专家，结合本次调查的特点对现有指标体系及测评方法进行深入研讨分析，对指标体系和测评工具进行提炼和完善，并经过多次预试，最终确定现有的关键指标体系及其测评工具。

本编包括家庭环境、学校环境和社会环境的关键指标及其测评。其中，家庭环境内容较多，因此单独列一章（第11章）；社会环境包含的关键指标较少故与学校环境合并为一章（第12章）。以下将详细介绍各个子环境所包含的关键指标及其测评。

第11章　家庭环境关键指标与测评

　　家庭是个体最早接触并与之发生互动的第一个环境，在儿童青少年成长与发展中起着奠基性的作用。家庭的社会经济地位（主要由父母职业、父母受教育水平和家庭收入所决定）直接关系到一个家庭能否为儿童青少年的身体发育、心理发展和社会适应提供必要的物质基础和良好的教育资源，家庭结构作为一个重要的家庭背景变量，对于青少年的认知发展、学习、情绪、行为和社会适应具有重要影响（Breslau，2009；Clements et al.，2009；Gump et al.，2009）。而依据家庭发展的系统观，家庭内部成员之间的互动（父母间互动、亲子间互动等）构成了家庭内部的子系统，各个子系统之间相互作用、相处融洽，使得家庭各系统协调发展，家庭总体功能发挥良好；而各个子系统之间的相互作用通过家庭总体功能这个大系统对个体的心理发展产生影响（Bronfenbrenner，1979；Cox et al.，1999）。家庭内系统运作正常，家庭功能发挥良好，家庭中的每个个体才能获得更好的发展。家庭功能也受到家庭中的亲子关系和父母关系的影响。父母间高亲密、低冲突，儿童感知到的家庭氛围越好，就越有助于儿童青少年形成良好的个性品质、健康的行为习惯、较高的问题解决能力和良好的社会适应能力（Frosch et al.，2000；李彩娜等，2006；王雪珍，2008）；反之，如果父母之间冲突频繁，儿童就会觉得家庭整体氛围压抑、紧张，就越容易引发抑郁、暴怒等情绪问题、不良行为问题和反社会行为，表现出较差的问题解决能力和社会适应能力（Cheryl et al.，2009；Hugh，2008；杨阿丽等，2007；叶苑等，2006），这不仅不利于儿童青少年的成长，还会影响到个体成年后对丈夫或妻子角色的认知。有研究表明，婚姻关系存在代际传递性，父母婚姻不合与子女婚姻不合呈正相关（Amato et al.，2001）。亲子关系与父母关系除了共同影响家庭功能之外，两者还相互影响（Rueter et al.，1998；Vuchinich et al.，1992）。在父母与子女的互动中，父母一方面是儿童青少年最主要的社会支持源，另一方面还要履行对儿童青少年行为的监控和指导。但是，对于青春期的青少年来说，他们会要求更多的自主性，这往往容易导致亲子冲突。唯有给青少年一定的自主权利，并进行有效的沟通，才能促进亲子关系良好发展。

综上所述，考虑到所选成长环境指标对儿童青少年心理发育的重要性、敏感性，以及进行大型调研的可行性，项目组筛选出对儿童的认知、学业、社会性发展、心理健康有重要影响的家庭成长环境，最终确定将家庭人口学背景（包括家庭社会经济地位和家庭结构）、家庭功能、父母关系（父母亲密和父母冲突）、亲子关系（父母期望、亲子沟通、亲子信任、父母监控和亲子冲突）作为家庭环境的二级指标。

11.1　家庭人口学背景

家庭人口学背景（family demographic background）主要包括家庭结构与家庭社会经济地位。

11.1.1　家庭结构与家庭社会经济地位的内涵

家庭结构（family structure）是指家庭中成员的构成及其相互作用、相互影响的状态，以及由这种状态形成的相对稳定的联系模式。包括两个基本方面：①家庭人口要素，即家庭内有多少人组成；②家庭模式要素，即家庭成员之间怎样相互联系，以及因联系方式不同而形成的不同的家庭模式。随着现代社会的变迁，人们的爱情观和婚姻观已趋于更加多元化，随之而来的是家庭生活方式的转变和家庭结构的多形态化：离婚率急剧上升，单亲家庭、重组家庭增加；家庭形式越来越具有多样性，包括核心家庭、收养家庭、离婚家庭、再婚和混合家庭、隔代抚养家庭、扩展家庭、独生子女或多子女家庭等（Carter et al., 2005）。不过，无论我们在多大程度上接受了家庭多样性的存在，我们的主流社会观念仍然倾向于把"家庭"等同于一对异性已婚夫妇和他们的子女，这种家庭结构被作为一种理想模型，而所有其他的家庭结构则被描述为"没有防护的家庭"，需要我们特别关照（McCarthy, 1994）。

家庭社会经济地位（family socioeconomic status，SES）是指个体所在家庭的经济和社会地位（Bradley et al.，2002）。尽管不同学者对 SES 的内涵有不同看法，一般认为 SES 应该包括父母亲职业、受教育程度和家庭收入等几个方面（White，1982）。

国外很多有关儿童青少年心理发育的大型调查项目，如美国综合性的儿童发展项目（comprehensive child development program）、澳大利亚儿童发展追踪研究项目（growing up in Australia，the longitudinal study of Australian children）、英国同辈研究计划（british cohort study）和美国儿童早期追踪研究项目（the early childhood longitudinal study，kindergarten class of 1998~1999）都调查了家庭结构、父母相关信息以及家庭社会经济地位。

鉴于家庭结构和家庭社会经济地位对儿童青少年的发展有着重要的影响，项目组将其作为儿童青少年心理发育的家庭背景信息，以更为全面深入地考察影响儿童青少年心理发育的环境因素。

11.1.2 家庭结构与家庭社会经济地位对儿童青少年发展的重要价值

家庭结构与家庭社会经济地位作为一个非常重要的家庭背景变量，它们对于青少年身心发展的重要影响已经得到研究的证实（Bradley et al.，2002）。近年来，研究者除了把家庭结构和家庭社会经济地位作为一个重要的背景变量来探讨外，也更加注重探讨在一个家庭系统内部或者外部，家庭社会经济地位、家庭结构与其他变量之间的调节作用或者中介作用，以更为全面地揭示影响青少年发展的过程机制（Amato et al.，2001；师保国等，2007）。

不同家庭结构（完整家庭、离异家庭、收养家庭、重组混合家庭、隔代抚养家庭、三代或三代以上同堂家庭等）对儿童青少年心理发展的影响获得了大量实证研究的支持。有关离异家庭儿童心理发展的研究表明，离异家庭的儿童在学习成绩、心理与行为调节、自我概念、社会适应和亲子关系等方面的得分都显著低于完整家庭（Reifman et al.，2001）。重组的家庭会给孩子带来新的挑战，他们不仅要适应陌生人的教养方式，同时还需要适应继兄弟姐妹的行为，有监护权和没有监护权的父母对他们的关注也会减少，因为他们离婚后再婚通常需要花费更长的时间形成新的稳定的家庭规则（Hetherington，1989；Hetherington et al.，1999）。学龄孩子经历越多的婚姻转变，其学业表现和适应能力就越差（Astone et al.，1991；Kurdek et al.，1995）。与完整家庭的儿童相比，生活在继父母家庭的儿童更容易受到反社会同伴群体的压力，与不良同伴接触的可能性更多，且表现出更多的外在问题（Kim et al.，1999）。对收养家庭的儿童来说，他们在儿童后期和青少年时期比普通同伴表现出更多的学习困难、情感问题、较高的行为失调和犯罪可能性，这很可能是由于他们与养父母间没有共同的基因，养父母所提供的养育环境或许不能很好地适应他们的遗传素质（Deater-Deckard et al.，1999）。

隔代抚养（由祖父母或外祖父母承担青少年的主要抚养责任）是社会变迁背景下，随着家庭结构的变化或人口流动而增多的一种抚养模式。相关研究表明，来自祖辈的关爱可以减弱与父母分离对子女的消极影响（Ruiz et al.，2007）。但由于祖辈的情感表达不恰当或溺爱放纵，隔代抚养长大的孩子心理健康状况较差，生活适应与学校适应不良（吴佳蓉，2002）。对农村留守儿童的隔代抚养问题的调查结果表明，农村隔代抚养的留守儿童比正常家庭抚养和单亲家庭抚养的儿童表现出更多的消极人格和心理健康问题。这一现象的产生多半缘于隔代抚养家庭养育功能上的缺失，一方面祖父母或外祖父母无法完全补偿儿童对父母关爱的需求，另一方面农村留守老人的受教育程度有限，不能为孩子的学业提供必要的指导和监督（范方等，2005；高亚兵，2008）。

但是，目前关于家庭结构与儿童青少年发展的关系大都支持家庭过程理论，认为父母婚姻转变对青少年社会适应的影响并不是由于离婚或再婚，而是由于正常的家庭过程被破坏。这些过程包括父母敌意行为的增加和监控行为的降低、兄弟姐妹之间的消极反应。与父母离婚和再婚相关的家庭过程才是对儿童的社会和情绪发展起着关键作用的因素（Kim et al.，1999）。家庭结构会通过影响整体的家庭功能、亲子沟通质量和父母养育行为从而影响儿童青少年的发展状况（方晓义等，2004；王争艳等，2002）。与完整家庭相比，非完整家庭表现出更多的家庭问题，尤其表现在家庭功能维度中的角色作用和沟通上（Bernstein，1996）。核心家庭比单亲家庭有较多的沟通、较少的冲突（Sandy，1998）。

家庭社会经济地位不仅会直接影响儿童青少年的身体健康、认知发展、学业成绩和社会性发展，而且还会通过影响父母的抚养方式进而影响儿童青少年的发展状况。家庭社会经济地位较低的儿童存活率较低，营养不良和发育迟缓的比例较高；家庭社会经济地位与青少年肥胖症和自我评估的总的身体状况有关（Kraus et al.，2009）。家庭社会经济地位较高儿童的智商、语言熟练性高于家庭社会经济地位较低的儿童（Bradley et al.，2002），而且家庭社会经济地位能够显著预测青少年的创造性（师保国等，2007）。低家庭社会经济地位与较差的同伴接受性、儿童外化问题行为，如打架、不服从、易怒等攻击行为、青少年适应功能差、容易抑郁、违法违纪行为等有一定的相关（Smith et al.，2009）。主观觉得家庭富裕，但又与父母一方存在沟通困难的青少年，他们更有可能发生不安全的性行为（Vukovic et al.，2007）。此外，对儿童社会化发展的研究发现，低收入的父母强调儿童要顺从，在行为上较多控制儿童，较少与儿童进行言语交流；高收入的父母对儿童比较民主，对孩子感情投入较多，对儿童的惩罚多为心理惩罚，与儿童言语交流较多（于晶，2003）。与来自中上层社会经济地位的父母相比，经济收入较低的父母和工人阶层的父母在教养方式上倾向于强调服从，尊重权威；更加严格，更多的使用权利定位；较少与孩子说理；对孩子表现出较少的温暖和爱（Gutman et al.，2000；Maccoby，2000）。

11.1.3 "中国儿童青少年心理发育特征调查"对家庭结构与家庭社会经济地位测量工具的研究

对于家庭结构和家庭社会经济地位的测查，大都采用调查性题目，直接要求被试填答相应的实际情况。根据填答内容，划分出不同的家庭结构类型，并合成他们的家庭社会经济地位指数。不过，对家庭社会经济地位的测查以及指数合成都较为复杂，尤其是家庭收入一项的测量较为困难，因此各国的研究者往往出于不同的研究需要选择不同的指标，有的以其中一种指标来度量，也有的综合几种指标。例如，Elley 等（1972）最初把职业划分为六个分数等级作为社会经济指数，后来又加入教育水平和收入指标，合成一个综合性 SES 指数来考察家庭乃至国家的社会经济发展状况（Elley et al.，1985）；Veenstra（2000）以家庭收入和父亲受教育水平作为 SES 的衡量指标，考察社会资本对健康状况的影响；方晓义等（2008）参照 2003 年国际学生评估项目（PISA）计算 SES 的方法，综合使用父母受教育水平、父母职业和家庭资源三项考察 SES，其中家庭资源是对家庭收入的间接调查，主要通过询问儿童家里是否有电脑、电视等 9 项家庭日用设施来进行。PISA 用三个题目调查家庭拥有物：一是询问被试家中是否有书桌、自己的独立房间、书房、电脑、教学软件、网络、自己的计算器、经典文学作品、诗集、艺术品、学习参考书、字典、洗碗机、DVD 或 VCD 放映机等，分两级（是/否）计分。二是询问被试家中手机、电视、计算机、汽车、带有卫生间的房间有多少个，分为 4 级（没有、一个、两个、三个及以上）计分。三是询问家中的藏书量，分为 6 级。由于 PISA 的巨大影响，PISA 的许多方面成为教育测量研究者仿效的样板，在学生的家庭社会经济地位方面的测量也不例外。因为对 SES 客观测量的困难，近来也有学者建议对 SES 进行主观评价，这种测量方法包含一个单项目的问题，让被试报告在 10 点计分的社会阶层上自己家庭的地位（Kraus et al.，2009）。

在评估我国儿童青少年心理发育的家庭环境时，我们采用调查性项目收集家庭结构和家庭社会经济地位两方面的信息。

（1）家庭结构的调查

在本项目中，家庭结构采用的是调查性项目，要求儿童青少年回答现在和他们住在一起的家庭成员有哪些；父母生了几个孩子；自己排行第几。根据他们的回答，将其家庭结构分为不同的类型，如完整家庭、离异或丧偶单亲家庭、重组家庭、隔代抚养家庭、独生子女或多子女家庭等。

（2）家庭社会经济地位的调查

家庭社会经济地位包含父母的受教育水平、父母职业和家庭收入三个指标。对三个指标的测查都采用调查性题目，直接要求被试选择最符合自己家庭实际情况的选项。对于比较复杂的家庭收入状况，我们既使用了抚养人填答的方式，要求他们提供家庭年收入、父母受教育水平和父母职业，以对家庭社会经济地位进行客观测量，同时也使用儿童青少年填答的方式，要求他们根据自己所感知到的家庭富裕程度对家庭社会经济地位进行主观评估，并报告家庭拥有的物质资源和教育资源，力求从多方面、多角度准确客观地获得家庭社会经济地位指标。

11.2 家庭功能

11.2.1 家庭功能的内涵及相关理论

家庭功能（family functioning）的概念自提出以来，研究者从不同的研究重心出发，对家庭功能进行了多种界定。但概括而言，大致可以分为两类，其一是结构取向，主要从家庭的具体特征来定义，这一取向的研究者们认为家庭的关系结构、反应灵活性、家庭成员交往质量、家庭亲密度、适应性、家庭成员的情感联系、家庭规则、家庭沟通以及应对外部事件的有效性等都是家庭功能的必要组成部分（Beavers et al.，2000；Olson，2000；Shek，2002）。代表性理论有 Olson 的环状模式理论（Olson，2000）、Beavers 的系统模式理论（Beavers et al.，2000）和 Shek 的家庭功能理论（Shek，2002）。其二是过程取向，主要从家庭需要完成的任务来描述，持这一观点的研究者认为家庭系统必须要满足个体在衣、食、住、行等方面的物质需要，适应并促进家庭及其成员的发展，应付和处理各种家庭突发事件等（Miller et al.，2000；Skinner et al.，2000）。代表性理论有 McMaster 的家庭功能模式理论（Miller et al.，2000）和 Skinner 的家庭过程模式理论（Skinner et al.，2000）。

Olson 的环状模式理论以家庭系统理论为基础（Olson et al.，1982），通过对家庭治疗、社会心理学和家庭系统论中描述婚姻和家庭的多个有关概念聚类，形成家庭亲密度和适应性量表（family adaptability and cohesion scale，FACES），后被翻译成中文版（汪向东等，1999）。Beavers 的系统模式理论认为，家庭系统的应变能力和家庭功能的发挥之间是一种线性关系，家庭系统的能力越强，则家庭功能越好（Beavers et al.，2000）。

家庭功能模式理论认为，家庭系统在运行过程中只有实现各项基本功能才会维持家庭成员的心理健康（Miller et al.，2000）。家庭功能主要与家庭中各系统的相互作用和系统性质有关，与家庭成员内心活动关系不大。Epstein 等

（1983）据此理论设计出家庭功能评定量表（family assessment device，FAD）。Skinner 的家庭过程模式理论与家庭功能模式理论同出一源，认为家庭的首要目标是要完成各种需要家庭一起去面对的日常任务。在完成任务的过程中，家庭及其成员得到成长，并使家庭成员之间的亲密度得到增进，维持家庭的整体性，发挥好家庭作为社会单位的各项功能（Skinner et al.，2000）。

从以往研究和国内外大型调查项目看，家庭成员之间的互动特征是描述家庭功能的主要方面（The Annie E. Casey Foundation，2003），而且多数家庭功能理论都强调了家庭成员之间的关系，家庭成员以家庭为单位解决实际问题。因此，本项目以家庭功能结构取向为基础，来评估中国儿童青少年的家庭功能。

11.2.2　家庭功能对儿童青少年发展的重要价值及其关键指标

虽然不同家庭功能理论强调的重点不一，但它们都认为家庭成员形成一个互动的系统，在这一系统中成员之间是同时互相发生影响的。可以说，家庭功能是衡量家庭作为一个系统是否运行良好的标志，涉及家庭氛围、亲密度、问题解决等家庭生活的多个方面，是能够综合反映家庭环境质量的指标。家庭功能不仅刻画了家庭内部的整体氛围，能够反映出家庭内部亲子关系、父母关系的质量，也是家庭内部人际互动的良好效标。

家庭功能也能有效地预测儿童青少年的心理健康、同一性发展、犯罪行为和自杀观念。家庭功能各个维度与心理健康总体水平呈现较强的相关（叶苑等，2006）。一项纵向研究表明，青少年自我报告的家庭功能变化可以显著预测同一性混乱的变化情况（Schwartz et al.，2009）。同时家庭功能变量已经被众多心理学者看做是青少年犯罪的强有力的预测因素（Patterson et al.，1989；邹泓等，2005），它对犯罪类型、年龄、次数均有显著影响。中学生的家庭功能能够负向预测自杀观念，同时家庭功能在社会问题解决和自杀观念中起中介作用（Lai Kwok et al.，2009）。

家庭功能的重要作用在不同被试群体中也得到研究的证实。留守儿童的家庭功能能够正向显著预测其学业成绩（梁静等，2007）。流动儿童家庭功能的亲密度可以预测其内外化问题行为（李晓巍等，2008）。

同样家庭功能也能够较好地反映儿童青少年心理的发展变化，尤其是青春期的显著变化。对初中生家庭功能的测查发现，初一年级的学生与家庭成员的相互关系较好，更愿意与家庭成员沟通，随着年龄升高，疏离感程度相应增加，家庭功能质量下降（叶苑等，2006）。

11.2.3 "中国儿童青少年心理发育特征调查"对家庭功能测量工具的研究

在家庭功能的测量方面，目前研究者较为认可的量表主要是基于环状模式理论的亲密度与适应性量表（FACES）和基于 McMaster 家庭功能模式理论的家庭功能评定量表（family assessment device，FAD）。FACES 包括亲密度和适应性两个维度，亲密度是指家庭成员间的情感联系，适应性是指家庭系统随家庭处境和家庭不同发展阶段出现的问题而相应改变的能力（Olson，2000）。FAD 包括问题解决（problem solving）、沟通（communication）、角色（roles）、情感反应（affective responsiveness）、情感介入（affective involvement）、行为控制（behavior control）和总的功能（general functioning）七个维度。这两个量表经多次使用和修订有较好的信效度（汪向东等，1999）。

从理论吻合度和测查的简便性考虑，我们以环状模式为理论基础，参考了亲密度与适应性量表（FACES）和家庭功能评定量表（FAD），从中选取符合本项目家庭功能概念的题目，同时修正某些不符合儿童青少年实际情况的表述，并结合对教师、家长和专家的访谈，形成最初量表的结构和题目，涉及问题解决和适应性、亲密性以及家庭功能总体评定三个方面。其中问题解决和适应性是指家庭系统随家庭处境和家庭不同发展阶段出现的问题而做出相应改变的能力；亲密性是指家庭成员之间的情感联系；家庭功能总体评定是对家庭系统运转状况和运行功能的总体评价。经多次预试表明量表的信效度符合测量学标准。

此外项目组还考察了不同家庭结构和家庭社会经济地位的儿童青少年的家庭功能的差异，同时也验证了家庭功能量表的区分效度。

11.3 父 母 关 系

11.3.1 父母关系的内涵

父母关系（parental relationships）是相对于子代而言，其亲代间的一种身份联系和互动关系。在家庭中，伴随着子女的出生或收养，夫妻双方获得了为人父母的身份，在夫妻关系之外添加了一层新的关系，即孩子父母的关系。对于儿童青少年而言，父母关系是家庭中最重要的人际关系，父母关系和睦与否直接关系到家庭的和谐稳定，影响着儿童青少年的健康成长。在本项目中，我们将父母关系作为家庭环境的二级指标，重点关注儿童青少年所感知的家庭内父母之间积极或消极的情感交流和沟通情况，包括父母亲密（parental closeness）和父母冲突（parental conflicts）。

11.3.2 父母关系对儿童青少年发展的重要价值及其关键指标

根据布朗芬布伦纳的系统生态理论，家庭是一个复杂的系统，各个子系统之间彼此影响又相互作用。父母之间的冲突或者亲密关系会影响亲子之间的情感，而亲子之间的情感也会影响父母关系。父母之间和谐、融洽的情感关系是家庭关系中一个非常重要的组成部分（Carla，2008；Frank et al.，1983；Joe et al.，2004；Laurie et al.，2005；Uruk et al.，2003）。父母关系处理得如何，不仅影响夫妻感情和生活，同时也会波及亲子关系，进而影响青少年的情绪、行为和社会适应（Parminder et al.，2008；胡俊修，2003）。有研究表明，父母婚姻关系的质量与亲子关系的质量呈正相关（余小芳，2004）。婚姻关系还存在代际传递性，父母婚姻不合与子女婚姻不合呈正相关（Amato et al.，2001）。与那些正经历婚姻压力且感觉自己在一人养育孩子的母亲相比，拥有幸福婚姻且与丈夫有亲密关系的母亲通常能够更为耐心、更为敏感地照顾孩子（Cox et al.，1989，1992），从而建立安全的亲子依恋关系；同时，母亲也会影响父子关系，当与配偶关系和谐时，父亲会更多地参与孩子的养育且会支持孩子（Kitzmann，

2000）。

父母冲突会直接或者间接地影响到儿童的身心健康。父母语言、身体和情绪冲突越多，青少年的学习问题越多，而父母身体、言语冲突越多时，青少年的抑郁越多，自尊水平越低（杨阿丽等，2007）。Grundy 等（2007）的一项追踪 4 年的研究发现，父母冲突会影响青少年早期的行为能力。父母冲突可以很好地预测攻击行为、与不良青少年的交往以及吸毒等外显行为问题（Fergusson et al.，1999）；父母冲突引起的家庭紧张对青少年犯罪有重要影响（蒋索等，2006）。家庭矛盾性作为家庭氛围的一个方面会通过自我控制中介影响犯罪行为（屈智勇等，2009）。与父母冲突相比，父母亲密程度对青少年个性发展和社会适应的影响并不相同。Frosch 等（2000）发现，父母间的友善能正向预测亲子间的安全依恋。安全依恋会促进儿童青少年良好心理品质的形成和社会适应，不安全依恋会导致儿童青少年的问题行为（Hetherington et al.，1986）。还有研究发现，父母亲密对于青少年性别角色的形成具有独特的价值。父母感情亲密，可以预测男孩的男性正性特质和女性正性特质；对于女孩而言，只能预测其女性正性特质（王雪珍，2008）。

目前，国外很多有关儿童青少年心理发育的大型调查项目，如欧洲妊娠期及儿童期的追踪研究（european longitudinal study of pregnancy and childhood）测查了婚姻关系对儿童的影响；美国早期儿童保健项目（study of early child care）中，也包含对儿童成长的家庭环境中亲密关系（love and relationships）的测量。

基于已有研究的结果，项目组最终选取了父母亲密和父母冲突作为父母关系的二级指标。

11.3.3 "中国儿童青少年心理发育特征调查" 对父母关系测量工具的研究

对于父母关系的测查，一般采用问卷法和访谈法等。由于问卷法省时省力，成本较低，大型调查常用问卷法。对于父母亲密的测量，大都嵌套在家庭环境、家庭功能和婚姻质量量表中。其中 Epstein 等（1983）设计的家庭功能评定量表（FAD）是用以评估家庭各个系统能否正常发挥作用的一个有效工具，而父母之间的亲密关系作为家庭中一个重要的子系统也得以被考察。该量表包括问题解决、沟通、角色、情感反应、情感介入、行为控制、总的功能等七个维度。Olson 等（1982，1983）编制的婚姻质量量表（evaluation & nurturing relationship issues，communication，happiness，ENRICH）也是比较有代表性的一个工具，考察了夫妻之间权力与角色的分配、夫妻之间的交流、夫妻之间解决冲突的方式与能力，包括婚姻满意度、性格相容性、夫妻交流、解决冲突的方式、角色平等性等维度（汪向东等，1999）。对于父母冲突的测量，Grych 等（1992）在认知—情境模型的理论基础上发展起来的双亲冲突儿童知觉量表（children's perception of interparental conflict scale，CPIC）是最常用的工具之一。该量表共有 48 个陈述性的描述，在施测时要求儿童表明自己对每个陈述的赞同程度（赞同，部分赞同，不赞同）。父母问题核查表（the parent problem checklist，PPC）是父母自我报告夫妻冲突的量表，由昆士兰大学的 Dadds 等（1991）编制而成，一共包括 16 个条目，主要用于测量父母亲在抚养子女方面的沟通和协作上存在的问题以及问题的严重程度，父母亲被要求在 16 个条目上回答"是"或者"否"。

项目组从以往的家庭功能量表（FAD）（Epstein et al.，1983；Miller et al.，1985）和婚姻质量量表［ENRICH（Olson et al.，1982，1983）］，以及 Grych 等（1992）编制、池莉萍等（2003）修订的"儿童对婚姻冲突的感知量表"中筛选了部分适合 4~9 年级儿童青少年作答的项目，经过两次预测，删除某些表述不合适或因子载荷、项目分析指标不符合要求的项目，最终确定了 5 个项目的父母亲密量表、10 个项目的父母冲突量表。

（1）父母亲密量表

项目组在参考家庭功能量表（Epstein et al.，1983；Miller et al.，1985）和婚姻质量量表（Olson et al.，1982）的基础上，自编了 6 道题，测查父母之间的关系亲密度。经过两次预测，父母亲密量表最后确定了 5 道题，单一维度。

（2）父母冲突量表

采用 Grych 等（1992）编制、池莉萍等（2003）修订的"儿童对婚姻冲突的感知量表"（CPIC），测查儿童感知到的父母冲突程度。CPIC 量表有 40 个题目，由冲突频率、冲突强度、冲突是否解决、冲突内容、威胁、儿童自我归因和应对效能感六个维度组成。本项目组分别选择了冲突强度维度和冲突频率维度中载荷较高的四个题目，并自编两个题目，形成 10 个题目，分为冲突频率和冲突强度两个维度。

我们对量表进行了多次预试，结果表明该量表的信效度指标符合心理测量学标准。

11.4　亲　子　关　系

11.4.1　亲子关系的内涵

亲子关系（parent-child relationships）本是遗传学术语，指亲代和子代之间的生物血缘关系。在心理学领域则用其说明家庭中的父母和其亲生子女、收养子女或过继子女之间形成的双向互动关系，是最基本、最重要的一种家庭人际关系（Maccoby，1992；林崇德等，2004；叶一舵等，2002）。亲子关系最大的特点就是有着很强的情感联结，这种情感联结与家庭氛围和情绪上的安全感有关，它关系到儿童青少年发展自尊、信任感和安全感所需要的支持能否得到满足，是家庭社会资本的重要组成部分。国外很多有关儿童青少年心理发育的大型调查项目，如加拿大儿童青少年发展追踪调查项目（national longitudinal survey of children and youth）、美国的全球儿童心理健康监测项目（multi-national project for monitoring and measuring children's well-being）、澳大利亚儿童发展追踪研究项目（growing up in Australia，the longitudinal study of Australian children）都考察了亲子关系对儿童发展的影响，包括监管、信任、沟通与冲突。

根据家庭社会资本的理论观点（Marjorbanks，1997），父母与子女的关系强度，取决于父母期望、亲子沟通、亲子信任、亲子冲突和父母监控等方面的状况。父母期望和父母监控反映父母卷入子女生活的程度；亲子沟通、亲子信任和亲子冲突则是父母与子女互动过程中的表现。它们都是亲子关系的不同表现形式：父母期望是指父母想要子女达成某种目标的愿望；亲子沟通是指家庭中父母－子女之间交换资料、信息、观点、意见、情感和态度，以达到共同了解、信任与互相合作的过程（王争艳等，2002）；亲子信任作为发生在父母与子女之间的一种人际信任，是指亲子双方对彼此的言语或行动表示信赖的信心程度（Hestenes，1996）；亲子冲突则是一种负向的亲子互动模式，指亲子双方在言语或非言语上的不一致，甚至完全对立的状况（Laursen，1995）。

由于上述内容对儿童青少年的发展都有着重要的影响，但侧重点又有所不同。因此，本项目将父母期望、亲子沟通、亲子信任、亲子冲突和父母监控作为亲子关系的二级指标，以全面考察我国儿童青少年的亲子关系状况。

11.4.2 亲子关系对儿童青少年发展的重要价值及其关键指标

亲子关系不仅会影响儿童青少年的个性与社会性发展，还会影响他们的认知发展与学业表现。良好的亲子关系能够满足儿童青少年发展自尊、信任感和安全感所需要的支持，促使他们更为勇敢、开放地探索外界事物，也有利于他们形成积极的人际关系表征，与同伴或他人建立高质量的关系（Collins et al.，1999）。不良的亲子关系则会影响儿童青少年的心理健康及个性社会性发展，并导致各种问题行为，甚至是犯罪行为（Reid et al.，2002；Shek，1997）。父母对子女的关心在很大程度上决定着孩子们的学业成绩和在学校里的表现（Teachman et al.，1997；Morgan et al.，1999）。Coleman（2000）在《社会资本在人力资本创造中的作用》中也阐明了家庭社会资本对儿童教育的影响，即父母所占有的人力资本对儿童成长的影响受由儿童与父母关系所构成的家庭社会资本的制约，只有当父母成为儿童生活的一部分，与儿童建立良好的关系，父母所拥有的人力资本才能发挥重要作用。在亲子互动对儿童社会化结果的影响方面，当前的研究有两种取向（Damon et al.，2009），一种是分类学取向，考察儿童养育实践的风格或类型（Baumrind，1971）；另一种则是社会互动取向，关注亲子互动的性质（Patterson，2002）。

Baumrind 提出的父母养育类型是最有影响力的。通过对权威型、专制型和放任型父母及其孩子的追踪研究发现，权威型教养方式与儿童青少年的积极发展结果相关联，且反应敏捷、稳固的亲子关系对男孩的能力发展尤其重要；专制型父母的儿子在认知与社会性能力方面均较差，他们的学业成绩和智力表现较差，而且性格不友好，在与同伴相处时，主动性、领导能力和自信心都相对欠缺

（Baumrind，1991）。Maccoby 等（1983）又提出了忽视型父母教养方式，扩展了Baumrind 的分类。他们认为，忽视型的父母不监控子女的活动，不知道孩子在哪儿、在做什么、和谁在一起。这种不投入或不作为的养育行为常常与亲子关系破裂，儿童的冲动、攻击、不顺从、喜怒无常和低自尊相关（Maccoby，1992）；随着年龄的增长，这些孩子还会表现出同伴关系差，学业成绩不良（Hetherington et al.，1992），更为严重的可能会导致青少年犯罪（Reid et al.，2002）。

立足于社会互动观点的研究则认为，与父母面对面的互动为儿童提供了社会技能学习、演练和精致化的机会，亲子互动的性质及由此而发展的亲子关系的质量是儿童社会性发展的重要关联因素（Damon et al.，2009）。

研究发现，亲子关系的质量与亲子间的沟通、信任与冲突密切有关。良好的亲子沟通能够提高亲子关系质量，也会降低或缓解家庭负性事件，如亲子冲突、家庭重大负性变故对青少年的伤害，从而促进青少年的社会适应；不良的亲子沟通则会导致亲子关系疏离，为青少年日后的问题行为埋下隐患。例如，杨晓莉（2005）在探讨亲子沟通类型与青少年社会适应的研究中发现，亲子双方沟通良好的青少年，其自尊水平最高，产生孤独感和问题行为的可能性较少；相反，亲子双方沟通不良的青少年，他们的自尊水平显著偏低，较多地体验到孤独感，问题行为也较多。在亲子相互信任的家庭中，子女的宜人性较高，情绪性较低，亲密感和满意度较高，整个家庭的亲密度和适应性也较高；亲子互不信任的家庭中，子女的宜人性和谨慎性较低，情绪性较高，父母对子女的支持较少，亲密感和满意度较低，整个家庭的亲密度和适应性也较低（李一茗，2004）。能否与父母建立信任关系也是影响青少年问题行为的重要因素之一。青少年感知到的父母信任可以作为防止不安全性行为、吸烟和女孩的物质滥用、男孩的酗酒等行为的保护性因素（Borawski et al.，2003）。父母对子女的信任在子女的问题行为和家庭的功能紊乱之间起着中介作用（Kerr et al.，1999）。

亲子冲突是亲子关系中极为重要的一个方面，能够显著地预测青少年的情绪和行为问题。与双亲发生冲突的青少年所表现的问题行为和抑郁最多，与双亲均无冲突的青少年最少（方晓义等，2003）。亲子间高冲突性会导致个体的高孤独感（李彩娜等，2007）。不过，亲子冲突的影响还需要放在总体家庭功能或家庭氛围中来考虑。有研究者认为，是情感氛围而不是冲突本身造成了亲子之间的不良争吵。发生在敌意和长期争吵的交往环境下的亲子冲突，与青少年的消极适应和行为问题有关（Smetana，1995）。而在高度和谐或亲密感很强的亲子关系中，亲子之间适度的冲突反而会促进青少年的发展（Adams et al.，2001）。因为这种不一致可能使青少年极大地改变其自我概念，以及对独立的期望（Collins，1995），还可以促进青少年冲突解决技巧、换位思考能力的发展，培养他们果断、自信的性格（Smetana et al.，1991）。

此外，来自父母的因素，如父母期望与父母监管等也会影响亲子关系的质量。关于父母期望的研究发现，父母对子女的较高期望带有一种隐蔽的强化作用，它通过其子女的知觉和投射两种心理机制，使他们或在自觉意识水平或在自发无意识水平上受到良好的激励，从而提高子女的成就动机和自信心（周东明，1995）。父母的良好期待有助于儿童养成良好的学习习惯，拥有较高的自我效能感和坚定的内在信念；而父母过高的期望则会给子女带来巨大压力，使子女焦虑，甚至挫伤自尊和自信（Li，2004）。父母监控对青少年发展的影响也得到了许多横向研究和纵向研究的支持。低水平的父母监控与青少年卷入反社会行为、违法违纪行为、问题行为或不良团体有关（Laird et al.，2003）。随着父母监控水平的增加，青少年吸烟和饮酒（方晓义，1995）及违法犯罪行为（屈智勇等，2009）都会相应减少；不安全性行为和意外怀孕的青少年，其父母监控水平也相对较低（Crosby et al.，2002）。

综合上述，在评估我国儿童青少年心理发育的家庭环境时将父母期望（parental expectations）、亲子沟通（parent-child communication）、亲子信任（parent-child mutual trust）、父母监控（parental monitoring）和亲子冲突（parent-child conflicts）整合为亲子关系的二级指标，是非常有必要的。

11.4.3 "中国儿童青少年心理发育特征调查"对亲子关系测量工具的研究

关于亲子关系的测量方法，主要有访谈法、投射法和自我报告法。投射性测量工具有家庭关系指征（family relation indicator），是由赫威尔斯和里考瑞希设计的，包括 33 张情况各异的家庭图片，主试将每一张图片都给儿童看三遍，借以核实儿童对图片反应的效度。每次均让儿童说出他们看见了什么，或是猜想图片里的人在说什么或做什么，最后根据儿童的回答做总结，以揭示父母与儿童间的关系（林崇德等，2003）。不过，最为常用的还是自我报告法。Pianta（1992）专门发展了一套亲子关系量表，包括26个项目，涉及亲密性（如"我和孩子之间的关系亲密而且感情深厚"）、冲突性（如"孩子和我似乎总是在相互对抗"）和依赖性（如"孩子过于依赖我"）3个维度。父母教养方式评价量表（egna minnen av barndoms uppfostran-own memories of parental rearing practices in childhood）也是较为全面反映亲子关系的测评工具，共有81个项目，涉及15种教养行为，抽取了4个主因素，分别是管束、行为取向和归罪行为；情感温暖和鼓励行为/爱的剥夺和拒绝行为、偏爱同胞；过于保护（Perris，1980）。

由于单一的亲子关系维度不能全面地反映亲子关系的丰富内涵，因此，我们选取父母期望、亲子沟通、亲子信任、父母监控和亲子冲突作为亲子关系的二级指标，分别考察亲子关系的不同表现形式。然后根据所建立的二级指标体系，编制或修订相应的测量工具。有关亲子关系的测查工具包括：父母期望调查项目、父母监控量表、亲子沟通量表、亲子信任量表和亲子冲突问卷，另外还包括一些调查性题目作为补充。以下是这些测量工具的简要介绍。

（1）父母期望调查项目

父母期望调查项目主要考察父母对儿童学业成绩和教育成就的期望，以及父母对孩子发展方面的关注情况的方面，如学习成绩、健康状况、兴趣爱好、交朋友、情绪等。该项目共包括3个题目。

（2）亲子沟通量表

亲子沟通量表以杨晓莉等（2005，2008）编制的青少年亲子沟通量表为蓝本，该量表是作者在深入访谈的基础上，并参考亲子沟通量表（parent-adolescent communication，PAC）（Barnes et al.，1982）和家庭沟通模式量表（revised family communication pattern inventories，RFCP）（Fitzpatrick et al.，1994）发展而成的，包括青少年与父母沟通、父母与子女沟通两个分量表，分为开放表达与交流、倾听与反应、分歧与冲突解决以及理解性4个维度，共37个题目。项目组根据该量表的项目描述和预测数据的项目载荷对项目进行筛选，最后两个问卷各确定了19个题目。对亲子沟通的测量不仅采用了青少年亲子沟通量表，还通过调查性题目考察了亲子沟通过程中谁主动，以及父母与子女通过哪些方式沟通、沟通的频率等问题。

我们对量表进行了多次预试，结果表明该量表的信效度指标符合心理测量学标准。

（3）亲子信任量表

李一茗（2004）对中国背景下的被试施测开放式问卷，并进行访谈，同时参考信任量表（trust scale）（Rempel et al.，1986）和特殊人际信任量表（specific interpersonal trust scale）（Johnson-George et al.，1982）编制了亲子信任量表，原量表分为可依赖性、分享心事和诚实守信 3 个维度，共计 20 个项目。项目组根据该量表项目描述的代表性和项目载荷对项目进行筛选，并对所选项目的语言表述作了适当修订，最后确定了 14 个题目，3 个维度。两次预试结果表明，修订后问卷的信效度良好。

（4）父母监控量表

采用 Lin（2001）依据 Barber 的理论编制的适用于中国背景的中国青少年父母监控量表（regulation scale for chinese adolescents，RSCA）和刘乔（2006）修订 Peterson 等（1985）编制的父母行为问卷中的自主准予分量表的部分项目合并而成，共 22 个项目。经过两次预试，对 22 个项目进一步筛选，最终确定了父母知晓、消极控制与反馈以及自主准予 3 个维度，共 17 道题目。除了使用量表测查外，项目组还编制了一些调查性题目考察父母对青少年生活中新出现的情况的监控。如对青少年上网情况的了解程度，以及是否有相关指导行为，从而对儿童青少年父母监控状况做了较全面的考察。

我们对量表进行了多次预试，结果表明该量表的信效度指标符合心理测量学标准。

（5）亲子冲突问卷

本项目采用方晓义等（1998，2003）自编的亲子冲突问卷，共 23 个题目，经过两次预试后，信效度比较好，可以直接使用。冲突形式、冲突频率及激烈程度三个方面各包括 4、9、10 个题目，其中每个方面的最后一题会让被试根据之前的选择，填写发生最多的冲突的题号，以了解家庭中发生最多的冲突形式、冲突频率最高及冲突强度最强的内容。

第12章 学校环境与社会环境关键指标与测评

对于学龄儿童而言，随着年龄增长，儿童逐渐参与到更广阔的学校与社会生活中，学校与社区环境对儿童发展的影响作用日益重要。学校是他们待的时间最长的地方，学校环境中的各种因素将成为儿童认知、个性与社会性发展的重要影响源。首先，师生关系对儿童的学业成就和适应性有重要影响（邹泓等，2009），体验到亲密师生关系的儿童具有较高的学校适应水平和较强的学习动机，而体验到较多师生冲突的儿童更可能对学校和学习产生厌恶或逃避情绪（Hamre et al.，2001），并可能出现学业问题或其他行为问题。其次，班级作为学生在学校学习、生活的基本群体单位，是学校环境的基本组成部分，班级环境会影响儿童对班级的认同感和归属感，进而影响儿童的学习态度、学业行为以及学校适应（Wong et al.，1997；屈智勇等，2004）。最后，和谐的校园氛围是以良好的师生关系和班级环境为基础的，还包括校园安全、校园风气等方面，代表了一个学校整体的风格和特点，持续地影响着儿童的学习与发展。因此，项目组确定将师生关系、班级环境与校园氛围这三个变量作为评估学校环境的关键二级指标。

在筛选个体发展的宏观环境——社会环境指标时，考虑到测查群体尤其是儿童，对社会的感知相对有限，因此项目组决定只考察青少年对社会风气的整体感知。此外，社区环境（包括邻里关系、社区条件、风气、治安等因素）是儿童青少年发展的重要影响源（Leventhal et al.，2000）。因此，项目组最终确定把社会风气和社区环境作为社会环境的关键二级指标。

12.1 学校环境关键指标

12.1.1 师生关系

（1）师生关系的内涵

师生关系（teacher-student relationships）主要指学校中教师与学生之间的基本人际关系，是师生之间以情感、认知和行为交往为主要表现形式的心理关系（Pianta et al.，1992；Pianta et al.，1997；林崇德等，2001；王耘等，2001）。学校中的教育活动，是师生双方共同的活动，是在一定的师生关系维系下进行的。

师生关系既受教育活动规律的制约，又是一定历史阶段社会关系的反映。作为学校环境的一部分，师生关系既是学校中教师与学生之间的基本人际关系，也是儿童社会化过程中的重要社会关系之一，贯穿于整个教育的始终，直接关系到学生的健康成长（邹泓等，2007）。

（2）师生关系对儿童青少年发展的重要价值

社会系统中的任何个体都是在与周围人及环境的相互作用中存在和发展的。儿童青少年的心理发展水平在很大程度上取决于与其直接或间接交往的他人及相互关系。Pianta 等（1996）将儿童发展的环境体系分为四个系统：儿童个体、家庭、班级和文化，这四个系统是相互关联的，一个系统中的某个因素可能受到其他系统中因素的影响。在这个背景系统模型（contextual system model）中，相互关系居于核心的地位，如家庭系统中的核心变量是亲子关系，而班级系统的核心变量则是师生关系和同伴关系。

师生关系与亲子关系有很多相近之处，如对学生的监护、引导之责；但与亲子关系又有不同，如在亲子关系中相互依赖和彼此关爱的特点更加突出。师生关系在学生与教师的相互作用过程中发展，也通过这一过程影响学生的发展（O'Connor et al.，2007）。Pianta 等（1994，1997，2001）根据依恋理论和互动理论，认为师生关系可以从亲密、依赖、冲突三个角度进行分析。亲密包括热情和开放式交流，它对儿童在学校环境中起支持作用；依赖是指儿童的占有

（possessive）和依恋（clingy）的行为，过分依靠教师作为支持的源泉，不同于亲密的积极作用，依赖型师生关系将会妨碍儿童的学校适应；冲突的师生关系通常表现为不协调的互动和不和睦。国内王耘等（2001）的研究将小学 3~6 年级学生的师生关系类型划分为冷漠型、冲突型和亲密型，其中亲密型是积极的师生关系，其余两种为消极的师生关系。

大量研究发现，师生关系不仅影响中、小学生在学业表现、情绪情感、自我和行为适应等方面的发展（Birch et al.，1997，1998；Hamre et al.，2001；O'Connor et al.，2007；Pianta et al.，1992；刘万伦等，2005；王耘等，2002；邹泓等，2007），而且对中、小学生的亲子关系、同伴关系都有重要影响（Howes et al.，1994；Silver et al.，2005）。温暖、亲密的师生关系是促进学生发展和减少学生问题行为的关键因素，它有利于学生思想品德的养成、学业的提高、智能的培养以及身心的全面发展；有利于儿童形成对学校的积极态度，主动参与班级、学校活动，与同学建立积极的情感关系，发展良好的个性品质和较强的社会适应能力（Adelman et al.，2002；Fisher et al.，1998；Morganett，1991）。不良的师生关系可能使儿童产生孤独感和对学校的消极情感，在学校里与老师、同学关系疏远，表现出退缩、攻击等问题行为及一些学业问题（胡胜利，1994）。师生关系与儿童心理发展之间的关联愈来愈受到发展心理学、社会心理学和教育学等多学科的研究者的重视。

此外，国外很多有关儿童青少年心理发育的大型调查项目，如美国的全球儿童心理健康监测项目、澳大利亚儿童发展追踪研究项目都考察了师生关系对儿童青少年的影响。这些大型项目考察的内容包括是否跟老师和睦相处、老师对学生的期望、师生互动等方面。这说明，师生关系作为影响儿童青少年发展的重要变量几乎是各国学者的共识。因此，在考察我国儿童青少年成长的学校环境时，有必要将师生关系作为关键二级指标纳入学校环境评估的指标体系。

（3）"中国儿童青少年心理发育特征调查"对师生关系测量工具的研究

目前广泛使用的师生关系测量工具是 Pianta（2001）编制的师生关系量表（student-teacher relationship scale，STRS）。国内的王耘等（2002）参考 Pianta 的量表，编制了适合 3~6 年级小学生的师生关系量表，包括亲密性、冲突性和反应性三个维度，其中反应性维度测量学生对教师行为的应激状态和反应方式，以及是否存在过度反应。

在有关师生关系质量和影响因素的研究中，多数研究者采用了教师报告和相应的测评量表。但是有一些研究者认为，学生对师生关系的评价更能体现学生的主观感受，采用学生报告的方式可能获得与教师报告不同的结果（江光荣，2002）。屈智勇（2002）在 Pianta（2001）量表的基础上编制了由学生评定的师生关系量表，包括亲密性、冲突性、支持性和满意度四个维度，其中亲密性与冲突性的内涵与 Pianta 相近，支持性代表师生之间相互理解、支持的程度，满意度作为总体效标，可以检查前三个维度对师生关系总体状态的预测能力。

本项目采用屈智勇（2002）编制的师生关系量表，这一量表经过多次使用，被证实具有较好的信效度（邹泓等，2007），主要用于考察中国中小学生师生关系的特点和类型。

屈智勇（2002）编制的师生关系量表，原量表由 23 个项目组成，分为亲密性、冲突性、支持性和满意度四个维度，采用学生评定。本项目从中选取了因子载荷较高的 20 个项目进行预试。经过两次预试之后，最终确定 18 题的师生关系量表。

我们对量表进行了多次预试，结果表明该量表的信效度指标符合心理测量学标准。

12.1.2　班级环境

（1）班级环境的内涵

班级环境（classroom environment）是教学环境中的一种社会环境、软环境。Walberg 等（1968）认为班级环境包括学生在班级内的角色组织、角色期待、共同的行为规范与约束机制，以及学生在班级中的满足感、亲密性和摩擦等。国内学者范春林等（2005）则认为，班级环境是指影响教学活动的开展、质量和效果，并存在于课堂教学过程中的各种物理的、社会的及心理的因素的总和，其中物理环境是教学赖以进行的物质基础和物理条件，主要包括教学的自然环境、教学设施和时空环境等；社会环境是课堂中师生互动和生生互动的基本要素及状况的总合，包括师生互动与师生关系、同学互动与同学关系、课堂目标定向、课堂规则与秩序等；心理环境则是课堂参与者——教师与学生的人格特征、心理状态和课堂心理氛围等。

Fraser 等（1982）曾用 15 个具体维度来测量中学的班级环境：凝聚力、轻松、喜爱、小团体、满意度、冷漠、速度、难度、竞争性、多样性、正式性、物质环境、目标定向、无组织和民主。Moos 等（1987）则认为中学班级环境应包含参与、团结、教师支持、任务定向、竞争、有序、规则明确、教师控制和创新 9 个维度。江光荣（2004）在对国外相关研究进行整理后认为，班级环境可从 3 个维度来理解：①关系维度，指环境中个体间关系的性质和强度，如成员间是互相支持、帮助还是相反；②个人发展和目标定向维度，指环境中所具有的让个人自我增强和发展的方向和方式；③系统保持和改变维度，指环境中是否存在结构、秩序、定向、保持控制等成分。

（2）班级环境对儿童青少年发展的重要价值

班级环境对儿童青少年的认知能力、个性与社会性发展、行为适应等方面都会产生影响（Fraser, 1994；DiLalla et al., 2008；Wong et al., 1997）。此外，在中国，班级是学校的基本构成单位，且具有极大的稳定性，是学龄期儿童青少年除家庭外最主要的学习、生活环境。因此，在考察影响儿童青少年心理发育的学校环境时，班级环境应作为关键二级指标纳入学校环境评估的指标体系。

屈智勇等（2004）对我国小学五年级到初中三年级共 38 个教学班的班级环境进行了考察，将中小学的班级环境分为团结向上型、一般型和问题型三类。团结向上型的班级环境表现为有良好的人际关系和秩序纪律，竞争气氛浓厚，学习负担适中等特点；问题型的班级环境特点是学习负担较重，竞争气氛居中，秩序纪律、人际关系特别是师生关系较差；一般型的班级环境表现为有较好的师生关系和同学关系，但在学习负担、秩序纪律、竞争气氛方面与问题型班级比较接近。

班级环境首先会对学生的学习状况产生影响，在不同的班级环境中，青少年所表现出的学习态度、学业行为有所不同。在团结、积极参与的班级环境中，学生会有更积极的学习态度（Wong et al., 1997），更好的学业行为和学校态度（屈智勇等，2004）。初中生在班级环境中体会到的关系状态会通过自尊水平对其成就动机产生影响（张灏等，2009）。此外，班级环境还会影响学生的学校行为表现，进而影响其学校适应。DiLalla 等（2008）通过对同卵双生子的研究发现在同一班级环境中的双胞胎的问题行为比在不同班级环境中的双胞胎的问题行为具有更高的近似性，这说明班级环境是青少年问题行为的重要预测变量。还有研究者认为班级环境可以调节个体行为与学校适应之间的关系。例如，郭伯良等（2005）研究发现，班级环境中的老师支持可以减弱退缩行为和学校适应间的负向联系，老师训诫可以减弱攻击行为与同伴接受间的负向关联，并且对退缩行为与学业成就之间的负向联系也具有削弱效果，班级环境中的同学关系可以明显增强儿童问题行为与学校适应间的负向联系，而班级秩序纪律对攻击行为和学校适应间的负向关联有明显的强化效果。

班级环境还会对学生的行为表现产生影响，Fraser（1994）对以往研究的元分析结果发现，学习环境与学生的认知和情感发展有密切联系，这种联系在年龄较大的儿童中表现得更为明显，且在有凝聚力、令人满意、有目标、有组织和较少冲突的课堂环境中，学生在认知和情感指标上的得分会比较高。班级环境中的师生关系、同学关系还会对儿童青少年的心理健康状况产生影响，师生关系和同伴关系较差的学生更容易出现抑郁、焦虑等情绪（袁立新等，2008）。

然而班级环境并非一成不变的，如果进行适当的干预，班级环境则会发生相应的改变。在全国教育科学"十五（2001 ~2005 年）"规划课题"少年儿童行为习惯与人格的关系研究"中，课题组在北京市 11 所小学 3 ~5 年级的 47 个班级当中开展了为期一年的行为习惯培养实验，共计 2225 名小学生参与，内容主要包括：学习习惯、尊重与助人习惯，以及自我管理与责任心习惯的养成教育。一年之后，参与实验的班级师生关系、同学关系、秩序纪律、竞争气氛、学习负担等均有较明显的改善（屈智勇等，2006）。

（3）"中国儿童青少年心理发育特征调查"对班级环境测量工具的研究

西方学者发展出了一系列用于测量课堂环境的工具，较为常用的有 Fraser 等（1982）编制的学习环境量表（learning environment inventory，LEI）、我的班级量表（my class inventory，MCI）、个体感知的班级环境问卷（individualized classroom environment questionnaire，ICEQ）（Fraser，1990）以及 Moos 等（1987）编制的课堂环境量表（classroom environment scale，CES）。国内学者江

光荣结合访谈发展出适用于我国中小学的班级环境量表《我的班级》，共 38 个项目，包括班级师生关系、班级同学关系、秩序和纪律、竞争、学习负担五个维度。该量表具有良好的内部一致性信度（江光荣，2004），其他研究者也多次使用该量表（屈智勇等，2004；袁立新等，2008；张灏等，2009）。

本项目在考察班级环境指标时，采用江光荣编制的《我的班级》量表，从原有的 38 个项目中剔除了因子载荷较低的项目，形成了包含 28 个项目的初始问卷，并对这 28 个项目在语言表述上稍作修改，然后进行预试。对预试数据进行项目分析和验证性因素分析，删除 4 个项目，最终确定的问卷包括班级师生关系、班级同学关系、秩序和纪律、竞争气氛、学习负担五个维度，共 24 个项目。我们对量表进行了多次预试，结果表明该量表的信效度指标符合心理测量学标准。

除了使用量表对班级环境进行测查外，本项目组还编制了一些调查性题目测查班级环境的同学关系、师生关系。其中同学关系主要从朋友数量、接纳程度、交流方式、交流内容等方面进行测查；师生关系从教师对学生的态度与惩罚方式、教师教学态度方面进行测查。

12.1.3　校园氛围

（1）校园氛围的内涵

校园氛围（school climate）是指学生或教师对学校环境的感知（Peterson et al.，2001），具体包括个体感知到的学习风气、教学秩序、人际环境、校园安全感等方面。

校园氛围的概念最早出现在 20 世纪 30 年代对于组织气氛的研究中，而将其作为一个环境变量进行研究则是在 60 年代"有效学校"理论提出之后。在早期研究中，校园氛围被界定为那些能够影响学生成就的、可观察到的学校特征（Anderson，1982），侧重于学校资源的可利用程度（如图书馆书籍的数量等）、教师资格水平或学校的其他物理特征，但这类研究并未发现学校环境与学生学业成绩之间的显著相关（Good et al.，1986）。随着社会生态学思想的兴起，研究者开始注重学校环境中的一些非具体的特征，如教师和管理者的组织行为方式、学生和教职工共享的价值观等（Anderson，1982；Purkey et al.，1983），强调学校环境中的人际互动，将个体感知到的学校环境作为对校园氛围的测查，并取得了一系列成果。

多年来，研究者对校园氛围的内涵界定并不一致，有研究者从整体属性出发，将校园氛围看做是一个学校的人格，认为"气氛"之于学校，相当于"人格"之于个人（Ruane，1995），是校园精神文化的核心，是学校历史的积淀物，是一种非强制性的精神感化手段（黄希庭，2001）；也有研究者从关系角度出发，注重学校环境中的人际互动，认为校园氛围就是指学校中那些影响儿童认知、社会性及心理发展的学校全体成员之间人际互动的质量和频率（Haynes et al.，1997）；还有研究者重点关注校园氛围的某个具体方面，如校园安全（Olweus，1993；张文新，2001）。关于校园氛围的内部结构，Moos（1979）提出应由关系维度、个人发展维度、系统维护和系统改变维度组成；Griffith（2000）认为应由任务支持和情感支持组成；国内研究者范丰慧等（2005）认为应从师生关系、同学关系、学业压力、秩序与纪律和发展的多样性五个方面来测查学生感知到的校园氛围。

尽管学术界缺乏统一认识，但对校园氛围的界定基本遵循以下三种取向：组织属性的多重测量取向、组织属性的感知测量取向、个人属性的感知测量取向。从研究的发展历程和实施可能性来看，目前个人属性的感知测量取向更受青睐，因为这种取向将校园氛围看做是个体对学校环境的概括的或总体的感知，反映了学校的主体——教师与学生在学校生活中形成的对学校环境的整体印象。为了更好地反映学生对于学校环境的感知，项目组以个体感知的测量取向为基础，将校园氛围界定为学生或教师对学校环境的感知，侧重考察个体感知的学校气氛对儿童青少年发展的影响。

（2）校园氛围对儿童青少年发展的重要价值

校园氛围代表了一所学校的整体风格和特点，包括学校的价值观、态度、信念、规范及行为习惯等，与学生学校适应之间存在显著相关（Rutter，1983），是学校环境特征重要的敏感指标。因此，本项目将校园氛围作为关键二级指标纳入了学校环境评估的指标体系。

研究表明，学生所感知的校园氛围对其需要满足的支持程度对学校环境的实际效用起到调节作用（Roeser et al.，1998），学生感知的高质量的校园氛围与其高学业成就和动机之间存在正相关（McEvoy et al.，2000）。除了影响学生的学业成绩外，校园氛围还会影响学生的非学业方面，如自尊、抑郁、疏离感及其他行为问题等（Loukas et al.，2004；Loukas et al.，2006）。Kuperminc（2001）通过纵向研究表明，那些在6年级报告了积极的学校气氛的学生在7年级时报告了较少的外显和内隐问题行为。不仅如此，良好的学校气氛还影响学生的同伴责任感和对同伴危险行为干预策略的选择（Gallay et al.，2004）。由此可见，校园氛围对于儿童青少年的个性、社会性发展及其适应性有着重要的影响。

除了将校园氛围作为一种整体属性进行研究之外，也有研究者就校园氛围的某一方面进行深入、细致的探讨，如校园安全。目前，世界各国的中小学都存在各种形式的校园暴力，且对儿童青少年的身心发展产生了极其不良的影响。在我国，校园欺负现象也普遍存在。张文新（2002）对我国城市、农村地区的10所小学、9所初中的调查发现，在被调查的9205名中小学生中，受欺负者1371人，占14.9%；欺负者227人，占2.5%；还有一类学生既欺负别人，同时又受别人欺负，这部分学生被称为欺负/受欺负者，占1.6%。总计有近1/5（19%）的学生卷入欺负问题。由此可见，校园欺负是一种普遍存在的现象。研究发现，欺负对受欺负者的身心健康具有很大的伤害性，而且儿童的受欺负与社会能力发展有着密切的同时性关联（蔡春凤等，2009），而童年或青少年时期的欺负者成年之后比其他孩子更容易出现情绪焦虑症、忧郁症、药物依赖和偏差行为（Smokowski et al.，2005；Sourander et al.，2009），严重的甚至会导致自杀、反社会行为、危险行为（Liang et al.，2007）；对欺负者来讲，欺负他人则可能造成以后的暴力犯罪或反社会行为（Liang et al.，2007），经常欺负他人的儿童成年后的犯罪率是正常人的4倍（Olweus，1993）。

近年来，国外一些有关儿童青少年心理发育的大型调查项目也从多个角度对校园氛围进行了测查。例如，美国早期儿童照料与青少年发展项目测查了班级气氛、师生关系等方面，加拿大儿童与青少年发展追踪研究计划考察了同伴关系、学生感知到的学习压力等方面，加拿大的儿童青少年健康和幸福状况调查（young people in canada：their health and well-being）关注了校园欺负行为，如取笑、流言蜚语、身体攻击、孤立等行为对儿童青少年的影响。

（3）"中国儿童青少年心理发育特征调查"对校园氛围测量工具的研究

国内学者范丰慧、黄希庭在 2005 年编制了学校气氛量表（初中生版），该量表共 38 道题，从师生关系、同学关系、学业压力、秩序与纪律和发展的多样性五个维度测量初中生对校园氛围的知觉情况。也有研究者从校园氛围的某个具体方面进行研究，如 Olweus（1993）编制的儿童欺负问卷（bully/victim questionnaire），张文新等（1999）修订了这一量表，该量表分为小学版和初中版两个版本。研究者发现，不同年级的儿童在校园欺负维度上的表现存在显著差异（张文新，2001）。

综合来看，在测量方法方面，目前国内外相关量表或侧重于学习气氛、人际关系氛围，或侧重于校园安全的某个具体方面，缺乏从整体角度对校园氛围进行考察的量表。因此，本项目组从以往调查研究中筛选出可用于评估整体校园氛围的题目，同时修正某些不符合儿童青少年实际情况的表述，结合对教师、家长、专家的访谈，编制了针对中国儿童青少年的校园氛围量表，以全面调查中国儿童青少年对校园氛围的感知状况。

本项目编制的校园氛围量表共 6 题，考察学校规范的执行情况，不良行为的数量和严重程度，以及学生体验到的不安全程度。

我们对量表进行了多次预试，结果表明该量表的信效度指标符合心理测量学标准。

12.2　社会环境关键指标

12.2.1　社会风气

（1）社会风气的内涵

在《心理学大辞典》（林崇德等，2003）中，社会风气（social norms）指的是"在一定社会时期和社会范围内，人们竞相效仿和流行的观念、爱好、习惯、传统或行为"。在国内的社会学领域，社会风气指"人在主观上能够感受到的东西，由文化习俗、道德风尚、人际关系等要素构成的"（朱力，1998）

或指"占主导的价值导向及由此形成的社会主流意识的集中体现"（彭劲松，2006）等。国外的研究者多从组织层面研究风气或氛围（atmosphere）。Tagiuri（1968）曾指出组织气氛的文化维度应包含价值观、认知结构、规范、生存意义等内容，并且"一旦某种风气能够引导个体在正式和非正式场合中的社会交往，它就变成了社会风气"（Laegaard，2008）。在本项目中，社会风气则主要指青少年感知的社会文化质量、社会观念、态度等，它是宏观社会大环境在青少年头脑中的反映。

（2）社会风气对儿童青少年发展的重要价值

美国心理学家 Bronfenbrenner（1979）提出的生态系统理论（ecological systems theory）中，宏观系统是生态系统的最外层，它指代的不是特定的社会组织或机构，而是社会文化价值观、风俗、法律及其他文化资源。由该理论可知，作为社会文化、道德综合体现的社会风气亦是儿童青少年成长的宏观系统。宏观系统虽不直接满足儿童青少年的需求，但对较内层的各个环境系统提供支持，通过内层系统环境对青少年产生作用。所以，个体所处社会的社会风气中的价值观、伦理观等，都会影响到个体的价值、道德标准和行为（桑标等，2001）。因此，考察儿童青少年心理发育的社会环境变量，有必要将社会风气作为关键二级指标纳入其中。

作为"社会经济、政治、文化和道德等状况的综合反映"的社会风气（林崇德等，2004）体现了整个社会的精神面貌，对个体的影响更为深远。Kitayama 等（2006）提出的文化模型认为，社会文化能够影响个体对社会事件的看法、个体的客观感受及行为方式。文化，既可以成为个体焦虑情绪的危险性因素，又可以是保护性因素（Varela et al.，2009）。对青少年群体的研究发现，文化或亚文化风气能对青少年的人格、价值观、攻击行为等产生重大影响（刘平，2004；史俊霞等，2007）。针对特殊群体的研究表明，在犯罪率较高的地区，社会治安状况一般不佳，能提供的文化资源比较贫乏，文化氛围较差，在这种环境下成长的青少年，容易对社会产生认知偏差，出现各种问题行为甚至是犯罪行为。有研究表明，在问及"对于你的犯罪，你认为最主要受什么生活环境的影响？"，报告受社会大环境影响的罪犯中，青少年占报告人数的81.4%（丛梅，2000）。而对上海市某社区9～15岁青少年的问卷调查发现，虽然青少年对社区文化的某些负面作用有一定的了解，但他们对不良娱乐场所，如网吧、酒吧等的参与程度也较高（桑标等，2001）。

除了直接研究社会文化风气或亚文化风气对个体的影响外，更多的研究者细致考察了个体感知到的群体中的社会风气或氛围（如员工感知到的组织风气、儿童青少年所感知到的学校的风气或班风等）对个体的影响。纵观以往研究，针对青少年所感知到的班风的研究表明，个体所在班的风气能够对其学业成就、归属感等起到重要作用（Brand et al.，2008），尤其对个体的适应行为影响重大（Brand et al.，2003）。

（3）"中国儿童青少年心理发育特征调查"对社会风气测量工具的研究

由于社会风气是一个宏观概念，正如生态系统理论所述，它通过内部系统，如外层系统、中间系统、微观系统对个体的价值观、行为方式等产生影响。这种影响并不是直接的，而是潜移默化的，如它会影响到个体对金钱的看法、对当今社会热点问题的评判等。社会风气的宏观性为其测查带来了一定的困难。研究者对社会风气的不同侧面进行了考察。例如，有的考察了感知到的社会支持、安全感（Brand et al.，2008；Hanson et al.，2008），更多的是对社会公平、偏见的考察（Cremer et al.，2007；van Den Bos，2003）。此外，国外很多有关儿童青少年心理发育的大型调查项目。例如，美国的全球儿童心理健康监测项目中，针对儿童对政府和社区的信任程度、对公民权利的认知及对不同群体享有公平权利机会的感知等进行了测量；澳大利亚儿童发展纵向研究项目则涉及了文化价值观与社会态度。在社会风气的测量工具方面，目前国内外多是通过访谈和自编的问卷进行调查。在被试群体方面，由于儿童对社会风气感知有限，多对青少年或成人进行测评。因此，本项目组只考察了青少年群体对社会风气的感知。

鉴于前人研究，在社会风气的测评内容方面，本项目组决定紧扣社会风气的定义，从青少年对社会风气的总体感知与社会风气对青少年产生的影响这两方面进行考察。其中，对社会风气的总体感知包括青少年对社会人际氛围、当今主流价值观念、社会公平感的感知。而对青少年的影响方面，则通过考察当今青少年偶像崇拜的状况间接反映社会风气的状况。

项目组参照国外大型研究的维度并结合访谈，形成最初的社会风气量表的结构和题目。再次修正某些题目的表述后，确定了最终的社会风气量表。最终量表为单一维度，共6题。我们对量表进行了多次预试，结果表明该量表的信效度指标符合心理测量学标准。

调查性题目中，重点考察了青少年的偶像崇拜，包括是否有崇拜的偶像、偶像类型、偶像特质（如"身材相貌"、"性格特点"等）、偶像崇拜的意义（如"是精神力量和支柱"、"让生活变得更有乐趣、更丰富"）和同学之间流行的话题等。

12.2.2 社区环境

（1）社区环境的内涵

社区环境（community environment）是对家庭所居住的环境的统称。研究发现，社区环境对于儿童和青少年的发展具有独立于家庭和其他环境之外的独特影响作用。社区资源（institutional resources）、关系（relationships）、规范（norms）和集体效能（collective efficacy）是影响儿童青少年的重要社区因素（Leventhal et al.，2000）。社区资源包括社区所拥有的学习活动场所（如图书馆）、社交康乐活动场所（如公园、运动场地）、医疗中心等的情况；关系主要体现在家庭与家庭之间的关系，特别是家庭之间的支持网络（如在社区获得帮助的情况、邻里关系）等；规范和集体效能既包括社区中人们多大程度上相互信任、共享相同价值观、愿意为社区作贡献，也包括社区儿童同伴的行为标准，社区在避免儿童遭受暴力、威胁方面的作用等。

（2）社区环境对儿童青少年发展的重要价值

研究者考察了社区环境是否对儿童青少年入学准备、学业成就、情绪行为问题以及性行为产生影响。结果发现，好的社区环境与儿童青少年的学校准备、学业成就正相关，差的社区环境与情绪和社会适应负相关（Leventhal et al.，2000）；社区环境对于不同年龄阶段（0~6岁，7~10岁，11~15岁，16~19岁）孩子的各个发展方面的影响不同，或者影响机制不同（Aber et al.，1997）。父母在社区中结交朋友、建立社会关系的情况是社区经济资源与儿童发展结果的调节变量（Cook et al.，1997）。父母获得社会支持的有效性能够降低父母居住于危险和贫困社区的压力，进而降低父母压力对儿童的消极影响（Conger et al.，1994；Elder et al.，1995；McLoyd，1990）。社区水平的研究也发现，儿童虐待风险高的社区与风险低的社区相比，更缺少社交资源（Deccio et al.，1994；Garbarino et al.，1992；Garbarino et al.，1980；Korbin et al.，1997；Vinson et al.，1996）。社区中是否存在暴力、犯罪和非法或有害物质也会影响儿童青少年的发展，研究发现青少年对社区中存在危险的感知能够负向预测青少年的心理健康（Aneshensel et al.，1996）。因此，考察儿童青少年心理发育的社会环境变量，有必要将社区环境作为关键二级指标纳入其中。

（3）"中国儿童青少年心理发育特征调查"对社区环境测量工具的研究

我们采用调查题考察邻里关系和社区安全这两方面的社区环境特点。邻里关系从与邻居的交往频率、对邻居的了解程度、邻居之间的相互支持、与邻居的关系以及对邻居角色的认可等几个方面考察青少年的邻里关系。社区安全则从对社区安全性、暴力事件发生情况、危险求助有效性等方面进行考察。

参 考 文 献

Damon W, Lerner M R. 2009. Handbook of Child Psychology (6th ed): Social, Emotional, and Personality Development. 林崇德，李其维，董奇等译. 上海：华东师范大学出版社.

Erickson E H. 1998. 同一性：青少年危机. 孙名之译. 杭州：浙江教育出版社.

Robert M Kaplan, Dennis P Saccuzzo. 2005. 心理测验（第五版）. 赵国祥等译. 西安：陕西师范大学出版社.

阿瑟·雷伯. 1996. 心理学词典. 李伯黍，杨尔衢，孙名之，等译. 上海：上海译文出版社.

安妮·安娜斯塔西，苏珊娜·厄比纳. 2001. 心理测验. 缪小春，竺培梁译. 杭州：浙江教育出版社.

毕鸿燕，方格. 2001. 4~6岁幼儿空间方位传递性推理能力的发展. 心理学报，33（3）：238-243.

毕鸿燕，方格. 2002. 小学儿童一维空间方位传递性推理能力的发展. 心理学报，34（6）：611-615.

毕鸿燕，方格，翁旭初. 2004. 小学儿童两维空间方位传递性推理能力的发展. 心理学报，36（2）：174-178.

毕鸿燕，方格，于海霞. 2003. 小学儿童在不同刺激材料中的左右空间方位传递性推理能力及策略分析. 心理发展与教育，19（4）：33-38.

蔡春凤，周宗奎. 2009. 童年中期儿童受欺负地位稳定性与社会能力的关系. 心理发展与教育，25（2）：21-27.

蔡华俭，陈权. 2000. 心理旋转能力的发展性及其与智力的相关性初步研究. 心理科学，23（3）：363-365.

蔡笑岳，朱雨洁. 2007. 中小学生创造性倾向、智力及学业成绩的相关研究. 心理发展与教育，2：36-41.

岑国桢，刘京海. 1988. 5~11岁儿童分享观念发展研究. 心理科学，2：19-23.

车丽萍. 2001. 自信的概念、特征及影响因素. 宁波大学学报（教育科学版），6：31-34.

车丽萍. 2002. 当代大学生自信特点研究. 西南师范大学博士学位论文.

车丽萍. 2003. 大学生自信发展特点的研究. 心理科学，（4）：41-44.

车丽萍. 2004. 大学生自信与成就动机、综合测评成绩的相关研究. 心理科学，1：51-54.

车丽萍，黄希庭. 2006. 青年大学生自信的理论建构研究. 心理科学，3：563-569.

车文博. 1991. 心理咨询百科全书. 长春：吉林人民出版社.

陈国鹏，王晓丽．2005．短时记忆及其策略一生发展的横断研究．心理科学，28（4）：812-815．

陈洪波，杨志伟，唐效兰．2001．汉语阅读障碍儿童的认知能力 II．中国心理卫生杂志，16（1）：
52-54．

陈会昌．1987．中小学生爱祖国观念的发展．心理发展与教育，1：10-18．

陈会昌．1994．儿童社会性发展的特点、影响因素及其测量——《中国 3~9 岁儿童的社会性发展》课
题总结报告．心理发展与教育，（4）：1-17．

陈会昌，阴军莉，张宏学．2005．2 岁儿童延迟性自我控制及家庭因素的相关研究．心理科学，2：
285-289．

陈姜，张德甫，吴敏，等．2000．中学生焦虑情绪调查．中国校医，14（4），257-258．

陈晶．2004．10~20 岁青少年国家认同及其发展．华中师范大学硕士毕业论文．

陈庆荣，邓铸．2006．发展性阅读障碍的理论及眼动研究．心理科学进展，14（1）：46-52．

陈世平，乐国安．2002．中小学生校园欺负行为的调查研究．心理科学，25（3）：355-356．

陈淑惠，翁俪祯，苏逸人．2003．中文网络成瘾量表之编制与心理计量特性研究．中华心理学刊，
45（3）：279-294．

陈晓云．1999．10~14 岁儿童几何图形推理能力的研究．心理科学，3（22）：267-268．

陈欣银．1992．中国和西方儿童的社会行为及其社会接受性研究．心理科学，（2），1-7．

陈欣银，李正云．1995．中国儿童的亲子关系，社会行为及同伴接受性的研究．心理学报，27（3）：
329-336．

陈欣银，李正云，李伯黍．1994．同伴关系与社会行为社会测量学分类方法在中国儿童中的适用性研
究．心理科学，17（4）：198-204．

陈英和，仲宁宁，田国胜，等．2004．小学 2~4 年级儿童数学应用题表征策略差异的研究．心理发展
与教育，（4）：19-24．

陈祖妍．杨小冬．李新影．2007．我国儿童青少年研究中的抑郁自评工具（综述）．中国心理卫生杂
志，21（6）：389-392．

程灶火，耿铭．2002．新编多维记忆评估量表的理论构思．中国心理卫生杂志，16（4）：234-236．

程灶火，耿铭，郑虹．2001．儿童记忆发展的横断面研究．中国临床心理学杂志，9（4）：255-259．

程灶火，龚耀先．1998a．学习障碍儿童记忆的比较研究：I．学习障碍儿童的短时记忆和工作记忆．中
国临床心理学杂志，6（3）：129-135．

程灶火，龚耀先．1998b．学习障碍儿童记忆的比较研究：II．学习障碍儿童的长时记忆功能．中国临
床心理学杂志，6（4）：216-221．

程灶火，龚耀先，解亚宁．1992．学习困难儿童的神经心理研究．心理学报，3：297-304．

池丽萍，辛自强．2003．儿童对婚姻冲突的感知量表修订．中国心理卫生杂志，17（8）：554-556．

丛梅．2000．青少年犯罪与中老年犯罪动机和作案手段的比较研究．青少年犯罪研究，19（3）：

69-73.

崔丽娟 . 2003. 互联网对大学生社会性发展的影响 . 心理科学, 26（1）：64-66.

崔丽娟, 胡海龙, 吴明证, 等 . 2006. 网络游戏成瘾者的内隐攻击性研究 . 心理科学, 29（3）：570-573.

崔丽娟, 王小晔 . 2003. 互联网对青少年心理发展影响研究综述 . 心理科学, 26（3）：501-503.

戴春林, 应贤慧, 刘玉玲 . 2008. 中学生自我控制对内隐和外显攻击性的影响 . 中国行为医学科学, 17（9）：839-841.

戴海琦, 张锋, 陈雪枫 . 1999. 心理与教育测量 . 广州：暨南大学出版社 .

戴建华 . 2007 . 当代青少年亲情价值观的心理学研究 . 上海：上海师范大学 .

戴寿桂, 孙忠友, 祁朝霞, 等 . 2007. 江苏省青少年相关健康危险行为现状分析 . 中国学校卫生, 28（9）：829-831.

邓赐平, 刘金华 . 1998. 儿童自我控制能力教育对策研究 . 心理科学, 21：270-271.

丁新华, 王极盛 . 2003. 中学生抑郁与其相关影响因素的综合研究 . 中国学校卫生, 24（4）：336-338.

丁新华, 王极盛 . 2004. 青少年主观幸福感研究概述 . 心理科学进展, 12（1）：55-66.

丁月增 . 2006. 中学生心理旋转能力和几何射影能力的实验研究 . 上海师范大学硕士学位论文 .

丁振丰 . 1994. 几何图形类比推理测验系列编制报告 . 中国测验学会测验年刊, 42：265-292.

董奇, 张红川 . 2002. 估算能力与精算能力：脑与认知科学的研究成果及其对数学教育的启示 . 教育研究, 268：46-51.

杜林致 . 2004. 员工金钱心理特征及其与工作、生活满意度关系研究 . 湖南大学学报（社会科学版）, 4：82-86.

杜林致 . 2006. 金钱心理与小道德工作行为：管理人员和大学生比较研究 . 西北师范大学学报, 6：3386-3389.

杜林致, 乐国安 . 2003. 中国大学生金钱心理特征及其与自我价值关系的研究 . 心理科学, 5, 915-916.

杜林致, 许旭升, Thomas Li-Ping Tang. 2004. 员工金钱心理特征及其与工作压力感关系研究 . 海南大学学报（哲学社会科学版）, 6（2）, 65-69.

樊富珉, 付吉元 . 2001. 大学生自我概念与心理健康的相关研究 . 中国心理卫生杂志, 15（02）：76-77.

范春林, 董奇 . 2005. 课堂环境研究的现状、意义及趋势 . 比较教育研究, 26（8）：61-66.

范方, 桑标 . 2005. 亲子教育缺失与"留守儿童"人格、学绩及行为问题 . 心理科学, 28（4）：855-858.

范丰慧, 黄希庭 . 2005. 中学校风因素结构的探索性分析 . 心理科学, 28（3）：533-536.

范克勤.2005.台湾英语学习价值观之心理建构：扎根理论研究方法.台湾元智大学硕士毕业论文.

方富熹，方格.1999."如果 P，那么 Q，……?"——儿童充分条件假言演绎推理能力发展初探.心理学报，31（3）：322-329.

方富熹，方格.2005.儿童发展心理学.北京：人民教育出版社.

方富熹，唐洪，刘彭芝.2000.12 岁儿童充分条件假言推理能力发展的个体差异研究.心理学报，32（3）：269-275.

方格，田学红.2002.小学儿童对日常生活事件时间关系推理能力的初探.心理学报，34（6）：604-610.

方建华.2007.学生旷课行为的心理分析及矫治策略.教育科学，23（6）：87-90.

方晓义.1995.母亲依恋、父母监控与青少年的吸烟、饮酒行为.心理发展与教育，12（3）：54-59.

方晓义.1998.青少年的吸烟行为.心理学动态，6（4），39-42，56.

方晓义，董奇.1998.初中一、二年级学生的亲子冲突.心理科学，21（2）：122-125.

方晓义，董奇.2001.青少年饮酒行为的研究.心理科学，24（4）：478.

方晓义，范兴华，刘扬.2008.应对方式在流动儿童歧视知觉与孤独情绪关系上的调节作用.心理发展与教育，25（4）：93-99.

方晓义，李晓铭，董奇.1996.青少年吸烟及其相关因素的研究.中国心理卫生杂志，10（2）：77-80.

方晓义，徐洁，孙莉，等.2004.家庭功能：理论.影响因素及其与青少年社会适应的关系.心理科学进展，12（4）：544-553.

方晓义，张锦涛，孙莉，等.2003.亲子冲突与青少年社会适应的关系.应用心理学，9，14-21.

费孝通.1985.乡土中国.北京：三联书店.

冯廷勇，李红.2002.类比推理发展理论述评.西南师范大学学报（人文社会科学版），28（4）：44-47.

冯正直.2002.中学生抑郁症状的社会信息加工方式研究.西南师范大学博士学位论文.

冯正直，张大均.2001.中学生心理素质量表的研制.中国行为医学科学，10（3）：223-225.

冯正直，张大均，汪凤.2005.中学生抑郁症状的影响因素分析.中国临床心理学杂志，13（4）：446.

高晶，刘国强.1995.大学生学习与职业价值观的定量研究.辽宁教育学院学报，2：48-50.

高文斌.2006.网络成瘾病理心理机制及综合心理干预研究.心理科学进展，14（4）：596-603.

高亚兵.2008.不同监护类型留守儿童与普通儿童心理发展状况的比较研究.中国特殊教育，15（7）：56-61.

葛云杰.1997.中学生考试作弊心理浅析.教育探索，6：43 转 29.

龚耀先，蔡太生，赵声咏，等.1989.修订韦氏记忆量表手册.长沙：湖南医科大学.

龚银清，李红，盛礼萍．2006.3～4岁儿童规则因果推理能力的训练研究．心理发展与教育，4：
　12-16.

谷传华，张文新．2003.小学儿童欺负与人格倾向的关系．心理学报，35：101-105.

郭伯良，王燕，张雷．2005.班级环境变量对儿童社会行为与学校适应间关系的影响．心理学报，
　37（2）：233-239.

郭黎岩，杨丽珠，刘正伟，等．2005.小学生自信心养成的实验研究．心理科学，28（5）：
　1068-1071.

郭向晖，段佳丽，赵静祎．2008.北京1344名初中生自杀倾向与离家出走现况调查．中国学校卫生，
　29（4）：337-339.

何一粟，李洪玉，冯蕾．2006.中学生攻击性发展特点的研究．心理发展与教育，（2）：57-63.

洪厚得．1991.3～14岁儿童记忆发展的某些特点．心理科学，14（1）：28-31

洪忻，李解权，梁亚琼，等．2008.南京市中学生超重、肥胖与抑郁症状调查．中国心理卫生杂志，
　22（10），744-748.

侯公林，缪小春，陈云肪，等．1998.幼儿二位心理旋转能力发展的研究．心理科学，21：494-575.

胡俊修．2003.文化人类学视野下的男女平等．社会，23（5）：4-8.

胡胜利．1994.高中生心理健康水平及影响因素的研究．心理学报，26（2）：53-160.

黄发源，陶芳标．2000.中学生饮酒行为与危害健康行为相互影响的研究．安徽预防医学杂志，
　6（1）：11-13.

黄光国．1985.人情与面子：中国人的权力游戏//李亦园，杨国枢，文崇一．现代化与中国化论集．
　中国台北：桂冠图书公司．125-153.

黄希庭．2001.校风班风与人格发展．北京：新华出版社．

黄希庭，陈红，符明秋，等．2002.青少年学生身体自我特点的初步研究．25（3），260-265.

黄希庭，杨雄．1998.青年学生自我价值感量表的编制．心理科学，（4）：289-292.

黄希庭，张进辅，李红．1994.当代中国青年价值观与教育．四川：四川教育出版社．

黄煜烽，杨宗义，刘重庆，等．1985.我国在校青少年逻辑推理能力发展的研究．心理科学通讯，
　5（6）：28-35.

吉尔伯特·萨克斯，詹姆斯·牛顿．2002.教育和心理的测量与评价原理（第4版）．王昌海，董奇
　译．南京：江苏教育出版社．

纪桂萍，焦书兰，何海东．1996.小学生数学问题解决与心理表征．心理发展与教育，1：29-32.

季成叶．2007.青少年健康危险行为．中国学校卫生，28（4）：289-291.

江光荣．2002.班级社会生态环境研究．武汉：华中师范大学出版社．

江光荣．2004.中小学班级环境：结构与测量．心理科学，27（4）：839-843.

蒋波．2002.中学生考试作弊的心理分析及对策．教学与管理，1（1）：69-71.

蒋索，何姗姗，邹泓．2006．家庭因素与青少年犯罪的关系研究述评．心理科学进展，14（3）：394-400.

金盛华．1996．自我概念及其发展．北京师范大学学报（社会科学版），（01）：30-36.

金盛华．2010．社会心理学．北京：高等教育出版社．

金盛华等．2008．中国企业经营者价值取向：现状与特征——2004 年中国企业经营者成长与发展专题调查报告．

金盛华，李慧．2003．专业人员价值取向的现状研究．心理与行为研究，1（2），100-104.

金盛华，李雪．2005．大学生职业价值观：手段与目的．心理学报，37：650-657.

金盛华，刘蓓．2005．当代中国工人价值取向：状况与特点．心理科学，28（1），244-247.

金盛华，田丽丽．2003a．中学生价值观、自我概念与生活满意度的关系．心理发展与教育，2：57-63.

金盛华，王怀堂，田丽丽，等．2003．当代农民价值取向现状的调查研究．应用心理学，9（3），20-25.

金盛华，辛志勇．2003b．中国人价值观研究的现状及发展趋势．北京师范大学学报（社会科学版），177：56-64.

金盛华，叶杨．2004．企业经营者职业目标价值取向的结构、特点和差异//中国企业家调查系统，企业家价值取向：中国企业家成长与发展报告．北京：机械工业出版社．

金盛华，郑建君，辛志勇．2009．当代中国人价值观的结构与特点．心理学报，（10），1000-1014.

金志成，陈彩琦，刘晓明．2003．选择性注意加工机制上学困生和学优生的比较研究．心理科学，26（6）：1008-1010.

荆其诚．1991．简明心理学百科全书．长沙：湖南教育出版社．

寇彧．2005．如何评价青少年群体中的亲社会行为．教育科学，21（1）：41-43.

寇彧，付艳，马艳．2004．初中生认同的亲社会行为的初步研究．心理发展与教育，20（4）：43-48.

寇彧，付艳，张庆鹏．2007．青少年认同的亲社会行为：一项焦点群体访谈研究．社会学研究，3：154-173.

寇彧，张庆鹏．2006．青少年亲社会行为的概念表征研究．社会学研究，5：169-187.

匡华，张仲华，王娟，等．2005．儿童记忆特点和学习成绩的相关研究．中国学校卫生，26（2）：127-128.

匡文．2007．中学生价值观调查报告．科教文汇，9：150.

旷勇．2005．目前大学生价值观调查分析及思考．当代教育论坛，3：71-73.

雷雳，郭菲．2008．青少年的分离-个体化与其互联网娱乐偏好和病理互联网使用的关系．心理学报，40（9）：1021-1029.

雷雳，李宏利．2003．病理性使用互联网的界定与测量．心理科学进展，11（1）：73-77.

雷雳，伍亚娜．2009．青少年的同伴依恋与其互联网使用的关系．心理与行为研究，7（2）：81-86．

雷雳，杨洋．2007．青少年病理性互联网使用量表的编制与验证．心理学报，4：688-696．

李彩娜，邹泓．2006a．亲子间家庭功能知觉相似性的特点及其与青少年自尊的关系．心理科学，29（6）：1492-1495．

李彩娜，邹泓．2006b．青少年孤独感的特点及其与人格——家庭功能的关系．陕西师范大学学报（哲学社会科学版），35（1）：115-121．

李彩娜，邹泓．2007．亲子间家庭功能的知觉差异及其与青少年孤独感的关系．心理科学，30（4）：810-813．

李承宗，甘雄，韩仁生．2010．高中生自我概念与主观幸福感的关系．辽宁医学院学报（社会科学版），8（1）：65-67．

李丹，李伯黍．1989．儿童利他行为发展的实验研究．心理科学，5：6-11．

李丹，张福娟，金瑜．1985．儿童演绎推理特点再探——假言推理．心理科学通讯，1：4-11．

李德明，刘昌，李贵芸．2003．数字工作记忆广度的毕生发展及其作用因素．心理学报，35：63-68．

李凤杰，杨丽珠．2009．小学儿童自我控制结构的研究．心理研究，2（2）：69-74．

李国榕，胡竹菁．1986．中学生直言性质三段论推理能力发展的调查研究．心理科学通讯，6：37-38．

李寒梅．2005．大众文化对青少年自我认同的意义．山东师范大学硕士学位论文．

李红，陈安涛，冯廷勇，等．2004．个体归纳推理能力的发展及其机制研究展望．心理科学，27（6）：1457-1459．

李红，贾谊峰，张富洪．2004．儿童传递性关系推理的发展及其心理模型．西北师大学报（社会科学版），41（4）：93-97．

李红，林崇德．2001．个体解决三项系列问题的心理模型．心理学报，33（6）：518-525．

李宏利，雷雳，王争艳，等．2001．互联网对人的心理影响．心理学动态，9（4）：376-381．

李洪玉，林崇德．2005．中学生空间认知能力结构的研究．心理科学，28（2）：269-271．

李洪曾，王耀明，陈大彦，等．1987．中小学学生注意稳定性的研究．心理科学，6：13-17．

李静．2005．儿童欺负的家庭影响及干预．山东师范大学硕士学位论文．

李美华，白学军．2008．不同学业成绩类型学生执行功能发展．心理科学，31（4）：866-870．

李茜茜．2004．中学生焦虑敏感的发展特点研究．西南师范大学硕士学位论文．

李庆玲．2009．自我调节学习策略在学习价值观与学习适应性间的中介效应研究．天津师范大学硕士学位论文．

李晓巍，邹泓，金灿灿，等．2008．流动儿童的问题行为与人格、家庭功能的关系．心理发展与教育，24（2）：54-59．

李亚明，翟正方．2000．小学生自尊水平调查及相关因素分析．健康心理学杂志，8（6）：607-609．

李焰．1992．焦虑研究的历史与现状．沈阳师范学院学报（社科版），3：93-98．

李燕，曹子方．1997．中学生合作行为的影响因素的实验研究．心理科学，20（3）：230-234．

李一茗．2004．初中生亲子信任的结构、特点及其家庭特征．北京师范大学硕士学位论文．

李永超，杨静，张怀惠，等．2006．影响初中生焦虑情绪的相关因素，中国心理卫生杂志，20（12），837．

李幼穗．1999．儿童亲社会行为及其培养．天津师大学报，2：28-32．

李云峰．1993．直言三段论式正误辨别过程中三种效应的年龄和性别差异的研究．心理学探新，1：14-19．

梁静，赵玉芳，谭力．2007．农村留守儿童家庭功能状况及其影响因素研究．中国学校卫生，28（7）：631-633．

林邦杰．1980．田纳西自我概念量表修订．中国测验年刊（台湾），27：71-781．

林崇德．1981．小学儿童数概念与运算能力发展的研究．心理学报，3：289-298．

林崇德，李虹，冯瑞琴．2003．科学地理解心理健康与心理健康教育．陕西师范大学学报（哲学社会科学版），32（5）：110-116．

林崇德，王耘，姚计海．2001．师生关系与小学生自我概念的关系研究．心理发展与教育，17（4）：17-22．

林崇德，沃建中，陈浩莺．2003a．小学生图形推理策略发展特点的研究．心理科学，26（1）：2-8．

林崇德，杨治良，黄希庭．2003b．心理学大辞典．上海：上海教育出版社．

林崇德，杨治良，黄希庭．2003c．心理学大辞典．上海：上海教育出版社．1270，1745．

林崇德，杨治良，黄希庭．2003．心理学大辞典．上海：上海教育出版社，933．

林崇德，杨治良，黄希庭．2004．心理学大辞典．上海：上海教育出版社．

林仲贤，张增慧，丁锦红，等．2002．汉族、基诺族及布朗族 7～9 岁儿童心理旋转能力的比较研究．心理学探新，22：23-26．

刘凤娥，黄希庭．2001．自我概念的多维度多层次模型研究述评．心理学动态，9（2）：136-140．

刘凤瑜．1997．儿童抑郁量表的结构及儿童青少年抑郁发展的特点．心理发展与教育，2：57-61．

刘惠军，石俊杰．2000．抑郁情绪与中学生自我概念初探．中国心理卫生杂志，（3）：183-185．

刘建清．1995．9-12 岁儿童类比推理能力的发展．心理科学，18（1）：56-58．

刘金花，庞美云．1998．儿童自我控制学生自评量表的编制．心理科学，21（2）：108-110．

刘金同，孟宪鹏，徐清芝．2006．泰安市某中学高一年级学生考试焦虑与个性特征及自尊水平的关系．中华预防医学杂志，40（1），50-52．

刘景全，姜涛．1993．关于小学生某些注意品质的研究．天津师大学报，4：32-35．

刘平．2004．社会文化环境与青少年人格塑造．江西社会科学，25（11）：175-177．

刘乔．2006．青少年情感自主的发展特点及其与消极控制、自主准予、亲子依恋的关系．硕士学位论文．北京师范大学．

刘儒德，宗敏，刘治刚.2006. 论学生学习观的结构. 北京师范大学学报（社会科学版），193（1）：15-20.

刘万伦，沃建中.2005. 师生关系与中小学生学校适应性的关系. 心理发展与教育，21（1）：87-90.

刘旺.2006. 中学生生活满意度的城乡差异. 中国心理卫生杂志，20（10）：647-649.

刘文亮.2008. 我国青少年价值观研究综述. 山西青年管理干部学院学报，21（1）：16-19.

刘霞，赵景欣，申继亮.2007. 农村留守儿童的情绪与行为适应特点. 中国教育学刊，6：6-9.

刘贤臣，郭传琴，王均乐，等.1991. 高中生抑郁情绪及其影响因素调查. 中国心理卫生杂志，5（1）：01-07.

刘贤臣，刘连启，杨杰，等.1997. 生活事件、应对方式与青少年焦虑的相关性研究. 山东医科大学学报，35（2）：306-309.

刘翔平，刘希庆，徐先金.2004. 阅读障碍儿童视觉记忆研究. 中国临床心理学杂志，12（3）：246-249.

刘娅俐.1995. 孤独与自尊、抑郁的相关初探. 中国心理卫生杂志，9（3）：115-116.

刘志雅.2002. 复合命题推理的发展性研究，华南师范大学硕士学位论文.

卢家楣，贺雯，刘伟，等.2005. 焦虑对学生创造性的影响. 心理学报，37（6）：791-796.

陆洛，杨国枢.2005. 社会取向与个人取向的自我实现：概念分析与实证初探. 本土心理学研究，23：3-69.

吕艳平.2004. 试析农村中学生学习过程中的心理适应问题. 教育探索，161（11）：91-93.

罗书伟.2007. 中学生学习价值观结构及其特点的研究. 西南大学硕士学位论文.

罗跃嘉，魏景汉.2003. 注意的认知神经科学研究. 北京：高等教育出版社.

罗喆慧，万晶晶，刘勤学，等.2010. 大学生网络使用、网络特定自我效能与网络成瘾的关系. 心理发展与教育，06：618-626.

马惠霞，龚耀先.2003. 成就测验及其应用. 中国心理卫生杂志，17（1）：60-62.

马颖，刘电芝.2005. 中学生学习主观幸福感及其影响因素的初步研究. 心里发展与教育，21（1）：74-79.

马志国.1989. 小学优差生注意稳定性品质的比较研究. 现代中小学教育，2：76-78.

梅家模，蓑轮真澄.1993. 江西省和日本中学生吸烟状况的调查和比较. 中华流行病学杂志，14（2）：87-91.

美国教育研究协会，美国心理学协会，全美教育测量学会.2003. 教育与心理测试标准. 燕娓琴、谢晓庆译. 沈阳：沈阳出版社.

孟晓.2006. 网络成瘾的界定及其成因分析. 中国特殊教育，1：78-82.

孟育群.1992. 关于亲子关系对少年问题行为及人格特征的影响的研究. 教育研究，9：15-23.

孟昭兰.1989. 人类情绪. 上海：上海人民出版社.

孟昭兰 . 2005. 情绪心理学 . 北京：北京大学出版社 .

莫雷 . 1990. 语文阅读水平测量 . 广州：广东教育出版社 .

聂衍刚，丁莉 . 2009. 青少年的自我意识及其与社会适应行为的关系 . 心理发展与教育，3：47-54.

彭聃龄 . 1997. 汉语认知研究 . 济南：山东教育出版社 .

彭聃龄 . 2001. 普通心理学（修订版）. 北京：北京师范大学出版社 .

彭聃龄 . 2004. 普通心理学（修订版）. 北京：北京师范大学出版社 .

彭劲松 . 2006. 以社会主义荣辱观为核心推动社会风气建设 . 理论前沿，11（8）：42-43.

钱铭怡，肖广兰 . 1998. 青少年心理健康水平、自我效能、自尊与父母养育方式的相关研究 . 心理科学，6：553-555.

屈智勇 . 2002. 中小学班级环境的特点及其与学生学校适应的关系 . 北京师范大学硕士学位论文 .

屈智勇，柯锐，陈丽，等 . 2006. 小学中高年级班级环境的发展特点//孙云晓，邹泓 . 良好习惯缔造健康人格——少年儿童行为习惯与人格的关系研究报告 . 北京：新华出版社 . 33-53.

屈智勇，邹泓 . 2009. 家庭环境、父母监控、自我监控与青少年犯罪 . 心理科学，32（2）：360-363.

屈智勇，邹泓，王英春 . 2004. 不同班级环境类型对学生学校适应的影响 . 心理科学，27（1）：31-33.

任钰雯，孙江平 . 1999. 北京市七所中学高二年级学生精神活性药物使用情况 . 中国药物依赖性杂志，8（1），46-49.

桑标，谢燕，唐哲美 . 2001. 社区文化环境：青少年的参与度、认知度及感受到的影响力 . 当代青年研究，13（2）：5-7.

邵瑞珍 . 1980. 儿童类比推理的特点//朱智贤 . 发展心理、教育心理论文集 . 北京：人民教育出版社 .

邵瑞珍 . 1996. 教育心理学 . 上海：上海教育出版社 .

申自力，蔡太生 . 2008. Rosenberg 自尊量表中文版条目 8 的处理 . 中国心理卫生杂志，22（9），661-663.

沈立军 . 2008. 大学生环境价值观、环境态度和环境行为的特点及关系研究 . 山西大学硕士学位论文 .

师保国，申继亮 . 2007. 家庭社会经济地位、智力和内部动机与创造性的关系 . 心理发展与教育，23（1）：30-34.

施建农，恽梅，翟京华，等 . 2004. 7~12 岁儿童视觉搜索能力的发展 . 心理与行为研究，2（1）：337-341.

施建农，周林，查子秀，等 . 1997. 儿童心理折叠能力的发展 . 心理学报，29（2）：160-165.

施俊琦，王垒，邓卫 . 2005. 中学生牛津幸福感问卷的信效度检验 . 中国心理卫生杂志，19（11）：727-729.

石林 . 2000. 情绪研究中的若干问题综述 . 心理学动态，8（1）：63-66.

石勇，刘燕 . 2007. 20 世纪 90 年代中期以来我国青少年价值观研究统计与分析 . 山东省青年管理干部学院学报，126（3）：24-27.

史俊霞，余毅震.2007.青少年攻击行为社会心理影响因素研究.中国学校卫生，28（10）：893-895.

史清敏，余继爱，罗威林，等.2002.深圳与北京中学生价值观特点比较研究.心理发展与教育，4：47-51.

司继伟，张庆林.2003.六年级儿童的估算水平与策略.心理发展与教育，（3）.

宋剑辉，郭德俊，张景浩，等.1998.青少年自我概念的特点及培养.心理科学（03）：277-278.

苏步青.2000.略谈学好语文//顾黄初，李杏保.二十世纪后期中国语文教育论集.成都：四川教育出版社，214-216.

苏林雁.2006.儿童焦虑障碍的研究进展.中国儿童保健杂志，（5）：435-438.

苏林雁，高雪屏，金宇，等.2006.小学生焦虑抑郁共存的现状调查.中国心理卫生杂志，20（1）：1-4.

苏林雁，李雪荣，黄春香，等.2001.Conners父母症状问卷的中国城市常模.中国临床心理学杂志，9（4）：241-243.

苏林雁，罗学荣，张纪水，等.2002.儿童行为评定量表全国协作组.儿童自我意识量表的中国城市常模.中国心理卫生杂志，16：31-34.

苏林雁，万国斌，杨志伟，等.1994.Piers-Harris儿童自我意识量表在湖南的修订.中国临场心理学杂志.2，14-18，64.

苏颂兴.2000.分化与整合：当代中国青年价值观.上海：上海社会科学院出版社.

孙邦正，邹季婉.1983.心理与教育测量.台北：商务印书馆.

孙建梅.1997.7~12岁儿童类比推理能力发展研究.新疆教育学院学报（汉文综合版），2：9-12.

孙江平，宋逸，马迎华，等.2001.中国5省市中学生危险行为调查报告（三）——吸烟、饮酒和成瘾类药物滥用状况.中国学校卫生，22（5）：396-398.

"台湾教育研究院筹备处".2009.台湾学生学习成就评量资料库.http：//tasa.naer.edu.tw/1about-1.asp［2010-1-8］.

谭雪晴.2008.小学生关系攻击行为与心神社会适应的关系.中国儿童保健杂志，10（16）：521-522.

谭雪晴.2009.关系攻击行为对儿童心理社会适应的影响.中国儿童保健杂志，16（5）：84，101-103.

唐慧琳，刘昌.2004.类比推理的影响因素及脑生理基础研究.心理科学进展，12（2）：193-200.

陶芳标，高茗，卫国.2004.合肥市中学生危害健康行为因素结构及其人口统计学特征.中国学校卫生，24（6）：571-573.

陶芳标，黄锟，高茗，等.2005.中专女生生活事件、应对方式与抑郁、焦虑情绪的关系.中国学校卫生，（26）：895-898.

陶芳标，孙莹，凤尔翠，等.2005.青少年学校生活满意度评定问卷的设计与信度、效度评价.中国学校卫生，12（12）：987-989.

陶芳标，张金霞，毛琛，等 . 2004. 抑郁焦虑症状与中学生多种危害健康行为 . 中国学校卫生，25（2）：131-133.

陶然，黄秀琴，刘军文，等 . 2007. 网络成瘾青少年攻击性与微量元素关系 . 中国公共卫生，23（8）：912.

田丽丽，刘旺 . 2005. 多维学生生活满意度量表中文版的初步测试报告 . 中国心理卫生杂志，19（5）：11-13.

田丽丽，刘旺，RichGilman. 2005. 中学生生活满意度的跨文化比较研究 . 应用心理学，11（1）：21-26.

田录梅，李双 . 2005. 自尊概念辨析 . 心理学探新，25（2）：26-29.

汪向东，王希林，马弘 . 1999. 心理卫生评定量表手册（增订版）. 北京：中国心理卫生杂志社 .

汪向东，王希林，马弘等 . 1999. 心理卫生评定量表手册增订版 . 北京：中国心理卫生杂志社 .

王爱民，任桂英 . 2004. 中美两国儿童自我概念的比较研究——评定工具对研究结果的影响 . 中国心理卫生杂志，（05）：294-296.

王娥蕊 . 2006. 3~9 岁儿童自信心结构、发展特点及教育促进的研究 . 辽宁师范大学博士学位论文 .

王娥蕊，杨丽珠 . 2006. 3~9 岁儿童自信心发展特点的研究 . 辽宁师范大学学报（社会科学版），（03）：45-48.

王红姣，卢家楣 . 2004. 中学生自我控制能力问卷的编制及其调查 . 心理科学，27（6）：1477-1482.

王极盛，丁新华 . 2003. 初中生主观幸福感与人格特征的关系研究 . 中国临床心理学杂志，11（2）：96-98.

王极盛，赫尔实，邱炳武 . 1998. 中学生抑郁（CES-D）与心理素质的关系 . 健康心理学杂志，6（1）：92-93.

王极盛，邱炳武，赫尔实 . 1997. 中学生抑郁量表的编制及其标准化 . 社会心理科学，（3）：1-3.

王俊，余毅震 . 2006. 攻击行为学生的人格特征及影响因素配对研究 . 中国学校卫生，27（3）：222-223.

王凯，苏林雁 . 2005. 7~10 岁儿童焦虑障碍的调查和随访研究 . 中国临床心理学杂志，13（2）：173-176.

王丽 . 2003. 中小学生亲社会行为与同伴关系、人际信任、社会期望及自尊的关系研究 . 陕西师范大学硕士学位论文 .

王美芳，陈会昌 . 2000. 小学高年级儿童的学业成绩、亲社会行为与同伴接纳、拒斥的关系 . 心理发展与教育，3：7-11.

王美芳，陈会昌 . 2003. 青少年的学业成绩、亲社会行为与同伴接纳、拒斥的关系 . 心理科学，26（6）：1130-1131.

王淑珍，栗洪武．2006．执行功能子成分与学业成就的关系．应用心理学，12（2）：187-192.

王纬虹，段继扬．1999．小学生智力、创造性思维、创造性倾向与其学业成绩的相关研究．信阳师范学院学报，19：70-72.

王文忠，方富熹．1992．注意选择性的发展研究．心理科学，6：19-32.

王晓刚．2007．青少年学生抑郁自评量表的初步编制．西南大学硕士学位论文．

王晓燕．2007．初中生违规违纪行为的现状调查及对策研究．苏州大学硕士学位论文．

王雪珍．2008．夫妻关系与高中生子女性别角色特质的相关研究．福建师范大学硕士学位论文．

王燕．2006．儿童传递性推理能力的实验研究．江西师范大学博士学位论文．

王燕，张雷，刘红云．2005．同伴关系在儿童社会自我概念形成中的中介作用．心理科学，28（5）：1152-1155.

王耘，王晓华．2002．小学生的师生关系特点与学生因素的关系研究．心理发展与教育，18（3）：18-23.

王耘，王晓华，张红川．2001．3～6年级小学生师生关系：结构、类型及其发展．心理发展与教育，17（3）：16-21.

王耘，叶忠根，林崇德．1995．小学生心理学．杭州：浙江教育出版社．

王振宏，梁三才．2000．大学生自我概念与心理健康水平关系研究．健康心理学杂志，8（3）：22-25.

王争艳，雷雳，刘红云．2004．亲子沟通对青少年社会适应的影响：兼及普通学校和工读学校的比较．心理科学，27（5）：1056-1059.

王争艳，刘红云，雷雳，等．2002．家庭亲子沟通与儿童发展关系．心理科学进展，10（2）：192-198.

卫生部、民政部、公安部和中国残疾人联合会．2002．中国精神卫生工作规划（2002～2010年）．中华心理教育网．

魏春光．2007．澳门小学生自我认识与心理健康发展关系的研究．暨南大学硕士学位论文．

魏运华．1997．自尊的结构模型及儿童自尊量表的编制．心理发展与教育，3：46-47.

魏运华．1998．学校因素对少年儿童自尊发展影响的研究．心理发展与教育，2：12-16.

魏运华．1999．父母教养方式对少年儿童自尊发展影响的研究．心理发展与教育，3：7-11.

文崇一．1993．中国传统价值的稳定与变迁//杨国枢．中国人的心理．中国台北：桂冠图书公司．491-512

文崇一．1994．道德与富贵：中国人的价值冲突//杨国枢．中国人的价值观——社会科学观点．中国台北：桂冠图书公司．247-272

文萍，李红．2007．6～11岁儿童执行功能发展研究．心理学探新，27（3）：38-43.

沃建中，刘慧娟．2003．小学生不良情绪状况的特点研究．中国临床心理学杂志，11（2）：102-104.

吴汉荣, 李丽. 2005. 小学生数学能力测试量表的编制及信效度检验. 中国公共卫生, 21 (4)：472-475.

吴佳蓉. 2002. 隔代教养儿童与非隔代教养儿童学校生活适应之比较研究. 硕士学位论文. 国立花莲师范学院国民教育研究所, 台湾.

吴佳蓉. 2002. 隔代教养儿童与非隔代教养儿童学校生活适应之比较研究. 台湾花莲师范学院国民教育研究所硕士学位论文.

吴明霞. 2000. 30 年来西方关于主观幸福感的理论发展. 心理学动态, 8 (4)：23-28.

谢军. 1994. 3～9 岁儿童自我控制能力的发展. 心理发展与教育, 4：30-32.

心理学百科全书编辑委员会. 1995. 心理学百科全书. 杭州：浙江教育出版社.

辛志勇. 2002. 当代大学生价值观特点及其与行为关系的研究. 北京师范大学博士学位论文.

忻仁娥. 1994. 儿童心理与行为的评估工具——Achenbach's 儿童行为量表. 心理发展与教育, 10 (1)：26-43.

徐凡, 施建农. 1992. 4～5 年级学生的空间表征与几何能力的相关性研究. 心理学报, 1：20-27.

徐富明, 施建农, 刘化名. 2008. 中学生的学业自我概念及其与学习成绩的关系. 中国临床心理学杂志, 16 (1)：59-62.

徐坤英. 2007. 攻击行为的心理学解释及影响因素分析. 保健医学研究与实践, 4 (4)：84-87.

徐敏慧. 2006. 当代中国权力观变迁与偏差的理论思考. 浙江师范大学硕士学位论文.

徐速. 2001. 小学高段学生学习适应性与自我控制水平的关系研究. 温州师范学院学报 (哲学社会科学版), 22 (1)：74-80.

徐速. 2005. 小学生数学问题解决中视觉空间表征的研究. 心理发展与教育, 3：78-82.

徐正稳, 路君约. 1995. 图形式智力测验. 台北：中国行为科学社股份有限公司出版.

薛云珍, 卢莉. 2003. 网络成瘾的形成、表现及其机制的探讨. 医学与哲学, 24 (8)：60-62.

阎国利. 2004. 阅读发展心理学. 合肥：安徽教育出版社.

燕国材. 2001. 教育心理学. 北京：中国建材工业出版社.

阳德华, 王耘, 董奇. 2000. 初中生的抑郁与焦虑：结构与发展特点. 心理发展与教育, 3：12-17.

杨阿丽, 方晓义, 涂翠平, 等. 2007. 父母冲突、青少年的认知评价及其与青少年社会适应的关系. 心理与行为研究, 5 (2)：127-134.

杨汴生, 何健, 钟娅, 等. 2009. 河南省农村中学生离家出走倾向及行为调查. 中国学校卫生, 30 (2)：135-136.

杨东, 张进铺. 2000. 大学生疏离感和价值观关系的研究. 西南师范大学学报 (人文社会科学版), 193 (1)：78-83.

杨功焕. 1996. 1996 年全国吸烟行为的流行病学调查. 北京：中国科学技术出版社.

杨国枢. 1993. 中国人的社会取向：社会互动的观点//杨国枢, 余安邦. 中国人的心理与行为——理念及方法篇．台北：桂冠图书公司．87-142.

杨丽珠．1985．浅谈儿童自我意识的发展．辽宁师范大学学报（社会科学版），2：18-22.

杨丽珠．2001．儿童个性发展与培养的实验研究．长春：吉林人民出版社．

杨丽珠．2006．儿童人格发展与教育的研究．长春：吉林人民出版社．

杨丽珠，董光恒．2005.3-5 岁幼儿自我控制能力的发展．心理发展与教育，21（4）：7-12.

杨丽珠，王娥蕊．2005．大班幼儿自信心培养的实验研究．学前教育研究，4：46-50.

杨丽珠，吴文菊．2000．幼儿社会性发展与教育．大连：辽宁师范大学出版社．

杨丽珠，张丽华．2003．论自尊的心理意义．心理学探新，23（4）：10-12.

杨丽珠，张丽华．2005.3-9 岁儿童自尊结构研究．心理科学，1：12-13.

杨晓莉．2005．青少年亲子沟通的特点及其与社会适应的关系．北京师范大学硕士学位论文．

杨晓莉，邹泓．2005．青少年亲子沟通的研究．心理与行为研究，3（1），39-43.

杨晓莉，邹泓．2008．青少年亲子沟通的特点研究．心理发展与教育，24（1），49-54.

杨彦春，祝卓宏．1999．电子游戏成瘾行为的精神病理机制探讨．中国心理卫生杂志，13（5）：319-320.

杨治良，郭力平，王沛，等．1999．记忆心理学（第2版）．上海：华东师范大学出版社．

杨治良，叶奕乾，祝蓓里．1981．再认能力最佳年龄的研究——试用信号检测论分析．心理学报，1：42-52.

叶圣陶．1978．大力研究语文教学，尽快改进语文教学．中国语文，2：10.

叶一舵，白丽英．2002．国内外关于亲子关系及其对儿童心理发展影响的研究．福建师范大学学报（哲学社会科学研究），115（2）：130-136.

叶苑，邹泓，李彩娜，等．2006．青少年家庭功能的发展特点及其与心理健康的关系．中国心理卫生杂志，20（6）：385-387.

殷恒婵．2003．青少年注意力测验与评价指标的研究．中国体育科技，39（3）：51-53.

于晶．2003．儿童社会化发展中家庭要素的优化与提升．教育科学，19（4）：62-65.

余娟．2006．中学生亲社会行为及其与自我概念的相关研究．西北师范大学硕士学位论文．

余骏．2005．青少年学生生态价值观的心理学研究．上海师范大学硕士学位论文．

余小芳．2004．性别角色的鉴定及其与心理健康、社会适应的关系研究．江西师范大学硕士学位论文．

孟协诚，葛阳．2003．初中生焦虑情绪调查分析．中国校医，17（3）：223-224.

俞大维、李旭．2000．儿童抑郁量表（CDI）在中国儿童中的初步运用．中国心理卫生杂志，14（4），225-227.

俞国良，辛自强，罗晓路．2000．学习不良儿童孤独感、同伴接受性的特点及其与家庭功能的关系．心理学报，32（1）：59-64.

袁立新，张积家，林丹婉．2008．班级环境对初中生心理健康的影响．中国学校卫生，29（1）：

59-60.

岳颂华, 张卫, 黄红清, 等. 2006. 青少年主观幸福感、心理健康及其与应对方式的关系. 心理发展与教育, 22 (3): 93-98.

臧书起, 李秀红. 2001. 中小学生考试作弊动因及对策. 川北教育学院学报, 11 (4): 21-23.

曾芊, 翟群, 游旭群. 2008. 中学生自我价值感发展特征及其影响因素研究. 华南师范大学学报 (社会科学版), (3): 122-127.

曾文星. 1989. 婚姻心理问题. 中国心理卫生杂志, 3 (6): 85-89.

张必隐. 2002. 阅读心理学. 北京: 北京师范大学出版社.

张春兴. 1992. 张氏心理学辞典. 上海: 上海辞书出版社.

张灏, 李崇亮. 2009. 初中生班级环境、自尊与成就动机的关系. 中国健康心理学杂志, 17 (9): 1101-1103.

张洪波, 陶芳标, 曾广玉. 2001. 合肥市青少年减肥行为及其相关心理社会因素研究. 中国学校卫生, 21 (5): 348-349.

张厚粲, 王晓平. 1989. 瑞文标准推理测验在我国修订. 心理学报, 2: 114-121.

张慧玲. 2006. 当代大学生金钱观探析. 青海师范大学学报 (哲学社会科学版), 16 (3): 135-138.

张劲松, 金星明, 周雪典, 等. 2005. 上海市中学生焦虑状况及其相关因素. 中华预防医学杂志, 39 (5): 348-351.

张丽华, 朱鹏, 阚敏, 等. 2007. 初中生抑郁焦虑与生活满意度及自我意识的相关性. 中国学校卫生, 28 (7): 611-613.

张灵聪. 1996. 小学生注意稳定性的初步研究. 心理科学. 4: 248, 249.

张曼华, 刘卿. 1999. 注意力品质对小学生学习成绩的影响. 健康心理学杂志, 7 (3): 335-337.

张曼华, 杨凤池, 张宏伟. 2004. 学习困难儿童注意力特点研究. 中国学校卫生, 25 (2): 202-204.

张明, 张阳. 2007. 工作记忆与选择性注意的交互关系. 心理科学进展, 15 (1): 8-15.

张奇, 林崇德, 赵冬梅, 等. 2002. 小学生加法口算速度和广度的发展研究. 心理发展与教育, 1: 16-21.

张倩, 郭念锋. 1999. 攻击行为儿童大脑半球某些认知特点的研究. 心理学报, 31 (1): 104-110.

张清芳, 杨玉芳. 2003. 影响图画命名时间的因素. 心理学报, 35 (4): 447-454.

张清芳, 朱滢. 2000. 工作记忆和推理. 心理学动态, 8 (001): 12-17.

张文新. 1995. 80 年代以来儿童攻击行为认知发展研究的进展与现状. 山东师大学报, (2): 57-60.

张文新. 1997. 初中生自尊特点的初步研究. 心理科学, 6: 504-508.

张文新. 2000. 关注中小学生的欺负问题. 山东教育, 3: 4-8.

张文新. 2001. 学校中的欺负问题—我们所知道的一些基本事实. 山东师大学报 (人文社会科学版), 46 (3): 1-71.

张文新.2002.中小学生欺负/受欺负的普遍性与基本特点.心理学报,34（4）：387-394.

张文新,武建芬.1999.儿童欺侮问题研究综述.心理学动态,7（3）：37-41.

张文新,武建芬,JonesK.1999.Olweus 儿童欺负问卷中文版的修订.心理发展与教育,15（2）：18-22.

张兴贵.2003.青少年人格与主观幸福感的关系.华南师范大学博士学位论文.

张兴贵,何立国,郑雪.2004.青少年学生生活满意度的结构和量表编制.心理科学,27（5）：1257-1260.

张学民,申继亮,林崇德,等.2008.小学生选择性注意能力发展的研究.心理发展与教育,1：19-24.

张学民,朱冬青.2006.小学生视觉注意能力对阅读效率的影响.教育研究与实验,5：59-63.

张妍,吕培瑶,刘志强,等.2006.小学生社交焦虑和孤独感与学业成绩的关系研究.中国学校卫生,27（11）：955-956.

张增杰,刘范,赵淑文.1985.5－15岁儿童掌握概率概念的实验研究——儿童认知发展研究,心理科学,6.

张仲明,李红.2007.个体解决5项系列问题复合模型的实验研究.心理科学,30（1）：104-107.

章志光.1993.学生品德形成新探.北京：北京师范大学出版社.

章志光.2005.学生的价值观、价值取向及其与亲社会行为的关系初探.社会心理科学,20（4）：24-32.

章志光,金盛华.1996.社会心理学.北京：人民教育出版社.

赵景欣,申继亮,张文新.2006.幼儿情绪理解、亲社会行为与同伴接纳之间的关系.心理发展与教育,1：1-6.

赵景欣,张文新,纪林芹.2005.幼儿二级错误信念认知、亲社会行为与同伴接纳的关系.心理学报,37（6）：760-766.

郑丽华.2005.7～11年级学生空间能力发展的调查研究.华东师范大学硕士学位论文.

郑希付.1996.论心理免疫.湖南师范大学社会科学学报,（2）：65-69.

郑希付.1997.父母关系与子女行为异常.心理科学,4；20.

郑希付.2001.中学生不同焦虑水平与认知策略研究.心理科学,24（6）：660-663.

郑希付.2009.网络成瘾的心理学研究.广州：暨南大学出版社.

中国大百科全书——心理学.1991.北京：中国大百科全书出版社.

中国互联网络信息中心.2009.中国互联网络发展状况统计报告.

中国互联网络信息中心.2010.中国互联网络发展状况统计报告.

中国社会科学院社会学所.1993.中国青年大透视——关于一代人的价值观演变研究.北京：北京出版社.

中华人民共和国教育部.2001a. 全日制义务教育数学课程标准（实验稿）. 北京：北京师范大学出版社.

中华人民共和国教育部.2001b. 全日制义务教育语文课程标准（实验稿）. 北京：北京师范大学出版社.

周步成.1991. 问题行为早期发现测验手册（PFCT）. 上海：华东师范大学心理系.

周东明.1995. 父母期望的形成、作用和把握. 山东教育科研，10（4）：78-82.

周帆，王登峰.2005. 外显和内隐自尊与心理健康的关系. 中国心理卫生杂志，19（3）：197-199.

周国韬，贺岭峰.1996.11-15 岁学生自我概念的发展. 心理发展与教育，3：37-42.

周凯，叶广俊.2000. 初一年级学生健康危险行为评价. 中国学校卫生.21（6）：454-459.

周路平，欧倩芝.2005. 长沙市 404 名小学高年级学生个性特征及焦虑状况. 中国学校卫生，26（3）：226-227.

周世杰，龚耀先.2003. 龚氏记忆成套测验（儿童本）的初步编制. 中国临床心理学杂志 11（1）：18-23.

周世杰，龚耀先.2004. 学龄期儿童记忆发展特点研究. 中国心理卫生杂志，18（9）：610-612.

周世杰，杨娟，张拉艳.2006. 工作记忆、执行功能、加工速度与数学障碍儿童推理和心算能力的关系. 中国临床心理学杂志，14（6）：574-577.

周世杰，杨娟，张拉艳，等.2006a. 数学障碍儿童的工作记忆研究. 中国临床心理学杂志，14（4）：352-354.

周世杰，杨娟，张拉艳，等.2006b. 学习障碍儿童的工作记忆研究. 中国临床心理学杂志，14（2）：129-131.

周世杰，张拉艳，杨娟.2005. 工作记忆成套测验的编制及在小学生中的初步效度分析. 中国临床心理学杂志，13（3）：261-264.

周世杰，张拉艳，杨娟，等.2007. 不同学习障碍亚型儿童的认知功能比较. 中国临床心理学杂志，15（3）：266-269.

周台杰.2002. 国民小学数学学成就测验. 台北：国立台湾师范大学特殊教育中心.

周台杰，邱上真，宋淑慧.1993. 多向度注意力测验修订版指导手册. 台北：心理出版社.

周详，沈德立.2006. 高效率学习的选择性注意研究. 心理科学，29（5）：1159-1163.

周晓林.2004. 执行控制：一个具有广阔理论前程和应用前景的研究领域. 心理科学进展，12（5）：641-642.

周珍.2000. 中学生空间图形认知能力发展的研究. 首都师范大学硕士学位论文.

周珍，连四清.2005a. 中学生心理旋转能力的发展及其与智力的相关性研究. 首都师范大学学报（社会科学版），162（1）：69-72.

周珍，连四清，周春荔.2005b. 中学生空间图形认知能力发展与数学成绩关系及其与智力的相关性研究. 数学教育学报，14（1）：57-59.

周宗奎，范翠英.2001. 小学儿童社交焦虑与孤独感研究. 心理科学，24（4）：442-444.

周宗奎，孙晓军，赵冬梅，等．2005．童年中期同伴关系与孤独感的中介变量检验．心理学报，37（6）：776-783.

周宗奎，赵冬梅，孙晓军，等．2006．儿童的同伴交往与孤独感：一项2年纵向研究．心理学报，38（5）：743-750.

朱婵媚，宫火良，郑希付．2006．未成年人内隐攻击性特征的实验研究．心理学探新，26（2）：48-50.

朱桂兰．2000．梅岭小学学生社交焦虑调查分析．中国学校卫生，6：14-15.

朱力．1998．社会风尚的理论蕴含．学术交流，14（4）：60-63.

朱文芳，林崇德．2000．初中生函数概念发展的特点．心理科学，23（5）：517-521.

朱文芳，刘仁权．2001．对初中生坐标概念发展的研究．数学教育学报，2：25-27.

朱文芳，刘仁权．2003．初中生集合概念发展特点的研究．数学教育学报，2：55-58.

朱滢．2000．实验心理学．北京：北京大学出版社．

朱智贤．1989．心理学大词典．北京：北京师范大学出版社．

朱智贤．1990．中国儿童青少年心理发展与教育．北京：中国卓越出版公司．

朱作仁，李志强．1991．语文测验原理与实施法．上海：上海教育出版社．

邹泓．1993．儿童的孤独感与同伴关系．心理发展与教育，2：12-18.

邹泓．1998．中学生友谊、友谊质量与同伴接纳的关系．北京师范大学学报（社会科学版），1：43-50.

邹泓，李彩娜．2009．中学生的学业行为及其与人格、师生关系的相关．北京师范大学学报（社会科学版），54（1）：52-59.

邹泓，屈智勇，叶苑．2007．中小学生的师生关系与其学校适应．心理发展与教育，23（4）：77-82.

邹泓，张秋凌，王英春．2005．家庭功能与青少年犯罪的关系的研究进展．心理发展与教育，21（3）：120-124.

邹金利．2005．不同识字水平汉语儿童视觉空间认知特点的研究．陕西师范大学硕士学位论文．

左其沛．1985a．关于中小学生问题行为的研究．心理学探新，3：94-101.

左其沛．1985b．自我意识的发展及少年期的特点．心理学报，3：257-264.

左月燃，邵昌美．2005．预防医学．北京：人民卫生出版社．

Aber J L, Gephart M, Brooks-Gunn J, et al. 1997. Neighborhood, family, and individual processes as they influence child and adolescentoutcomes//Brooks-Gunn J, Duncan G J, Aber J L. Neighborhood Poverty: Vol. 1. Context and Consequences for Children. New York: Russell Sage Foundation. 44-61.

Aboud F E. 1988. Children and prejudice. London: Blackwell Publishers.

Achenbach T M. 1978. The child behavior profile: I. Boys aged 6-11. Journal of Consulting and Clinical Psychology, 46: 478-488.

Achenbach T M. 1991a. Manual for the CBCL/4-18 and 1991 Profile. Burlington, VT: University of Vermont, Department of Psychiatry.

Achenbach T M. 1991b. Manual for the TRF and 1991 Profile. Burlington, VT: University of Vermont, Department of Psychiatry.

Ackerman P L, Beier M E, Boyle M O. 2005. Working memory and intelligence: the same or different constructs. Psychological Bulletin, 131 (1): 303-360.

Adams J W. Hitch G J. 1997. Working memory and children's mental addition. Journal of Experimental Child Psychology, 67 (1): 213-238.

Adams L, Lonsdale D, Robinson M, et al. 1984. Respiratory impairment induced by smoking in children in secondary schools. British Medicine Journal, 288: 891-895.

Adams R, Laursen B. 2001. The organization and dynamics of adolescent conflict with parents and friends. Journal of Marriage and the Family, 63 (1): 97-110.

Adelman H S, Taylor L. 2002. School counselors and school reform: new directions. Professional School Counseling, 5 (4): 235-248.

Albano A M, Chorpita B F, Barlow D H. 1996. Childhood anxiety disorders//Mash E J, Barkley R A. Child Psychopathology. NY: Guilford Press. 196-241.

Alexander P A, Willson V L, White C S, et al. 1987. Analogical reasoning in young children. Journal of Educational Psychology, 79: 401-408.

Amador-Campos J A, Kirchner-Nebot T 1997. Relations of scores on children's embedded figures with age, item difficulty and internal consistency. Perceptual and Motor Skills, 85: 6753-6782.

Aman M G, Turbott S H. 1986. Incidental learning, distraction, and sustained attention in hyperactive and control subjects. Journal of Abnormal Child Psychology, 14: 4413-4455.

Amato P R, Booth A. 2001. The legacy of parents' marital discord: consequences for children's marital quality. Journal of Personality and Social Psychology, 81 (4): 627-638.

Anderson C S. 1982. The search for school climate: a review of the research (Abstract). Review of Educational Research, 52 (3): 368-420.

Anderson L W. et al. 2001. A Taxonomy for Learning, Teaching, and Assessing a revision of Bloom's Taxonomy of Educational Objectives (complete edition). New York: Longman.

Andrews F M, Withey S B. 1976. Social Indicators of Well-being. New York: Plenum Press.

Aneshensel C S, Sucoff C A. 1996. The neighborhood context and adolescent mental health. Journal of Health and Social Behavior, 37: 293-310.

Angold A, Costello E J. 1992. Comorbidity in children and adolescents with depression. Child and Adolescent Psychiatric Clinics of North America, 1: 31-51.

Angold A, Costello E J, Worthman C M. 1998. Puberty and depression: the roles of age, pubertal status and pubertal timing. Psychological Medicine, 28: 51-61.

Arora R. 1987. Observations of bullying in the classroom. The Journal of Educational Research, 92: 86-97.

Arora R. 1996. Bully/victim problems among middle school children. British Educational Psychology, 62: 73-87.

Artman L, Cahan S, Avni-Babad D. 2006. Age, schooling and conditional reasoning. Cognitive Development, 21 (2): 1313-1345.

Asher S R, Hynel S, Renshaw P D. 1984. Loneliness in children. Child Development, 55 (4): 1456-1464.

Asher S R, Wheeler V A. 1985. Children's loneliness: a comparison of rejected and neglected peer status. Journal of Consulting and Clinical Psychology, 53 (4): 500-505.

Asso D, Wyke, M. 1970. Visual discrimination and verbal comprehension of spatial relations by young children. British Journal of Psychology, 61: 99-107.

Astone N M, McLanahan S S. 1991. Family structure, parental practices and high school completion. American Sociological Review, 56 (3): 309-320.

Atkinson R C, Shiffrin R M. 1968. Human memory: a proposed system and its control processes. The psychology of Learning and Motivation, 2: 89-195.

Australian Institute of Studies. 2009. Growing up in Australia: the longitudinal study of australian children. www. aifs. gov. au/growingup. [2010-1-8].

Baddeley A D. 1998. Working memory. Comptes Rendus de l' Academie des Sciences Series III Sciences de la Vie, 321 (2-3): 167-173.

Baddeley A D, Andrade J. 2000. Working memory and the vividness of imagery. Journal of Experimental Psychology: General, 129 (1): 126-145.

Baddeley A D, Hitch G J. 1974. Working memory//Bower G A. The Psychology of Learing and Motivation. New York: Academic Press. 47-89.

Baker-Ward L, Gordon B N, Ornstein P A, et al. 1993. Young children's long-term retention of a pediatric examination. Child Development, 64 (5): 1519-1533.

Bandura A. 1977. Social Learning Theory. Englewood Cliffs, NJ: Prentice-Hall.

Bara B G, Bucciarelli M, Johnson-Laird P N. 1995. Development of syllogistic reasoning. The American Journal of Psychology, 108 (2): 157-193.

Barkley R A. 1997. Behavioral inhibition, sustained, and executive functions: constructing a unifying theory of ADHD. Psychological Bulletin, 121 (1): 65-94.

Barkow J H. 1975. Prestige and culture: a biosocial interpretation. Current Anthropology, 16 (4): 553-572.

Barnes H L, Olson D H. 1982. Parent-adolescent communication scale//Olson D H. Family Inventories: Inventories Used in A National Survey of Families Across the Family Life Cycle. St. Paul: Family Social Science, University of Minnesota. 33-48.

Baron I S. 2001. Test of everyday attention for children. Child Neuropsychology, 7 (3): 190-195.

Baroody A. 1989. Kindergartners' mental addition with single-digit combinations. Journal for Research in Mathematics Education, 20 (2): 159-172.

Barrera M F, Maurer D. 1981. Recognition of Mother's photographed face by the three-month-old infant. Child Development, 52 (7): 14-716.

Barrett M. 2001. The development of national identity: a conceptual analysis and somedata from Western European studies. //Barrett M, Riazanova T, Volovikova M. Development of National, Ethnolinguistic and Religious Identities in Children and Adolescents. Moscow: Institute of Psychology, Russian Academy of Sciences (IPRAS).

Barrett P M, Dadds M R, Rapee R M. 1996. Family treatment of childhood anxiety: a controlled trial. Journal of Consulting and Clinical Psychology, 64 (2): 333-342.

Basch C E. 1987. Focus group interview: an underutilized research technique for improving theory and practiced in health education. Health Education Quarterly, 14 (4): 411-448.

Bates M E, Lemay E P. 2004. The d2 test of attention: construct validity and extensions in scoring techniques. Journal of the International Neuropsychological Society, 10: 392-400.

Batty G D, Mortensen E L, Osler M. 2005. Childhood IQ in relation to later psychiatric disorder: evidence from a Danish birth cohort study. British Journal of Psychiatry, 187: 180-181.

Baumann J F, Kame'enui E J, Ash G. 2003. Research on vocabulary instruction: Voltaire redux//Flood J D, Lapp J R Squire et al. Handbook of Research on Teaching the English Language Arts (2nd ed). Mahway, NJ: Lawrence Erlbaum. 752-785.

Baumrind D. 1971. Current patterns of parental authority. Developmental Psychology Monographs, 4, 1-103.

Baumrind D. 1991. Parenting styles and adolescent development//Lerner R, Peterson A C, Brooks-Gunn J. The Encyclopedia of Adolescence. New York: Garland. 746-758.

Bayer J K. 2003. Predicting Development of Childhood Emotional Difficulties During the Preschool Years: A longitudinal, Multi-Method, Multi-Source Study. Melbourne: The University of Melbourne, Australia.

Beardsworth E, Bishop D. 1994. Assessment of long-term verbal memory in children. Memory, 2 (2): 129-148.

Beavers R, Hampson R. 2000. The beavers systems model of family functioning. The Association for Family Therapy, 22 (2): 128-143.

Beck A T. 1967. Depression: Causes and Treatment. Philadelphia: University of Pennsylvania Press.

Benton A L, De Hamsher S, Varney N R, et al. 1983. Benton Visual Form Discrimination Test. New York:

Oxford University Press.

Berger A, Posner M I. 2000. Pathologies of brain attentional networks. Neuroscience and Biobehavioral Reviews, 24 (1): 3-5.

Bergin C, Talley S, Hamer L. 2003. Prosocial behaviors of young adolescents: a focus group study. Journal of Adolescence, 26: 13-32.

Berk L E. 1994. Child Development (3rd) . Massachusetts: Allyn and Bacon Press.

Berndt D, Schwartz S, Kaiser C. 1983. Readability of self-report depression inventories. Journal of Consulting and Clinical Psychology, 51: 627-628.

Bernstein G A. 1996. School refusal: family constellation and family functioning. Journal of Anxiety Disorders, 10 (1): 1-19.

Berry J A, Linarelli L C. 1998. Self-concept and behavioral characteristics in Hispanic children and adolescents with Acanthosis Nigricans 402 international pediatrics research foundation. Pediatrics Research, 43 (4): 71.

Besag C T. 1989. Middle-school girls' reports of peer victimization: concerns, consequences, and implications. Professional School Counseling, 5: 38-147.

Bethell-Fox C E, Shepard R N. 1988. Mental rotation effects of stimulus complexity and familiarity. Journal of Experimental Psychology: Human Perception and Performance, 1: 12-23.

Bhatia M P S, Vasal A. 2007. Localisation and requirement engineering in context to Indian scenario. 15th IEEE international requirements engineering conference, proceeding. 393-394.

Birch S H, Ladd G W. 1997. The teacher-child relationship and children's early school adjustment. Journal of School Psychology, 35 (1): 61-79.

Birch S H, Ladd G W. 1998. Children's interpersonal behaviors and the teacher-child relationship. Developmental Psychology, 34 (8): 934-945.

Blau P M, Duncan O D. 1967. The American Occupational Structure. New York: Wiley.

Block J, Robins R W. 1993. A longitudinal study of consistency and change in self-esteem from early adolescence to early adulthood. Child Development, 64 (3): 909-923.

Bloom B S, Engelhart M D, Furst E J, et al. 1956. Taxonomy of Educational Objectives: Handbook I : Cognitive Domain. New York: David McKay.

Bond M H. 1991. Chinese values and health: a cultural-level examination. Psychology and Health, 5: 137-152.

Borawski E A, Ievers-Landis C E, Lovegreen L D, et al. 2003. Parental monitoring negotiated unsupervised time, and parental trust: the role of perceived parenting practices in adolescent health risk behaviors. Journal of Adolescent Health, 33 (2): 60-70.

Borden K A, Burns T G, O' Leary S D. 2006. A comparison of children with epilepsy to an age- and IQ-matched control group on the children's memory scale. Child Neuropsychology, 12 (3): 165-172.

Bouwmeester S, Sijtsma K. 2004. Measuring the ability of transitive reasoning, using product and strategy information. Psychometrika, 69 (1): 123-146.

Bower T G R. 1966. Slant perception and shape constancy in infants. Science, 151 (3712): 832-834.

Bradburn N. 1969. The Structure of Psychological Well-being. Chicago: Aldine.

Bradley R H, Corwyn R F. 2000. Moderating effect of perceived amount of family conflict on the relation between home environmental processes and the weil- being of adolescents. Journal of Family Psychology, 14 (3): 349-364.

Bradley R H, Corwyn R F. 2002. Socioeconomic status and child development. Annual Review of Psychology, 53 (1): 371-399.

Brady K. 1996-04-21. Dropouts rise a net result of computers. The Buffalo Evening News, pg. 1.

Brady K. 1996-1-1. Dropouts rise a net result of computers. The Buffalo Evening News.

Brainerd C J, Reyna V F, Harnishfeger K K, et al. 1993. Is retrievability grouping good for recall? Journal of Experimental Psychology: General, 122 (2): 249-268.

Branden N. 1971. The Psychology of Self-esteem. New York: Bantam.

Branden N. 1994. The Six Pillars of Self-esteem. New York: Bantam Books.

Branden N. 2001. The Psychology of Self- Esteem: a Revolutionary Approach to Self- Understanding that Launched a New Era in Modern Psychology. San Francisco: Jossey Bass Inc. , a Wiley Company.

Brand S, Felner D R, Shim S M, et al. 2003. Middle school improvement and reform: development and validation of a school-level assessment of climate, cultural pluralism, and school safety. Journal of Educational Psychology, 95 (3): 570-588.

Brand S, Felner R D, Seitsinger A, et al. 2008. A large scale study of the assessment of the social environment of middle and secondary schools: the validity and utility of teachers' ratings of school climate, cultural pluralism, and safety problems for understanding school effects and school improvement. Journal of School Psychology, 46 (5): 507-535.

Braun-Fahrlander C H, Gassner M, Grize L, et al. 1998. Comparison of responses to an asthma symptom questionnaire completed by adolescents and their parents. Pediatric Pulmonology, 25 (3): 159-166.

Brenner E, Salovey P. 1997. Emotion regulation during childhood: Developmental, interpersonal, and individual considerations//Salovey P, Sluyter D. Emotional Literacy and Emotional Development. New York: Basic Books. 168-192.

Brenner V. 1997. Psychology of computer use: XLVII. Parameters of Internet use, abuse and addiction: the first 90 days of the Internet use survey. Psychological Reports, 80: 879-882.

Breslau J, Miller E, Breslau N, et al. 2009. The impact of early behavior disturbances on academic achievement in high school. Pediatrics, 123 (6), 1472-1476.

Breslau N. 2009. Trauma and mental health in US inner-city populations. General Hospital Psychiatry, 31 (6): 501-502.

Börger R, Meere J V D, Ronner A, et al. 1999. Heart rate variability and sustained attention in ADHD children. Journal of Abnormal Child Psychology, 27 (1): 25-33.

Brickenkamp R, Zillmer E. 1998. d2 Test of Attention. Goettingen, Germany: Hogrefe & Huber Publisher.

Bridget A F. 1997. Deductive reasoning with prose passages: effects of age, inference form, prior knowledge, and reading skill. International Journal of Behavioral Development, 21 (3): 501-535.

Brocki K C, Bohlin G. 2004. Executive functions in children aged 6 to 13: a dimensional and developmental study. Developmental Neuropsychology, 26 (2): 571-593.

Brodeur D A. 2004. Age changes in attention control: assessing the role of stimulus contingencies. Cognitive Development, 19: 241-252.

Brodeur D A, Pond M. 2001. The development of selective attention in children with attention deficit hyperactivity disorder. Journal of Abnormal Child Psychology, 29 (3): 229-239.

Bronfenbrenner U. 1979. The Ecology of Human Development: Experiments by Nature and Design. Cambridge, MA: Harvard University Press.

Brosnan M, Demetre J, Hamill S, et al. 2002. Executive functioning in adults and children with developmental dyslexia. Neuropsychologia, 40 (12): 2144-2155.

Brown R P, Zeigler-Hill. 2004. Narcissism and the non-equivalence of self-esteem measures: a matter of dominance? Research in personality, 38: 585-592.

Bryant B K. 1985. The neiborhood walk: sources of support in middle childhood. monographs of the Society for Research. Child Development, 50: 210-223.

Bryant R B, Veroff J. 1984. Dimension of subjective mental health in American men and women. Journal of Health and Social Behavior, 25: 116-135.

Buehler C, Welsh D P. 2009. A process model of adolescents' triangulation into parents' marital conflict: the role of emotional reactivity. Journal of Family Psychology, 23: 167-180.

Buehner M, Krumm S, Ziegler M, et al. 2006. Cognitive abilities and their interplay, reasoning, crystallized intelligence, working memory components, and sustained attention. Journal of Individual Differences, 27 (2): 57-72.

Buhs E S. 2005. Peer rejection, negative peer treatment, and school adjustment: self-concept and classroom engagement as mediating processes. Journal of School Psychology, 43: 406-424.

Bullock M, Lutkenhaus P. 1990. Who am I ? The development of self-understanding in toddlers. M errill-Palmer Quarterly, 36: 217-238.

Bull R, Scerif G. 2001. Executive functioning as a predictor of children? mathematics ability: inhibition, switching, and working memory. Developmental Neuropsychology, 19 (3): 273-293.

Burgess K B, Ladd G W, Kochenderfer B J, et al. 1999. Loneliness during early childhood: the role of interpersonal behaviors and relationship//Rotenberg K J, Hymel S. Loneliness in Childhood and Adolescence. Cambridge, England: Cambridge University Press. 109-134.

Burns N R, Nettelbeck T, McPherson J. 2009. Attention and intelligence, a factor analytic study. Journal of Individual Differences, 30 (1): 44-57.

Buss A H, Perry M P. 1992. The aggression questionnaire. Journal of Personality and Social Psychology, 63 452-459.

Byrne B M. 1996a. Academic self-concept: its structure, measurement, and relation to academic achievement. In: Bracken B A. Handbook of Self-concept. New York: Wiley. 287-316.

Byrne B M. 1996b. On the structure of social self-concept for pre-, early, and late adolescents: a test of the Shavelson, Hubner, and Stanton (1976) model. Journal of Personality and Social Psychology, 70 (3): 599-613.

Calkins M W. 1894. Association. Psychological Review, 1 (5): 476-483.

Campbell A. 1976. Subjective measures of well-being. American Psychologist. 31 (2), 117-124 .

Carey S. 1985. Conceptual Change in Childhood. Cambridge, MA: MIT Press.

Carey S, Diamond R, Woods B. 1980. Development of face recognition: a maturational component? Developmental Psychology, 16 (4): 257-269.

Carla L L. 2008. Couple therapy from the perspective of self psychology and inter-subjuctivity theory. Psychoanalytic Psychology, 25 (1), 79-98.

Carroll J B. 1993. Human Cognitive Abilities: A Survey of Factor Analytic Studies. New York: Cambridge University Press.

Carter B, McGoldrick M. 2005. The Expanded Family Life Cycle: Individual, Family, and Social Perspectives (3rd ed) . Boston, Massachusetts: Allyn & Bacon.

Casco C, Tressoldi P E, Dellantonio A. 1998. Visual selective attention and reading efficiency are related in children. Cortex, 34: 531-546.

Case R, Kurland D, Goldberg J. 1982. Operational efficiency and the growth of short-term memory span * 1. Journal of Experimental Child Psychology, 33 (3): 386-404.

Casey M B, Pezaris E, Nuttall R. 1992. Spatial ability as a predictor of math achievement: the importance of sex and handedness patterns. Neuropsychologia, 30 (1): 35-45.

Cassady J C, Johnson R E. 2002. Cognitive test anxiety and academic performance. Contemporary Educational

Psychology, 27: 270-295.

Cassidy J, Asher S R. 1992. Loneliness and peer relations in young children. Child Development, 63 (2): 350-365.

Cassidy J, Berlin L J, Rotenberg K J, et al. 1999. Loneliness in Childhood and Adolescence. New York : Cambridge University Press.

Cast A D, Burke P J. 2002. A theory of self-esteem. Social Forces, 80 (3): 1041-1068.

Cattell R B, Scheier I H. 1961. The Meaning and Measurement of Neuroticism and Anxiety. New York: Ronald.

Chalfant J C, Scheffelin M A. 1969. Central processing dysfunctions in children: a review of the research. Bethesda, M D: Department of Health, Education.

Chang L, Liu H, Wen Z, et al. 2004. Mediating teacher liking and moderating authoritative teachering on Chinese adolescents' perceptions of antisocial and prosocial behaviors. Journal of Educational Psychology, 96 (2): 369-380.

Chan R Y K. 2001. Determinants of Chinese consumers' green purchase behavior. Psychology & Marketing, 18 (4): 389-413.

Chan S Y F. 2003. The exploratory relationship between money attitude and consumer style. Australian Journal of Psychology, 13 (1): 119.

Charles D S, Irwin G S. 1977. Stress and Anxiety: IV. Oxford, England: Hemisphere. 336.

Chen X, Liu M, Li D. 2000. Parental warmth, control, and indulgence and their relations to adjustment in Chinese children: a longitudinal study. Journal of Family Psychology, 14: 401-419.

Chen X Y, Rubin K H, Li D. 1997. Relation between academic achievement and social adjustment: evidence from chinese Children. Developmental Psychology, 3 (33): 518-525.

Cheung H. 1996. Nonword span as a unique predictor of second-language vocabulary language. Developmental Psychology, 32 (5): 867-873.

Chisholm K. Strayer J. 1995. Verbal and facial measures of children's emotion and empathy. Journal of Experimental Child Psychology, 59 (2): 299-316.

Christ S E, White D A, Mandernach T, et al. 2001. Inhibitory control across the life span. Developmental Neuropsychology, 20 (3): 653-669.

Cinniralla M. 1997. Towards a European identity? interactions between the national and European social identities manifested by university students in Britain and Italian. British Journal of Social Psychology, 36: 19-31.

Clements M C, Ogle L R. 2009. Does acknowledgment as an assault victim impact postassault psychological symptoms and coping? Journal of Interpersonal Violence, 24 (10): 1595-1614.

Cohen L B, Strauss M S. 1979. Concept acquisition in the human infant. Child Development, 50: 419-424.

Cohen P, Cohen J, Brook J. 1993. An epidemiological study of disorders in late childhood and adolescence: II. persistence of disorders. Journal of Child Psychology and Psychiatry, 34: 869-877.

Coie J D, Cillessen A, Dodge K A. 1999. It takes two to fight: a test of relational factors and a method for assessing aggressive dyads. Developmental Psychology, 35: 1179-1185.

Colarusso R P, Hammill D D. 2003. Motor-Free Visual Perception Test (3rd ed). Novato, CA: Academic Therapy Publications.

Cole D A, Martin J M, Powers B, et al. 1996. Modeling causal relations between academic and social competence and depression: a multitrait-multimethod longitudinal study of children. Journal of Abnormal Psychology, 105 (2): 258-270.

Coleman J S. 1988. Social capital in the creation of human capital. The American Journal of Sociology, 94 (1): 95-100.

Coleman J S. 2000. Social capital in the creation of human capital, Knowledge and social capital: foundations and applications, Butterworth-Heinemann.

Collins A. 1991. Cognitive apprenticeship and instructional technology//Idol L, Jones B F. Educational Values and Cognitive Instruction: Implication for Reform. Hillsdale, NJ: Lawrence Erlbaum. 121-138.

Collins W A. 1995. Relationships and development: family adaptation to individual change//Shulman S. Close Relationships and Sociemotional Development. New York: Ablex. 128-154.

Collins W A, Sroufe L A. 1999. Capacity for intimate relationships: a developmental construction//Furman W, Feiring C, Brown B B. Contemporary Perspectives on Adolescent Romantic Relationships. New York: Cambridge University Press. 123-147.

Colom R, Abad F J, Rebollo I, et al. 2005. Memory span and general intelligence: a latent-variable approach. Intelligence, 33 (6): 623-642.

Comalli P E, Wapner S, Werner H. 1962. Interference effects of Stroop color-word test in childhood, adulthood, and aging. Journal of Genetic Psychology, 100: 47-53.

Compas B E. 1997. Depression in children and adolescents. In: Mash E J, Terdal L G. Assessment of Childhood Disorders. New York: Guilford Press. 197-229.

Compas B E, Ey S, Grant K E. 1993. Taxonomy, assessment, and diagnosis of depression during adolescence. Psychological Bulletin, 114 (2): 323-344.

Conger R D, Ge X, Elder G H, et al. 1994. Economic stress, coercive family process, and developmental problems of adolescents. Child Development, 65: 541-561.

Conners C K. 1999. Continuous Performance Test II User's Manual. Toronto: MHS.

Conners C K. 2000. Conners' Continuous Performance Test II User's Manual. Toronto: MHS.

Conway A R A, Cowan N, Bunting M F, et al. 2002. A latent variable analysis of working memory capacity, short-term memory capacity, processing speed, and general fluid intelligence. Intelligence, 30 (2): 163-183.

Cooke A, Zurif E B, DeVita C, et al. 2002. Neural basis for sentence comprehension: grammatical and short-term memory components. Human Brain Mapping, 15 (2): 80-94.

Cook T D, Shagle S C, Degirmencioglu S M. 1997. Capturing social process for testing mediational models of neighborhood effects//Brooks-Gunn J, Duncan G J, Aber J L. Neighborhood Poverty: Vol. 2. Policy Implications in Studying Neighborhoods. New York: Russell Sage Foundation. 94-119.

Cooley C H. 1902. Human nature and the social order. New York: Scribner's.

Cooper L A. 1973. Internal representation and transformation of random shapes: a chronometric analysis. Unpublished Doctoral dissertation. Stanford University: California.

Cooper L A. 1975. Metal rotation of random two-dimensional shapes. Cognitive Psychology, 7: 20-43.

Cooper L A. 1976. Demonstration of a mental analog of an external rotation. Perception & Psychophysics, 19: 296-302.

Cooper L A, Podgorny P. 1976. Mental transformations and visual comparison processes: effects of complexity and similarity. Journal of Experimental Psychology: Human Perception and Performance, 2: 503-514.

Coopersmith S. 1967a. Parental characteristics related to self-esteem//Coopersmiths. The Antecedents of Self-esteem. San Francisco: Freeman. 96-117.

Coopersmith S. 1967b. The Antecedents of Self-esteem. San Francisco: W. H. Freeman.

Corballis M C. 1997. Mental rotation and the right hemisphere. Brain and Language, 57 (1): 100-121.

Corkum P V, Siegel L S. 1993. Is the continuous performance task a valuable research tool for use with children with attention-deficit-hyperactivity disorder. Journal of Child Psychology and Psychiatry and Allied Disciplines, 34: 1217-1239.

Costa F M, Jessor R, Turbin M S, et al. 2005. The role of social contexts in adolescence: context protection and context risk in the United States and China. Applied Developmental Science, 9 (2): 67-85.

Cowan N, Fristoe N M, Elliott E M, et al. 2006. Scope of attention, control of attention, and intelligence in children and adults. Memory & Cognition, 34 (8): 1754-1768.

Cowan N, Nugent L D, Elliott E M, et al. 1999. The role of attention in the development of short-term memory: age differences in the verbal span of apprehension. Child Development, 70 (5): 1082-1097.

Cox M J, Brooks-Gunn J. 1999. Studying conflict and cohesion in families: An overview. //Cox M. Brooks-Gunn J. Conflict and cohesion in families: Causes and consequences. The advances in family research series. Mahwah, NJ: Erlbaum. 321-344.

Cox M J, Owen M T, Henderson V K, et al. 1992. Prediction of infant-father and infant-mother attachment. Development Psychology, 28: 474-483.

Cox M J, Owen M T, Lewis J M. et al. 1989. Marriage, adult adjustment, and early parenting. Child Development, 60: 1015-1024.

Cox M J, Paley B, Burchinal M, et al. 1999. Marital perceptions and interactions across the transition to parenthood . Journal of Marriage and Family, 61: 611-625.

Craig W M. 1995. The relationship among bullying, victimization, depression, anxiety, and aggression in elementary school children. Personality and Individual Differences, 24: 123-130.

Craton L G. 1996. The development of perceptual completion abilities: infants' perception of stationary, partially occluded objects. Child Development, 67 (3): 890-904.

Crean H F. 2008. Conflict in the Latino parent-Youth dyad: the role of emotional support from the opposite parent. Journal of Family Psychology, 22 (3): 484-493.

Cremer D D, Van Den Bos K. 2007. Justice and feelings: toward a new era in justice research. Social Justice Research, 20 (1): 1-9.

Crick N R. 1996. Relational and overt forms of peer victimization: a multi-informant approach. Journal of Consulting and Clinical Psychology, 66: 337-347.

Crick N R. 1997. Relational and physical forms of peer victimization in preschool. Development Psychology, 35: 376-385.

Crick N R, Grotpeter J K. 1995. Relational aggression, physical aggression, and social psychological adjustment. Child Development, 66: 710-722.

Cronel-Ohayon S, Zesiger P, Davidoff V, et al. 2006. Deficit in memory consolidation (abnormal forgetting rate) in childhood temporal lobe epilepsy. Pre and postoperative long-term observation. Neuropediatrics, 37 (6): 317-324.

Crosby R A, DiClemente R J, Wingood G M. 2002. Low parental monitoring predicts subsequent pregnancy among African-American adolescent females. Pediatric and adolescent gynecology , 15 (1): 43-46.

Csapó B. 1997. The development of inductive reasoning: cross-sectional assessments in an educational context. International Journal of Behavioral Development, 20 (4): 609-626.

Culbertson E M. 1997. Depression and gender: an international review. American Psychologist, 52: 25-31.

Cynthia L, Jenni R. 2002. Comparison of Chinese-Australian and Anglo-Australian environmental attitudes and behavior. Social Behavior and Personality: an International Journal, 30 (3), 251-262.

Dadds M R, Holland D E, Laurens K R, et al. 1999. Early intervention and prevention of anxiety disorders in children: results at two-year follow-up. Journal of Consulting and Clinical Psychology, 67 (1): 145-150.

Dadds M R, Powell M B. 1991. The relationship of interparental conflict and global marital adjustment to aggression, anxiety, and immaturity in aggressive and nonclinical children. Journal of Abnormal Children Psychology, 19 (5): 553-567.

Damasio A R, Damasio H. 1992. Brasin and language. Scientific American, 117: 89-95.

D' Angiulli A, Herdman A, Stapells D, et al. 2008. Children's event- related potentials of auditory selective attention vary with their socioeconomic status. Neuropsychology, 22 (3): 293-300.

Daniel D B, Klaczynski P A. 2006. Developmental and individual differences in conditional reasoning: effects of logic instructions and alternative antecedents. Child Development, 77 (2): 339-354.

Dash U N, Das J P. 1987. Development of syllogistic reasoning in schooled and unschooled children. Indian Psychologist, 4 (1): 53-63.

Das J P, Naglieri J A, Kirby J R. 1994. Assessment of Cognitive Processes: the PASS Teory of Intelligence. New York: Allyn & Bacon.

Davanzo P, Kerwin L, Nikore V, et al. 2004. Spanish translation and reliability testing of the Child Depression Inventory. Child Psychiatry Hum Dev 35, 75-92.

David J D. 1999. Peers' perceptions of the consequences that Victimized children provide aggressors. Developmental Psychology, 61: 1310-1325.

Davis A A. 2001. Cognitive-behavioral model of pathological internet use. Computers in Human Behavior, 17: 11-17.

Deater-Deckard K, Plomin R. 1999. An adoption study of the etiology of teacher and parent reports of externalizing behavior problems in middle childhood. Child Development, 70 (1): 144-154.

Deb M. 1985. Some personality variables associated with adjustment. Journal of Psychological Research, 9: 46-53.

Deborah J L, Elena B. 2003. Teaching your child self-control. Scholastic Parent and Child, 11 (3): 52-55.

Deccio G, Horner W C, Wilson D. 1994. High- risk neighborhoods and high- risk families: replication research related to the human ecology of child maltreatment. Journal of Social Service Research, 78 (3-4): 123-137.

De J Gierveld, J. , Van Tilburg, T. 1991. Manual of the Loneliness Scale. Amsterdam, The Netherlands: Vrije Universiteit van Amsterdam.

De Jong G J, Van T T. 1991. Manual of the Loneliness Scale. Amsterdam, The Netherlands: Vrije Universiteit van Amsterdam.

Dekovi M, Meeus W. 1997. Peer relations in adolescents: effects of parenting and adolescents' self- concept. Journal of Adolescence, 20 (2): 163-176.

Del Giudice E, Grossi D, Angelini R, et al. 2000. Spatial cognition in children. I. development of drawing-related (visuospatial and constructional) abilities in preschool and early school years. Brain & Development, 22 (6): 362-367.

DeLoach L J, Higgins M S, Caplan A B, et al. 1998. The visual analog scale in the immediate postoperative period: intrasubject variability and correlation with a numberic scale. Anesthesia & Analgesia, 86: 102-106.

Demetriou A, Christou C, Spanoudis G, et al. 2002. The development of mental processing: efficiency, working memory, and thinking. Monographs of the Society for Research in Child Development, 67 (1, Serial): 268.

Dempster F N. 1981. Memory span: sources of individual and developmental differences. Psychological Bulletin, 89 (1): 63-100.

Dickey W C, Blumberg S J. 2004. Revisiting the factor structure of the strengths and difficulties questionnaire. Journal of the American Academy of Child & Adolescent Psychiatry, 43 (9): 1159-1167.

Diener E, Emmons R A, Larsen R J, et al. 1985. The satisfaction with life scale. Journal of Personality Assessment, 49: 71-75.

Diener E, Suh E M, Lucas R E, et al. 1999. Subjective well-being: three decades of progress. Psychological Bulletin, 125 (2): 276-302.

DiLalla L F, Mullineaux P Y. 2008. The effect of classroom environment on problem behaviors: a twin study. Journal of School Psychology, 46 (2): 107-128.

Dishion T J. 1990. The family ecology of boy's peer relations in middle childhood. Child Development, 61 (3): 874-892.

Dodge K A, Coie J D, Lynam D. 2006. Aggression and antisocial behavior in youth. Handbook of child Psychology, 3: 719-788.

Donnellan M B, Trzesniewski K H, Robins R W. 2005. Low self-esteem is related to aggression, antisocial behavior, and delinquency. Psychological Science. 16 (4): 328-335.

Dowker A. 2001. Numeracy recovery: a pilot scheme for early intervention with young children with numeracy difficulties. Support for Learning, 16: 6-10.

Dowker A. 2003. Young children's estimates for addition: the zone of partial knowledge and understanding// Baroody A J, Dowker A. The Development of Arithmetic Concepts and Skills: Constructing Adaptive Expertise. Mahwah, NJ: USum Associates, Publishers. 243-265.

Downing P E. 2000. Interactions between visual working memory and selective attention. Psychological Science, 11 (6): 467.

Doyle A B, Aboud F E. 1995. A longitudinal study of white children's racial prejudice as a social cognitive development. Merrill Palmer Quarterly, 41, 209-228.

Doyle A, Markiewicz D. 2005. Parenting, marital conflict and adjustment from early- to mid-adolescence: mediated by adolescent attachment style? Journal of Youth and Adolescence, 34 (2): 97-110.

Doyle K O. 1992. Toward a psychology of money. American Behavioral Scientist, 35, 708-724.

Doyle K O, Li Y L. 2001. A within-continent content analysis: meanings of money in Chinese and Japanese Proverbs. American Behavioral Scientist, 45: 307-313.

Dunbar K, Blanchette I. 2001. The invivo/invitro approach to cognition: the case of analogy. Trends in Cognitive Sciences, 5 (8): 334-339.

Dunlap R E, Van L K. 1978. A proposed measuring instrument and preliminary results: the "new environmental paradigm". The Journal of Environmental Education, 9: 4-10.

Eddy J M, Leve L D, Fagot B I. 2001. Coercive family processes: a replication and extension of Patterson's coercion model. Aggressive Behavior, 27 (1): 14-25.

Eisenberg N. Mussen P H. 1989. The Roots of Prosocial Behavior in Children. New York: Cambridge University.

Ekstrom R B, French J W, Harman H H. 1976. Manual for Kit of Factor-Referenced Cognitive Tests. Princeton, NJ: Educational Testing Service.

El-Anzi F O. 2005. Academic achievement and its relationship with anxiety, self-esteem optimism, and pessimism in Kuwaiti students. Social Behavior and Personality, 33 (1): 95-104.

Elder G H, Eccles J S, Ardelt M, et al. 1995. Inner-city parents under economic pressure: perspectives on the strategies of parenting. Journal of Marriage and the Family, 57: 771-784.

Elley W B, Irving J C. 1972. A socio-economic index for New Zealand based on levels of education and income from the 1966 census. New Zealand Journal of Educational Studies, 2 (2): 153-157.

Elley W B, Irving J C. 1985. The Elley-Irving socio-economic index 1981 census revision. New Zealand Journal of Educational Studies, 20 (2): 115-128.

Ellis H C. 1998. Fundamentals of Cognitive Psychology (6th ed). Cambridge University Press.

Emily E M, Tarah W, Karen B. 2004. Impact of a university-level environment studies class on students' values. The Journal of Environmental Education, 35: 3.

Engle R W, Tuholski S W, Laughlin J E, et al. 1999. Working memory, short-term memory, and general fluid intelligence: a latent-variable approach. Journal of Experimental Psychology General, 128: 309-331.

Ennis R H, Gardiner W L, Guzzetta J, et al. 1964. The cornell conditional reasoning test. Form X. Cornell Critical Thinking Project, Stone Hall, Ithica, N. Y. , USA.

Enns J T, Brodeur D A. 1989. A developmental study of covert orienting to peripheral visual cues. Journal of Experimental Child Psychology, 48 (2): 171-189.

Epstein N B, Baldwin L M, Bishop D S. 1983. The McMaster family assessment device. Journal of Marital and Family Therapy, 9 (2): 171-180.

Eron B R. 1994. Children involved in bullying: psychological disturbance and the persistence of the involvement. Child Abuse & Neglect, 23: 1253-1262.

Erwin T D, Kelly K. 1985. Changes in student's self-confidence in college. Journal of College Students' Personnel, 26: 395-400.

Fabes R, Eisenberg N. 1992. Children's emotional arousal and aggressive behaviors. Socialization and Aggression, 3: 85-102.

Faw B. 2003. Pre-frontal executive committee for perception, working memory, attention, long-term memory, motor control, and thinking: a tutorial review. Consciousness and Cognition, 12 (1): 83-139.

Fearon P S, Atkinson L, Parker K. 2007. Testing an interactive model of symptom severity in conduct disordered youth. Criminal Justice and Behavior, 34 (6): 721-738.

Feehan M, McGee R, Williams S M. 1993. Mental health disorders from age 15 to age 18 years. Journal of the American Academy of Child Psychiatry, 32: 1118-1126.

Feldman L A. 1995. Valence focus and arousal focus: individual differences in the structure of effective experience. Journal of Personality and Social Psychology, 69: 153-166.

Feldman S S, Gowen L K, Fisher L. 1998. Family relationships and gender as predictors of romantic intimacy in young adults: a longitudinal study. Journal of Research on Adolescent, 8 (2): 263-286.

Feltz D I. 1988. Self-confidence and performance//Pandolf K B. Exercise and Sport Science Reviews. New York: MxMillan: 423-457.

Fennema E, Sherman J. 1977. Sex-related differences in mathematics achievement, spatial visualization and affective factors. American Educational Research Journal, 14 (1): 51-71.

Fergusson D M, Horwood L J. 1999. Prospective childhood predictors of deviant peer affiliations in adolescence. Journal of Child Psychology Psychiatry, 40 (4): 581-592.

Fiedelday A C, Craffert, Fiedeldey-Van Dijk C, et al. 1998. Human Values, Attitudes and Perceptions of Environment: The South African PAGEC Study. Pretoria: Human Sciences Research Council.

Fischbein E. 1975. The Intuitive Sources of Probabilistic Thinking in Children. Dordrecht. Reidel, 123.

Fisher D, Frasher B, Kent H. 1998. Relationships between teacher-student interpersonal behaviour and teacher personality. School Psychology International, 19 (2): 99-119.

Fisher R A. 1935. The Design of Experiment. New York: Hafner.

Fitts W H. 1965. Manual for the Tennessee Self Concept Scale. Nashville, TN: Counselor Recordings and Tests.

Fitzpatrick M A, Ritchie L D. 1994. Communication schemata within the family: multiple perspectives on family interaction. Human Communication Research, 20 (3): 275-301.

Fleming Watts. 1980. The dimensionality of self-esteem: some results for a college sample. Journal of Personality and Social Psychology, (5): 921-929.

Fletcher J M. 1985. Memory for verbal and nonverbal stimuli in learning disability subgroups: analysis by selective reminding. Journal of Experimental Child Psychology, 40 (2): 244-259.

Flook L, Repetti R L, Ullman J B. 2005. Classroom social experiences as predictors of academic performance. Developmental Psychology, 41 (2): 319-327.

Flouri E, Buchanan A. 2002. What predicts good relationships with parents in adolescence and partners in adult life: findings from the 1958 British birth cohort. Journal of Family Psychology, 16 (2): 186-198.

Flowers J V. 1991. A behavioral method of increasing self-confidence in elementary school children: treatment and modeling results. British Journal of Educational Psychology, 61: 13-18.

Ford M E, Keating D P. 1981. Developmental and individual differences in long-term memory retrieval: process and organization. Child Development, 52 (1): 234-241.

Fox K R, Cocbin C B. 1989. The physical self-perception profile: development and preliminary validation. Journual of Sport & Exercise Psychology, 11: 408-430.

Frank J F, Howard J M. 1983. Observational biases in spouse observation: toward a cognitive/behavioral model of marriage. Journal of Consulting and Clinical Psychology, 51 (3): 450-457.

Fraser B J. 1990. Individualized Classroom Environment Questionnaire. Melbourne: Australia Council for Educational Research.

Fraser B J. 1994. Research on classroom and school climate//Gabel D L. Handbook of Research on Science Teaching and Learning. New York: Macmillan. 493-541.

Fraser B J, Anderson G J, Walberg H J. 1982. Assessment of Learning Environments: Manual for Learning Environment Inventory (LEI) and My Class Inventory (MCI) (3rd ed). Perth: Western Australia Institute of Technology.

Freeman M. 1992. Self as narrative: the place of life history in studying the life span//Brinthaupt T M, Lipka R P. The Self: Definitional and Methodological Issues. Albane, NY: State University of New York Press. 15-43.

Freeman M A, Bordia P. 2001. Assessing alternative models of individualism and collectivism: a confirmatory factor analysis. European Journal of Personality, 51, 105-121.

French B F, Zentall S S, Bennett D. 2001. Short-term memory of children with and without characteristics of attention deficit hyperactivity disorder. Learning and Individual Differences, 13 (3): 205-225.

French J W. 1951. The Description of Aptitude and Achievement Tests in Terms of Rotated Factors. Chicago: Chicago University Press.

French J.W, Ekstrom R B, Price L A. 1963. Kit of Reference Tests for Cognitive Factors. Princeton, NJ: Educational Testing Service.

Frijda N H. 1986. The Emotion. Cambridge, UK: Cambridge University Press.

Frismd M A, Emery B L, Beck S J. 1997. Use and abuse of the children depression inventory. Journal of Counseling and Clinical Psychology, 65 (4): 699-702.

Frosch C A, Mangelsdorf S C, McHale J L. 2000. Marital behavior and the security of preschooler-parent attachment relationships. Journal of Family Psychology, 14 (1): 144-161.

Furnham A. 1984. Many sides of the coin: The psychology of money usage. Personality and individual differences, 5, 501-509.

Furnham A. 1993. Personality at Work. London: Routledge.

Gale C R, Deary I J, Boyle S H, et al. 2008. Cognitive ability in early adulthood and risk of five specific psychiatric disorders in mid-life: the Vietnam experience study. Journal of Epidemiology and Community Health, 62: A9-A9.

Gale C R, Hatch S L, Batty G D, et al. 2009. Intelligence in childhood and risk of psychological distress in adulthood: the 1958 national child development survey and the 1970 British Cohort study. Intelligence, 37 (6): 592-599.

Gallagher J M, Wright R J. 1979. Piaget and the study of analogy: structural analysis of items//Magary J. Piaget and the Helping Professions. Los Angeles: University of Southern California.

Gallay L, Pong S. 2004. School Climate and Students' Intervention Strategies. Paper Presented at the society for Prevention Research Annual Meeting, Quebec.

Galotti K M, Komatsu L K, Voelz S. 1997. Children's differential performance on deductive and inductive syllogisms. Developmental Psychology, 33 (1): 70-78.

Garbarino J, Kostelny K. 1992. Child maltreatment as a community problem. Child Abuse and Neglect, 16: 455-464.

Garbarino J, Sherman D. 1980. High-risk neighborhoods and high-risk families: The human ecology of child maltreatment. Child Development, 51: 188-198.

Gathercole S E. 1995. Is nonword repetition a test of phonological memory or long-term knowledge? It all depends on the nonwords. Memory & Cognition, 23 (1): 83-94.

Gathercole S E. 1999. Cognitive approaches to the development of short-term memory. Trends in Cognitive Sciences, 3 (11): 410-419.

Gathercole S E, Baddeley A D. 1989. Evaluation of the role of phonological STM in the development of vocabulary in children: a longitudinal study. Journal of Memory and Language, 28 (2): 200-213.

Gathercole S E, Briscoe J, Thorn A, et al. 2008. Deficits in verbal long-term memory and learning in children with poor phonological short-term memory skills. Quarterly Journal of Experimental Psychology, 61 (3): 474-490.

Gathercole S E, Pickering S. 2001. Working memory deficits in children with special educational needs. British

Journal of Special Education, 28 (2): 89-97.

Gelman S A. 1988. The development of induction within natural kind and artifact categories. Cognitive Psychology, 20 (1): 65-95.

Gelman S A, Coley J D. 1990. The importance of knowing a dodo is a bird: categories and inferences in 2-year-old children. Developmental Psychology, 26 (5): 796-804.

Gelman S A, Markman E M. 1986. Categories and induction in young children. Cognition, 23 (3): 183-209.

Gelman S A, O' Reilly A W. 1988. Children's inductive inferences within superordinate categories: the role of language and category structure. Child Development, 59 (4): 876-887.

Gentner D, Holyoak K J. 1997. Reasoning and learning by analogy: introduction. American Psychologist, 52: 32-34.

Gentner D, Toupin C. 1986. Systematicity and surface similarity in the development of analogy. Cognitive Science, 10 (3): 277-300.

Gerson A C, Perlman D. 1979. Loneliness and expressive communication. Journal of Abnormal Psychology, 88 (3): 258-261.

Ge X J, Natsuaki M N, Conger R D. 2006. Trajectories of depressive symptoms and stressful life events among male and female adolescents in divorced and non-divorced families. Development and Psychopathology, 18: 253-273.

Gibson C, Wright J. 2001. Low self-control and coworker delinquency: a research note. Journal of Criminal Justice, 29: 483-492.

Gilinsky A S, Judd B B. 1994. Working memory and bias in reasoning across the life span. Psychology and Aging, 9 (3): 356-371.

Gilman R, Huebner E S. 2006. Characteristics of adolescents who report very high life satisfaction. Journal of Youth and Adolescence, 35 (3): 311-319.

Goddard, E. 1989. Smoking among Secondary School Children in England in 1988. Office of Population Censuses and Surveys, London.

Goldberg H, Lewis R T. 1978. Money Madness: the Psychology of Saving, Spending, Loving, and Hating Money. LA: Wellness Institute.

Goldberg I. 1996-1-1. Internet addictive disorder (IAD) diagnostic criteria. http: //www. psycom. net/iadcriteria. html. [2007-05-07].

Gondoli D M, Silverberg S B. 1997. Maternal emotional distress and diminished responsiveness: the mediating role of parenting efficacy and parental perspective taking. Developmental Psychology, 33 (5): 861-868.

Good T M, Weinstein R S. 1986. Schools make a difference. American Psychologist, 41 (10): 1090-1097.

Goswami U. 1991. Analogical reasoning: what develops? A review of research and theory. Child Development,

62 （1）：1-22.

Goswami U. 2002. In the beginning was the rhyme? A reflection on Hulme, Hatcher, Nation, Brown, Adams, and Stuart （2002）. Journal of Experimental Child Psychology, 82 （1）：47-57.

Gottfredson M R, Hirschi T. 2003. Self-control and opportunity. //Britt C L, Gottfredson M R. Control theories of Crime and Delinquency. New Brunswick：New Jersey.

Goverover Y, Hinojosa J. 2004. Interrater reliability and discriminant validity of the Deductive Reasoning test. American Journal of Occupational Therapy, 58 （1）：104-108.

Grant J, Karmiloff-Smith A, Gathercole S A, et al. 1997. Phonological short-term memory and its relationship to language in Williams syndrome. Cognitive Neuropsychiatry, 2 （2）：81-99.

Greenberg J, Solomon S, Pyszczynski T. 1997. Terror management theory of self-esteem and cultural worldviews：Empirical assessments and conceptual refinements. //Zanna M P. Advances in Experimental Social Psychology, San Diego：Academic Press. 69-139.

Greenberg J, Solomon S, Pyszczynski T, et al. 1992. Why do people need self-esteem? Converging evidence that self-esteem serves an anxiety-buffering function. Journal of Personality and Social Psychology, 63 （5）：913-922.

Greenwald A G. 1980. The totalitarian ego. American Psychologist. 35 （7）：603-618.

Greenwald A G, Banaji M R. 1995. Implicit social cognition attitude, self-esteem and stereotypes. Psychological Review, 102：4-27.

Griffith J. 2000. School climate as group evaluation and group consensus：student and parent perceptions of the elementary school environment. The Elementary School Journal, 101 （1）：35-61.

Grundy A, Gondoli D, Blodgett S E. 2007. Marital conflict and preadolescent behavioral competence：maternal knowledge as a longitudinal mediator. Journal of Family Psychology, 21 （4）：675-682.

Grych J H, Seid M, Fincham F D. 1992. Assessing marital conflict from the child's perspective：the children's perception of interparental conflict scale. Child Development, 63 （3）, 558-572.

Gudykunst W B, Chua E, Gray A. 1987. Cultural dissimilarities and uncertainty reduction processes// Mclaughlin M. Communication Yearbook 10. Newbury Park. CA：Sage.

Gullone E, King N J, Ollendick T H. 2001. Self reported anxiety in children and adolescents：a three year follow-up study. The Journal of Genetic Psychology, 162 （1）：5-19.

Gump B B, Reihman J, Stewart P, et al. 2009. Blood lead （Pb） levels：further evidence for an environmental mechanism explaining the association between socioeconomic status and psychophysiological dysregulation in children. Health Psychology, 28 （5）：614-620.

Gutman L M, McLoyd V C. 2000. Parents' management of their children's education within the home, at school, and in the community：an examination of African-American families living in poverty. The Urban

Review, 32 (1): 1-24.

Hallahan D P, Lloyd J W, Kauffman J M, et al. 2005. Learning disabilities: foundations, characteristics, and effective teaching. Person Education, 686: 195-221.

Hall A S, Parson J. 2001. Internet addiction: college student case study using best practices in cognitive behavior therapy. Journal of Mental Health Counseling, 23 (4): 312-327.

Halpern D F. 1992. Sex Differences in Cognitive Abilities. Hilldale, NJ: Lawrence Erlbaum.

Hammill D D, Pearson N A, Voress J K. 1993. Developmental Test of Visual Perception (DTVP-2) (2nd ed) Examiner's Manual. Austin, TX: Pro-Ed.

Hammill D D, Pearson N A, Weiderholt J L. 1996. The Comprehensive Test of Nonverbal Intelligence. Austin, Texas: Pro-Ed.

Hamond N R, Fivush R. 1991. Memories of Mickey Mouse: young children recount their trip to disneyworld. Cognitive Development, 6 (4): 433-448.

Hamre B K, Pianta R C. 2001. Early teacher-child relationships and the trajectory of children's school outcomes through eighth grade. Child Development, 72 (2): 625-638.

Hanson L L M, Theorell T, Oxenstierna G, et al. 2008. Demand, control and social climate as predictors of emotional exhaustion symptoms in working Swedish men and women, Scandinavian Journal of Public Health, 36 (7): 737-743.

Hao M L, Shu H, Xing A L, et al. 2008. Early vocabulary inventory for Mandarin Chinese. Behavior Research Methods, 40 (3): 728-733.

Hapira N A, Goldsmith T D, Keck P E, et al. 2000. Psychiatric features of individuals with problematic internet use. Journal of Affective Disorders, 57: 267-272.

Harmon-Jones E, Simon L, Greenberg J, et al. 1997. Terror Management Theory and Self-esteem: evidence that increased self-esteem reduces mortality salience effect. Journal of Personality and Social Psychology, 72 (1), 24-36.

Harrington R C, Fudge H, Rutter M, et al. 1990. Adult outcomes of childhood and adolescent depression: I. psychiatric status. Archives of General Psychiatry, 47: 465-473.

Harris P L, Nunez M. 1996. Understanding of permission rules by preschool children. Child Development, 67 (4): 1572-1591.

Hart B, Risley T R. 1995. Meaningful Differences in the Everyday Experience of Young American Children. Baltimore: Brookes.

Harter S. 1982. The perceived competence scale for children. Child Development, 53: 87-97.

Harter S. 1985. Competence as a dimension of self-evaluation: toward a comprehensive model of self-worth// Leahy R L. The Development of the Self. New York: Academic press. 55-121.

Harter S. 1986. Manual: Self -Perception Profile For Adolescents. Denver, Co: university of Denver.

Harter S, Pike R. 1984. The pictorial perceived competence scale for children. Child Development, 55: 1969-1982.

Hartup W W. 1974. Aggression in childhood: developmental perspectives. American Psychologist, 29: 336-341.

Hatch S L, Jones P B, Kuh D, et al. 2007. Childhood cognitive ability and adult mental health in the British 1946 birth cohort. Social Science & Medicine, 64 (11): 2285-2296.

Hattie J A. 1992. Self-Concept. Mahwah, N J: Lawrence Erlbaum Associates, Inc, 181-189.

Haugen R, Lund T. 2002. Self-concept, attributional style and depression. Educational Psychology, 22 (3): 305-315.

Hawker J, Boulton M J. 2000. Twenty year's research on peer victimization and psychosocial maladjustment: a meta analytic review of cross-sectional studies. Child Psychology and Psychiatry, 41 (4): 441-455.

Hawkins J, Pea R D, Glick J, et al. 1984. "Merds that laugh don't like mushrooms": evidence for deductive reasoning by preschoolers. Developmental Psychology, 20 (4): 584-594.

Hayden-Thomson L. 1989. The development of the Relational Provision Loneliness Questionnaire for Children. Unpublished doctoral dissertation, University of Waterloo, Waterloo, Ontario, Canada.

Haynes N K, Emmons C, Ben-Avie M. 1997. School climate as a factor in student adjustment and achievement. Journal of Educational and Psychological Consultation, 8 (3): 321-329.

Hazler R J, Hoover J H, Oliver R. 1992. What kids say about bullying. The Executive Educator, 11: 20-22.

Heaton S C, Reader S K, Preston A S, et al. 2001. The test of everyday attention for children (TEA-Ch): patterns of performance in children with ADHD and clinical controls. Child Neuropsychology, 7 (4): 251-264.

Heine S J, Lehman D R, Peng K, et al. 2002. What's wrong with cross-cultural comparisons of subjective likert scales? The reference-group effect. Journal of Personality and Social Psychology, 82: 903-918.

Helmreich R, Stapp J, Erivn C. 1974. The Texas Social Behavior Inventory (TSBI): an objective of self-esteemm or social competence. JSAS Catalogue of Selected Documents in Psychology, 4: 79.

Hershenson M. 1964. Visual discrimination in the human newborn. The Journal of Comparative and Physiological Psychology, 58: 270-276.

Hershey T, Craft S, Glauser T A, et al. 1998. Short-term and long-term memory in early temporal lobe dysfunction. Neuropsychology, 12 (1): 52-64.

Hershey T, Lillie R, Sadler M, et al. 2004. A prospective study of severe hypoglycemia and long-term spatial memory in children with type 1 diabetes. Pediatric Diabetes, 5 (2): 63-71.

Hestenes S L. 1996. Early and Middle Adolescents' Trust in Parents and Friends. PhD thesis of Purdue University.

Hetherington E M. 1989. Coping with family transitions: winners, losers, and survivors. Child Development, 60 (1): 1-14.

Hetherington E M, Clingempeel W G. 1992. Coping with marital transitions: a family systems perspective. Monographs of the Society for Research in Child Development, 57 (2-3): 1-242.

Hetherington E M, Parke R D. 1986. Child Psychology—A Contemporary Viewpoint (3rd ed). New York: McGraw-Hill Inc.

Hetherington E M, Stanley-Hagan M. 1999. The adjustment of children with divorced parents: a risk and resiliency perspective. Journal of Child Psychology and Psychiatry, 40 (1): 129-140.

Heyman C D, Dweck C S. 1992. Young children's vulnerability to self-blame and helpless relationship to beliefs about goodness. Child Development. , 63: 401-415.

Hofstede G. 1980. Culture's Consequences: International Differences in Work Related Values. Beverly Hills, CA: Sage.

Hofstede G J. 1991. Cultures and Organizations: Software of the Mind. London: McGraw-Hill UK.

Hofstede G J. 2008. Nationality and espoused values of managers. Journal of Applied Psychology, 61 (2), 148-155.

Hofstede G J. 2008. One game does not fit all cultures. //de Caluw L, Hofstede G J, Peters V. Why do Games Work? In Search of the Active Substance. Nederland: Kluwer. 69-77.

Holdnack J A, Delis D C. 2004. Parsing the recognition memory components of the WMS-III face memory subtest: normative data and clinical findings in dementia groups. Journal of Clinical and Experimental Neuropsychology, 26 (4): 459-483.

Holsen I, Kraft P, Vitterso J. 2000. Stability in depressed mood in adolescence: results from a 6-year longitudinal panel study. Journal of Youth and Adolescence, 29: 61-78.

Hommel B, Li K Z H, Li S C. 2004. Visual search across the life span. Developmental Psychology, 40 (4): 545-558.

Hormuth S E. 1990. The Ecology of the Self: Relocation and Self-concept Change. New York, NY, US: Cambridge University Press.

Hosenfeld B, van den Boom D C, Resing W C M. 1997. Constructing geometric analogies for the longitudinal testing of elementary school children. Journal of Educational Measurement, 34 (4): 367-372.

Howes C, Hamilton C E, Matheson C C. 1994. Children's relationships with peers: differential associations with aspects of the teacher-child relationship. Child Development, 65 (1): 253-263.

Hudgins A L. 1977. Assessment of visual-motor disabilities in young children: toward a differential diagnosis. Psychology in the Schools, 14: 252-260.

Huebner E S. 1991. Initial development of the students' life satisfaction scale. School Psychology International, 12: 231-240.

Huebner E S. 1994. Preliminary development and validation of a multidimensional life satisfaction scale for children. Psychological Assessment, 6 (2): 149-158.

Huebner E S, Drane J W, Valois R F. 2000. Levels and demographic correlates of adolescent life satisfaction reports. School Psychology International, 21 (3): 281-292.

Hugh F C. 2008. Conflict in the Latino Parent-youth Dyad: The Role of emotional support from the opposite parent. Journal of Family Psychology, 22, 484-493.

Hui C H. 1988. Measurement of individualism-collectivism. Journal of Research in Personality, 22 (1), 17-36

Hui H C, Triandis H C. 1986. Individualism-collectivism: a study of cross-cultural researcher. Journal of Cross-cultural Psychology, 17: 225-248.

Hulme C, Goetz K, Gooch D, et al. 2007. Paired-associate learning, phoneme awareness, and learning to read. Journal of Experimental Child Psychology, 96 (2): 150-166.

Hulme C, Maughan S, Brown G D A. 1991. Memory for familiar and unfamiliar words: evidence for a long-term memory contribution to short-term memory span. Journal of Memory and Language, 30 (6): 685-701.

Hulme C, Thomson N, Muir C, et al. 1984. Speech rate and the development of short-term memory span. Journal of Experimental Child Psychology, 38 (2): 241-253.

Iannotti R J. 1985. Naturalistic and structured assessments of prosocial behavior in preschool children: the influence of empathy and perspective taking. Developmental Psychology, 21 (1): 46-55.

Impara J C, Plake B S. 1998. The Thirteenth Mental Measurements Yearbook. Lincoln, NE: Buros Institute of Mental Measurement.

Inagaki K, Hatano G. 1991. Constrained person analogy in young children's biological inference. Cognitive Development, 6 (2): 219-231.

Inglehart R. 1990. Culture Shift in Advanced Industrial Society. Princeton, NJ: Princeton University Press.

Inhelder B, Piaget J. 1958. The Growth of Logical Thinking from Childhood to Adolescence. New York: Basic.

International Association for the Evaluation of Educational Achievement. 2006. PIRLS, 2006 Assessment Framework and Specifications.

Izard C E, Dougherty F E, Bloxom B M, et al. 1974. The Differential Emotions Scale: A method of measuring the subjective experience of discrete emotions. Unpublished manuscript, University of Delaware, Newark.

Jackson L A, Gardner P D, Sullivan L A. 1993. Engineering persistence: past, present, and future factors and gender difference. Higher Education, 26: 227-246.

Jackson L A, von Eye A, Biocca F A, et al. 2006. Children's home Internet use: predictors and psychological, social and academic consequences. Developmental Psychology, 42: 2-6.

Jackson M K. 1984. Self-esteem and Meaning: A Life-historial Investigation. NewYork, State University.

Jackson M, Tisak M S. 2001. Is prosocial behavior a bood thing? Developmental changes in children's evaluations of helping, sharing, cooperating, and comforting. British Journal of Developmental Psychology, 19: 349-367.

Jahoda G. 1963. Development of Scottish children's ideas about country and nationality, Part I: the conceptual framework. British Journal of Educational Psychology, 33: 47-60.

Jahoda G. 1964. Children's concepts of nationality: a critical study of Piaget's stage. Child Development. 35: 1081-1092.

Jalajas D S. 1994. The role of self-esteem in the stress process: empirical results from job-hunting. Journal of Applied Social Psychology, 24 (22): 1984-2001.

James A R, Eli J. 2001. Money attitude, credit card use, and compulsive buying among American college students. The Journal of Consumer Affairs, 35: 2.

James W. 1950. The Principles of Psychology. New York: Dover.

Janis I L, Field P B. 1959. Sex differences and factors related to persuasibility//Hovland C I, Janis I L. Personality and Persuasibility. New Haven, CT: Yale University Press. 55-68.

Jansen-Osmann P, Heil M. 2007. Are primary-school-aged children experts in spatial associate learning? Experimental Psychology, 54 (3): 236-242.

Jarrold C, Baddeley A D, Phillips C. 2007. Long-term memory for verbal and visual information in Down syndrome and Williams syndrome: performance on the Doors and People test. Cortex, 43 (2): 233-247.

Jarrold C, Thorn A S C, Stephens E. 2009. The relationships among verbal short-term memory, phonological awareness, and new word learning: evidence from typical development and Down syndrome. Journal of Experimental Child Psychology, 102 (2): 196-218.

Jessor K, Jessor S L. 1997. Problem Behavior and Psychosocial Development: A Longitudinal Study of Youth. New York: Academic Press.

Jessor R, Turbin M S, Costa F M. et al. 2003. Adolescent problem ehavior in China and the United States: a cross-national study of psychosocial protective factors. Society for Research on Adolescence, 13 (3): 329-360.

Jiang J J, Muhanna W A, Pick R A. 1996. The impact of model performance history information on users' confidence in decision models: an experimental examination. Computers in Human Behavior, 12: 193-207.

Joe F P. Chih-Yuan S L. 2004. Comparing different types of child abuse and spouse abuse offenders. Violence and Victims, 19 (2), 137-157.

Johnson-George C, Swap W C. 1982. Measurement of specific interpersonal trust: construction and validation of a scale to assess trust in a specific other. Journal of Personality and Social Psychology, 43 (6): 1306-1317.

John-Steiner V, Mahn H. 1996. Sociocultural approaches to learning and development. Educational Psychologist, 31 (3-4): 191-206.

Johnston L D, Patrick M O M, Jerald G B. 1987. National Trends in Drug Use and Related Factors Among American High School Students and Young Adults, 1975-1986. Washington, DC: U. S. Government Printing Office (DHHS Publication No. (ADM) 87-1535).

Jones G, Gobet F, Pine J M. 2007. Linking working memory and long-term memory: a computational model of the learning of new words. Developmental Science, 10 (6): 853-873.

Jones W H, Carver M D. 1991. Adjustment and coping implications of loneliness//Snyder C R, Forsyth D R. Handbook of Social and Clinical Psychology: The Health Perspective. New York: Pergamon Press. 395-415.

Judge T A, Bono J E. 2001. Relationship of core self-evaluations traits-self-esteem, generalized self-efficacy, locus of control, and emotional stability with job satisfaction and job performance: a meta-analysis. Journal of Applied Psychology, 86 (1): 80-92.

Jun L. 2004. Parental expectations of Chinese immigrants: a folk theory about children's school achievement. Race Ethnicity and Education, 7 (2): 167-183.

Kail R. 1985. Development of mental rotation: a speed-accuracy study. Journal of Experimental Child Psychology, 40 (1): 181-192.

Kail R. 1986. Sources of age differences in speed of processing. Child Development, 57 (4): 969-987.

Kaminski P L, Shafer M E, Neumann C S. 2005. Self-concept in Mexican American girls and goys: validating the self-description questionnaire. Cultural Diversity & Ethnic Minority Psychology, 11 (4): 321-338.

Kandel D B, Davies M. 1982. Epidemiology of depressive mood in adolescents: an empirical study. Archives of General Psychiatry, 39: 1205-1212.

Kandel D B, Kessler R C, Margulies, R Z. 1979. Antecedents of adolescent initiation into stages of drug use: A developmental analysis. Annual Progress in Child Psychiatry & Child Development. 646-676.

Kandell J J. 1998. Internet addiction on campus: the vulnerability of college students. Cyber Psychology & Behavior, 1: 11-17.

Kaplan R M, Saccuzzo D P. 2001. Psychological testing principles, applications, and issues (5th ed). Wadsworth/Thomson Learning in Belmont.

Kaslow N J, Thompson M P. 2008. Associations of child maltreatment and intimate partner violence with psychological adjustment among low SES. African American Children, Child Abuse and Neglect, 32 (9):

888-896.

Kass A, Burke R, Blevis E, et al. 1993. Constructing learning environments for complex social skills Constructing Learning Sciences, 3 (4): 387-427.

Kaynar O, Amichai-Hamburger Y. 2008. The effects of need for cognition on Internet use revisited. Computers in Human Behavior. 24 (2), 361-371.

Kazdin A E, Petti T A. 1982. Self-report and interview measures of childhood and adolescent depression. Journal of Child Psychology and Psychiatry, 23: 437-457.

Keith L K, Bracken B A. 1996. Self-concept instrumentation: a historical and evaluative review//Bracken B A. Handbook of Self-concept: Developmental, Social, and Clinical Consideration. New York: John Wiley & Sons, Inc. 91-170.

Kellaghan T. 1976. The Drumcondra verbal reasoning test//O. G. Johnson. Tests and Measurement in Child Development, II (Vol. 1). San Francisco: Jossey-Bass. 68.

Keller M, Lavori P, Wunder J, et al. 1992. Chronic course of anxiety disorders in children and adolescents. Journal of the American Academy of Child and Adolescent Psychiatry, 31: 595-599.

Kemps E, De Rammelaere S, Desmet T. 2000. The development of working memory: exploring the complementarity of two models. Journal of Experimental Child Psychology, 77 (2): 89-109.

Kempton W, Boster J S, Hartley J A. 1995. Environmental Values in American Culture. Cambridge, Massachusetts: MIT Press.

Kendall P C, Wilcox L C. 1979. Self-control in children: development of a rating scale. Journal of Consulting and Clinical Psychology, 47 (6): 1020-1029.

Kerr M, Stattin H, Trost K. 1999. To know you is to trust you: parents' trust is rooted in child disclosure of information. Journal of Adolescence, 22 (6): 737-752.

Kessler R C, Zhao S, Blazer D C. 1997. Prevalence, correlates, and course of minor depression and major depression in the national comorbidity survey. Journal of Affective Disorders, 45: 19-30.

Kibby M Y, Cohen M J. 2008. Memory functioning in children with reading disabilities and/or attention deficit/hyperactivity disorder: a clinical investigation of their working memory and long-term memory functioning. Child Neuropsychology, 14 (6): 525-546.

Kim J E, Hetherington E M, Reiss D. 1999. Associations among family relationships, antisocial peers, and adolescents' externalizing behaviors: gender and family type differences. Child Development, 70 (5): 1209-1230.

Kim K, Conger R D, Lorenz F O, et al. 2001. Parent-adolescent reciprocity in negative affect and its relation to early adult social development. Developmental Psychology, 37 (6): 775-790.

Kintsch W. 1988. The role of knowledge in discourse comprehension: a construction-integration model. Psychological Review, 95: 163-182.

Kintsch W. 1993. Text comprehension, memory, and learning. American Psychologist, 49: 294-303.

Kirkcaldy, Siefen 1998. Depression, anxiety and self-image among children and adolescents. School Psychology International. 19 (2): 135-149.

Kitayama S, Mesquita B. 2006. Cultural affordances and emotional experience: socially engaging and disengaging emotions in Japan and the United States, Journal of Personality and Social Psychology, 91 (5): 890-903.

Kitzmann K M. 2000. Effects of marital conflict on subsequent triadic family interactions and parenting. Development Psychology, 36 (1): 3-13.

Klaczynski P A, Schuneman M J, Daniel D B. 2004. Theories of conditional reasoning: a developmental examination of competing hypotheses. Developmental Psychology, 40 (4): 559-571.

Kleiman G M. 1975. Speech recoding in reading. Journal of Verbal Learning and Verbal Behavior, 14 (4): 323-339.

Klein J D, Keller J M. 1990. Influence of student ability, locus of control, and type of instructional control on performance and confidence. Journal of Educational Research, 83: 140-146.

Klingberg T, Fernell E, Olesen P J, et al. 2005. Computerized training of working memory in children with ADHD-A randomized, controlled trial. Journal of the American Academy of Child and Adolescent Psychiatry, 44 (2): 177-186.

Klingberg T, Forssberg H, Westerberg H. 2002. Training of working memory in children with ADHD. Journal of Clinical and Experimental Neuropsychology, 24 (6): 781-791.

Kluckhohn C K M. 1951. Value and Value Orientation in the Theory of Action: an Exploration in Definition and Classification//Parsons T, Shills E A. Toward a General Theory of Action, Cambridge, MA: Harvard University Press.

Koehler D J, Harvey N. 1997. Confidence judgments by actors and observers. Journal of Behavioral Decision Making, 10: 221-242.

Kolb B. Whishaw I Q. 2003. Fundamentals of Human Neuropsychology (5th ed) . New York: Worth.

Kopp C B. 1982. Antecedents of self-regulation: A developmental Perspective. Developmental Psychology, 18 (2), 199-214.

Koppitz, E. M. 1970. Brain damage, reading disability and the Bender Gestalt Test. Journal of Learning disabilities, 3 (9), 429-433.

Korbin J, Coulton C J. 1997. Understanding the neighborhood context for children and families: combining epidemiological and ethnographic approaches//Brooks-Gunn J. Duncan G J, Aber J L. Neighborhood Poverty: Vol. 2. Policy Implications in Studying Neighborhoods. New York: Russell Sage Foundation. 65-79.

Kosslyn S M, Margolis J A, Barrett A M, et al. 1990. Age differences in imagery abilities. Child Development, 61 (4): 995-1010.

Kovacs M. 1985. The Children's Depression Inventory (CDI). Psychopharmacology bulletin, 21: 995-998.

Kovacs M. 1992. Children's Depression Inventory (CDI) manual. North Tonawanda, NY: Multi-Health Systems.

Krakow J B, Kopp C B. 1983. The effects of developmental delay on sustained attention in young children. Child Development, 54 (5): 1143-1155.

Kraus M W, Piff P K, Keltner D. 2009. Social class, sense of control, and social explanation. Journal of Personality and Social Psychology, 97 (6): 992-1004.

Kremen A M, Block J. 1998. The roots of ego-control in young adulthood: links with parenting in early childhood. Journal of Personality and Social Psychology, 4: 1062-1075.

Krumm S, Schmidt-Atzert L, Michalczyk K, et al. 2008. Speeded paper-pencil sustained attention and mental speed tests can performances be discriminated? Journal of individual Differences, 29 (4): 205-216.

Kuhn D, Franklin S. 2006. The second decade: what develops and how//Damon W, Lerner R M. Hand Book of Child Psychology. Hoboken: John Wiley & Sons. 953-994.

Kulp M T, Edwards K E, Mitchell G L. 2002. Is visual memory predictive of below-average academic achievement in second through fourth graders? Optometry and Vision Science, 79 (7): 431-434.

Kuperminc G P. 2001. School social climate and individual differences in vulnerability to psychopathology among middle school students. Journal of School Psychology, 39 (2): 141-159.

Kurdek L A, Fine M A, Sinclair R J. 1995. School adjustment in sixth graders: parenting transitions, family climate, and peer norm effects. Child Development, 66 (2): 430-450.

Kurtz P D, Jarvis S V. 1991. Problems of homeless youths: empirical findings and human services issues. Social Work, 36 (4): 309-314.

Kutas M, Hillyard S A, Gazzaniga M S. 1988. Processing of semantic anomaly by right and left hemispheres of commissurotomy patients. Brain, 111: 553-576.

Kyllonen P C, Christal R E. 1990. Reasoning ability is (little more than) working-memory capacity? Intelligence, 14 (4): 389-433.

Laegaard S. 2008. A Multicultural Social Ethos: Tolerance, Respect or Civility? Paper prepared for presentation at the UACES conference. Exchanging Ideas on Europe, Edinburgh.

Lahey B B, Applegate B, McBurnett K, et al. 1994. DSM-IV field trials for attention deficit/hyperactivity disorder in children and adolescents. American Journal of Psychiatry, 151: 1673-1685.

Lai Kwok S Y C, Shek D T L. 2009. Social problem solving, family functioning, and suicidal ideation among Chinese adolescents in Hong Kong. Adolescence, 44 (174): 391-406.

Laird R D, Pettit G S, Bates J E, et al. 2003. Parents' monitoring-relevant knowledge and adolescents' delinquent behavior evidence of correlated developmental changes and reciprocal influences. Child Development, 74 (3): 752-768.

Lang, Peter J. 1990. Emotion, attention, and the startle reflex. Psychological Review. 97 (3). 377-395.

Laurie H, Myrna L F. 2005. Change process research in couple and family therapy: methodological challenges and opportunities. Journal of Family Psychology, 19 (1): 18-27.

Laursen B. 1995. Conflict and social interaction in adolescent relationships. Journal of Research on Adolescence, 5 (1): 55-70.

Lau S, Chan D, Lau P. 1999. Facets of loneliness and depression among Chinese children and adolescents. The Journal of Social Psychology, 139 (6): 713-725.

Laws G. 1998. The use of nonword repetition as a test of phonological memory in children with Down syndrome. The Journal of Child Psychology and Psychiatry and Allied Disciplines, 39 (8): 1119-1130.

Lazarus R S. 1991. Emotion and Adaptation. New York: Oxford University Press.

Leadbeater B J, Bishop S J. 1994. Predictors for behavior problems in preschool children of inner-city American and Puerto Rican adolescent mothers. Child Development, 65: 638-648.

Leary M R. 2004. The Function of Self-esteem in Terror Management Theory and Sociometer Theory: comment on Pyszczynski. Psychological Bulletin, 130 (3): 478-482.

Leary M R, Haupt A L, Strausser K S, et al. 1998. Calibrating the sociometer: the relationship between interpersonal appraisals and the state self-esteem. Journal of Personality and Social Psychology. 74 (5): 1290-1299.

Leary M R, Tambor E S, Terdal S K, et al. 1995. Self-esteem as an interpersonal monitor: the sociometer hypothesis. Journal of Personality and Social Psychology, 68 (3): 518-530.

Leather C V, Henry L A. 1994. Working memory span and phonological awareness tasks as predictors of early reading ability. Journal of Experimental Child Psychology, 58 (1): 88-111.

Lee A M, Hall E G, Cater J A. 1983. Age and sex differences in expectation for success among American children. The Journal of Psychology, 113: 35-39.

Lee J W, Yates J F, Shinotsuka H. 1995. Cross-national differences in overconfidence. Asian Journal of Psychology, 1: 63-69.

Leevers H J, Harris P L. 2000. Counterfactual syllogistic reasoning in normal 4-year-old, children with learning disabilities, and children with autism. Journal of Experimental Child Psychology, 76 (1): 64-87.

LeFevre J A, Greenham S L, Waheed N. et al. 1993. The development of procedural and conceptual knowledge in computational estimation. Cognition and Instruction, 11 (2): 95-132.

Leonard A D. Robert D F, Richard T R, et al. 1988. Depression in children and adolescents: a comparative analysis of the utility and construct validity of two assessment measures. Journal of Consulting and Clinical Psychology. 56 (5), 769-772.

Leone C L. 2008. Couple therapy from the perspective of self psychology and intersubjectivity theory. Psychoanalytic Psychology, 25 (1): 79-98.

Leventhal T, Brooks-Gunn J. 2000. The neighborhoods they live in: the effects of neighborhood residence upon child and adolescent outcomes. Psychological Bulletin, 126: 309-337.

Levine S C, Huttenlocher J, Taylor A, et al. 1999. Early sex differences in spatial skill. Developmental Psychology, 35 (4): 940-949.

Levinson P J, Carpenter R L. 1974. An analysis of analogical reasoning in children. Child Development, 45 (3): 857-861.

Levy F. 1980. The development of sustained attention (vigilance) and inhibition in children: some normative data. Journal of Child Psychology and Psychiatry, 21 (1): 77-84.

Lewinsohn P M, Rohde P, Seeley J R, et al. 1993. Age-cohort changes in the lifetime occurrence of depression and other mental disorders. Journal of Abnormal Psychology, 102: 110-120.

Liang H, Flisher A J, Lombard C J. 2007. Bullying, violence, and risk behavior in South African school students. Child Abuse & Neglect, 31 (2): 161-171.

Li H C W, Lopez V. 2007 Development and validation of a short form of the Chinese version of the state anxiety scale for children. International Journal of Nursing Studies, 44: 566-573.

Li J. 2004. Parental expectations of Chinese immigrants: a folk theory about childrens' school achievement. Race, Ethnicity and Education, 7 (2), 167-183.

Lin C C H, Hsiao C K, Chen W J. 1999. Development of sustained attention assessed using the continuous performance test among children 6- 15 years of age. Journal of Abnormal Child Psychology, 27 (5): 403-412.

Lin C D, Yang Z L, Huang X T. 2003. Dictionary of Psychology (in Chinese) . Shanghai: Shanghai Educational Science Press .

Lindemann-Matthies P. 2002. The influence of an educational program on children's perception of biodiversity. Journal of Environmental Education, 33, 22-31.

Lindenfield A M, Einarson M K. 1998. Background characteristics as predictors of academic self-confidence and academic self-efficacy among graduate science and engineering students. Research in Higher Education, (39): 163-198.

Linn M C, Petersen A C. 1985. Emergence and characterization of sex differences in spatial ability: a meta-analysis. Child Development, 56 (6): 1479-1498.

Lin S. 2001. The Influence of Family Connection, Regulation, and Psychological Control on Chinese Adolescent Development. Unpublished Doctorial Dissertation. the University of Nebraska.

Liu Y Y. 2006. Age of acquisition and its role in Chinese visual word processing. Unpublished Doctoral dissertation, Beijing Normal University, Beijing.

Loeber R. 1982. The stability of antisocial and delinquent behavior: a review. *Child Development*, 53: 1431-1446.

Loeber R, Hay D F. 1993. Developmental approaches to aggression and conduct problems//Rutter M, Hay D F. Development Through Life: A handbook for Clinicians. Oxford, England: Blackwell. 488-516.

Logie R H, Gilhooly K J, Wynn V. 1994. Counting on working memory in arithmetic problem solving. Memory and Cognition, 22: 395-395.

Logie R H, Pearson D G. 1997. The inner eye and the inner scribe of visuo-spatial working memory: evidence from developmental fractionation. European Journal of cognitive psychology, 9 (3): 241-257.

Lohman D. 1979. Spatial Ability: A Review and Reanalysis of the Correlational Literature. Stanford, CA: Aptitude Research Project, School of Education, Stanford University Technical Report, No. 8.

Lohman D F, Pellegrino J W, Alderton D L, et al. 1987. Dimensions and components of individual differences in spatial abilities//Irvine S H, Newstead S E. Intelligence and Cognition: Contemporary Frames of Reference. Dordrecht: Martinus Nijhoff. 253-312.

Loukas A, Murphy L J. 2006. Middle school student perceptions of school climate: examining protective functions on subsequent adjustment problems. Journal of School Psychology, 45 (3): 293-309.

Loukas A, Robinson S. 2004. Examining the moderating role of perceived school climate in early adolescent adjustment. Journal of Research on Adolescence, 14 (2): 209-233.

Lowrie T, Kay R. 2001. Relationship between visual and nonvisual solution methods and difficulty in elementary mathematics. The Journal of Educational Research, 94 (4): 248-255.

Lubinski D. 2004. Introduction to the special section on cognitive abilities: 100 years after Spearman's (1904) "general intelligence", "objectively determined and measured". Journal of Personality and Social Psychology, 86 (1): 96-111.

Lundeberg M A, Fox P W, Brown A C, et al. 2000. Cultural influences on confidence: country and gender. Journal of Educational Psychology, 92: 152-159.

Lundeberg M A, Fox P W, Puncochar J. 1994. Highly confident but wrong: gender differences and similarities in confidence judgments. Journal of Education, 86 (1): 114-121.

Lunzer E A. 1965. Problems of formal reasoning in test situations. Monographs of the Society for Research in Child Development, 30 (2): 19-46.

Luo S H, Klohnen E C. 2005. Assortative Mating and Marital Quality in Newlyweds: a couple-centered approach. Journal of Personality and Social Psychology, 88 (2), 304-326.

Luo S H, Klohnen E C. 2005. Assortative mating and marital quality in newlyweds: a couple-centered approach. Journal of Personality and Social Psychology, 88 (2): 304-326.

Luria A R. 1961. The Role of Speech in the Regulation of Normal and Abnormal Behavior. New York: Basic Books.

Lynn R. 1991. The Secret of the Miracle Economy. London: SAU.

Lynn R, Harvey J, Nyborg H. 2009. Average intelligence predicts atheism rates across 137 nations. Intelligence, 37 (1): 11-15.

Lynos E, Breakwell G M. 1994. Factors predicting environmental concern and indifference in 13- to 16-year-old. Environment and Behavior, 26 (2), 223-238.

Maccoby E E. 1980. Social Development: Psychological Growth and the Parent-Child Relationship. New York: Harcourt Brace Jovanovich.

Maccoby E E. 1992. The role of parents in the socialization of children: an historical overview. Developmental psychology, 28 (6): 1006-1017.

Maccoby E E. 2000. Parenting and its effects on children: on reading and misreading behavior genetics. Annual Review of Psychology, 51 (1): 1-27.

Maccoby E E, Martin J A. 1983. Socialization in the context of the family: parent-child interaction//Hetherington E M. Handbook of Child Psychology: Vol. 4. Socialization, Personality, and social development (4th ed). New York: Wiley. 1-101.

Mac Whinney B. 2005. Language evolution and human development//Bjorklund D, Pellegrini A. Origins of the Social Mind: Evolutionary Psychology and Child Development. New York: Guiford. 383-410.

Maczewski M. 2002. Exploring identities through the Internet: youth experiences online. Child & Youth Care Forum, 31 (2): 111-129.

Mallory W A. 1972. Abilities and developmental changes in elaborative strategies in paired-associate learning of young children. Journal of Educational Psychology, 63 (3): 202-217.

Manly T, Anderson V, Nimmo-Smith I, et al. 2001. The differential assessment of children's attention: the test of everyday attention for children (TEA-Ch), normative sample and ADHD performance. Journal of Child Psychology and Psychiatry and Allied Disciplines, 42 (8): 1065-1081.

Manly T, Robertson I H, Anderson V, et al. 1998. The Test of Everyday Attention for Children (TEA-Ch). Bury St Edmunds: Thames Valley Test Company.

Marcoen A, Goossens L, Caes P. 1987. Loneliness in pre-through late adolescence: exploring the contributions of a multidimensional approach. Journal of Youth and Adolescence, 16 (6): 561-577.

Marjoribanks K. 1997. Family contexts, immediate settings, and adolescents' aspirations. Journal of Applied Developmental Psychology, 18 (1): 119-132.

Markovits H, Dumas C, Malfait N. 1995. Understanding transitivity of a spatial relationship: a developmental analysis. Journal of Experimental Child Psychology, 59 (1): 124-141.

Markovits H, Schleifer M, Fortier L. 1989. Development of elementary deductive reasoning in young children. Developmental Psychology, 25 (5): 787-793.

Marsh H W. 1989. Age and sex effects in multile dimentions of self - concept: preadolescence to early adulthood. Journal of Educational Psychology, 81: 417-430.

Marsh H W. 1990. The structure of academic self-concept: the Marsh/Shavelson model. Journal of Educational Psychology, 82: 623-636.

Marsh H W. 1992a. Self Description Questionnaire (SDQ) I: A theoretical and empirical basis for the measurement of multiple dimensions of preadolescent self-concept: A test manual and research monograph, Macarthur, New South Wales, Australia. University of Western Sydney, Faculty of Education.

Marsh H W. 1992b. Self Description Questionnaire (SDQ) Ⅱ: A theoretical and empirical basis for the measurement of multiple dimensions of adolescent self-concept: A test manual and research monograph, Macarthur, New South Wales, Australia. University of Western Sydney, Faculty of Education.

Marsh H W. 1992c. Self Description Questionnaire (SDQ) Ⅲ: A theoretical and empirical basis for the measurement of multiple dimensions of late adolescent self- concept: A test manual and research monograph, Macarthur, New South Wales, Australia. University of Western Sydney, Faculty of Education.

Marsh H W. 1993. Academic self- concept: theory measurement and research//Suls J. Psychological Perspectives on the Self (Vol. 4). Hillsdale, NJ: Erlbaum. 59-98.

Marsh H W. 1994 Using the national longitudinal study of 1988 to evaluate theoretical models of self- concept: the self- description questionnaire. Journal of Educational Psychology, 86: 439-456.

Marsh H W, Byne B M, Shavelson R J. 1988. Amultifaceted academic self-concept: its hierarchical structure and its relation to academic achievement. Journual of Educational Psychology, 80: 366-380.

Marsh H W, Shavelson R J. 1985. Self-concept: its multifaceted, hierarchical structure. Educational Psychologist, 20: 107-125.

Marsh H W, Smith I D, Barnes J. 1984. Multidimensional self- concepts: relationships with inferred self-concepts and academic achievement. Australian Journal of Psychology, 36: 367-386.

Martin N A. 2006. Test of Visual Perceptual Skills (3rd ed). Novato, California: Academic Therapy Publications.

Marvin B W, John G H. 1998. Fostering goodness: teaching parents to facilitate children's moral development. Journal of Moral Education, 27 (3): 371-390.

Mash E J, Barkley R A. 2002. Child Psychopathology. NY: The Guilford Press.

Masoura E V, Gathercole S E. 2005. Contrasting contributions of phonological short- term memory and long-term knowledge to vocabulary learning in a foreign language. Memory, 13 (3-4): 422-429.

Masten A S, Morison P, Pellegrini D S. 1985. A revised class play method of peer assessment. Developmental Psychology, 21: 523-533.

Mboya M M. 1995. Perceived teachers' behaviors and dimensions of adolescent self-concepts. Educational Psychology. 15 (4): 491-499.

McCarthy I C. 1994. Abusing norms: welfare families and a fifth province stance//McCarthy I C. Poverty and Social Exclusion, 5 (3-4): 229-239.

Mcclure F. 1984. The relationship between money attitudes and overall pathology. Psychology: Quarterly Journal of Human Behavior, 21 (1): 4-6.

McDermott D. 2000. The Great Big Book of Hope. New York: New Harbinger Publications though Big Apple Tuttle-Mori Agency, Inc.

McEvoy A, Welker R. 2000. Antisocial behavior, academic failure and school climate: a critical review. *Journal of Emotional & Behavioral Disorders*, 8 (3): 130-140.

McLoyd V C. 1990. The impact of economic hardship on Black families and development. Child Development, 61: 311-346.

McNair D M, Lorr M, Droppelman L F. 1971. Manual for the Profile of Mood States. San Diego, CA: Educational and Industrial Testing Services.

Mead G H. 1934. Mind, Self and Society. Chicago: University of Chicago Press.

Meier-Pesti K, Kirchler E. 2003. Attitudes towards the Euro by national identity and relative national status. Journal of Economic Psychology, 24: 293-299.

Messer S C, Beidel D C. 1994. Psychosocial correlates of childhood anxiety disorders. Journal of the American Academy of Child and Adolescent Psychiatry, 33: 975-983.

Messinis L, Kosmidis M H, Tsakona I, et al. 2007. Ruff 2 and 7 selective attention test: normative data, discriminant validity and test-retest reliability in Greek adults. Archives of Clinical Neuropsychology, 22 (6): 773-785.

Miller G A. 1956. The magical number seven, plus or minus two: some limits on our capacity for processing information. Psychological Review, 63 (2): 81-97.

Miller I W, Epstein N B, Bishop D S, et al. 1985. The McMaster family assessment device: reliability and validity. Journal of Marital and Family Therapy, 11 (4): 345-356.

Miller I W, Ryan C E, Keitner G I, et al. 2000. The McMaster approach to families: theory, assessment, treatment and research. Journal of Family Therapy, 22 (2): 168-189.

Miller P H, Seier W L. 1994. Strategy utilization deficiencies in children: when, where, and why. Advances in Child Development and Behavior, 25: 107-156.

Miller P H, Weiss M G. 1981. Children's attention allocation, understanding of attention, and performance on the incidental learning task. Child Development, 52 (4): 1183-1190.

Miller S K, Slap G B. 1989. Adolescent smoking. Journal of Adolescent Health Care, 10: 129-135.

Mischel W. 1986. Introduction to Personality (4th ed). New York: Harcourt Brace Jovanovich.

Mitchell T R, Dakin S, Mickel A, et al. 1998. The measurement of money importance. Paper presented at the annual meeting of the Academy of Management. San Diego.

Miyake A, Friedman N P, Emerson M J, et al. 2000. The unity and diversity of executive functions and their contributions to complex "frontal lobe" tasks: a latent variable analysis. Cognitive Psychology, 41 (1): 49-100.

Miyake A, Friedman N P, Rettinger D A, et al. 2001. How are visuospatial working memory, executive functioning, and spatial abilities related? A latent-variable analysis. Journal of Experimental Psychology-General, 130 (4): 621-640.

Moos R. 1979. Evaluating Educational Environments. San Francisco: Jossey-Bass.

Moos R H, Trickett E J. 1987. Classroom Environment Scale Manual (2nd ed). Palo Alto, CA: Consulting Psychologists Press.

Morganett L. 1991. Good teacher-student relationships: a key element in classroom motivation and management. Education, 112 (2): 260-265.

Morgan S, Sorensen A. 1999. Parental networks, social closure, and mathematics learning : a test on Coleman's social capital explanation of school effects. American Sociological Review, 64 (2): 661-681.

Morra S, Camba R. 2009. Vocabulary learning in primary school children: working memory and long-term memory components. Journal of Experimental Child Psychology, 104 (2): 156-178.

Mruk C. 1999. Self-esteem: Research, Theory and Practice. New York: Springer Publishing.

Muir-Broaddus J E. 1995. Gifted underachievers: insights from the characteristics of strategic functioning associated with giftedness and achievement. Learning and Individual Differences, 7 (3): 189-206.

Muller-Peters A. 1998. The significance of national pride and national identity to the attitude toward the single European currency: a Europe-wide comparison. Journal of Economic psychology, 19 (6): 701-719.

Multi-National Project for Monitoring and Measuring Children's Well-Being. http: //multinational-indicators. chapinhall. org/ [2001-1-8] .

Murphy K, Davidshofer C. 2001. Psychological Testing (5th ed). NJ: Prentice Hall.

Murphy P M, Kupshik G A. 1992. Loneliness, Stress and Well-being: a helper's guide. London: Routledge.

Murray S L, Holmes J G, MacDonald G, et al. 1998. Through the looking glass darkly ? When self-doubts turn into relationship insecurities. Journal of Personality and Social Psychology, 75: 1459 -1480.

Mussen P H, Conger J J, Kagan J, et al. 1990. Child Development and Personality. (7th ed). New York:

Harper & Row.

Myers K M, Winters N C. 2002. Ten-year review of rating scales, I: overview of scale functioning, psychometric properties, and selection. Journal of the American Academy of Child and Adolescent Psychiatry, 41: 114-122.

Naglieri J A. 1997. Naglieri Nonverbal Ability Test-Multilevel Form. San Antonio: Harcourt Assessment Company.

Nancy E, Tracy S L, Richard F A, et al. 2004. The relation of effortful control and impulsity to children's risibility and adjustment. Child Development, 75 (1): 25-46.

National Assessment Governing Board, US Department of Education. 2006. Reading Framework for the 2007 National Assessment of Educational Progress.

National Assessment Governing Board, US Department of Education. 2007. Reading Framework for the 2009 National Assessment of Educational Progress (Pre-Publication Edition).

National Longitudinal survey of children and youth, cycle 6 survey instruments 2004/2005, book-youth Questionnaires. Nijman. 1999. The staff observation aggression scale-revised (SOAR-R). Aggressive Behavior, 25: 197-209.

National Shcool Boards Foundation (NSBF). 2000. Safe & Smart-Research and Guildlines for Children's Use of the Internet, http: //www. nsbf. org/safe-smart/ [2010-1-8]

National Survey On Drug Use And Health. 2008. CAI Specifications for Programming.

NCTM. 1980. An Agenda for Action: recommendations for school Mathematics of the 1980s. Reston, VA: National Council of Teachers of Mathematics.

NCTM. 1989. Curriculum and Evaluation Standards for School Mathematics. Reston, VA: National Council of Teachers of Mathematics.

NCTM. 2000. Principles and Standards for School Mathematics: higher standards for our students. Washington, DC: National Council of Teachers of Mathematics.

Nelson K D, Fivush R. 2004. The emergence of autobiographical memory: a social cultural developmental theory. Psychological Review, 111 (2): 486-511.

Newcombe N, Rogoff B, Kagan J. 1977. Developmental changes in recognition memory for pictures of objects and scenes. Developmental Psychology, 13 (4): 337-341.

NICHD Study of Early Child Care and Youth Development. Retreive January 8, 2010, http: // www. nichd. nih. gov/research [2010-1-8]

Nijman. 1999. The staff observation aggression scale-revised (SOAR-R). Aggressive Behavior, 25, 197-209.

Ni Y J. 2000. How valid is it to use number lines to measure children's conceptual knowledge about rational number? Educational Psychology, 20 (2): 139-152.

Nolen-Hoeksema S, Girgns J S. 1994. The emergence of gender differences in depression during adolescence. Psychological Bulletin, 115: 424-443.

Nolen-Hoeksema S, Larson J, Grayson C. 1999. Explaining the gender difference in depression. Journal of Personality and Social Psychology, 77: 1061-1072.

Oades R D. 2000. Differential measures of sustained attention in children with attention-deficit/hyperactivity or tic disorders: relations to monoamine metabolism. Psychiatry research, 93: 165-178.

Oberauer K, Schulze R, Wilhelm O, et al. 2005. Working memory and intelligence - their correlation and their relation: comment on Ackerman, Beier, and Boyle (2005). Psychological bulletin, 131 (1): 61-65.

O' Connor D B, Archer J, Wu F W C. 2001. Measuring aggression: self-reports, partner reports, and responses to provoking scenarios. Aggressive Behavioir, 27: 79-101.

O' Connor E, McCartney K. 2007. Examining teacher-child relationships and achievement as part of an ecological model of development. American Educational Research Journal, 44 (2): 340-369.

Odin H, Tore A, Trude R, et al. 2003. Resilience as a predictor of depressive symptoms: a correlational study with young adolescents. Clinical Child Psychology and Psychiatry, 12 (1): 91-104.

OECD. 2000. Measuring Student Knowledge and Skills : the Pisa 2000 Assessment of Reading, Mat hematical and Scientific Literacy, OECD Publications Service , 2 , rue Andre—Pascal , 75775 Paris Codex 16 , France.

OECD. 2002. The PISA 2000 Technical Report. Paris: OECD.

OECD. 2004. Learning for Tomorrow's World -First Results from PISA 2003, OECD , Paris.

OECD. 2006. Assessing Scientific, Reading and Mathematical Literacy: A Framework for PISA 2006. Paris: OECD.

OECD. 2009. The PISA 2006 Technical Report. Paris: OECD.

Olowu A A. 1983. Relating child-rearing technique to the child's self-concept. Early Child Development and Care, 11 (2): 131-144.

Olson D H. 2000. Circumplex model of marital and family systems. Journal of Family Therapy, 22 (2): 144-167.

Olson D H, Fournier D G, Druckman J M. 1982. Enrich//Olson D H, McCubbin H, Barnes H, et al. Family Inventories. St. Paul: University of Minnesota, Family Social Science. 49-68.

Olson D H, Fournier D G, Druckman J M. 1983. PREPARE/ENRICH Counselor's Manual. PREPARE/ENRICH, Inc.

Olson D H, Mccubbin H, Barnes H, et al. 1982. Family Inventories: Inventories Used in A National Survey of Families Across the Family Life Cycle. St. Paul, Minn. : Family Social Science, University of Minnesota.

Olson D H, Russell C S, Sprenkle D H. 1979. Circumplex model of marital and family systems: I. Cohesion and adaptability dimensions, family types, and clinical applications. Family Process, 18 (1): 3-28.

Olsson G I, von-Knorring A L. 1999. Adolescent depression: prevalence in Swedish high-school students. Acta Psychiatrica Scandinavica, 99: 324-331.

Olweus D. 1993. Bullying at School: What We Know and What We Can Do. Oxford: Blackwell Publishers Ltd.

Oyserman D, Coon H M, Kemmelmeier M. 2002. Rethinking individualism and collectivism: evaluation of theoretical assumptions and meta-analyses. Psychological Bulletin, 128: 3-72.

Palmer S E. 1999. Vision Science: Photons to Phenomenology. Cambridge, MA: MIT press.

Parke D, Slaby W. 1983. The development of aggression. Handbook of Child Psychology, 4: 548.

Parke R D, Buriel R. 2009. Socialization in the family: ethnic and ecological perspectives//Damon W, Lerner R M., Eisenberg N. Handbook of Child Psychology: Vol. 3. Social, Emotional, and Personality Development (sixth ed) .

Parkhurst J T, Asher S R. 1992. Peer rejection in middle school Subgroup differences in behavior loneliness and interpersonal concerns. Developmental Psychology, 28: 231-241.

Parminder P, Ronald P R. 2008. Relations among spouse acceptance, remembered parental acceptance in childhood, and psychological adjustment among married adults in India. Cross-Cultural Research, 42 (1): 57-66.

Passolunghi M C, Mammarella I C, Altoe G. 2008. Cognitive abilities as precursors of the early acquisition of mathematical skills during first through second grades. Developmental Neuropsychology, 33 (3): 229-250.

Pasto L, Burack J A. 1997. A developmental study of visual attention: issues of filtering efficiency and focus. Cognitive Development, 12 (4): 523-535.

Patterson G R. 2002. The early development of coercive family process//Reid J B, Patterson G R, Snyder J. Antisocial Behavior in Children and Adolescents: A Developmental Analysis and Model for Intervention. Washington, DC: American Psychological Association. 25-44.

Patterson G R, DeBaryshe B D, Ramsey E A. 1989. Developmental perspective on antisocial behavior. American Psychologist, 44 (2): 329-335.

Pellegrini A D, Bartini M. 2000. An empirical comparison of sampling aggression and victimization in school settings. Journal of Educational Psychology, 92: 360-366.

Pellegrino J W, Glaser R. 1982. Analyzing aptitudes for learning: inductive reasoning//Glaser R. Advances in Instructional Psychology (Vol. 2) . Hillsdale, NJ: Lawrence Eribaum Associates. 269-345.

Peplau L A, Perlman D. 1982. Loneliness: A Sourcebook of Current Theory, Research, and Therapy. New

York: Wiley.

Peplau L A, Russell D, Cutrona C E. 1980. The Revised UCLA loneliness scale: concurrent and discriminant validity evidence. Journal of Personality and Social Psychology, 39 (3): 472-480.

Peris R, Gimeno M A, Pinazo B A, et al. 2002. Online chat rooms: virtual spaces of interaction for socially oriented people. Cyberpsychology & Behavior, 5 (1): 43-51.

Perris C. 1980. Development of a new inventory for assessing memorioer of parental rearing behavior. Acta Psychiatrica Scandinavica, 61 (4): 265-274.

Perry D. 1998. Victims of peer aggression. Developmental Psychology, 24: 807-814.

Petersen A C, Compas B E, Brooks-Gunn J, et al. 1993. Depression in adolescence. American Psychologist, 48: 155-168.

Peterson G W, Rollins B C, Thomas D L. 1985. Parental influence and adolescent conformity: compliance and internalization. Youth & Society, 16 (4): 397-420.

Peterson R L, Skiba R. 2001. Creating school climates that prevent school violence. Clearing House, 74 (3): 155-163.

Pettit G S, Laird R D, Dodge K A, et al. 2003. Antecedents and behavior-problem outcomes of parental monitoring and psychological control in early adolescence. Child Development, 72 (2): 583-598.

Pfeffer C R, Lipkins R, Plutchik R, et al. 1988. Normal children at risk for suicidal behavior: a two-year follow-up study. Journal of American Academy of Child and Adolescent Psychiatry, 27: 34-41.

Piaget, Inhelder. 1975. The Origin of the Idea of Chance in Children. New York: Norton. 230.

Piaget J, Weil A. 1951. The development in children of the idea of the homeland and of relations with other countries. International Social Science Bulletin, 11: 561-578.

Pianta R C. 1992. Child-Parent Relationship Scale. Unpublished measure, University of Virginia.

Pianta R C. 1994. Patterns of relationships between children and kindergarten teachers. Journal of School Psychology, 32 (1): 15-31.

Pianta R C. 2001. Student - Teacher Relationship Scale. Lutz, FL: Psychological Assessment Resources Inc.

Pianta R C, Nimetz S L, Bennett E. 1997. Mother-child relationships, teacher-child relationships, and school outcomes in preschool and kindergarten. Early Childhood Research Quarterly, 12 (3): 263-280.

Pianta R C, Steinberg M. 1992. Teacher child relationships and the process of adjusting to school. New Directions for Child Development, 57 (2): 61-80.

Pianta R C, Walsh D J. 1996. High Risk Children in Schools: Constructing Sustaining Relationships. NY: Routledge.

Piers E, Harris D. 1969. The Piers-Harris Children's Self-concept Scale. Nashville, Tenn: Counselor Recordings and Tests.

Piers E V. 1984. Piers-Harris Children's Self-Concept Scale: Revised Manual. Los Angles, CA: Western Psychological Services.

Piers E V, Harris D A. 1964. Age and other correlates of self-concept in children. Journal of Educational Psychology, 55: 91-95.

Piko B, Kevin M. 2001. Does class matter? SES and psychosocial health among Hungarian adolescents. Social Science & Medicine, 53 (6): 817-830.

Pittman J F, Lee CYS S. 2004. Comparing different types of child abuse and spouse abuse offenders. Violence and Victims, 19 (2): 137-157.

Plude D J, Enns J T, Brodeur D. 1994. The development of selective attention: a life-span overview. Acta Psychologica, 86 (2-3): 227-272.

Poirier M, Saint-Aubin J. 1995. Memory for related and unrelated words: further evidence on the influence of semantic factors in immediate serial recall. The Quarterly Journal of Experimental Psychology Section A, 48 (2): 384-404.

Pope A W, Mchale SM, Craighead W E. 1988. Self-Esteem Enhancement with Children and Adolescent. Oxford: Pergamon Press. 2-21.

Posner M I. 1980. Orienting of attention. The Quarterly Journal of Experimental Psychology, 32 (1): 3-25.

Pruessne J C, hellhammer D H, Kirschbaum C. 1999. Low self-esteem, induced failure and the adrenocortical stress response. Personality and Individual Differences, 27: 477-489.

Purkey S C, Smith M S. 1983. Effective schools: a review. The Elementary School Journal, 83 (4): 427-452.

Pursell G R, Laursen B, Rubin K H, et al. 2008. Gender differences in patterns of association between prosocial behavior, personality, and externalizing problems. J Res Pers, 42 (2): 472-481.

Pyszczynski T, Greenberg J, Solomon S, et al. 2004. Why do people need self-esteem? A theoretical and empirical review. Psychological Bulletin, 130 (3): 435-468.

Quas J A, Goodman G S, Bidrose S, et al. 1999. Emotion and memory: children's long-term remembering, forgetting, and suggestibility. Journal of Experimental Child Psychology, 72 (4): 235-270.

Radloff L S. 1977. The CES-D scale: a self-report depression scale for research in the general population. Applied Psychological Measurement, 1: 385-401.

Randall P. 1997. Adult Bullying: Perpetrators and Victims. London: Routledge.

Rao P A, Beidel D C, Turner S M, et al. 2007. Social anxiety disorder in childhood and adolescence: descriptive psychopathology. Behaviour Research and Therapy, 45: 1181-1191.

Realo A, Allik J, Vadi M. 1997. The hierarchical structure of collectivism. Journal of Research in Personality, 31, 93-116

Rebok G W, Smith C B, Pascualvaca D M, et al. 1997. Developmental changes in attentional performance in urban children from eight to thirteen years. Child Neuropsychology, 3 (1): 28-46.

Rector N A, Roger D. 1997. The stress buffering effects of self-esteem. Personality and Individual Differences, 23 (5): 799-808.

Reddy M S. 1983. Study of self-confidence and achievement motivation in relation to academic achievement. Journal of Psychology Research. 27: 87-91.

Reid J B, Patterson G R, Snyder J. 2002. Antisocial Behavior in Children and Adolescents: A Developmental Analysis and Model for Intervention. Washington, DC: American Psychological Association. 25-44.

Reifman A, Villa L G, Amans J A, et al. 2001. Children of divorce in the 1990s: a meta-analysis. Journal of Divorce and Remarriage, 36 (1): 27-36.

Remple J K, Holmes J G. 1986. How do I trust there? Psychology Today, 20 (2): 28-34.

Reuhkala M. 2001. Mathematical skills in ninth-graders: relationship with visuo-spatial abilities and working memory. Educational Psychology, 21 (4): 387-399.

Reynolds C R, Richmond B O. 1978. What I think and feel, a revised children's manifest anxiety. Journal of Abnormal Child Psychology, 6: 271-280.

Reynolds W M. 1986. Reynolds Adolescent Depression Scale: Professional manual. Odessa, FL: Psychological Assessment Resources, Inc.

Riazanova T, Sergienko E, Grenkova-Dikevitch L, et al. 2001. Cognitive aspects of ethno-national identity development in Russian children and adolescents. //Barrett M, Riazanova T, Volovikova M. Development of National, Ethnolinguistic and Religious Identities in Children and Adolescents. Moscow: Institute of Psychology, Russian Academy of Sciences (IPRAS). 164-196

Richardson A. 1969. Mental Imagery. New York: Springer.

Rigby K, Slee P T. 1993. Dimensions ofinterpersonal relating among Australian school children and their implications for psychological well-being. Journal of Social Psychology, 133 (1), 33-42.

Ritter D R, Ysseldyke J E. 1976. Convergent and discriminant validation of the trait of visual figure-ground perception. Journal of Learning Disabilities, 9: 61-67.

Rivers D, Smith P K. 1994. The silent nightmare: bullying and victimization in school peer groups. The Psychologist, 42: 43-48.

Robert M, Heroux G. 2004. Visuo-spatial play experience: forerunner of visuo-spatial achievement in preadolescent and adolescent boys and girls? Infant and Child Development, 13 (1): 49-78.

Robinson J P, Shaver P R, Wrightsman L S. 1991. Measures of Personality and Social Psychological Attitudes. New York: Wiley.

Roeser R, Eccles J S. 1998. Adolescents' perceptions of middle schools: relation to longitudinal changes in academic and psychological adjustment. Journal of Research on Adolescence, 8 (1): 123-158.

Roeser R W, Eccles J S, Sameroff A J. 1998. Academic and emotional functioning in early adolescence: longitudinal relations, patterns, and prediction by experience in middle school. Development and Psychopathology, 10 (2): 321-352.

Rogers C R. 1951. Client-centered Therapy: Its Current Practice Implications and Theory. London: Constable Company Ltd.

Rogers P D, Thomas M H. 1995. Alcohol and adolescent. Pediatic Clinics of North America, 42: 371-387.

Rohwer W D, Ammon M S. 1971. Elaboration training and paired-associate learning efficiency in children. Journal of Educational Psychology, 62 (5): 376-383.

Roid G D, Miller L J. 1997. Leiter International Performance Scale-Revised. Wood Dale, IL: Stoelting Co.

Roid G H, Fitts W H. 1991. Tennessee Self-Concept Scale: Revised Manual. Los Angeles, CA: Western Psychological Services.

Rokach A, Brock H. 1997. Loneliness and the effects of life changes. The Journal of Psychology, 131 (3): 284-298.

Rokeach M. 1973. The Nature of Human Values. New York: Free Press.

Roodenrys S, Hulme C, Brown G. 1993. The development of short-term memory span: separable effects of speech rate and long-term memory. Journal of Experimental Child Psychology, 56: 431-431.

Rosenberg M. 1965. Measurement of self-esteem. //Rosenberg M. Society and the Adolescent Self Image. New York: Princeton University Press. 297-307

Rosenberg M. 1965. Society and the Adolescent Self-image. Princeton: Princeton University.

Rosenberg M. 1979. Conveiving the Self. New York: Basic Books.

Rosenberg M. 1986. Self-concept from middle childhood through adolescence//Suls J. Greenw ald A. G. Psychological Perspectives on the Self. Hillsdale, N J: Ettbaum. 182-205.

Rosenhan D L, Salovey P, Hargis K. 1981. The joys of helping: focus of attention mediates the impact of positive affect on helping. Journal of Personality and Social Psychology, 40: 899-905.

Rotenberg K J, Hymel S. 1999. Loneliness in Childhood and Adolescence. New York: Cambridge University Press.

Ruane M L. 1995. The development of a measure of school climate and its validation using a multi-method approach. Unpublished Doctor Degree Dissertation, University of Saskatchewan.

Rueter M A, Conger R D. 1998. Reciprocal influences between parenting and adolescent problem-solving behavior. Development Psychology, 34 (6): 1470-1482.

Ruff R M, Allen C C. 1996. Ruff 2 & 7 Selective Attention Test: Professional Manual. Psychological Assessment Resources Inc.

Ruiz S A, Silverstein M. 2007. Relationships with grandparents and the emotional well-being of late adolescent and young adult grandchildren. Journal of Social Issues, 63 (4): 793-808.

Rumelhart D E. 1980. Schemata: the building blocks of cognition//Spiro R J, Spiro B C, Brewer W F. et al. Theoretical Issues in Reading Comprehension. Hillsdale, NJ: Lawrence Erlbaum.

Rushton J P. 1982. Social learning theory and the development of prosocial behavior//Eisenberg N. The Development of Prosocial Behavior. New York: Academic Press. 77-105.

Russell D, Cutrona C E. 1988. Development and evolution of the UCLA Loneliness Scale. Unpublished manuscript, Center for Health Services Research, College of Medicine, University of Iowa.

Russell D, Cutrona C E, Rose J, et al. 1984. Social and emotional loneliness: an examination of Weiss's typology of loneliness. Journal of personality and social psychology, 46 (6): 1313-1321.

Russell D, Peplau L A, Ferguson M L. 1978. Developing a measure of loneliness. Journal of Personality Assessment, 42: 290-294.

Ruta D, Gabrys B. 2005. Nature Inspired Learning Models. In Proceedings of the Int. Workshop on Nature Inspired Smart Information Systems, Albufeira, Portugal.

Rutland A. 1996. The development of a national and European identity in children and adolescents. International Journal of Psychology, 31: 3-4.

Rutland A. 1998b. Social representations of Europe among 10-16 year old British children. Paperson Social Representations, 7: 61-76.

Rutter M. 1981. Maternal Deprivation Reassessed 2nd ed, Penguin, Harmondsworth.

Rutter M. 1983. School effects on pupil progress: research findings and policy implications. Child Development, 54 (1): 1-29.

Ryden M. 1978. Coopersmith self-esteem inventory (adult version). Psychological Reports, 43: 1189-1980.

Salthouse T A. 1994. The aging of working memory. Neuropsychology, 8 (4): 535-543.

Sandy J. 1998. Adolescents' perceptions of communication with parents relative to specific aspects of relationships with parents and personal development. Journal of Adolescence, 21 (3): 305-332.

Sanguinetti C, Lee A M, Nelson J. 1985. Reliability estimates and age gender comparisons of expectation of success in sex-typed activities. Journal of Sport Psychology, 7: 379-388.

Scalese J J, Ginter E J, Gerstein L H. 1984. Multidimensional loneliness measure: the loneliness rating scale (LRS). Journal of personality assessment, 48 (5): 525-530.

Schmidt-Atzert L, Buehner M, Enders P. 2006. Do concentration tests assess concentration? Analysis of concentration test performance. Diagnostica, 52: 33-44.

Schmidt N, Sermat V. 1983. Measuring loneliness in different relationships. Journal of Personality and Social Psychology, 44 (5): 1038-1047.

Schneider W, Bjorklund D F. 1998. Memory//Schneider W, Bjorklund D F, Damon W, et al. Handbook of Child Psychology: Cognition, Perception, and Language (Vol. 2). New York: Wiley. 467-521.

Schwartz D. 1999. Community violence exposure as a Predictor of aggression and peer victimization. Journal of Personality Psychology, 4: 45-47.

Schwartz S H. 1992. Universals in the content and structure of values: theory and empirical tests in 20 countries//Zanna M. Advances in Experimental Social Psychology. New York: Academic Press. 1-65.

Schwartz S H, Bilsky W. 1987. Toward a universal psychological structure of human values. Journal of Personality and Social Psychology, 53: 550-562.

Schwartz S, Mason C, Pantin H, et al. 2009. Longitudinal relationships between family functioning and identity development in Hispanic Adolescents. The Journal of early adolescence, 29 (2): 177.

Schweizer K, Moosbrugger H. 2004. Attention and working memory as predictors of intelligence. Intelligence, 32 (4): 329-347.

Schweizer K, Moosbrugger H, Goldhammer F. 2005. The structure of the relationship between attention and intelligence. Intelligence, 33 (6): 589-611.

Seethaler P M. Fuchs L S. 2006. The cognitive correlates of computational estimation skill among third- grade students. Learning Disabilities Research & Practice, 21 (4), 233-243.

Sermat V. 1980. Some situational and personality correlates of loneliness//Hartog J, Audy J R, Cohen Y A. The Anatomy of Loneliness. New York: International Universities Press.

Shaffer D R. 2000. Social & Personality Development. 4th ed. Wad worth Publishing Wadsworth/Thomson Learning.

Shaffer D R, Katherine K. 2009. Developmental Psychology: Childhood and Adolescence (8th ed). San Mateo, CA: Wadsworth, Cengage Learning.

Shaffer D R, Kipp K. 2009. Developmental Psychology (8th ed): Childhood and Adolescence. 邹泓等译. 北京: 中国轻工业出版社.

Shapka J D, KeaLina D P. 2005. Structure and chance in Self- Concept during Adolescence. Canadian Journal of Behavioral Science, 37 (2): 83-96.

Shavelson R J, Hubner J J, Stanton G C. 1976. Self-concept: validation of construct interpretations. Review of Educational Research, 46: 407-441.

Shavitt S, Lalwani A K, Zhang J, et al. 2006. The horizontal/vertical distinction in cross- cultural consumer research. Journal of Consumer Psychology, 16: 357-362.

Shek D T. 2002. Family functioning and psychological well-being, school adjustment, and problem behavior in Chinese adolescents with and without economic disadvantage. Journal of Genetic Psychology, 163 (4): 497-500.

Shek D T L. 1997. Family environment and adolescent psychological well-being, school adjustment, and problem behavior: a pioneer study in a Chinese context. Journal of Genetic Psychology, 158 (1): 113-128.

Shen V S. 1995. A comparison of the personal values of Chinese and Americans. Dissertation Abstracts International: Section B. The Sciences and Engineering, 56: 28-86.

Shepard R N, Metzler J. 1971. Mental rotation of three-dimensional objects. Science, 171 (3972): 701.

Sherman J. 1978. Sex-Related Cognitive Differences. Springfield, IL: Charles C. Thomas.

Shiffrin R M, Schneider W. 1977. Controlled and automatic human information processing: II. Perceptual learning, automatic attending and a general theory. Psychological Review, 84 (2): 127-190.

Shrauger J S, Schohn M. 1995. Self-confidence in college students: conceptualization, measurement, and behavioral implications. Assessment, 2: 255-278.

Shye S. 1988. Inductive and deductive reasoning: a structural reanalysis of ability tests. Journal of Applied Psychology, 73 (2): 308-311.

Siegler R S, Alibali M. 2005a. Children's Thinking (4th ed). Upper Saddle River, NJ: Prentice Hall.

Siegler R S, Alibali M. 2005b. Children's Thinking. Pearson Education, Inc. 401.

Siegler R S, Booth J L. 2004. Development of numerical estimation in young children. Child Development, 75 (2): 428-444.

Siegler R S, Shrager J. 1984. Strategy choice in addition and subtraction: how do children know what to do? //Sophian C. Origins of Cognitive Skill. Hillsdale, NJ: Erlbaum. 229-239.

Silver R B, Measelle J R, Armstrong J M. 2005. Trajectories of classroom externalizing behavior: contributions of child characteristics, family characteristics and the teacher-child relationship during the school transition. Journal of School Psychology, 43 (1): 39-60.

Silverstein S M, Light G, Palumbo D R. 1998. The sustained attention test: a measure of attention disturbance. Computers in Human Behavior, 14 (3): 463-475.

Simmons R G, Rosenberg F, Rosenberg M. 1973. Disturbance in the self-image at adolescence. American Socialogical Review. 38 (5): 553-568.

Simon-Morton B G, Crump A G, Haynie D L, et al. 1999. Student-school bonding and adolescent problem behavior. Health Education Research, 14 (1): 99-107.

Singer-Freeman K E, Goswami U. 2001. Does half a pizza equal half a box of chocolates? Proportional matching in an analogy task. Cognitive Development, 16 (3): 811-829.

Skinner B F. 1984. The operational analysis of psychological terms. Behavioral and brain sciences, 7 (4): 547-581.

Skinner H, Steinhauer P. 2000. Family assessment measure and process model of family functioning. Journal of Family Therapy, 22 (2): 190-210.

Slee P T. 1993. Peer victimization and its relationship to depression among Australian primary school students. Personality and Individual Differences, 18: 57-62.

Sletta O, Valås H, Skaalvik E, et al. 1996. Peer relations, loneliness and self-perceptions in school-aged children. British Journal of Educational Psychology, 66: 431-445.

Sloman S A. 1993. Feature-based induction. Cognitive Psychology, 25: 231-280.

Sloman S A. 1994. When explanations compete: the role of explanatory coherence on judgements of likelihood. Cognition, 52 (1): 1-21.

Sloman S A. 1997. Explanatory coherence and the induction of properties. Thinking & Reasoning, 3 (2): 81-110.

Sloman S A. 1998. Categorical inference is not a tree: the myth of inheritance hierarchies. Cognitive Psychology, 35 (1): 1-33.

Smetana J. 1995. Parenting styles and conceptions of parental authority during adolescence. Child Development, 66 (2): 299-316.

Smetana J, Yau J, Hanson S. 1991. Conflict resolution in families with adolescents. Journal of Research on Adolescent, 1 (2): 189-206.

Smith C O, Thompson M P, Johnson K, et al. 2009. Service utilization patterns of maltreated and nonmaltreated children from low-income, African-American families. Psychiatric Services, 60 (10): 1386.

Smith H M, Betz N E. 2002. An examination of efficacy and esteem pathway to depression in young adulthood. Journal of Counseling Psychology, 49 (4): 438-448.

Smith P, Hagues N. 1993. Non-Verbal Reasoning 10 & 11 Manual. Windsor, UK: NFER-Nelson.

Smith P K, Sharp S. 1994. School Bullying: Insights and Perspectives. London: Routledge.

Smokowski P R, Kopasz K H. 2005. Bullying in school: an overview of types, effects, family characteristics and intervention strategies. Children and Schools, 27 (2): 101-110.

Snodgrass J G, Vanderwart M. 1980. A standardized set of 260 pictures: norms for name agreement, image agreement, familiarity, and visual complexity. Journal of Experimental Psychology, 6 (2): 174-215.

Solomon S, Greenberg J, Pyszczynski T. 1991. Terror management theory of self-esteem. //Snyder C R, Forsyth D R. Handbook of social and Clinical Psychology: the Health Perspective. New York: Pergamon Press. 21-40

Song I S, Hattie J A. 1984. Home environment, self-concept and achievement. Journal of Educational Psychology, 76: 1269-1281.

Songkla Y N. 1985. Smoking among m edical students. Journal of the Medical Association of Thailand, 68 (4): 198-200.

Sourander A, Ronning J, Brunstein-Klomek A et al. 2009. Childhood bullying behavior and later psychiatric hospital and psychopharmacologic treatment: findings from the Finnish 1981 Birth Cohort Study. Archives of General Psychiatry, 66 (9): 1005-1012.

Sowder U T, Wheeler M M. 1989. The development of concepts and strategies used in computational estimation. Journal for Research in Mathematics Education, 20 (2): 130-146.

Spence S H. 2001. Prevention strategies//Vasey M W, Dadds M R. The Developmental Psychopathology of Anxiety. London: Oxford University Press. 325-353.

Spielberger C D, Gorsuch R L, Lushene R E. 1970. Manual for the State-Trait Anxiety Inventory. Palo Alto, CA: Consulting Psychologists Press.

Spinella M, Lester D. 2005. Money attitudes and personality. Psychological Reports, 96: 782.

Stanford G, Oakland T. 2000. Cognitive deficits underlying learning disabilities-research perspectives from the United States. School Psychology International, 21 (3): 306-321.

Stankov L, Roberts R, Spilsbury G. 1994. Attention and speed of test-taking in intelligence and aging. Personality and Individual Differences, 17 (2): 273-284.

Staub E. 1970. A child in distress: the influence of age and number of witnesses on children's attempts to help. Journal of Personality and Social Psychology, 14: 130-140.

Staub E. 1971. A child in distress: the influence of nurturance and modeling on children's attempts to help. Developmental Psychology, 5: 124-133.

Steffenhagen R A, Burns J D. 1987, The Social Dynamics of Self-esteem: Theory to Therapy. New York: Praeger.

Steinberg L, Silvebrerg S B. 1986. The vicissitudes of autonomy in early adolescence. Child Development, 57 (4): 841-851.

Steinhausen H C, Metzke C W. 2001. Risk, compensatory, vulnerability and protective factors influencing mental health in adolescence. Journal of Youth and Adolescence, 30 (3): 259-280.

Sternberg R J. 1986. Intelligence applied. Orlando. FL: Harcourt Brace College Publishers.

Sternberg R J, Nigro G. 1980. Developmental patterns in the solution of verbal analogies. Child Development, 51 (1): 27-38.

Stevens J, Quittner A L, Zuckerman J B, et al. 2002. Behavioral inhibition, self-regulation of motivation, and working memory in children with attention deficit hyperactivity disorder. Developmental Neuropsychology, 21 (2): 117-139.

Strand S, Smith P, Fernandes C. 2000. Cognitive Ability Test Technical Manual. London: Nfer Nelson.

Strauss C C. 1988. Social deficits of children with internalizing disorders//Lahey B B, Kazdin A E. Advances in Clinical Child Psychology (Vol 2) . New York : Plenum. 159-191.

Strauss C C, Last C G, Hersen M, et al. 1988. Association between anxiety and depression in children and adolescents with anxiety disorders. Journal of Abnormal Child Psychology, 16: 57-68.

Strauss E, Sherman E M S, Spreen O. 2006. A Compendium of Neuropsychological Tests: Administration, Norms, and Commentary (3rd ed). New York: Oxford University Press.

Stroop J R. 1935. Studies of interference in serial verbal reactions. Journal of experimental psychology: General, 18: 643-662.

Sturm W, Zimmermann P. 2000. Attention deficits//Sturm W, Herrmann M, Wallesch C W. Lerbuch der klinischen Neuropsychologie. Lisse: Swets and Zeitlinger.

Sudha B G, Nirmala B. 1984. Effect of emotional maturity on self-confidence of high school students. Journal of Psychology Research, 28: 34-39.

Sullivan H S. 1953. The Interpersonal Theory of Psychiatry. New York: Norton.

Sutherland C. 2002. Altruistic behavior and the parent child relationship. Journal of Personality and Social Psychology. 31: 347-354.

Swann W, Gill B M J. 1997. Confidence and accuracy in person perception: do we know what we think we know about our relationship partners? . Journal of Personality and Social Psychology, 73 (4): 747-757.

Swanson H L. 1992. Generality and modifiability of working memory among skilled and iess skilled readers. Journal of Educational Psychology, 84 (4): 473-488.

Swanson H L. 1999a. Reading comprehension and working memory in learning-disabled readers: is the phonological loop more important than the executive system? Journal of Experimental Child Psychology, 72 (1): 1-31.

Swanson H L. 1999b. What develops in working memory? A life span perspective. Developmental Psychology, 35 (4): 986-1000.

Swanson H L. 2008. Working memory and intelligence in children: what develops? Journal of Educational Psychology, 100 (3): 581-602.

Swanson H L, Sachse-Lee C. 2001. Mathematical problem solving and working memory in children with learning disabilities: both executive and phonological processes are important. Journal of Experimental Child Psychology, 79 (3): 294-321.

Swanson L. 1981. Vigilance deficit in learning disabled children: a signal detection analysis. Journal of Child Psychology and Psychiatry, 22 (4): 393-399.

Tagiuri R. 1968. The concept of organizational climate//Tagiuri R, Litwin G W. Organizational Climate: Explorations of A Concept. Cambridge, MA: Division of Research, Graduate School of Business Administration, Harvard University.

Tajfel H, Jahoda G. 1966. Development in children of concepts and attitudes about their own and other countries: a cross-national study. Proceedings of the XVIII International Congress of Psychology: Moscow Symposium, 36: 17-33.

Tammeveski Peeter. 2003. The making of national identity among older Estonians in the United States. Journal of Aging Studies, 17: 399-414.

Tang T. 1992. The meaning of money revisited. Journal of organizational behavior, 13: 197-202.

Tang T L P. 1993. The meaning of money: extension and exploration of the Money Ethic Scale in a sample of university students in Taiwan. Journal of Organizational Behavior, 14: 93-99.

Tang T L P. 1998. The meaning of money revisited: the development of the money ethic scale. The Annual Meeting of the Southwestern Psychological Association, 5: 21-23.

Tang T L P. 2003. The love of money: measurement invariance across 26 geopolitical entities. Academy of Management Annual Meeting, Seattle, WA, August 3-6.

Tang T L P, Gilbber P R. 1995. Attitudes toward money as related to as intrinsic and extrinsic job satisfaction, stress, and work-related attitudes. Personality and Individual Difference, 3: 27-33.

Teachman J, Paasch K, Carver K. 1997. Social capital and the generation of human capital, Social Forces, 75 (4): 1343-1360.

Terence R M, Amy E M. 1999. The meaning of money: an individual-difference perspective. The academy of Management Review, 24 (3): 568-578.

Terrell-Deutsch B. 1999. The conceptualization and measurement of childhood loneliness//Rotenberg K J, Hymel S. Loneliness in Childhood and Adolescence. New York: Cambridge University Press.

The Annie E. Casey Foundation. 2003. Childand family well-being. http://tarc.aecf.org/initiatives/mc/mcid/index.php. [2010-1-8].

Tomada G, Scheider B H. 1997. Relational aggression, gender, and peer acceptance: invariance across culture, stability over time, and concordance among informants. Developmental psychology, 33 (4): 601-609.

Tomkins S S. 1962. Affect, Imagery, Consciousness: The Positive Affect. New York: Springer.

Torgesen J K, Wagner R K, Simmons K, et al. 1990. Identifying phonological coding problems in disabled readers: naming, counting, or span measures? Learning Disability Quarterly, 13 (4): 236-243.

Tremblay R E, Loeber R, Gagnon C, et al. 1991. Disrutive boys with stable and unstable high fighting behavior pattern during junior relementary school. Journal of Abnormal Child Psychology, 19: 285-300.

Tremblay R E, Nagin D S, Séguin J R, et al. 2004. Physical aggression during early childhood: trajectories and predictors. Pediatrics, 114: 43-50.

Tremblay R E, Vitaro F, Gagnon C, et al. 1992. A prosocial scale for the preschool behavior questionnaire: concurrent and predictive correlates. International Journal of Behavioral Development, 15: 227-245.

Triandis H C. 1984. Collectivism vs individualism: a reconceptualization of basic concept in cross cultural psy-

chology//Bagley C, Berma G. Personality, Cognition, and Values: Cross Cultural Perceptives of Child-
hood and Adolescence. London: Macmillan.

Triandis H C, Bontempo R, Betancourt H, et al. 1986. The measurement of the ethics aspects of individual-
ism and collectivism across cultures. Australian Journal of Psychology, 38: 257-268.

Trick L M, Enns J T. 1998. Lifespan changes in attention: the visual search task. Cognitive Development,
13 (3): 369-386.

Tulving E. 2000. Concepts of memory//Tulving E, Craik F I M. The Oxford Handbook of Memory. New York:
Oxford University Press. 33-43.

Twenge J M, Nolen-Hoeksema S. 2002. Age, gender, race, socioeconomic status, and birth cohort differ-
ences on the children's depression inventory: a meta-analysis. Journal of Abnormal Psychology, 111:
578-588.

Tzelgov J, Meyer J, Henik A. 1992. Automatic and intentional processing of numerical information. Journal of
Experimental Psychology: Learning, Memory, and Cognition, 18 (1): 166-179.

Ugurel-Semin R. 1952. Moral behavior and moral judgment of children. Journal of Abnormal and Social Psychol-
ogy, 47: 463-474.

Ulrich B D. 1987. Perception of physical competence, motor competence, and participation in organised sport:
their interrelationships in young children. Research Quarterly for Exercise and Sport, 58: 57-67.

Unsworth N, Engle R W. 2007. On the division of short-term and working memory: an examination of simple
and complex span and their relation to higher order abilities. Psychological bulletin, 133 (6): 1038-1066.

Uruk A C, Demir A. 2003. The role of peers and families in predicting the loneliness level of adolescents. The
Journal of Psychology, 137 (2): 179-193.

Usher J N A, Neisser U. 1993. Childhood amnesia and the beginnings of memory for four early life events. Jour-
nal of experimental psychology: General, 122 (2): 155-165.

Valentine G, Holloway S L. 2002 Cyberkids? Exploring children's identities and social networks in on-line and
off-line worlds. Annals of the Association of American Geographers, 92 (2): 302-319.

Vandenberg S G, Kuse A R. 1978. Mental rotation, a group test of three-dimensional spatial ability. Perceptual
and Motor Skills, 47: 599-604.

van Den Bos K. 2003. On the subjective quality of social justice: the role of affect as information in the psy-
chology of justice judgments. Journal of Personality and Social Psychology, 85 (3): 482-498.

van Horn M L, Jaki T, Masyn K, et al. 2009. Assessing differential effects: applying regression mixture mod-
els to identify variations in the influence of family resources on academic achievement. Developmental Psy-
chology, 45 (5): 1298-1313.

van Os J, Jones P, Lewis G, et al. 1997. Developmental precursors of affective illness in a general population birth cohort. Archives of General Psychiatry, 54 (7): 625-631.

Varela E R, Hensley-Maloney L. 2009. The Infiuence of culture on anxiety in latino youth: a review. Clinical Child and Family Psychology Review, 12 (3): 217-233.

Veenstra G. 2000. Social capital, SES and health: an individual analysis. Social Science & Medicine, 50 (5): 619-629.

Vermeiren R, Bogaerts J, Ruchkin V, et al. 2004. Journal of Child Psychology and Psychiatry, 45 (2): 405-411.

Vicari S, Bellucci S, Carlesimo G A. 2005. Visual and spatial long-term memory: differential pattern of impairments in Williams and Down syndromes. Developmental Medicine & Child Neurology, 47 (5): 305-311.

Vincenzi H, Grabosky F. 1987. Measuring the emotional/social aspects of loneliness and isolation. Journal of Social Behavior & Personality, 2 (2): 257-270.

Vinson T, Baldry E, Hargreaves J. 1996. Neighbourhoods, net-works, and child abuse. British Journal of Social Work, 26: 523-543.

Vispoel W P. 1995. Self-concept in artistic domains: an extension of the Shavelson, Hubner, and Stanton (1976) model. Journal of educational psychology, 87: 134-145.

Vuchinich S, Bank L, Patterson G R. 1992. Parenting, peers, and the stability of antisocial behavior in Pre-adolescent boys. Developmental Psychology, 28 (3): 510-521.

Vukovic D S, Bjegovic V M. 2007. Brief report: risky sexual behavior of adolescents in belgrade: association with socioeconomic status and family structure. Journal of Adolescence, 30 (5): 869-877.

Wade T J, Cairney J, Pevalin D J. 2002. Emergence of gender differences in depression during adolescence: national panel restuls from three countries. Journal of the American Academy of Child and Adolescent Psychiatry. 42 (2): 190-198.

Wagon D, Clark L A. 1994. Manual for the positive and negative affect schedule (expanded Form) Unpublished manuscript. Iowa City: University of Iowa

Walberg H J, Anderson G J. 1968. Classroom climate and individual learning. Journal of Educational Psychology, 59 (6): 414-419.

Wang Y, Ollendick T A. 2001. Cross-cultural and developmental analysis of self-esteem in chinese and Western Children. Clinical Child and Family Psychology Review, 4 (3): 253-271.

Warner W L. 1949. Social Class in America. Chicago: Science Research Associates.

Wason P C. 1968. Reasoning about a rule. The Quarterly Journal of Experimental Psychology, 20 (3): 273-281.

Wassenberg R, Hendriksen J G M, Hurks P P M, et al. 2008. Development of inattention, impulsivity, and processing speed as measured by the D2 test: results of a large cross-sectional study in children aged 7-13. Child Neuropsychology, 14 (3): 195-210.

Watkins D, Dong Q. 1994. Assessing the self-esteem of Chinese school children. Educational Psychology, 14 (1): 129-137.

Watson D, Clark L A. 1997. Measurement and mismeasurement of mood: recurrent and emergent issues. Journal of Personality Assessment, 68 (2): 267-296.

Watson D, Clark L A, Tellegen A. 1988. Development and validation of brief measures of positive and negative affect: the PANAS scales. Journal of personality and social psychology, 54: 1063-1070.

Watson D, Suls J, Haig J. 2002. Global self-esteem in relation to structural models of personality and affectivity. Journal of Personality and Social Psychology, 83 (1): 185-197.

Wechsler D. 2003. WISC-IV Technical and Interpretive Manual. San Antonio, TX: Psychological Corporation.

Weissman M M, Orvaschel H, Padian N. 1980. Children's symptom and social functioning self-report scales: comparison of mothers' and children's reports. Journal of Nervous and Mental Disease, 168: 736-740.

Weissman M, Warner V, Wickramaratne P, et al. 1997. Offspring of depression parents: 10 years later. General Psychology, 54: 932-942.

Weiss R S, Bowlby J, Riesman D. 1973. Loneliness: The experience of emotional and social isolation. MA, US: The MIT Press.

Whitbeck L B, Simon R L. 1990. Life on the streets: the victimization of runaway and homeless adolescents. Youth and Society, 22 (1): 108-125.

White C C. 1987. The behavior risk fact or surveys: IV. the descriptive epidemiology of exercise. American Journal o f Preventive Medicine, 3 (6): 304-310.

White K R. 1982. The relationship between socioeconomic status and academic achievement. Psychological Bulletin, 91 (3): 61-81.

Whitley B E, Gridley B J. 1993. Sex-role orientation, self-esteem, and depression: a latent variables analysis. Personality and Social Psychology Bulletin, 19: 363-369.

Whitney I, Smith P K. 1993. A survey of the nature and extent of bullying in junior/middle and secondary schools. Educational Research, 35 (1): 3-25.

Wigfield A, Eccles J S. 1994. Children's competence beliefs, achievement values, and general self-esteem change across Elementary and Middle School. The Journal of Early Adolescence, 14 (2): 107-138.

William B. 2004. Young people in canada: their health and well-being. http://www.phac-aspc.gc.ca/dca-dea/publications/hbsc-2004/hbsc_summary-eng.php. [2010-01-08].

Williams B R, Ponesse J S, Schachar R J, et al. 1999. Development of inhibitory control across the life span. Developmental Psychology, 35: 205-213.

Williams B R, Strauss E H, Hultsch D F, et al. 2007. Reaction time inconsistency in a spatial Stroop task: age-related differences through childhood and adulthood. Aging Neuropsychology and Cognition, 14 (4): 417-439.

Williams T O, Fall A M, Eaves R C, et al. 2007. Factor analysis of the keymath - revised normative update form A. Assessment for Effective Intervention, 32 (2): 113-120.

Williams T O, Jr Anna-Maria F, Ronald C. Eaves Craig Darch Suzanne Woods-Groves. 2007. Factor analysis of the Keymath-revised normative update form A. Assessment for Effective Intervention, 32 (2): 113-120

Wilson M A, Diane D, Li J C. 2006. Improving measurement in health education and health behavior research using item response modeling: comparison with the classical test theory approach. Health Education Research, 21 (1): 19-32.

Wilson T D, Lindsey S, Schooler T. 2000. A model of dual attitudes. Psychological Review, 127: 101-126.

Windfuhr K L, Snowling M J. 2001. The relationship between paired associate learning and phonological skills in normally developing readers. Journal of Experimental Child Psychology, 80 (2): 160-173.

Winston P H. 1980. Learning and reasoning by analogy. Communications of the ACM, 23 (12): 689-703.

Wisniewski J, Mulick J, Genshaft J, et al. 1987. Test-retest reliability of the revised children's manifest anxiety scale. Perceptual and Motor Skills, 65: 67-70.

Wispe L G. 1972. Positive form of social behavior: an overview. Journal of Social Issues, 28 (3): 1-19.

Wong A F L, Young D J, Fraser B J. 1997. A multilevel analysis of learning environments and student attitudes. Educational Psychology, 17 (4): 449-471.

Wood J. 2006. Effect of anxiety reduction on children's school performance and social adjustment. Development Psychology, 42 (2): 345-349.

Wood P B, Pfefferbaum B, Arneklev B J. 1993. Risk-taking and self-control: social psychological correlates of delinquency. Journal of Crime and Justice, 16: 111-130.

World Health Organization. 1990. Composite International Diagnostic Interview (CIDI), Version 1.0. World Health Organization: Geneva.

World Health Organization. 1994. SCAN: Schedules for Clinical Assessment in Neuropsychiatry, Version 2.0. Psychiatric Publishers International. American Psychiatric Press Inc.: Geneva.

World Health Organization. 1999. Break the Tobacco Marketing Net.

Wylie R C. 1979. The Self-concept (Vol. 2) //Lincoln W. Theory and Research on Selected Topics. NE: University of Nebraska Press. 823-828.

Wylie R C. 1979. The Self-Concept. Vol. 2: Theory and Research on Selected Topics (Rev.). Lincoln, NE: University of Nebraska Press.

Yamauchi K T, Templer D J. 1982. The development of a money attitude scale. Journal of Personality Assessment，46：522-529.

Yang D C. 2003. Teaching and learning number sense. Journal of Science and Mathematics Education. 4（102）：152-157.

Yang G，Ma J，Liu N，et al. 2005. An investigation on smoking and second- hand smoking investigation among Chinese population in 2002. Chinese Journal of Epidemiology，26：77-83.

Yantis S，Johnston J C. 1990. On the focus of visual selection：evidence from focused attention tasks. Journal of Experimental Psychology：Human Perception and Performance，16（1）：135-149.

Young S K. 1996. Internet addiction：the emergence of a new clinical disorder. University of Pittsburgh at Bradford. //Paper presented at the 104th annual meeting of the American Psychological Association. Toronto：Canada.

Young K. 1997. What makes the Internet addictive：potential explanations for pathological Internet use. University of Pittsburgh at Bradford. //Paper presented at the 105th annual conference of the American Psychological Association. Chicago：IL.

Young K S. 1996. Internet addiction：the emergence of a new clinical disorder. Paper presented at the 104th annual meeting of the American Psychological Association，Toronto.

Young K S. 1998. Internet addiction：the emergence of a new clinical disorder. Cyber Psychology & Behavior，1（3）：237-244.

Young K S，Pistner M，O' Mara J，et al. 1999. Cyber disorders：the mental health concern for the new millennium. Cyber Psychology & Behavior，2（5）：475-479.

Zhang H，Cai B. 2003. The impact of tobacco on lung health in china. Respirology，8：17-21.

Zhang L F，Postiglione G A. 2001. Thinking styles，self- esteem，and socio- economic status. Personality and Individual Differences，31：1333-1346.

Zimmerman W，Cunningham S. 1991. Editors' introduction：what is mathematical visualization? //Zimmerman W，Cunningham S. Visualization in Teaching and Learning Mathematics. Washington，DC：Mathemtic Association of America. 1-7.

Zuckerman M，Lubin B. 1985. Manual for the MAACL- R：the Multiple Affect Adjective Check List Revised San Diego. CA：Educational and Industrial Testing Service.

Zung W W K. 1976. Depression status inventory and self- rating depression scale. ECDEU Assessment Manual for Psychopharmacology. U. S. Department of Health Education and welfare Pubilc Health Service，172-178.